Sibylle Baillon

Wie Spuren am See
Die Rückkehr
Bodensee-Saga

GEDÄCHTNIS DER LIEBE Nachdem Isabella und Chris sich endlich in der erst kürzlich geerbten Villa am Bodensee eingerichtet haben, sehnen sich beide nach dem wohlverdienten ersten gemeinsamen Urlaub. Doch vorerst muss Isabella ihre Vernissage meistern und Chris dringend seinen verspäteten Roman vollenden. Alles läuft in geregelten Bahnen, bis plötzlich die 70-jährige Gudrun unerwartet bei ihnen auftaucht. Auf der Flucht vor ihrem gewalttätigen Ehemann wollte sie Ada – Isabellas kürzlich verstorbene Gönnerin – um Hilfe bitten. Als sie vom Ableben ihrer einstigen Freundin erfährt, bricht für sie eine Welt zusammen. Ohne lange zu überlegen, nimmt sich das Pärchen der Notlage an und bietet der Hilfebedürftigen kurzfristig Schutz, nicht ahnend, was diese Entscheidung ins Rollen bringt …

© GV Studio Photo

Sibylle Baillon wurde 1966 in Frankfurt am Main geboren. Nach einer erfolgreichen Ausbildung zur Bürokauffrau folgte sie dem Ruf der Ferne und zog nach Frankreich, wo sie als Leiterin der Exportabteilung im Blumengroßhandel Karriere gemacht hat und später Ausbilderin wurde. Seit jeher von Geschichten vergangener Epochen fasziniert, arbeitet sie heute als freie Autorin und hat bereits zahlreiche Romane veröffentlicht. Wenn sie also nicht gerade in Büchern schmökert, gilt ihre Leidenschaft dem Schreiben romantischer, historischer sowie kriminalistischer Geschichten.

Sibylle Baillon

Wie Spuren am See

Die Rückkehr

Bodensee-Saga

Immer informiert

Spannung pur – mit unserem Newsletter informieren wir Sie
regelmäßig über Wissenswertes aus unserer Bücherwelt.

Gefällt mir!

Facebook: @Gmeiner.Verlag
Instagram: @gmeinerverlag

Besuchen Sie uns im Internet:
www.gmeiner-verlag.de

© 2024 – Gmeiner-Verlag GmbH
Im Ehnried 5, 88605 Meßkirch
Telefon 0 75 75 / 20 95 - 0
info@gmeiner-verlag.de
Alle Rechte vorbehalten
1. Auflage 2024

Lektorat: Susanne Tachlinski
Herstellung: Mirjam Hecht
Umschlaggestaltung: U.O.R.G. Lutz Eberle, Stuttgart
unter Verwendung der Fotos von: © D.Bond / shutterstock.com
und Tommy / Pixabay
Druck: GGP Media GmbH, Pößneck
Printed in Germany
ISBN 978-3-8392-0484-9

Für meine liebe Cousine Lucienne

Die Dornenkönigin

Im feurigen Schein der Begierde,
Dein Wesen mir erst fremd,
Bunt malst du mit Liebeszierde,
Bis es feuerrot brennt.

Der Sog der Verdammnis
Radiert die Kreide fort,
Zerrt und rüttelt bis zum Verschliss,
Holt dich von diesem Ort.

Stachel so dick wie Drachenzähne
Stechen und piken alles auf,
Reißen Wunden in das Schöne,
Die Zeit nimmt ihren Lauf.

Die Blüte stirbt,
Reißt Löcher in Ketten,
Das Lodern verdirbt,
Nichts kann dich mehr retten.

Dornenkönigin, so verschwiegen,
Mit dem Fluch sie richtet,
Wollte siegen,
Doch es hat sie vernichtet.

Prolog

Wenn doch nur ...

Mit zusammengekniffenen Augen schaute sie zu dem Gemälde empor und seufzte laut vor sich hin. Sollte es das wirklich gewesen sein? Alle Hoffnung war gewichen, die Liebe versiegt, der Glanz verloren? War das Glitzern abgestumpft, das Vibrieren erloschen, die Hitze erkaltet?

Nein, kam prompt die Antwort der kleinen Stimme in ihrem Ohr. *Nein, das darf nicht sein!*

Dabei hatte es so verheißungsvoll begonnen. Ganz eindeutig waren sie füreinander geschaffen gewesen, und nichts würde sie über diesen Verlust hinwegtrösten können. Sie hatte so innig gehofft, dass sich doch noch alles zum Guten wenden würde. Auf ein Zeichen, einen Wandel, eine Geste. Hatte sie nicht alles aufgegeben, um dem Ruf der Liebe zu folgen? *Hör auf dein Herz*, hatte sie sich gesagt, *denn ein Herz kann nicht lügen.* Genau. Ein Herz sieht. Sieht in die Seele der Menschen, heißt es. Sieht Dinge, die der Verstand nicht wahrnimmt. Ein Herz spürt. Spürt die Aufrichtigkeit des anderen. Ein Herz weiß von Zeichen, die der Geist zu unterbinden wünscht.

Eine Träne rann ihr übers Gesicht, so überraschend, dass sie fast darüber lächeln musste. Es war lange her, dass sie das letzte Mal das salzige Nass auf ihren Lippen gespürt hatte, denn ihre Augen waren vertrocknet, die Quelle versiegt gewesen. War es die bevorstehende Änderung, die die

Schleusen zu ihren Empfindungen wieder öffnete? Traten die Erinnerungen deshalb plötzlich mit voller Wucht in den Vordergrund?

Damals war er ihr mit Haut und Haar verfallen gewesen. Das hatte sie zumindest gedacht. War es da nicht natürlich, dass sie an seine Versprechungen und an diese gewisse Harmonie hatte glauben wollen? Diese Harmonie, von der ein jeder träumte? Hatte sie zu viel erwartet? Sich zu viel vom Leben erhofft?

Ermattet riss sie sich vom schier unerträglichen Anblick der Liebenden auf dem Gemälde los und trat durch den Raum ans Fenster, von dem aus sie das Schauspiel des einziehenden Frühlings beobachten konnte. Die warmen Sonnenstrahlen entlockten Mutter Natur die heiß ersehnten Sprossen und Blüten, vertrieben das Mutlose des dauernden Winters, in dem sie lange Monate wie eine Märchenprinzessin hinter hohen Schlossmauern und Eis eingeschlossen gewesen war. Im aalglatten See spiegelte sich der Frühlingszauber, als wollte die Schöpfung auch den skeptischsten Betrachter von der Rückkehr des Schönen überzeugen, die Menschheit doppelt betören.

Wann immer sie an die ersten gemeinsamen Monate zurückdachte, durchfuhr sie der stechende Schmerz des tief sitzenden Stachels. Er durchbohrte ihr Herz gleich einem Spieß den saftigen Braten. Oh ja, sie hatte an die Ewigkeit geglaubt und hatte sie bekommen, wie eine besondere Gabe. Aber diese Ewigkeit hatte keinen Namen. Sie packte einen wie eine Zange, schloss sich ums blutende Herz und ließ nicht mehr los. Man saß da, war hellwach, aber wie gelähmt. Man saß da und hörte dem Tröpfeln des Wasserhahns zu. Plick, plock. Plick, plock …

Wie verrinnende Zeit, die keine war. Verrinnende Zeit,

die niemand kannte, weil es sie eigentlich nicht gab. Denn Zeit wollte genutzt werden. Zeit brauchte Platz. Zeit wollte mit Erinnerungen gefüllt werden. Zeit war narzisstisch. Denn wenn man ihr nicht gab, wonach ihr so sehr verlangte, wenn man sie einfach so verstreichen ließ, dann rächte sie sich mit unvorstellbaren Qualen der Langeweile. Mit unerträglicher Einsamkeit. Mit ziehender, zwickender, brutaler Einsamkeit. Mit dem Abgrund. Mit dem Leeren. Dem Vakuum, das nichts mehr zuließ.

Aber die Zeit lief weiter. Plick, plock, gemein, höhnisch, egoistisch. Sie wartete nicht. Nicht auf den Gemarterten, nicht auf den ungerecht Verurteilten, nicht auf die verlorene Liebe. Sie verstrich und stahl. Stahl die Jahre, die Jugend, die Weichheit der Haut. Aber sie beschenkte einen auch. Ha, das ja! Sie grub tiefe Falten ins Gesicht, Furchen, die zu Narben wurden. Narben des Gelebten und des Nicht-Gelebten. Narben aus Kummer, deren Krater mit Tränen angefüllt waren.

Man behauptet, Rache ist süß, dachte sie grimmig. *Die unsere würde eher bitter ausfallen ... Oder vielmehr qualvoll feurig, heiß wie brodelnde Glut, rot wie zornige Lava, die sich unaufhaltsam voranwälzt.*

Und wäre da nicht dieses eine Bedürfnis, das heißer brannte als jegliche Verzweiflung, hätte sie schon längst aufgegeben. Dieses innere Glühen hielt sie aufrecht, weil es in diesem ganzen Desaster endlich ein Ziel gab. Ein Ziel, das der Zeit trotzte. Ein Ziel, das wie ein Gegengift wirkte. Ein Ziel, das einen vor dem Schlimmsten bewahrte.

Wenn doch nur endlich ...

Kapitel 1 – Das Liebestollen

Lindau, Bodensee – Seerosen-Villa – Mai 2018

Wann immer ich auf den See schaute, füllte sich mein Herz mit dem unbeschreiblichen Gefühl von absoluter Vollkommenheit, und mir wurde bewusst, wie viel Glück mir vergönnt war. Noch schlaftrunken lag ich auf dem Bett und beobachtete den Tanz der morgendlichen Sonnenstrahlen, die durch die verschnörkelten Zierelemente des Balkongeländers zu uns ins Zimmer drangen und mit ihren Schatten ein vollendetes Kunstwerk auf den Fußboden zauberten.

Der Alltag sorgte dafür, dass man sich schnell an das Herausragende gewöhnte. Eingebettet in all die Vorhaben, Sorgen und Hürden, die das Leben einem in den Weg legte, nahm man es oft kaum noch wahr und wurde irgendwann sogar blind dafür. Aber täglich schwor ich mir, niemals in diese Falle zu tapsen, niemals diesen Frevel zu begehen, niemals die Schönheit und Unübertrefflichkeit dieses Geschenks, das mir das Schicksal gemacht hatte, zu übersehen.

Und dabei ging es mir nicht nur um diese wundervolle Villa, die mir von einer damals wildfremden Dame namens Ada, der ehemaligen und heimlichen Geliebten meiner Großmutter Maria, vermacht worden war. Allein das war schon Grund genug, dem Dasein täglich für diese Gabe zu danken. Aber das Schönste, was mir gewährt worden war,

war die Liebe zu dem Mann, der hinter mir lag und leise schnarchte, was mir ein Lächeln entlockte. Chris.

Da lagen wir, eng umschlungen, unzertrennlich. Seine warmen Hände breiteten sich besitzergreifend auf meinem Leib aus, als befürchtete er, ich könnte jeden Augenblick vom Erdboden verschluckt werden. Es waren solche Kleinigkeiten und viele andere Aufmerksamkeiten, die mir von morgens bis abends den Tag versüßten, so sehr, dass ich manchmal Angst bekam, dass irgendetwas aus dem Nichts kommen und uns entzweien könnte. Eine Erschütterung, ein Beben, das eine Bruchlinie zwischen uns ins Gestein der Wunderbarkeit reißen könnte, um uns mit riesigen Blöcken und Schollen voneinander zu trennen. Fast als wäre es zu schön, um wahr zu sein.

Ob Chris ähnlich empfand? Ich wagte nicht, das Thema anzusprechen. Es war wie ein Tabu, das zwischen uns zu hängen schien, wie ein gewisser Name in einer berühmten Zauberer-Reihe, der niemals ausgesprochen werden durfte. Es war, als könnten diese Worte – gleich einer Losung – einen jahrhundertealten Fluch heraufbeschwören. Einen Fluch, der seit Menschengedenken nur darauf wartete, dass ein liebendes Herz ihn mit einer unbedachten Äußerung wieder zum Leben erweckte.

Eilig verbannte ich diese furchterregenden Gedanken. Seit wann war ich denn so pessimistisch? Oder waren diese Gefühle ganz natürlich? Nach dem Motto: Je mehr es zu verlieren gibt, umso ängstlicher wird man.

Dabei gab es keinen Grund dazu. Täglich waren wir vernarrter ineinander und kamen uns näher. Immer wieder entdeckte ich an Chris eine neue Eigenschaft, die mich verzauberte oder zum Lachen brachte. Und jedes Mal, wenn ich meinte, dass sich diese Gefühle nicht mehr steigern könnten, musste ich bald einsehen, dass ich damit falschlag. Dann überraschte er mich mit einer weiteren Liebesbekundung – einem wilden Rausch an Gefühlen und verwirrender Leidenschaft. Wir waren wie junge Welpen, verspielt, zärtlich, liebestoll.

Würde es dauern? Konnte es dauern? Waren wir anders als andere Liebende? Oder würden auch wir der listigen Verlockung der Routine erliegen? Konnte der Alltag seine mächtigen Schwingen auch über uns ausbreiten, uns einfangen, um uns mit sich davonzutragen? Würden auch wir eines Morgens die Augen aufschlagen und uns fragen, was uns eigentlich noch beim anderen hält? Würden auch wir irgendwann vergessen, was uns zusammengebracht hatte? Könnten auch wir irgendwann dem Ich-sehe-durch-dich-hindurch-Effekt erliegen? Allein der Gedanke versetzte mir Stiche in die Magengegend. Unangenehme Erinnerungen an meine langjährige Beziehung mit Bernd stiegen in mir empor. Ob ich mich deshalb zu so düsteren Überlegungen hinreißen ließ?

Sicher, aber es war völliger Unsinn. Innerlich schüttelte ich den Kopf. Chris war nicht Bernd. Chris war ganz anders. Chris war ein Wirbelwind, wo Bernd einen Felsen verkörperte. Chris schwebte frei wie eine Pusteblume in den Lüften des Geistes, Bernd war mit steinzeitalten Wurzeln an den Grund gewebt. Chris war erfinderisch, Bernd glich einer Standuhr, deren Zeiger auf die Sekunde genau eingestellt waren.

Chris ist Chris, versicherte ich mir.

Unwillkürlich musste ich an unsere Anfänge zurückdenken. Die stürmischen Turbulenzen, die uns bei der Aufdeckung der Geheimnisse um die unverhoffte Erbschaft dieser herrlichen Villa zusammengebracht hatten, waren verklungen. Diese Villa, die wir zu Adas Ehren unter uns oft »Villa Kunterbunt« nannten, weil das Haus von dem vielfarbigen Leben der Künstlerin und ihrer Werke geprägt war, aber auch zur Erinnerung an eine große Schriftstellerin, deren Geschichten unsere Kindheit begleitet hatten. Diese Villa, die mir so einfach in den Schoß gefallen war, ohne dass ich gewusst hatte, wie mir geschah. Diese Villa, die damals so eine Anziehungskraft auf mich ausgeübt hatte, dass mir nichts anderes übrig geblieben war, als ihrer Geschichte und vor allem der ihrer ehemaligen Besitzerin Ada auf den Grund zu gehen. Ada, die unglückliche Geliebte meiner Großmutter. Ada, die ihren eigenen Mann in Notwehr erschlagen und den Rest ihres Lebens unter der Erpressung ihres Nachbarn Georg zu leiden gehabt hatte. Diesem widerlichen Mann, der nicht mehr von dieser Welt war, aber dessen Boshaftigkeit, Habgier und Verblendung so viel Elend um ihn verbreitet hatte, dass ich mir nicht sicher war, ob die Hölle dafür als Strafe ausreichen würde.

Mitunter hatte ich noch Albträume, in denen ich immer wieder meine Großmutter und Ada in jungen Jahren Hand in Hand im Garten stehen sah, als wären sie dem Gemälde entstiegen, das nach wie vor im Wohnzimmer hing, um das aufzuholen, was sie so lange Jahre versäumt hatten. Ich gönnte es ihnen so sehr, dass ich immer wieder versuchte, den Traum mit aller Gewalt aufrechtzuerhalten, für sie beide, auf dass sie sich darin lieben durften. In der Hoffnung, dass sie all die Dinge würden nachholen können, die ihnen zu Lebzeiten verwehrt geblieben waren. Und es erfüllte mich stets aufs Neue mit einer wohligen Genugtuung, obgleich ich genau wusste, dass es nicht von Dauer sein durfte. Denn es brauchte nie lange, dann fuhr Georg in Gestalt eines schwarzbemäntelten Teufels dazwischen, zerstörte das idyllische Bild und verwischte die Pastelle mit dunklen Schlieren, die sich wie wässrige Aquarellfarbe auf einer Leinwand verbreiteten, vom Stoff gierig aufgesogen, was mich jedes Mal schweißgebadet aus dem Schlaf aufschrecken ließ.

Und obwohl ich wusste, dass diese Vision immer wieder den gleichen Verlauf nahm, immer wieder das gleiche Ende erleiden würde, sehnte ich mir diese kurzen Momente fast ein bisschen herbei, wie einen traurig endenden Film, den man sich gefühlt hundertmal anschaute, insgeheim hoffend, dass der Liebende am Ende nicht ertränke.

Es schüttelte mich innerlich, und abermals schob ich die grauen Gedanken beiseite, wollte wieder an etwas Positives denken. Der Anblick des in der aufgehenden Sonne glitzernden Wassers half mir dabei. Festgemachte Boote schaukelten gemächlich hin und her, während sich unser geliebtes Schwanenpärchen federnputzend und wie vom Strom getragen über die glatte Oberfläche dahingleiten ließ. Dahinter türmten sich die majestätischen Alpen wie die gewaltigen Zacken eines Drachenkamms am Horizont auf. Schützend, blitzend und undurchdringlich markierten sie ihr Territorium mit ihren Zinnen und Gipfeln. *Bis hierhin und nicht weiter*, schienen sie jedem Eindringling oder Ausreißer zu sagen. Aber auch der märchenhafte Blütenrausch unseres Gartens hatte eine beruhigende Wirkung, und ich labte mich an dem herrlichen Panorama, das mir zu jeder Witterung das Gefühl vermittelte, in einer weich gepolsterten Postkarte zu verweilen.

»Woran denkst du?«, riss Chris mich aus meinen Träumereien und kuschelte sich noch dichter an mich heran, sodass sein Kinn auf meiner Schulter zu liegen kam.

Wohlig nahm ich seine Nähe wahr und lächelte in mich hinein. »Du bist aber neugierig«, wich ich der Frage aus.

Er knurrte, küsste mich auf den Hals. »Nun sag schon, Bella, sonst muss ich härtere Mittel anwenden, um dich zum Sprechen zu bewegen, das weißt du doch, nicht wahr?«

Vergnügt glucksend rekelte ich mich in seinen Armen, zögerte die Antwort bewusst hinaus. Chris lachte leise, knabberte an meinem Ohrläppchen. Eine angenehme Gänsehaut überlief mich von Kopf bis Fuß. »Wenn du meinst, mich auf diese Weise zu überreden, dann kannst du lange warten.«

»Ach ja?« Mit einem Handgriff drehte er mich zu sich um, als wäre ich ein hauchdünner Crêpe in einer Pfanne, legte sich über mich und hielt provozierend meine Hände seitlich fest. »Treib es nicht zu weit, Isabella Lampert«, zischte er. Jedes Mal, wenn er meinen vollen Namen aussprach, wollte er sich besonders gefährlich geben, was bei mir natürlich das Gegenteil bewirkte.

Ich grinste. »Hu, jetzt bekomme ich es aber mit der Angst zu tun.«

»Na warte«, stieß Chris durch zusammengepresste Zähne hervor, ließ meine Hände los und begann, mich an der Taille zu kitzeln. Ich japste, versuchte, seinen krabbelnden Fingern zu entkommen, doch vergebens. Unerbittlich griffen sie nach mir, piekten und reizten meine Nerven, bis ich verzweifelt nach Luft schnappend um Einhalt bettelte. »Ich sage es dir ja«, krächzte ich außer Atem. »Himmel, hör auf, ich sage es dir!«

Misstrauisch hielt Chris inne, die Hände zum neuerlichen Angriff bereit. Er kannte mich mittlerweile zu gut, um darauf hereinzufallen. »Ich höre?«

Ich prustete leise. »Ich dachte an … an den Frühling.«

»Lügnerin«. Empört legte er wieder los.

»Nein, nein«, kreischte ich aufgebracht und versuchte, mich aus seinem Griff zu winden. »Ich ergebe mich.«

»Die Wahrheit? Nichts als die Wahrheit?«

»Ja!«

»Schwörst du?«

»Ja, ich schwöre es.«

Er hielt inne. »Also?«

»Ich dachte, was ich doch für ein Glück habe, hier zu sein ... mit dir.«

Chris' Gesichtszüge glätteten sich augenblicklich, und er schaute mich zärtlich erweicht an. »Na siehst du«, wisperte er, küsste mich und ließ von mir ab. »Geht doch.«

Selbstherrlich legte er sich ins Kissen zurück, verschränkte die Arme hinterm Kopf und schaute verträumt an die Zimmerdecke. Seine gerade Nase, die schön geschwungenen Lippen, die wirre dunkle Lockenpracht und die charmanten Grübchen auf den Wangen wirkten auf mich so anziehend wie bei unserer ersten Begegnung. Verlockend luden mich die freigelegten Büschel unter seinen Armen ein, mich an ihm zu rächen. »Du verwendest unfaire Mittel«, stänkerte ich und zahlte es ihm heim, indem ich an seinen Achselhöhlen krabbelte. Doch Chris blieb stoisch, was mich noch mehr ärgerte. Er grinste siegessicher. »Spielverderber«, zischte ich und gab es auf.

»Schlechte Verliererin.«

»Also gut, diese Runde hast du gewonnen.«

Wir lachten.

Chris zog mich an sich, sodass ich seitlich auf ihm zu liegen kam. Bergehrlich schaute er mich an. »Ich empfinde das Gleiche, wenn ich bei dir bin«, sagte er mit rauer Stimme. Er legte seine Arme um mich und wir küssten uns innig. »Und wenn du für einen deiner Aufträge unterwegs bist oder deine Ausstellung vorbereitest, fehlst du mir gewaltig.«

Dieses Geständnis berührte mich zutiefst und fegte die

letzten Reste meiner Befürchtungen davon, wie eine starke Böe noch verbliebenen Staub.

»Und ich dachte immer, du würdest dich ganz im Gegenteil darüber freuen, endlich das Haus für dich allein zu haben«, neckte ich ihn.

»Du meinst, wenn die Katze aus dem Haus ist, tanzen die Mäuse auf den Tischen?«

Vergnügt lachend nickte ich. »Ja, so ungefähr.«

»Wenn ich doch nur könnte«, klagte er. »Ich weiß nicht, welcher Narr einmal behauptet hat, Papier sei geduldig. Das meine ist es jedenfalls nicht. Es will, soll, muss gefüllt werden.«

Chris wurde ernst, nahm mein Gesicht zwischen seine Hände und schaute mir bedeutungsvoll in die Augen. Das Dunkelblaue der seinen wirkte so tiefgründig wie der Bodensee im Morgengrauen. Mystisch, ein wenig unheimlich, aber unbeschreiblich aufregend. Und die gräulichen Kleckser darin wirkten wie die Möwen, die über das Strudeln hinwegschwebten. »Ohne dich ist alles grauer«, sagte er schlicht und ich verstand sofort, was er damit meinte. Mein Puls beschleunigte sich. Es war unglaublich, dass sich meine Empfindungen noch zu steigern vermochten.

»So geht es mir auch«, flüsterte ich bewegt. Abermals küssten wir uns.

»Was hältst du davon, den Tag einfach im Bett zu verbringen?«, raunte Chris verführerisch.

»Das klingt zwar überaus verlockend, aber was wird dein Verleger dazu sagen?«, fragte ich vorsichtig, denn Chris mochte es gar nicht, an seine ewige Verspätung erinnert zu werden.

Tatsächlich erntete ich missmutiges Stöhnen. »Verdammt, du hast ja recht.« Resigniert warf er den Kopf zurück ins

Kissen. »Und es gibt tatsächlich Menschen, die behaupten, dass das Leben eines Schriftstellers ein Traumdasein sei. Dass ich nicht lache. Schuften muss man, tagein, tagaus … Man kommt niemals raus aus der Bude … Und selbst diejenigen, die man am meisten liebt, peitschen einen unbarmherzig zu Höchstleistungen an.«

Über diese maßlose Übertreibung musste ich erneut laut lachen. Chris grinste verhalten.

»Das Ergebnis wird umso schöner werden«, konterte ich. »Außerdem sehe auch ich heute keinerlei Möglichkeit, mir freizunehmen, selbst nicht, um den Tag mit einem so reizenden Tunichtgut wie dir im Bett zu verbringen und mich zu was weiß ich für unanständigen Abenteuern überreden zu lassen.«

»Sicher?« Sein vielsagender Blick ließ mich schmunzeln. Verlockend war es allemal.

Bedauernd schaute ich ihn an. »Sicher, mein Liebster. Aber wenn ich meine erste Ausstellung erst einmal hinter mir habe und du deinen Sagen-Schinken beim Verleger abgeliefert hast, dann gönnen wir uns beide eine Pause und verreisen. Was hältst du davon?«

Chris lächelte verträumt, der Gedanke schien ihm außerordentlich gut zu gefallen. »Das ist eine wunderbare Idee. Aber es ist sehr ungeschickt von dir, sie mir ausgerechnet heute schmackhaft zu machen.«

»Warum? Ist es denn kein Ansporn?«

»Schon, aber nicht zu dem, was du damit im Sinn hattest. Jetzt werde ich nämlich den ganzen Tag damit verbringen, mir ein passendes Urlaubsziel auszumalen.«

Erneut lachten wir.

»Je mehr du dich ablenkst, umso später erfüllt sich dieser Traum«, antwortete ich streng.

»Du bist so was von erbarmungslos. Aber es ist auch wieder wahr …« Chris seufzte so tief, dass man hätte meinen können, die Last der Welt läge auf seinen Schultern.

»Nur Mut, mein Liebster, du schaffst das schon. Ich glaube an dich!« Mit diesen Worten küsste ich ihn auf die Wange, schwang die Beine aus dem Bett und lief mit bewusst kessem Hüftschwung zum Badezimmer. Er knurrte mir hinterher.

Während ich duschte, dachte ich an all das, was ich an diesem Tag zu erledigen hatte. Mein Fotostudio nahm langsam Gestalt an, und auch meine erste Ausstellung, die kurz bevorstand, machte mir viel Arbeit. Eilig kleidete ich mich an, und als ich wieder ins Zimmer zurückkam, fand ich Chris noch immer im Bett liegend vor. Gedankenverloren starrte er auf den See hinaus.

»Du Faulpelz«, schimpfte ich.

»Jaja«, brummte er verschlafen. »Ich komme ja schon.«

Aus dem Untergeschoss erklang ein knappes Kläffen wie ein Ruf zur Ordnung. Unser Vierbeiner schien hungrig zu sein und wollte sicher auch eine Runde ums Haus drehen. Gerade als ich das Zimmer verlassen wollte, klingelte es am Eingang und das empörte Kläffen setzte erneut ein, wurde hier und da von leisem Knurren unterbrochen. Verwundert hielt ich inne und schaute zu Chris, der sich vom Anblick der morgendlichen Seeidylle abwandte und mich ebenfalls nachdenklich anstarrte. »Erwartest du jemanden?«

Er verzog die Mundwinkel. »Das habe ich mich auch gerade gefragt, aber nein, ich denke nicht.« Er schüttelte seine dunklen Locken. »Und schon gar nicht zu so früher Stunde.«

»Okay, ich schau mal nach«, sagte ich und verließ das Zimmer, froh, bereits angezogen zu sein. »Und mach, dass du endlich aus den Federn kommst.«

»Jaja«, wiederholte Chris und ich hörte das Bett quietschen, ein sicheres Zeichen dafür, dass er meiner Aufforderung Folge leistete.

Als ich unten ankam, stand Rex wedelnd und noch immer knurrend vor der Haustür.

»Na du«, begrüßte ich unseren schottischen Hirtenhund und begab mich zum Eingang. Ich spähte aus dem Guckloch und stutzte. Vorsichtshalber hielt ich Rex am Halsband zurück, öffnete langsam die Tür.

»Guten Morgen«, begrüßte ich die alte Dame, die leicht über einen Gehstock gebeugt vor mir stand. Sie trug eine Sonnenbrille, ein Kopftuch und einen beigen Wintermantel, der für Anfang Mai unpassend wirkte.

Auch sie schaute mich stirnrunzelnd an, als wäre *ich* diejenige, die geklingelt hätte. »Grüß Gott, liebes Kind«, hauchte sie verunsichert. Verwirrt blieb ihr Blick an mir haften, als hätte sie jemand anderen erwartet. »Entschuldigen Sie bitte die Störung, aber … Ich muss dringend zu Ada.«

Ein Schrecken durchfuhr mich. Ich räusperte mich. Nicht nur, weil ich nicht damit gerechnet hatte, dass es noch Menschen geben könnte, die nicht über Adas Ableben Bescheid wussten, aber auch weil ich schon am frühen Morgen in die Rolle des Hiobsboten schlüpfen musste. Noch dazu wirkte die Fremde zerbrechlich auf mich. »Es … Es tut mir leid, aber … Ada ist leider von uns gegangen«, presste ich heraus, in der Hoffnung, dass meine Worte so schonend wie möglich bei ihr ankommen würden.

Durch die getönten Gläser ihrer Sonnenbrille schaute mich die Dame entgeistert an. Das ohnehin schon bleiche Gesicht wirkte auf einmal transparent. »Sie meinen, sie ist umgezogen? Ach du meine Güte, das ist ja …« Es schien eine erschütternde Nachricht für sie zu sein. Jetzt, da Rex sich davon hatte überzeugen können, dass die Besucherin keine Gefahr darstellte, und sich beruhigt hatte, ließ ich ihn ins Freie.

»Nein, ich … Also …« *Verdammt*, dachte ich. *Es muss ja doch irgendwann ausgesprochen werden.* »Sie weilt leider nicht mehr unter uns.« Es war gesagt.

»Sie meinen, sie ist …«

»Ja«, bestätigte ich bedauernd. »Es tut mir leid.«

Die Fremde strauchelte leicht. »Um Himmels willen …«

»Vorsicht«, stieß ich aus und war mit einem Satz bei ihr, um sie zu stützen. »Sind Sie eine Verwandte?« Betroffenes Kopfschütteln. »Eine Freundin?«, riet ich weiter, um das Gespräch in Gang zu halten.

»Ich … Ja …«, stammelte sie, schien nach den richtigen Worten zu suchen. »Sie war meine einzige wahre Freundin und …« Sie stockte. »Und meine letzte Hoffnung«, wisperte sie.

Erschüttert starrte ich sie an. »Das tut mir aufrichtig leid.«

»Und wer sind Sie? Die Haushälterin?«, fragte sie ermattet.

»Nein, ich bin Isabella, Adas Erbin.«

Die Augenbrauen meines Gegenübers schossen mit unerwarteter Heftigkeit empor. Fast schien es, als würde sich mit einem Mal jede Faser in ihr versteifen und sich gegen das Gesagte sträuben. »Hatte Ada denn Kinder?«, krächzte sie wankend und hielt sich an meinem dargebotenen Arm fest.

Ich spürte ihre Krallen, die sich in meine Haut bohrten, und runzelte die Stirn. »Nein, nein«, wiegelte ich verwirrt ab.

»Aber … Wie … Wie können Sie dann die Erbin sein?«
Es klang misstrauisch, aber keinesfalls missbilligend.

»Es ist eine lange Geschichte. Sie hat mir ihren Nachlass
aus anderen Gründen vermacht.« *Warum rechtfertigte ich
mich, was geht sie das eigentlich an?*, schoss es mir durch
den Sinn.

»Ach so«, sagte die Frau und nickte mehrmals resigniert.
Sie schien wieder in sich zusammenzusacken.

»Kann ich vielleicht irgendetwas für Sie tun?«, fragte
ich beklommen.

Die Gebrechliche winkte ab. »Das ist nicht nötig. Verzeihen Sie die Störung. Jetzt ist sowieso alles verloren …«
Sie wandte sich von mir ab und trat taumelnd den Rück-
zug in Richtung Tor an. Dabei stützte sie sich unbeholfen auf ihren Gehstock, der mit jedem Schritt so heftig
zu vibrieren schien, dass man hätte meinen können, er
würde jeden Augenblick entzweibrechen.

Die Vernunft hätte jetzt sicher gewollt, dass ich die
gute Frau ihrer Wege gehen lasse. Jede andere Person
hätte eingesehen, nichts für die Arme tun zu können.
Jede andere Person wäre wahrscheinlich in die Küche
gegangen, um dort ein wundervolles Frühstück für sich
und ihren Liebsten vorzubereiten. Jede andere, außer
mir. Beim Anblick dieser einsamen, verzweifelten Frau,
die noch dazu mit der lieben Ada, meiner Gönnerin,
befreundet gewesen war, zog sich mein Herz schmerz-
voll zusammen.

Jetzt ist sowieso alles verloren, hallten die letzten Worte
der Besucherin wie ein unerwünschtes Echo in mir wider.
Und bevor ich mich versah und es mir noch anders überlegen konnte, holte ich sie geschwind ein. »Hören Sie,
in diesem Zustand kann ich Sie doch nicht gehen lassen.

Wollen Sie nicht ein paar Minuten hereinkommen, etwas Warmes trinken und mir Ihr Anliegen vorbringen?«

»Wozu soll das gut sein?«, flüsterte sie.

»Vielleicht kann ich Ihnen ja auf irgendeine Weise weiterhelfen«, schlug ich vor, ohne zu ahnen, auf was ich mich da gerade einließ.

»Ach, woher denn. So tief, wie ich gesunken bin, kann ich mich sowieso gleich in den See stürzen.«

Heftiges Unwohlsein stieg in mir auf. Das morgendliche Glücksgefühl, das ich eben noch so stark empfunden hatte, schwand wie der Dunst einer abkühlenden Teekanne, verflüchtigte sich allmählich in der noch frischen Morgenluft. »Wie heißen Sie denn?«

»Gudrun«, murmelte die Dame. »Gudrun Schneider.«

»Nun, Frau Schneider, ich bestehe darauf«, sagte ich sanft, aber bestimmt, presste mitfühlend die Lippen aufeinander und schaute sie entschlossen an. »Ich möchte Sie so nicht gehen lassen. Zwar kann ich Ihnen nicht versprechen, dass sich all Ihre Probleme mit einem Flachswickel und einer Tasse Kakao im Nu in Luft auflösen werden, aber zumindest können wir sicher eine vorläufige Lösung finden. Oder wäre Ihnen ein starker Wachmacher lieber?«

Gudrun schaute mich leicht verstört an, dann willigte sie nickend ein. »Ein Kakao wäre wunderbar. Und … Nennen Sie mich doch bitte einfach Gudrun.«

»Gerne, Gudrun«, antwortete ich und bot ihr meinen Arm an. »Dann nennen Sie mich aber bitte auch Isabella.« Mit diesen Worten begleitete ich sie ins Haus, wo ich ihr aus dem Mantel half. Darunter trug sie ein blumig grünes, aus einem fluiden Satin bestehendes Ensemble, das gut zu ihren Knopf-Ohrringen passte und für einen gewöhnlichen Wochentag fast etwas zu festlich wirkte, als hätte sie sich für ein großes Ereignis gekleidet.

Nachdem ich Gudrun in die Küche geführt hatte, ließ ich sie auf einem der Stühle Platz nehmen, und während ich ihr das gewünschte Getränk zubereitete, schielte ich ab und an zu ihr hinüber und seufzte innerlich. Was war dieser armen Frau nur widerfahren, das sie so hoffnungslos stimmte? Sicher würde es doch irgendetwas geben, das ich für sie tun könnte. Und während ich die Getränke vorbereitete und den Tisch deckte, dachte ich an Chris und an unser liebestolles Erwachen und fragte mich, was er wohl von all dem halten würde. Aber das, was mir eben noch wie eine Verrücktheit erschienen war, wurde allmählich zur inneren Überzeugung.

Ich war entschlossen, dieser Frau zu helfen. Ich tat es für Ada, der ich so viel zu verdanken hatte. Und je mehr ich darüber nachdachte, umso nachvollziehbarer wirkte diese Entscheidung auf mich. War das Leben nicht ein ewiger Kreislauf von Geben und Nehmen? Hätte ich diese hoffnungslose Frau etwa sich selbst überlassen sollen?

Nachdem ich das Körbchen mit den Flachswickeln auf dem Tisch abgestellt hatte, berührte ich zur Aufmunterung Gudruns Schultern, was sie leicht zusammenfahren ließ.

»Verzeihung«, stammelte ich und zog meine Hand fort. »Ich wollte Ihnen nur versichern, dass alles wieder ins Lot kommen wird.«

»Das ist lieb von Ihnen, Kindchen. Aber ich habe Sie vorgewarnt. Viel werden auch Sie nicht ausrichten können«, sagte Gudrun gedehnt und nickte.

Ich zuckte die Achseln und warf einen Blick aus dem Küchenfenster. Schlagartig kamen die Erinnerungen an Georg zurück, wie er sich jahrelang unbefugt ins Haus geschlichen hatte, um Ada durch ein Guckloch in der Wand der Wäschekammer zu beobachten. Es schüttelte mich bei der scheußlichen Erinnerung. Ich war heilfroh, dass er nicht mehr unter uns weilte und kein Unheil mehr anrichten konnte.

Vorsichtig balancierte ich die dampfende Tasse Kakao bis zu Gudruns Platz und stellte sie vor ihr ab. Mit einem letzten prüfenden Blick auf den Frühstückstisch versicherte ich mich, dass ich auch nichts vergessen hatte. Schließlich setzte ich mich ihr gegenüber.

»So«, sagte ich und reichte Gudrun den Korb mit dem Gebäck.

Zögerlich langte diese zu. »Danke schön«, erwiderte sie, tunkte den Wickel in die Tasse und biss genüsslich zu.

Auch ich bediente mich. »Dann erzählen Sie mir doch bitte einfach mal Ihren Kummer frei von der Seele«, forderte ich sie auf.

Mampfend schaute mein Gast mich an. Sie kaute zu Ende, schluckte und begann zu erzählen. Und mit jedem ihrer Worte rutschte die Erinnerung an das morgendliche Liebestollen etwas mehr in die Ferne …

Kapitel 2 – Zwischenspiel

Am Vorabend in Friedrichshafen

Ihr war kalt. Bitterkalt. Fröstelnd zog sie den Umhang fester um sich. Doch das änderte nichts. Die Kälte kroch durch alle Ritzen, durch jede Masche ihrer Kleidung und durchdrang die Haut bis auf die Knochen und sickerte tief in ihre Seele. Oder vielmehr: ins letzte Zipfelchen Seele, das noch in ihr übrig geblieben war. Das bisschen Seele, das wie eine zusammengeschrumpelte Rosine irgendwo in ihrem Schädel verweilte. Gemartert, zertreten, von der Welt vergessen …

Jetzt war es also vollbracht. Endlich hatte sie sich aus dem jahrzehntelangen Joch befreit, war aus dem Käfig ausgebrochen, der sich wie eine Zange immer enger um sie herum geschlossen hatte. So lange hatte sie auf diesen Moment gehofft, darauf gewartet, ihn sich herbeigesehnt. Hatte nach ihrer Freiheit gelechzt wie eine Verdurstende nach einem Schluck Wasser.

Die Angst war ihr ewiger Begleiter gewesen. Die Angst, nie wieder das pulsierende Leben mitzuerleben. Nie wieder eine belebte Straße entlangzulaufen, nie wieder unbekümmert zu sein. Die Angst, in alldem sich selbst zu verlieren. Und die Angst, dass es keine Gerechtigkeit geben könnte. Denn während sie jahrelang dahingesiecht war, hatten sich andere auf ihre Kosten ein schönes Leben gemacht.

So lange hatte sie sich diesen Tag herbeigeträumt, ihn sich in allen Nuancen ausgemalt, ihn verherrlicht. Wie oft hatte sie am Fenster gestanden und den Menschen da draußen zugeschaut? So oft, dass sie es nicht zu sagen vermochte. Die Male, die Jahre, die düsteren Gedanken, die sie dabei immer wieder aufs Neue gepackt hatten. So lange war sie eingesperrt gewesen. So lange hatte sie sich selbst aufgegeben, hatte nicht mehr wirklich daran geglaubt, hatte in den Abgrund der Menschlichkeit geschaut.

Damit war jetzt Schluss. Jetzt würde sie sich holen, was ihr schon immer zugestanden hatte. Diesmal würde sie schlauer vorgehen. Aus und vorbei mit der Gehorsamkeit. Aus und vorbei mit der Untertänigkeit. Aus und vorbei mit der Hörigkeit. Die freundliche Version ihrer selbst gab es nicht mehr, hatte sich in Ätze verwandelt. Brennende, brodelnde und dampfende Ätze. Gefährlich, unsichtbar und alles durchdringend. Rache! Ja, sie wollte Rache. Vergeltung. Wollte, dass ihr langes Siechen gesühnt wurde. Wollte den Verantwortlichen endlich die Rechnung präsentieren. Nein, besser noch: Sie wollte, dass die Schmach zehnfach vergolten wurde.

Ihr früheres Ich, das schwache, existierte nicht mehr. Jetzt gab es nur noch diejenige, die sich ihre Freiheit zurückholte, diejenige, die Gerechtigkeit für all das erlittene Leid verlangte. Diejenige aber, die all die verfluchten Jahre klein beigegeben hatte, um unauffällig zu bleiben, die gab es nicht mehr.

Die ganze Zeit über hatte sie sich dumm und unwissend gestellt, hatte den Schutzschleier der Naivität bewahrt. Jahrelang hatte sie eingesteckt, erduldet, erlitten. Die Demütigungen, die Gewalt, die scheußliche Behandlung. Jahrelang hatte sie geschluckt, gebetet, beschworen … Nichts hatte genützt!

Egal, wie laut es in ihr geschrien, wie sehr sie geweint hatte, egal, mit welcher Wucht ihr Herz nach der Desillusion in tausend Stücke gerissen wurde: Sie hatte überlebt! Sie hatte eine Mauer um sich herum gebaut und sich dahinter verschanzt. Sie hatte das Grausame ausgeschlossen, sich wie ein Igel eingerollt und hatte erduldet. Sie hatte überlebt, ja verdammt, überlebt!

Tief einatmend verfolgte sie ihren Weg, den sie in den Jahren der Gefangenschaft in- und auswendig gelernt hatte. In Wirklichkeit schien alles größer und beängstigender, aber sie kannte ihn wie ihre Westentasche. Trotzdem fühlte sie sich in den Gassen dieser Stadt wie ein verletztes Tier, dem man vor langer Zeit die Freiheit geraubt hatte, und das nach vielen Jahren durch einen winzigen vergessenen Spalt im Zaun ihres Gefängnisses hatte fliehen können. Ein armes Geschöpf, das mit einem Schlag in eine Welt eintauchte, die nichts mehr mit der zu tun hatte, die es einmal gekannt hatte. Da, wo früher Bäume gestanden hatten, ragten riesige Betonklötze in den Himmel, wo früher Felder und Weiden das Auge verwöhnt hatten, war jetzt alles zugepflastert.

Kaleidoskopartig nahm sie die Einzelheiten ihrer Umgebung wahr. Einzelheiten, die wie Glasstücke in der Spielzeugröhre kullerten und stetig neue Muster bildeten. Es wirkte alles so anders, viel bunter, als es ihr in Erinnerung geblieben war. Und es waren nicht die kurzen, bespitzelten Ausflüge, die ihr ab und an vergönnt gewesen waren, die etwas an dieser Fremde, die sie beim Anblick all dieser Neuerungen empfand, geändert hätten.

Überall schienen ihr dunkle Schatten zu folgen, riesige schemenhafte Gestalten, die mit gierigen Krallen nach ihr griffen, um sie in die Welt des Grauens zurückzuholen. Sie keuchte leise und lief weiter. Nur fort. Nur fort, aber bedacht. Der kleinste Fehltritt könnte alles über den Haufen werfen, ihren so lange ausgeklügelten Plan mit einem Schlag zunichtemachen, sie wieder an den Nullpunkt zurückzwingen, in Gefangenschaft, ins Dunkle, ins ewige Nichts ...

Sie würde schlau vorgehen müssen, so, wie sie es bis jetzt gehalten hatte. Schadenfroh lächelte sie vor sich hin. Eigentlich war sie zu alt für solche Strapazen. Zu alt und zu eingerostet. Und genau dieser Glaube hatte ihr für die Umsetzung ihres Plans einen gewaltigen Vorteil verschafft, denn wer konnte sich vorstellen, dass eine 70-Jährige von heute auf morgen ein solches Unterfangen wagen würde? Wer hätte ihr zugetraut, müde und zerbrechlich und leicht dement, wie sie sich immer gegeben hatte, dass sie in der Lage sein würde, ein so gewitztes Fluchtvorhaben umzusetzen? Wer hätte auch nur im Geringsten ahnen können, dass sie in ihrem Alter bereit war, noch solche Risiken auf sich zu nehmen?

Niemand. Und genau das war ihr Vorteil.

Voller Zuversicht lief sie über die große Rasenfläche, die mit wunderschönen Beeten aus lilafarbenen, gelben und weißen Veilchen verziert war, in Richtung Bahnhofsplatz. Es duftete nach Frühling, nach Unbekümmertheit. Aber noch durfte sie sich davon nicht ablenken lassen. Jetzt galt es, einen kühlen Kopf zu bewahren und methodisch vorzugehen. Erst, wenn sie ihr Vorhaben vollständig umgesetzt hatte, würde sie nachts wieder ruhig schlafen können. Jemand würde zahlen müssen. Und solange das nicht der Fall war, solange sie nicht wieder den ihr zustehenden Platz eingenommen und die Ordnung der Dinge herbeigeführt hatte, würden die Blumen, die Gerüche, der Frühling und die lieblichen Gefühle warten müssen.

In all der Modernität, die sie von allen Seiten anzuspringen schien, bildete das imposante längliche Bahnhofsgebäude mit der gelben Fassade, den weißen Rundbogenfenstern und den zwei großen Seitenflügeln einen angenehmen Kontrast. Unter dem abendlichen Wolkenhimmel und dank des schwachen Laternenlichtes wirkte dieses Bauwerk aus dem 19. Jahrhundert wie ein verwunschenes Schloss einer anderen Epoche. Der Anblick strahlte eine gewisse Geborgenheit aus; eine ältliche, vertraute Atmosphäre, die sie fast ein wenig nostalgisch stimmte. Wären da nicht die Busse und Autos, hätte sie sich im Schein der hell beleuchteten Fenster sogar eine Ballnacht ausmalen können. Fast meinte sie, das Gelächter der Feiernden zu vernehmen, sich nur auf die Zehenspitzen stellen zu brauchen, um einen Blick auf die eleganten Roben zu erhaschen. *Komm,* schien der helle Glanz sie zu rufen. *Komm, hab keine Angst und tritt ein.* Sie zögerte. Fast war es zu verlockend, um wahr zu sein. Befand sie sich hier wirklich in Sicherheit? Die Antwort lautete ganz deutlich: *Nein! Nirgends bist du mehr in Sicherheit!*

Prompt holte sie sich in die Gegenwart zurück. Sie würde höllisch auf der Hut sein müssen. Sofort warf sie einen Blick auf die Uhr, die über dem Eingang hing. Es war 23 Uhr. Gut! Genug Zeit, um noch schnell eine Fahrkarte zu kaufen und in den letzten Zug zu steigen. Je schneller sie hier fortkam, desto besser.

Als sie die Bahnhofshalle betrat, schien es, als wollte sie selbst der Geruch, der ihr entgegenschlug, in die Irre führen. Hätte sie in diesem Moment die Augen geschlossen, wäre die Illusion vergangener Tage perfekt gewesen. Eine Mischung aus Kohle, verbranntem Grafit und Teer vermengte sich mit dem üblichen Mief von Holzbänken, staubigen Böden und den zahlreichen Ausdünstungen der vielen Reisenden, die hier tagein, tagaus passierten. Es war beruhigend, dass sich manche Dinge trotz des unaufhaltsamen Voranschreitens der Zeit nicht änderten, und wenn es auch nur das Innenleben einer veralteten Bahnhofshalle war.

Doch sie zwang sich zur Wachsamkeit, nahm selbst das kleinste Detail so intensiv wahr, dass es sie schier unermessliche Kraft kostete, sich auf das Wesentliche zu konzentrieren. Da war der Barmann in der Bahnhofs-Gaststätte, der seinen ohrenbetäubenden Milcherhitzer zur Säuberung rauschen ließ, die Stimme der Ansagerin, deren vermeintlich letzte Nachricht aus den Lautsprechern dröhnte, oder der Schaffner, der in seine schrille Pfeife blies. Neben ihr holte ein eiliger Passant im Vorbeigehen ein Kaugummi aus einem laut knisternden Alupapier heraus. Das rhythmische Quietschen der kleinen Rädchen eines Gepäckwagens zerrten an ihren Nerven, und die grellen Neonleuchten schienen sie geradezu mutwillig anzukreischen.

Mit einem Mal brach ihr der Schweiß aus. *Ruhig Blut*, mahnte sie sich. *Schau nicht drein wie eine Schuldige. Zeige keine Angst. Gib dich unauffällig, lächele.*

Die Mobilitätszentrale war wie erwartet bereits geschlossen, und so begab sie sich direkt zu einem der Automaten. Und obwohl sie sich darauf vorbereitet hatte, blieb sie auf einmal wie gelähmt davor stehen. Wo musste sie noch draufdrücken? Die Buchstaben verschwammen vor ihren Augen zu einem pampigen Brei, nichts ergab mehr Sinn. Sie spürte das Kribbeln an ihrer Unterlippe, ihr altbekannter Begleiter, der sich zurückmeldete.

Geh!, schrie sie ihn innerlich an. *Geh und lass mich* in *Frieden! Nicht hier, nicht jetzt. Keine Attacke, verdammt! Bleib fort …* Wenn die Krise kommen und ihre Sinne benebeln würde, wäre alles verloren. Sie musste bei Verstand bleiben, sich erinnern. Das Abdriften war hässlich und schonungslos, wie ein breiter Schlund, der einen verschlang und wieder ins Vergessen hinabzog.

Unwillkürlich zuckte sie zusammen, als eine Gestalt an sie herantrat.

»Griaßgodd, kann ich Ihnen vielleicht behilflich sein?«, fragte der Bahnbeamte und schaute sie an.

»Grüß Gott«, antwortete sie heiser. »Äh ... Also ... Ich habe meine Brille vergessen ... Ich bräuchte eine Fahrkarte nach Lindau-Hauptbahnhof, bitte.«

»Möchten Sie einen Einzelfahrschein?«

»Ja, bitte.«

»Der nächste Zug geht allerdings erst morgen früh um fünf.«

Erschüttert starrte sie den Beamten an. »Nicht um 23.15 Uhr?«

»Nein, da sind Sie falsch informiert. Der letzte Zug verlässt die Station pünktlich um 23.02 Uhr.« Wie zum Beweis zeigte er nach draußen zu den Gleisen, wo der rote Regionalzug gerade an Fahrt gewann.

Sie stöhnte innerlich, versuchte jedoch, sich ihren Schrecken nicht ansehen zu lassen. Je länger sie hier verweilte, umso mehr schrumpften ihre Chancen, unentdeckt zu bleiben. »Das geht schon in Ordnung«, gab sie sich gelassen.

»Wir schließen in einer halben Stunde.«

»Kein Problem.« *Auch das noch!* Entsetzt blickte sie sich nach allen Seiten um. Tatsächlich lag das immense Gebäude zu dieser fortgeschrittenen Stunde verlassen da. Ein Straßenkehrer fegte die vergessenen Abfälle der Reisenden zusammen, hinterlassene Überbleibsel, die wie Stigmata des Lebens wirkten. Eines Lebens, das sie nicht mehr kannte. Eines Lebens, das sie, die Geächtete, von allem Schönen ausgeschlossen hatte.

Der Beamte musterte sie stirnrunzelnd. »Nicht weit von hier ist ein Hotel«, sagte er. »Dürfte nicht sehr teuer sein.«

Was wollte er damit sagen? Dass sie arm war? Sie richtete sich auf und reckte das Kinn nach vorne. Dabei hatte sie sich für dieses Ereignis doch besonders fein hergerichtet. »Ein Hotel kann ich mir allemal leisten«, rechtfertigte sie sich.

»Wollen Sie jetzt trotzdem die Fahrkarte?« Es klang ungeduldig.

»Selbstredend!«

Er tippte die Daten auf dem Display der Maschine ein. »Das macht 7,80 Euro.«

Empört riss sie die Augen auf. Mit diesen verflixten Euros war sie noch nie klargekommen, hatte nie ein Gefühl dafür entwickeln können. Hastig kramte sie ihr so lange zusammengespartes Kleingeld aus der Manteltasche hervor und hielt es ihrem Helfer mit offener Hand hin.

Missmutig und mit spitzen Fingern klaubte sich der Beamte die nötigen Münzen heraus und steckte sie eine nach der anderen in den Apparat, der diese scheppernd verschluckte, um wenige Augenblicke später das Ticket auszuspucken. Aus Angst, das Ungetüm könnte womöglich ihre Finger einsaugen, starrte sie auf das ersehnte Objekt, dessen Ende gewölbt aus dem Schlund hing. Ungeduldig zog der Bahnbedienstete daran, sodass es schließlich vollständig herausrutschte, und reichte es ihr.

Mit einem knappen »Dankeschön« nahm sie es so ehrfürchtig entgegen, als handele es sich dabei um den goldenen Gral aller Privilegien, das Sesam zu einer anderen Welt. Einer Welt ohne verschlossene Türen, ohne undurchdring-

liche Fenster, die einem vorgaukelten, doch alles mitzuerleben, aber eben nur von innen. Einer Welt, in der sie endlich
sie selbst sein durfte, endlich die Seite ihres Ichs entfalten
konnte, die so lange hatte zurückstehen müssen. Diese
Fahrkarte war das Billett in die so lange ersehnte Freiheit,
es kam einem Sechser im Lotto gleich. Wie einen kostbaren
Schatz verstaute sie das kartonierte Stück in ihrer Tasche
und hastete durch die Bahnhofshalle davon …

Kapitel 3 – Sagengrollen

Lindau, Bodensee – Seerosen-Villa – Mai 2018

Mal erschüttert, mal fassungslos starrte ich Gudrun an, als sie mir ihre Geschichte darlegte. Während sie mir erzählte, wie sie eine gefühlte Ewigkeit mit einem gewalttätigen Alkoholiker zusammengelebt hatte und dessen Launen ausgesetzt gewesen war. Wie sie die Demütigungen, Schläge und Erpressungen jahrzehntelang über sich ergehen ließ. Wie sie nach einem weiteren heftigen Übergriff vor ein paar Tagen einen guten Moment abgepasst und das Haus fluchtartig verlassen hatte, um sich auf den Weg zu ihrer Freundin zu machen, in der Hoffnung, die ehemalige Verbündete, wie sie Ada liebevoll nannte, könnte sie in ihrer Not ein paar Tage beherbergen oder ihr zumindest weiterhelfen.

»Warum sind Sie denn um Himmels willen so lange bei ihm geblieben?«, empörte ich mich, obwohl ich im Grunde wusste, dass es eine unsinnige Frage war. Es war allgemein bekannt, dass Opfer solcher Gewalttäter es selten schafften, einfach zu gehen. Aus Furcht vor der Rache ihres brutalen Gefährten, aus mangelndem Selbstbewusstsein und der sich daraus ergebenden Angst vor dem, was sie »draußen« erwartete, oft aber auch, weil sie – so verrückt es auch klingen mochte – ihren Peiniger noch immer liebten.

»Ach, Kind. Er war ja nicht die ganze Zeit über unleidlich. Manchmal war er so lieb und angenehm wie ein Lamm.

Dann bereitete er mir zur Versöhnung eine wundervolle Lasagne zu, wählte eine meiner Lieblingsserien im Fernsehen aus und achtete darauf, dass ich mir auch ja eine Decke über die Beine zog. Jedes Mal habe ich fest daran geglaubt, dass er sich ändern wird.«

Es hörte sich so zärtlich an, dass es mir vor Mitgefühl das Herz zerriss. Es hätte mich wütend machen sollen, dass sie nicht vorher reagiert hatte, aber stattdessen sah ich genau, was in Gudrun vorgegangen sein musste.

»Aber mit der Zeit haben Sie doch sicher bemerkt, dass dem nicht so war.«

»Ja. Aber ich wollte es nicht wahrhaben. Und wissen Sie, wenn man so tief im Dilemma steckt, ist es sehr schwierig, einen klaren Gedanken zu fassen. Oft hatte ich Panikattacken, die mich am Nachdenken hinderten. Dann zählte nur noch, wie ich den nächsten Augenblick überbrücken, wie ich ihn sanftmütig stimmen und seine ewige Wut beschwichtigen könnte. Ich war nicht in der Lage, ans Morgen und schon gar nicht an einen Ausweg zu denken.«

»Natürlich.« Ich nickte beklommen. Ja, wer war ich, mir ein Urteil über sie zu erlauben? Wer wusste schon, was die arme Frau alles durchgemacht hatte? In ihrem trüben Blick las ich all das Leid, all den Kummer, den sie durchlitten haben musste. Darin schienen auch Dinge zu stehen, die sie nicht erzählte. Nicht erzählen wollte. Oder nicht erzählen konnte? Aus Scham? Aus Pein?

»Jetzt sitze ich auf der Straße und weiß nicht weiter. Denn solange ich keinen festen Wohnsitz habe, kann ich mir vom Sozialamt keine Hilfe erhoffen, und eine Bleibe bekomme ich nur mit einem nachweisbaren Einkommen.«

Das stimmte allerdings. Aber mit Sicherheit gab es auch hierfür Lösungen. »Beziehen Sie denn keine Rente?«

»Doch, eigentlich schon«, antwortete sie und schaute verlegen in ihre Tasse. »Aber die geht direkt auf ein gemeinsames Konto, und es ist auch nur sehr wenig.«

»Dann müsste also als Erstes ein anderes Konto angelegt werden, um die neuen Daten umgehend an die Rentenkasse weiterzuleiten.« Ich biss in meinen Flachswickel und kaute. *Wie schade, dass ich mir heute nicht freinehmen kann*, dachte ich. Gerne wäre ich hiergeblieben, um Gudrun beizustehen.

»Leider kann man ohne feste Adresse kein Konto eröffnen«, antwortete sie erschlagen.

»Hach, stimmt.«

»Außerdem habe ich mich in der Panik sang- und klanglos davongeschlichen und nicht einmal meine Papiere mitgenommen«, eröffnete sie schuldbewusst.

»Auch das noch«, stöhnte ich leise und spülte das Gebäck mit einem kräftigen Schluck Kaffee hinunter. Allmählich dämmerte mir, wie tief Gudrun wirklich in der Klemme saß. Aber ich wollte nicht aufgeben. Irgendwie würden wir den Teufelskreis unterbrechen müssen. »Gut«, versuchte ich, sachlich zu bleiben. »Sie haben kein Geld, keine Papiere, keine Bleibe und, wie ich annehme, auch keine Kleidung.« In Gedanken malte ich mir bereits aus, eine öffentliche Kollekte zu veranstalten, um Gudrun zu helfen. Vielleicht während der Ausstellung?

»Ja«, wisperte Gudrun benommen. Ihr Unglück so unverblümt zusammengefasst zu bekommen, schien sie zu überwältigen.

»Entschuldigen Sie bitte«, sagte ich hastig. »Wie ungeschickt von mir.«

»Nein, nein. Sie haben ja recht. Ich weiß ja sehr wohl, wie es um mich steht. Und ich möchte Sie nicht belügen: Obendrein sind wir auch noch hochverschuldet.«

»Himmel«, entwich es mir.

»Ja!«, schnüffelte Gudrun vor sich hin. »Für seine Sauferei und seine Sucht für Pferdewetten musste immer Geld im Haus sein. Da schreckte er auch vor Krediten mit horrenden Darlehenszinsen nicht zurück.«

Ich grübelte angestrengt, aber auf Anhieb fiel mir auch kein Wundermittel dagegen ein, nichts, was ich hätte tun können, um ihr aus der Zwickmühle zu helfen, und es ärgerte mich maßlos. »Leider habe ich mich noch nie wirklich mit diesem Thema befasst. Allerdings kann ich mir nicht vorstellen, dass der Staat Hilfsbedürftige so einfach im Stich lässt.«

»Wenn Sie wüssten. Es ist alles sehr kompliziert, wissen Sie. Besonders für einen alten Menschen wie mich.«

Das wollte ich ihr gerne glauben. Ich schätzte sie auf über 70, auch wenn sie auf mich manchmal so zerbrechlich wie eine 90-Jährige wirkte. Nachdenklich tunkte ich meinen Wickel erneut in den Kaffee und biss lustlos ein Stück davon ab, kaute. »Wie steht es denn mit einem Antrag auf Grundsicherung?«, fiel mir plötzlich ein.

Gudrun lachte gequält in sich hinein. »Auch die bekommt man nur, wenn man beweisen kann, dass man seine Situation in den letzten zehn Jahren nicht grob fahrlässig herbeigeführt hat. Und wie soll ich das beweisen? Sie werden fragen, warum ich ihn nicht einfach verlassen habe. Aber so leicht war das nicht …« Gudruns Stimme bebte.

Abermals machte ich mir bewusst, dass es für die Betroffenen sehr schwierig sein musste, sich aus einer so toxischen Beziehung zu lösen, besonders, wenn sie jahrelang von ihrem Lebenspartner erniedrigt worden waren. Für eine Frau in Gudruns Alter musste es doppelt so heftig gewesen sein, über ihren Schatten zu springen und zu fliehen.

Selbst jüngere Frauen taten sich meist schwer, den Schritt ins Ungewisse zu wagen und Fremde um Hilfe zu bitten.

»Ich finde Ihren Entschluss, ihn zu verlassen, sehr mutig, Gudrun, wirklich.«

»Danke«, wisperte sie.

»Sie sollten vielleicht zur Polizei gehen und Anzeige erstatten.«

Gudrun starrte mich entsetzt an. »Um Himmels willen, nein. Dann wird er mich finden …« Ich meinte, das Vibrieren ihrer prompt aufsteigenden Panik geradezu auf meiner Haut zu spüren.

»Natürlich, verzeihen Sie, Gudrun«, sagte ich leise und versuchte, einen klaren Gedanken zu fassen. Auch hier wusste ich, dass in einer Anzeige eine Adresse angegeben werden musste. »Wenn ich die Situation also richtig einschätze, dann brauchen Sie jetzt erst einmal eine Bleibe, nicht wahr?«

Gudrun starrte mich an. »Das ist ja gerade die vertrackte Lage, in der ich mich befinde. Ohne Geld oder ein nachweisbares, festes Einkommen oder auch nur Papiere, bekomme ich keine Unterkunft. Und ohne eine vernünftige Unterkunft kann ich kaum auf finanzielle Hilfe zählen. Für Anträge braucht es einen Wohnsitz, für einen Wohnsitz braucht es Papiere und Geld, und dafür benötigt man wiederum eine Adresse …« Sie schluchzte leise vor sich hin.

Meine Hand glitt über den Tisch und tätschelte die ihre aufmunternd. »Beruhigen Sie sich doch bitte, Gudrun«, beschwichtigte ich sie. Es war das erste Mal in meinem Leben, dass ich aus meiner eigenen, opulenten Lebenshaltung herausgerissen und mit einer so heiklen Situation konfrontiert wurde. *Hier*, schien das Schicksal mir zu sagen. *Riech daran, das ist nicht fein. Schau hin. Verschließ nicht die Augen.* Hatte ich das Recht, mich dem Ganzen zu entziehen, Gudrun einfach Gudrun sein zu lassen und meinen Alltag wieder aufzunehmen? Mir kam ein Gedanke. »Ich könnte mich ja mal nach freien Plätzen in Not-Unterkünften erkundigen.«

Erschrocken riss Gudrun die Augen auf. »Lieber sterben!«, platzte es so inbrünstig aus ihr heraus, dass ich regelrecht zusammenfuhr. »In so eine Schmutzbude bringen mich keine zehn Pferde hinein.« Aufgeregt hob und senkte sich ihr Brustkorb.

»Aber warum denn nicht?«

»Ja, wissen Sie denn nicht, was in solchen Schuppen vor sich geht?« Sie wurde kreidebleich.

In der Tat wusste ich das nicht. »Nein, was denn?«

»Man wird beraubt, misshandelt, und es ist so schmutzig, dass man sich alle möglichen Krankheiten einfängt.« Es schien sie sichtlich zu schütteln. »Warum, glauben Sie, sind trotz der Horden an Obdachlosen noch so viele Plätze frei? Warum wollen die armen Schlucker lieber mit Kartons und Zelten im Freien schlafen, als eine dieser Unterkünfte in Anspruch zu nehmen?«

»Verstehe«, sagte ich ermattet. Ich fühlte mich hilflos und unwissend. Mir wurde mit einem Mal bewusst, wie viel Elend es doch gab. Elend, an dem man täglich vorbeiging, weil es einfacher war wegzuschauen. »Verzeihen Sie, Gudrun, es war ja nur eine spontane Idee, die mir in den Sinn gekommen ist. Natürlich brauchen Sie dort nicht hin.«

Gudrun nickte und erhob sich. »Ich verstehe Sie ja. Wahrscheinlich hätte ich einer Person in meiner Situation das Gleiche geraten. Es ist schon sehr lieb von Ihnen, dass Sie mich überhaupt angehört haben, und ich danke Ihnen herzlich für Ihre Gastfreundschaft. Jetzt möchte ich Sie aber nicht länger stören.«

Ein Schaudern durchlief mich. Wie um alles in der Welt sollte ich diese Frau einfach sich selbst überlassen? Das ging doch nicht. Und überhaupt: Was würde Ada von mir denken, wenn ich ihrer besten Freundin in der Not nicht beistehen würde?

»Aber nein, bleiben Sie doch bitte noch. Es eilt doch nicht.« Zwar war es gelogen, denn im Studio wartete ein Batzen Arbeit auf mich, aber ich brachte es nicht über mich, diese vom Leben gebeutelte Frau einfach gehen zu lassen. Plötzlich kam mir eine Idee. »Wissen Sie was? Bleiben Sie doch erst einmal hier. Ich werde versuchen, heute Nachmittag etwas früher Schluss zu machen, und dann sehen wir weiter.«

»Das geht doch nicht, das kann ich nicht annehmen.«

»Natürlich können Sie das«, insistierte ich. »Denn ich lasse Ihnen gar keine andere Wahl. Ruhen Sie sich einfach ein wenig im grünen Zimmer aus«, schlug ich vor und zeigte in Richtung des Gästezimmers, das direkt ans Wohnzimmer grenzte. Es war der Raum, den ich bei meiner Ankunft bewohnt, in dessen Wäschekammer das gewisse Guckloch in der Wand geklafft hatte … »Und bei meiner Rückkehr beraten wir, wie es weitergehen könnte. Im sicheren Umfeld denkt es sich viel leichter.«

Geniert schaute Gudrun mich an, wirkte unschlüssig. »Sie sind sehr großzügig, Isabella, aber … Also wirklich …«

»Papperlapapp«, unterbrach ich sie. »Ich tue es ja auch ein wenig aus Eigennutz.« Ganz gelogen war es nicht.

Auf Gudruns Gesicht zeichnete sich Unverständnis ab. »Wie das?« Meine Eröffnung schien für sie wie ein Strohhalm für eine Ertrinkende zu sein, etwas, woran sie sich festklammern konnte.

»Ganz einfach: Wenn es Ihnen erst einmal wieder besser geht, dann würde ich gerne etwas mehr über die liebe

Ada erfahren. Wie Sie sich kennengelernt haben, wie sie so war … Mich interessiert einfach alles. Wissen Sie, ich habe Ada zu Lebzeiten nicht gekannt, und auch wenn ich bereits sehr viel über ihre Vergangenheit herausfinden konnte, so bin ich mir sicher, dass es da noch viel mehr gibt, was noch im Verborgenen liegt.«

Bei diesen Worten huschte ein Schatten über ihr Gesicht, als ob sie der Gedanke an Ada stark berührte. *Verflixt, ich werde vorsichtiger sein müssen,* dachte ich. *Sie ist sehr empfindlich.*

»Ach so«, antwortete Gudrun und rang sich ein Lächeln ab. »Das kann ich gut nachvollziehen.«

»Das hat aber Zeit«, entgegnete ich. »Jetzt kümmern wir uns erst einmal um Ihre Angelegenheiten.«

Das laute Poltern auf der Treppe ließ Gudrun wie ein verängstigtes Reh herumfahren. *Was muss diese arme Frau nur durchgemacht haben?,* dachte ich erneut.

Chris erschien in der Küche. »Um wessen Angelegenheiten?«, fragte er beschwingt. Als er Gudrun entdeckte, blieb er wie angewurzelt stehen. »Huch, Verzeihung.« Fragend schaute er von Gudrun zu mir.

»Das ist Gudrun, Adas beste Freundin«, stellte ich die Besucherin vor und schaute ihn vielsagend an.

»Ach so«, antwortet er und hielt ihr die Hand hin. »Ich bin Chris, Isabellas Lebensgefährte, angenehm, Ihre Bekanntschaft zu machen.« Er lächelte gewinnend.

Schlagartig schien Gudrun sich zu versteifen, starrte auf die dargebotene Pranke, als wäre sie mit Kot beschmiert. Es wirkte fast so, als wäre ihr Chris' Anwesenheit überaus unangenehm. Zuerst verstand ich nicht. Chris sah blendend aus, war gepflegt und zuvorkommend, und in der Regel kam er besonders gut bei älteren Damen an. Eine Wolke seines angenehmen Aftershaves erfüllte den Raum. Doch im Nu fiel der Groschen: Er war ein *Mann*! Und diesbezüglich war Gudrun ein gebranntes Kind.

»Angenehm«, presste sie hervor und reichte ihm zögerlich die Hand.

»Über mehrere Jahre war ich Adas Nachbar«, erklärte Chris, ging zu seinem Platz und schenkte sich stehend Kaffee ein. »Wir kannten uns recht gut.«

Bildete ich mir das nur ein, oder musterte Chris sie argwöhnisch? »Übertreib es mal nicht«, bremste ich ihn. »So gut kanntest du sie nun auch wieder nicht.«

»Stimmt«, gab er zurück, schlürfte an seiner Tasse und wandte sich Gudrun zu. »Aber ich habe Sie noch nie zuvor bei Ada gesehen.«

Vorwurfsvoll starrte ich ihn an, hob vielsagend die Augenbrauen. »Gudrun hat lange Jahre nicht hier in der Gegend gelebt, und die Umstände ihres Lebens haben dazu geführt, dass sie Ada nicht besuchen konnte.«

Zwar hatte Gudrun das so nicht erzählt, aber ich schlussfolgerte es aus ihrer Geschichte. Sicher hätte ihr Lebenspartner sie nicht einfach so nach Lindau reisen lassen, um eben mal eine Freundin zu besuchen. Und mit welchen Mitteln auch?

Ich wandte mich an sie. »Nicht wahr?«

Gudrun nickte verstört. »Ja, so war es.«

»Ach so, tut mir leid«, lenkte Chris ein und setzte sich. Er griff nach einem Brötchen und schnitt es auf.

»Hör zu, Schatz. Ich habe jetzt wirklich keine Zeit, dir die Zusammenhänge in allen Einzelheiten zu erklären«, setzte ich an. »Nur so viel: Gudrun sitzt gehörig im Schlammassel, und ich habe ihr vorgeschlagen, erst einmal hierzubleiben. Bis heute Abend werde ich versuchen, eine Lösung zu finden. Das ist dir doch recht, oder?«

Gudrun stöhnte leise. »Das ist mir sehr unangenehm«, wiegelte sie erneut ab und rutschte nervös auf dem Stuhl herum, machte Anstalten, sich zu erheben. »Ich möchte wirklich nicht stören …«

»Das tun Sie auch nicht, stimmt's, Chris?« Ich schaute ihn eindringlich an.

»Nein, i wo«, wiegelte er an Gudrun gewandt ab. »Ich sitze den ganzen Tag in meiner Ecke und schreibe, und Ihre Anwesenheit stört mich nicht im Geringsten«, antwortete er großmütig. Allerdings spürte ich deutlich sein kaum vertuschtes Unwohlsein. Aufmunternd lächelte ich ihm zu. Unsere Augen blieben aneinander hängen. Sein Blick schien mir zu sagen, dass er es eilig hatte, meine Beweggründe zu erfahren.

»Sehen Sie, Gudrun? Jetzt folgen Sie mir bitte, damit ich Ihnen das grüne Zimmer zeigen kann. Dort können Sie sich erst einmal ausruhen. Und heute Mittag bereitet Ihnen Chris sicher ein leckeres Gericht zu, nicht wahr, Schatz?«

»Ja«, bestätigte er. »Einen Nudelauflauf, mögen Sie das?«

Gudrun nickte dankbar und folgte mir in besagtes Zimmer. Völlig erledigt wirkend ließ sie sich auf die Bettkante nieder. Fast schien sie enttäuscht zu sein. Aber worüber? Seit Chris' Erscheinen hatte sich etwas an ihrem Verhalten geändert. Es war, als hätte sie sich gleich einer Schnecke in ihr Häuschen verkrochen. Ob es ihr Sorge bereitete, mit einem Mann allein im Haus zu bleiben? Oder interpretierte ich zu viel in ihre niedergeschlagene Miene hinein?

»Und, Gudrun: Mit Chris im Haus haben Sie nichts zu befürchten«, versicherte ich ihr.

Sie nickte. »Ich danke Ihnen, Isabella« sagte sie leise, und ich meinte, Tränen in ihren Augen flimmern zu sehen.

»Das ist doch normal. Alles wird gut, glauben Sie mir«, antwortete ich sanft, nickte ihr wohlwollend zu und schloss beim Hinausgehen die Zimmertür hinter mir.

Was konnte in einem Leben schiefgehen, um sich im Alter in so einer furchtbaren Situation wiederzufinden? Gudrun tat mir so unendlich leid. Und noch mehr belastete mich die Tatsache, dass der einzige Mensch, der für sie hätte da sein können, nicht mehr von dieser Welt war. Wie schrecklich musste diese Erkenntnis für sie sein.

Seufzend lief ich zurück in die Küche, wo Chris sich gerade über sein Marmeladenbrötchen hermachte und mich erwartungsvoll anschaute.

»Kannst du mir das kurz erklären?«, fragte er leise.

»Ach, Chris«, flüsterte ich. »Ich kann die Arme nicht einfach vor die Haustür setzen und ihrem Schicksal überlassen. Sie hat kein Zuhause mehr, musste vor einem gewalttätigen Mann fliehen und steht völlig mittellos da.«

Chris verzog das Gesicht. »Autsch, ja, das ist heftig.« Er schien einen Moment zu brauchen, um diese Information zu verarbeiten. »Aber es gibt doch sicher spezielle Behörden, die sich um solche Fälle kümmern, oder?«

»Stimmt, daran habe ich auch sofort gedacht, aber anscheinend ist es nicht so einfach, wie es klingt. Versprochen, heute Abend werde ich dir das Ganze haarklein schildern, denn jetzt muss ich in Windeseile fort.«

»Darauf baue ich«, sagte Chris, als ich mich zu ihm hinunterbeugte, um ihn zu küssen, und lächelte versöhnlich.

»Vertrau mir einfach, es hat schon alles seine Richtigkeit, liebster Sagen-Schriftsteller.«

»Aber ja doch, meine Zucker-Fotografin, ich vertraue dir sogar blind«, versicherte Chris und erwiderte meinen Kuss.

Wir schauten uns verliebt an, dann verließ ich mit gemischten Gefühlen den Raum und das Haus. Erfrischend kam mir die Morgenluft entgegen, breitete ihre erquickende Wirkung auf mein Gemüt aus. Ich liebte die vorsommerliche Mai-Pracht. Tief atmete ich den Blütenduft ein und fühlte mich für den Tag gewappnet. Wie ein allmorgendliches Ritual warf ich kurz einen Blick ans Seeufer, spähte nach den Fußstapfen von Adas liebem Sagen-Seeungeheuer, das auch in der vergangenen Nacht nicht zurückgekehrt war. Durch Chris' Erzählungen würde dessen Legende Bestand haben. Ich war so stolz auf Chris und die Aufgabe, die er sich gestellt hatte, alte Sagen auszubauen und zu überarbeiten, um sie in die Welt zu tragen. Leise seufzend wandte ich mich ab.

Nein, das Seeungeheuer war nicht zurückgekehrt, aber dafür Adas beste Freundin. Wie hätte ich anders handeln können, als ihr die Tür weit aufzuhalten? Entschlossen, dieser arg misshandelten Seele zu ihrem Recht zu verhelfen, schritt ich zu meinem Wagen. Und insgeheim erfüllte es mich auch ein wenig mit Freude, Ada wieder ein Stückchen näherzukommen und mich damit bei ihr für diesen schönen Nachlass noch einmal zu bedanken.

Als ich ins Auto stieg, spürte ich ein sonderbares Zwicken in meinem Bauch, ein ungewohntes Rumoren, als wäre der Flachswickel nicht mehr ganz frisch gewesen. Es war wie das dumpfe Grollen, das aus den Tiefen der Vergessenheit einer alten Sage entstiegen war und ein Ablassventil suchte. Wie hätte ich auch ahnen sollen, dass mein Unterbewusstsein bereits etwas erfasst hatte, das mein Verstand noch nicht greifen konnte?

Kapitel 4 –
Die Prophezeiung

Lindau, Bodensee – Kunstatelier Bella – Mai 2018

»Was hältst du davon, das Bild hier anzubringen?«, fragte mich Verena und hielt eines von Adas Seerosengemälden vor die einzige noch freie Stelle an der Wand neben dem Eingang. »Huhu, Isa? Hörst du mir überhaupt zu?«

Ich schreckte aus meinen Grübeleien auf. »Hm? Wie bitte?«

Verena ließ das Bild sinken und schaute mich tadelnd an. »Was drückt dir denn heute aufs Gemüt?«

Entschuldigend lächelte ich sie an. »Es tut mir leid, du hast recht. Ich bin nicht wirklich bei der Sache.«

Meine Ausstellungspartnerin kam näher. »Willst du darüber reden?«

»Ach, es ist … Seit heute Vormittag leide ich unter einer Art Magenverstimmung. Sicher habe ich nur etwas Falsches gegessen.« Tatsächlich entsprach es der Wahrheit. Allerdings war ich mir nicht sicher, ob ich Gudruns Erscheinen erwähnen sollte, obwohl ich Verena wahnsinnig gern hatte und ihr vertraute. Zwar kannten wir uns erst seit zwei Monaten, aber der Freundschaftsfunken war bereits bei unserer ersten Begegnung übergesprungen. Wir hatten uns über eine Anzeige gefunden, die ich im Bürgerhaus aufgegeben hatte für mein neues Fotostudio und die geplante Fotoausstellung »Wie Spuren am See«, die ich zu Ehren von Adas Lieblingslegende vom Seeungeheuer und der Seerose organisierte. Zu diesem Zweck hatte ich ein großes Atelier in der Burggasse angemietet, um die Ausstellungsfläche – auch aus Kostengründen – mit einem anderen Künstler teilen zu können.

Als Verena sich mir vorgestellt hatte, war ich ebenso von der Person wie auch von ihrem Projekt hellauf begeistert gewesen. Nicht nur, dass ihre Werke haargenau zu meinem Thema passten, sie hatten noch dazu das gewisse Etwas und besaßen genau die mystische Ausstrahlung, die ich auch auf Adas Gemälden so liebte und die besonders bei dieser Ausstellung nicht fehlen durfte.

Trotzdem entschied ich, erst einmal nicht offen über Gudrun zu sprechen. Es schien mir ratsam, so wenige Personen wie möglich einzuweihen. Noch wussten wir nicht, wie ihr Mann auf Gudruns Flucht reagieren könnte. Es war jedoch anzunehmen, dass er alles daransetzen würde, um sie in die Finger zu bekommen. Ein Schauer durchlief mich. Vielleicht konnte er sich denken, zu wem Gudrun als Erstes geflohen war. Vielleicht hatte er sich sogar bereits auf die Suche begeben und würde in kürzester Zeit in Lindau auftauchen oder gar vor der Haustür stehen …

Unvermittelt kam mir Gudruns furchtverzerrtes Gesicht in Erinnerung, als ich auch nur die Möglichkeit erwähnt hatte, zur Polizei zu gehen. Zwar kannte ich mich nicht mit der Prozedur aus, aber was könnte die Polizei in ihrem Fall schon ausrichten? Sie würden Gudruns Lebensgefährten vorladen, ihn notfalls verhören und ihn anschließend, weil er natürlich alles von sich weisen würde und es keine Beweise gäbe, mit einer Mahnung davonkommen lassen. Und dann? Wenn er ganz fies drauf wäre, wäre es durchaus möglich, dass er sie wegen Verleumdung verklagte und es dadurch zwangsläufig zu einer Gegenüberstellung käme. Spätestens dann würde er wissen, wo sie sich aufhielt. Ich hatte schon einiges über das Vorgehen solcher Typen gelesen und wusste, dass die Ängste der Opfer nicht an den Haaren herbeigezogen waren. Bei dem Gedanken, wie Gudrun sich jetzt fühlen musste, wurde mir elend zumute.

»Sag mal«, fragte ich vorsichtig. »Wenn du eine Bekannte hättest, die vor ihrem gewalttätigen Mann fliehen musste und alles verloren hat – also weder über eine Bleibe noch Papiere noch Kleidung verfügt – und obendrein nicht zur Polizei gehen kann, was würdest du ihr raten?«

»Ganz schöner Mist«, antwortete Verena ohne Umschweife.

Ich nickte. »Das kannst du laut sagen.«

»Hat sie Freunde, bei denen sie vorläufig Unterschlupf finden könnte?«

Nachdenklich knabberte ich auf meiner Unterlippe herum. »Hm, sicher zu gefährlich.«

Verena schürzte die Lippen. »Dann würde ich sie erst einmal bei Menschen meines Vertrauens notunterbringen oder sie selbst bei mir aufnehmen. Das scheint mir das Beste. Und dann in Ruhe nachdenken, um mit klarem Kopf eine Lösung zu finden.«

Ich nickte. »Ja, das scheint mir vorläufig auch das Beste zu sein.«

»Ist sie bei dir?«

Ich zuckte leicht zusammen. »Nein, nein«, wiegelte ich hastig ab. »Sie ist bei einer Bekannten von mir in Frankfurt.«

»Na, dann wünsche ich deiner Bekannten viel Kraft, denn mit Sicherheit werden harte Zeiten auf sie zukommen.« Verena strich sich eine blonde Strähne hinters Ohr.

»Wie meinst du das?«

Verena zuckte mit den Achseln. »Na ja, dadurch, dass diese Bekannte zu ihr gekommen ist, kann sie sich schlecht der Verantwortung entziehen. Obendrein verwette ich mein letztes Hemd, dass sie niemanden finden wird, der die Arme aufnehmen kann oder will, also wird sie über längere Zeit und aus Nächstenliebe selbst in den sauren Apfel beißen müssen. Und meiner Meinung nach wird es langwierig und schwierig werden, eine Lösung für das Dilemma zu finden, besonders, wenn besagte Frau zu verängstigt ist, um zur Polizei zu gehen, weil sie befürchten muss, von ihrem Schänder ausfindig gemacht zu werden.«

Abermals zwickte mein Magen unangenehm. »Ja, damit magst du wohl recht haben«, antwortete ich wie erschlagen. Langsam wurde mir bewusst, dass ich Gudrun nicht einfach ziehen lassen konnte. Mir kam ein Gedanke. »Gibt es denn keine Zentren für misshandelte Frauen?«

»Ja, klar, aber meistens nur in den Großstädten. Auf jeden Fall sollte es deine Freundin in Betracht ziehen.« Verena schnappte sich ihren Mantel. »Ich geh mal rüber zum Fischrestaurant und hol mir einen Heringsdipp mit Kartoffeln. Kann ich dir vielleicht etwas mitbringen?«

Unentschlossen wiegte ich den Kopf hin und her. Zwar fühlte ich mich durch das Bauchgrimmen bereits gebläht, aber gleichzeitig knurrte mein Magen laut. »Ja, ein Lachsbrötchen, bitte.« Das ging immer.

»In Ordnung«, antwortete Verena und hielt in der Tür noch einmal inne, schaute mich mitfühlend an. »Es scheint dich ganz schön mitzunehmen.«

Erneut bejahte ich. »Ich mache mir Sorgen um meine Freundin«, antwortete ich lakonisch.

»Steckt sie in einer Partnerschaft?«

»Ja«, erwiderte ich stirnrunzelnd, konnte den Zusammenhang nicht erfassen. »Sie lebt seit Kurzem mit ihrem neuen Freund zusammen. Warum?«

»Hui«, stieß Verena aus.

Überrascht schaute ich sie an. »Warum *hui*?«

»Das kündigt harte Zeiten für die frische Beziehung an«, sagte sie mit bedauernder Miene.

»Nicht unbedingt«, erwiderte ich lahm. »Es könnte die beiden ja auch zusammenschweißen.«

»Das scheint mir eher unwahrscheinlich. Stell dir nur mal vor, eine Frau würde sich von heute auf morgen und auf unbestimmte Zeit bei euch einnisten. Glaubst du nicht, dass schon bald der Haussegen schiefhängen würde?«

Empört starrte ich Verena an. »Aber nein, warum denn? Solange man vereint bleibt und über alles offen redet und die Entscheidungen gemeinsam trifft«, konterte ich. Es klang fast ein wenig schnippisch.

»Hm, ja. Vielleicht …«, antwortete Verena wenig überzeugt und wandte sich ab. »Bis gleich.« Dann zog sie die Tür hinter sich zu und ließ mich mit dieser unheilversprechenden Vorhersage allein.

Schockiert blickte ich ihr nach. Ihre Bemerkung machte mich wütend, und ich bereute es fast, mich ihr anvertraut zu haben, zumal es mich keinen Schritt weitergebracht hatte. Oder doch? In mir rumorte es erneut.

Entscheidungen gemeinsam treffen, hallten meine eigenen Worte in mir wider. Prompt kam mir die Szene vom Morgen in den Sinn. War es nicht eher so gewesen, dass ich Chris keine Wahl gelassen und ihm Gudrun einfach aufgezwungen hatte? Mist! Auf der anderen Seite: Was hätte ich denn sonst tun sollen?

Plötzlich wurde ich von der unerträglichen Sehnsucht

gepackt, Chris' Stimme zu hören, und griff fahrig nach meinem Handy, um ihn anzurufen. Es schien mir eine halbe Ewigkeit zu dauern, bis er abnahm.

»Ja, mein Herzblatt, fehle ich dir?«

Erleichtert schmunzelte ich vor mich hin. »Ja, fürchterlich.« Ich seufzte. »Wie läuft's?«

»Prima. Ich habe ganze zwei Seiten geschafft.«

Das war nicht viel. »Immerhin«, versuchte ich, das Ganze zu positivieren. Ich zögerte. »Und … Gudrun?«

»Sie scheint Nudelauflauf geradezu zu vergöttern«, flüsterte Chris.

Ich meinte, ihn durchs Telefon grinsen zu hören, und lachte leise. »Das ist doch eine gute Nachricht«, sagte ich. »Und sie stört dich auch nicht?«

»Ich kann nicht leugnen, dass es ungewohnt ist, ständig jemand Wildfremden um sich zu haben«, gab Chris zu. »Aber im Grunde bleibt sie nur im Zimmer und verhält sich mucksmäuschenstill.«

»Gut. Ich bin froh, dass sie dir keine Umstände bereitet«, sagte ich. »Ehrlich gesagt wusste ich nicht so genau, wie ich die Situation heute Morgen anders hätte angehen sollen.«

»Du hast genau das Richtige getan, mein Schatz«, versicherte Chris mir. »Ich hätte nicht anders gehandelt.«

Mir fiel ein Stein vom Herzen. Ich liebte ihn so sehr. »Heute Abend sprechen wir darüber, wie es weitergehen soll, einverstanden?«

»Klar, sprechen ist immer gut, meine Süße«, erwiderte Chris. »Ich denke aber, dass wir keine Wahl haben werden.«

»Wie meinst du das?« Mein Herz klopfte aufgeregt.

»Ich bin mir nicht sicher, ob ich alles richtig erfasst habe, und bestimmt wären ein paar ergänzende Erläuterungen angebracht, aber wir können eine Frau in ihrem Alter nicht einfach so abschieben.«

»Oh«, sagte ich überrumpelt. »Es rettet meinen Tag, dich das sagen zu hören.« Mir kamen Tränen der Rührung.

»Kümmere dich mal schön um deine Ausstellung, damit du mir schnell wieder nach Hause kommst, meine Goldmausi.«

Ich prustete los. »Wo hast du denn diesen Ausdruck aufgelesen?«, mokierte ich mich. Wir hatten eine Art geheimen Wettbewerb vereinbart, wer die meisten und unmöglichsten Kosenamen erfinden würde. Chris gewann eindeutig an Vorsprung.

»Der ist mir zugeflogen. Bis später. Ade.«

»Ade, Schnuffel.«

Wir legten auf. Versonnen lächelte ich vor mich hin. Mein Magendrücken war wie fortgeblasen, und unerwartet meinte ich, in meinem Bauch genug Platz für gleich drei Fischbrötchen zu haben.

Wie auf Bestellung kam Verena in diesem Moment ins Atelier zurück. Inzwischen war mein Unmut über ihre Bemerkung verebbt, denn ich hatte mir eingestehen müssen, dass nicht ihre Prophezeiung der wahre Auslöser meines Unwohlseins gewesen war, sondern meine eigenen verborgenen Ängste, an die Verenas Worte appelliert hatten. Im Grunde war auch mir klar, dass es auf Dauer nicht einfach sein würde, eine Unbekannte – weshalb auch immer – bei sich aufzunehmen. Ich wollte es aber Schritt für Schritt angehen und nicht jetzt schon ans Schlimmste denken.

Erwartungsvoll lief ich Verena entgegen, nahm ihr die Tüten ab und stellte sie auf den Tisch in der Küchenzeile.

»Hm, riecht das gut«, sagte ich, und mir lief das Wasser im Mund zusammen.

»Es gab leider keine Lachsbrötchen mehr, sondern nur Seelachs-Ei-Baguettes.«

Ich lächelte. »Das trifft sich gut, ich könnte nämlich einen ganzen Waggon mit Brötchen verschlingen.«

»Ich habe auch einen Bärenhunger«, gestand Verena. »Dann geht es deinem Magen wohl besser?«

Ich bejahte, und wir setzten uns, packten die Leckereien aus und machten uns wie ausgehungerte Wölfe darüber her.

»So was von köschtlisch«, nuschelte ich kauend und grinste Verena dankbar an. Auch ihr schien es sichtlich zu schmecken. »Übrigens«, sagte ich, nachdem ich den ersten Happen hinuntergeschluckt hatte. »Ich bin davon überzeugt, dass die Liebe der beiden durch diese Prüfung nur noch wachsen kann.« Erneut biss ich zu.

Verena schaute mich stirnrunzelnd an. »Ich stehe gerade auf der Leitung: Wovon sprichst du?«

»Na, von meiner Freundin und ihrem Partner.«

»Ach so. Und woraus schließt du das?«

Mit einer Serviette tupfte ich mir die Soße aus dem Mundwinkel. »Weil sie sich wirklich abgöttisch lieben.«

Verena nickte nachdenklich. »Ein bisschen so wie du und dein Chris?«

Ich lächelte mit vollen Wangen. »Genau. Wie Chris und ich …«

Kapitel 5 –
Die Dornenkönigin

Lindau, Bodensee – Seerosen-Villa – Am Spätnachmittag

Als ich an diesem Abend heimkehrte, lag die Villa friedlich unter dem düsteren Abendhimmel, an dem dicke Gewitterwolken aufgezogen waren, die einen gemütlichen Kuschelabend ankündigten. Nichts deutete auf die geringste Veränderung hin, nichts ließ erahnen, was sich zwischen ihren Mauern verbergen oder in Bälde abspielen könnte.

Unwillkürlich schaute ich zum See hinüber, auf dem sich unter den bedrohlich grauen Himmelsmassen unschuldig wirkende Wellchen auf der Wasseroberfläche bildeten, wie kaum merkliche Vorboten, die auf leisen Sohlen Unheil ankündigten. Noch war der Himmel nur grau. Noch wirkten die gekräuselten Gischthäubchen arglos. Noch war nicht abzusehen, ob sich ein tosender Sturm über uns austoben würde, oder ob es der himmlische Zornesgott bei ein paar Böen belassen würde.

Am liebsten hätte ich den Fotoapparat gezückt, um diese unheimliche Stimmung einzufangen. Aber zu Hause warteten ein liebender Mann und zu lösende Aufgaben auf mich, und so verschob ich es auf ein nächstes Mal. Mit den atemberaubenden Landschaften, die der Bodensee zu jeder

Jahreszeit und bei jedem Wetter zu bieten hatte, fehlte es wahrlich nicht an Gelegenheiten.

Rex erwartete mich bereits ungeduldig am Eingang und ließ seine Schnauze wie einen Fusselentferner ausgiebig an meiner Kleidung entlanggleiten, während ich meine Sachen ablegte. Konzentriert und mit Kopfhörern saß Chris an seinem Laptop und schien über den nächsten Satz nachzudenken.

Ja, es hätte ein ganz gewöhnlicher Abend sein können. Nichts wies darauf hin, dass sich im Nebenzimmer eine Dame befand, die am Vormittag mit ihrem Paket an Problemen ins Haus geschneit war und unserer Hilfe bedurfte. Beschämt ertappte ich mich dabei, mir insgeheim auszumalen, wie es hätte sein können, wenn … Mein Verantwortungsbewusstsein und meine Nächstenliebe riefen mich jedoch unversehens zur Ordnung. Im grünen Zimmer wartete eine immense Herausforderung auf mich, und es war Ehrensache, sich dieser nicht zu entziehen.

»Hallo, mein Schatz«, sagte ich und beugte mich zu Chris hinab.

Er zuckte leicht zusammen, zog den Kopfhörer ab und wandte sich mir zu. »Hallo, Süße«, begrüßte er mich. Wir küssten uns.

»Alles klar?«, fragte ich und schielte in Richtung Zimmer.

Er nickte. »Außer zum Essen habe ich sie nicht gesehen. Am besten gehst du gleich mal nachschauen.«

Erneut küssten wir uns, diesmal innig. Nur ungern machte ich mich von ihm los und ging zum grünen Zimmer, klopfte leise an die Tür.

Keine Antwort. Schlief sie? Oder war sie vielleicht etwas taub? Ich klopfte lauter.

»Ja?«, kam es schwach von der anderen Seite.

Ich öffnete die Tür.

Gudrun lag rücklings auf dem Bett, die Hände wie zum Gebet über dem Bauch gefaltet, und starrte an die Zimmerdecke. Der Anblick des Gehstocks, der als einziges Hab und Gut unseres Gastes einsam an die Wand gelehnt stand, weckte in mir das heftige Gefühl von Pein und Mitleid.

»Guten Abend, Gudrun. Ist alles in Ordnung?«

Mühsam ächzend erhob sich die Angesprochene, sodass sie auf der Bettkannte zu sitzen kam. Mit zittrigen Fingern richtete sie ihren zerzausten Kurzhaarschnitt und versuchte vergeblich, das in Mitleidenschaft gezogene Kleid, das sich knittrig um ihren mageren Körper schmiegte, zu glätten.

»Machen Sie sich bitte keine Sorgen, ich werde Ihnen etwas zum Auswechseln geben«, versicherte ich der verwirrt Wirkenden und setzte mich zu ihr aufs Bett. Jetzt ärgerte es mich, dass ich mir am Vormittag nicht wenigstens die Zeit genommen hatte, ihr ein paar von Adas hinterlassenen Klamotten herauszulegen. Zwar hatte ich das meiste bereits für einen Wohltätigkeitsverein in Kartons verpackt, aber es wäre kein Problem gewesen, es wieder auszupacken. Darunter befanden sich ein paar Tages- und Abendkleider, Hausanzüge, Schuhe, ein Mantel und sogar nie getragene Unterwäsche. »Ada wäre das sicher recht gewesen.«

»Ada?«, hauchte Gudrun ehrfürchtig und schien wie aus einem Bann zu erwachen. »Ich soll Adas Kleidung tragen?« Ich meinte, das leichte Zittern, das ihren Körper im Nu erfasst hatte, durch die Matratze zu spüren.

»Leider habe ich nichts anderes zur Hand«, erwiderte ich.

»Verzeihen Sie, ich wollte nicht undankbar erscheinen. Ada war so eine große Dame, dass es mir wie ein Frevel erscheint, mich zu erdreisten, in ihre Haut zu schlüpfen.«

»In ihre zweite Haut«, versuchte ich, das Ganze zu entdramatisieren.

»Natürlich …« Es war das erste Mal, dass ein Anflug eines Lächelns über ihr Gesicht huschte.

»Hören Sie, Gudrun. Ich habe mir das Ganze heute noch einmal durch den Kopf gehen lassen –«

»Verstehe«, unterbrach sie mich und erhob sich hastig. Zu hastig, denn sie wankte leicht. »Ich werde sie nicht länger belästigen.«

Ich griff nach Gudruns Arm und zog sanft daran. »Du liebe Zeit, Gudrun, setzen Sie sich bitte wieder und hören Sie mir doch erst einmal zu.« Gudrun gehorchte willenlos. »Und überhaupt, wo wollen Sie denn hin?«

»Ich habe da noch eine Freundin in Bregenz. Aber bislang hatte ich leider noch keine Möglichkeit, sie anzurufen.«

Das war eine wunderbare Neuigkeit. »Haben Sie denn kein Handy?« Heutzutage waren selbst ältere Menschen vernetzt.

»Ja, schon. Aber mein Mann hat darauf so eine Ortungs-App eingestellt. *Damit ich immer weiß, wo du dich herumtreibst, und du nicht auf dumme Gedanken kommst*«, ahmte sie ihn nach. »Noch dazu ist er, was Technik und Elektronik angeht, ziemlich begabt, und es würde mich nicht wundern, wenn er mich abgehört hätte. Deshalb habe ich den Apparat lieber zurückgelassen.«

»Ich denke, dass sie recht daran getan haben«, pflichtete ich ihr bei. Zwar fand ich den Gedanken leicht paranoid, aber auf der anderen Seite konnte ein herrschsüchtiger Ehemann durchaus in der Lage sein, zu solchen Mitteln zu greifen. »Gerne können Sie Ihre Freundin später von unserem Festnetz aus anrufen. Aber jetzt erzählen Sie mir doch bitte erst einmal, wie Sie ihm letztendlich entkommen konnten?« Es war mir durchaus klar, dass es mich im Grunde nichts anging. Auf der anderen Seite brauchte ich mehr Hintergrundwissen, um ihr helfen zu können. Außerdem hielt ich es vor allem für Gudrun sinnvoll, sich das alles mal von der Seele zu reden.

»Ja, natürlich«, sagte sie leise und ließ die Schultern hängen. »Sie haben ein Recht darauf, die ganze Geschichte zu erfahren.«

»Nur, wenn Sie darüber reden möchten, Gudrun.«

Sie seufzte leise. »Es war mir unmöglich, mich so mir nichts, dir nichts bei Nacht und Nebel fortzuschleichen. Er hat einen leichten Schlaf, müssen Sie wissen, und wenn ich nachts nur mal aufs Örtchen gegangen bin, saß er schon kerzengerade im Bett und wartete darauf, dass ich mich wieder hinlege.«

O Gott, wie krass ist das denn?, stöhnte ich innerlich.

»Dann gab es wie gesagt Momente, an denen er wieder ganz lieb und zugänglich war, und jedes Mal glaubte ich daran, dass er sich ändern würde. Aber es reichte meist nur ein unbedachtes Wort, zusammenpappende Nudeln oder die Fernbedienung, die nicht so wollte wie er, und …«

Ich verstand, auch ohne dass Gudrun es aussprach. »Wie lange ging das so?«

»Mehr als 20 Jahre«, antwortete sie. »Und tagsüber war es nicht besser, denn er ist Rentner und sitzt den lieben langen Tag vorm Fernseher. Auch zum Einkaufen ließ er mir nur eine halbe Stunde, sonst setzte es Prügel. Also musste ich immer zu Uhrzeiten gehen, an denen am wenigsten Betrieb im Supermarkt herrschte. Und nachdem er mich das letzte Mal so verdroschen hat, dass ich meinte, mein letztes Stündchen habe geschlagen, da habe ich den Entschluss gefasst, zu fliehen. Und dafür kam mir die Feier zum 50-jährigen Jubiläum seines Fußballvereins sehr gelegen. Er hat unbedingt darauf bestanden, dass ich mitkomme. Vielleicht hat er befürchtet, dass es mir im Falle einer Flucht zu viel Vorsprung verschaffen könnte. Zu diesem besonderen Anlass hat er mir das Kleid und die Ohrringe gekauft, um bei seinen Freunden guten Eindruck zu schinden. Und als das Fest auf Hochtouren lief, als er mit seinen Kumpanen am Tresen saß und sich so volllaufen ließ, dass er sich kaum noch auf den Beinen halten konnte, da habe ich meinen Plan umgesetzt und mir von den Empfangsdamen unauffällig ein Taxi rufen lassen.«

»Hatten Sie denn genügend Geld bei sich?«

»Mein ganzes heimlich Zusammengespartes habe ich verwendet, um nach Lindau zu gelangen.«

Mich durchlief plötzlich ein Schrecken. »Kann sich Ihr Mann denn nicht denken, dass Sie hier Unterschlupf suchen?«

»Er weiß nichts von Ada«, gab sie kleinlaut zu. »Um ehrlich zu sein … Als ich ihn damals kennengelernt habe, hat sie mich davor gewarnt, ihm so einfach zu folgen. *Du kennst ihn doch gar nicht*, hat sie mich gemaßregelt. *Sei nicht dumm und fall nicht auf seine schönen Worte herein. Wenn er dich liebt, dann kann er auch warten.«*

Diese ängstliche Seite von Ada war mir bislang verborgen geblieben. Ich hatte sie bei meinen Recherchen eher als Lebefrau kennengelernt. »Und?«, fragte ich.

»Wie man so schön sagt: Liebe macht blind, und ich habe es ihr übel genommen.« Beschämt senkte Gudrun das Haupt. Ihre Miene spiegelte immenses Bedauern wider. »Ich dachte, sie wäre eifersüchtig, weil sie niemanden in ihrem Leben hatte …«

»Verstehe. Dann waren Sie also über all die Jahre mit ihr verstritten?«

Gudrun schniefte und nickte betroffen. »Vielleicht nicht wirklich verstritten, denn Ada hegte mir gegenüber keinerlei Groll, und wir waren wirklich fürs Leben verbündet«, sagte sie mit nostalgischem Lächeln. »Wissen Sie, es gibt Freundschaften, denen selbst eine 20-jährige Trennung und eine Meinungsverschiedenheit nichts anhaben können.« Sie seufzte leise. »Beim Abschied sagte sie mir: *Egal, wie lange es brauchen wird, meine Tür steht immer für dich offen.*« Ein Schluchzer schien in ihr aufzusteigen, und sie wandte überwältigt den Kopf ab.

»Das tut mir leid«, flüsterte ich betrübt und dachte an Rita, die ich bei meinem Umzug an den Bodensee in Frankfurt zurückgelassen hatte. Augenblicklich nahm ich mir vor, mich so bald wie möglich bei ihr zu melden, um den Faden nicht abreißen zu lassen. »Wie schade, dass sie nicht in Kontakt bleiben konnten.«

Gudrun fasste sich, blickte mich mit wässrigen Augen an. »Selbst wenn das der Fall gewesen wäre, hätte das nicht viel geändert. Heinz hätte dem Ganzen früher oder später sowieso den Riegel vorgeschoben, so wie er es mit all meinen Freundschaften gehalten hat. Die einen waren nicht gut genug für ihn, die anderen waren falsch und so weiter …«

Mir wurde immer bewusster, in welch fürchterlicher Falle Gudrun jahrelang gesessen hatte. Kein Wunder, dass sie beim kleinsten Geräusch gleich zusammenzuckte.

»Und Sie sind sich sicher, dass Ihnen Ihre Freundin in Bregenz weiterhelfen kann?«

»Ganz sicher«, antwortete Gudrun so inbrünstig, dass es keinen Zweifel geben konnte. »Sie ist wie Ada. Ein sehr lieber und hilfsbereiter Mensch.« Gudrun nickte. »Sie hat sehr gute Beziehungen«, fügte sie hinzu und hob vielsagend die Augenbrauen. »Es wäre ihr ein Leichtes, mich untertauchen zu lassen.«

Ein Hoffnungsschimmer schien durch die aussichtslose Düsternis zu mir zu dringen. »Na, wunderbar«, sagte ich. Erleichterung breitete sich in mir aus. »Und so lange, bis Sie ihre Freundin erreichen können, bleiben Sie bei uns.« Es war keine Bitte, sondern eine Feststellung.

»Das geht doch nicht«, protestierte Gudrun schwach. »Ich möchte Ihnen und Ihrem Mann nicht zur Last fallen … Sie waren bereits so freundlich zu mir, dabei kennen Sie mich nicht einmal.«

»Sie stören uns nicht«, versicherte ich ihr. »Und wir dulden keine Widerrede.«

»Aber –«

»Erzählen Sie mir lieber, wie sie Ada kennengelernt haben«, lenkte ich vom Thema ab, um meine verstörte Besucherin auf andere Gedanken zu bringen.

»Ach … Ada …« Gudrun schaute versonnen aus dem Fenster in den Vorgarten des Hauses, als könnte sie Ada dort mit fliegenden Stoffen über den Rasen fegen sehen. »Sie war so schön wie eine Rose, so anmutig.« Ihre Stimme brach. »Und die Herren stachen sich an ihren Dornen …« Sie räusperte sich, als wollte sie damit die aufsteigenden Bilder verscheuchen. »Alle Männer waren verrückt nach ihr …«

Ich lächelte. »Ja, das habe ich mir auch schon sagen lassen.«

»Aber sie war anders«, flüsterte Gudrun verschwörerisch. »Sie liebte Frauen … Haben Sie das gewusst?« Es klang, als würde sie mir ein unanständiges Geheimnis anvertrauen.

»Ja, natürlich, auch das ist mir bekannt. Sie und meine Großmutter standen sich sehr nahe.«

Gudrun starrte mich an. Für den Bruchteil einer Sekunde meinte ich, ein Aufglimmen in ihren Augen wahrzunehmen. »Maria?«

Mich durchzuckte ein Blitz. »Ja, Maria!«, erwiderte ich erstaunt. »Kannten Sie sie?«

»Nur vom Hörensagen«, wich Gudrun aus und verschränkte die Arme. »Ada sprach manchmal über sie.«

Das Thema schien ihr äußerst unangenehm zu sein, was mich nicht sonderlich wunderte. Selbst meine Großmutter hatte sich später dafür geschämt und alles getan, um ihre Familie vor dieser »Schande« zu bewahren. Erst an ihrem Sterbebett hatte sie es meiner Mutter anvertraut. Auch Gudrun gehörte zu dieser Generation, die Homosexualität als etwas Abartiges ansah. Ebenso wie Ada und Maria stammte sie aus einer Zeit, in der die Liebe zum gleichen Geschlecht noch sträflich war und Menschen mit einer solchen Neigung verurteilt und in speziellen Einrichtungen untergebracht wurden. Ich hatte immer vermutet, dass dies auch der Grund dafür gewesen war, dass Ada trotz ihrer innigen Liebe zu Maria noch lange Jahre mit Marcel verheiratet geblieben war.

Bei dem Gedanken an das, was die beiden hatten durchstehen müssen, zog sich mein Herz zusammen.

»Dieser Hang muss einem manchen Mann ein gehöriger Dorn im Auge gewesen sein«, setzte Gudrun fort.

»Sie liebte aber auch Männer«, merkte ich an.

»Ich weiß. Sie war die *Dornenkönigin*«, sagte Gudrun mehr zu sich selbst, und es war, als würde sie auf einmal in eine andere Welt abgleiten.

»Die … was?« Ich hatte das Gefühl, die Bezeichnung

irgendwann schon einmal gehört oder gelesen zu haben, kam aber nicht mehr darauf, in welchem Zusammenhang das gewesen war.

»Ach, nichts«, wiegelte Gudrun ab und seufzte tief. »Das war eine Art Rollenspiel zwischen uns, wenn wir bei Burg Degelstein spazieren gegangen sind. Dann war sie die Königin und ich die arme Bäuerin …« Gudrun seufzte tief, als würde sie sich nach den guten alten Zeiten zurücksehnen. »Sie war ein liebenswerter Mensch.«

»Ja, das scheint sie in der Tat gewesen zu sein«, sagte ich. »Und ich bedaure sehr, dass ich sie zu Lebzeiten nicht gekannt habe.« Der alte Kummer stieg in mir auf. Der Kummer, der mich ab und zu und ohne Vorwarnung einholte; immer dann, wenn mir bewusst wurde, was ich Ada alles zu verdanken hatte.

»Ja, aber … wie ist es dann möglich, dass Sie ihre Erbin sind?« Gudrun musterte mich eindringlich, und plötzlich schien ihr ein Licht aufzugehen. »Maria?«, stieß sie den Namen erneut hervor.

Verlegen lächelnd nickte ich. »Ja, eine ganz verrückte Geschichte. Eines schönen Tages rief mich ein Notar in Frankfurt an, um mir zu eröffnen, dass mir eine gewisse Ada Beranger eine Villa am Bodensee vermacht hätte. Damals war sie für mich eine wildfremde Frau, und ich hatte keine Ahnung, in welchem Zusammenhang sie zu mir stand.«

»Und wie haben Sie dann die Wahrheit herausgefunden?« War es Furcht oder Neugier, die ich in Gudruns Augen flackern sah?

»Es ist nicht einfach gewesen. Chris, der wie gesagt ihr langjähriger Nachbar war, ist mir dabei sehr behilflich gewesen.« Wenn ich daran zurückdachte, durchlief mich jedes Mal ein Schauer. Da waren die wundervollen Erinnerungen an unsere erste Begegnung, die ich niemals vergessen wollte. Zwar würden die Souvenirs dieser Epoche für ewig auch von wesentlich weniger erbaulichen Ereignissen überschattet bleiben, aber alles in allem war es der Beginn der bisher schönsten Zeit meines Lebens gewesen.

»Chris? Ihr Lebenspartner?«, hakte Gudrun nach.

»Ja«, bestätigte ich, und mein Herz tat einen kleinen Satz. Ich überlegte kurz. »Sagen Sie … Dann kannten Sie doch sicher auch Georg?«, platzte ich unvermittelt heraus.

Gudrun zuckte merklich zusammen. »Ja … Nein … Ich meine«, stotterte sie. »Ich kannte ihn vom Sehen …«

»Aber wenn ich mich recht entsinne, ist er bei Adas Eltern aufgewachsen, oder?«, warf ich skeptisch ein.

»Natürlich, ich bin erst später hierhergezogen«, fing sie sich wieder. »Ich habe Ada erst auf einer ihrer Ausstellungen in den 70er-Jahren kennengelernt, da war sie bereits eine anerkannte Künstlerin.«

»Können Sie mir vielleicht mehr darüber erzählen?«, fragte ich gespannt.

Sie räusperte sich. »Na ja, ich war ein junges Ding von knapp 20, als ich aus beruflichen Gründen an den Bodensee gezogen bin. Ich liebte Kunst, und auf einer ihrer zahlreichen Vernissagen kamen wir über eines ihrer Bilder ins Gespräch, eine Seerose. Wie es schien, hat sie meine Interpretation des Bildes sehr berührt, denn sie lud mich für den nächsten Tag zu sich ein. Und von da an wurden wir unzertrennlich.«

Es würde erklären, warum Chris sie nicht kannte. Damals hatte er selbst noch in den Windeln gelegen. Bei dem Gedanken schmunzelte ich in mich hinein. »Verstehe. Und Georg?«, insistierte ich.

Es schien ihr sichtlich unangenehm, über ihn zu sprechen. »Er war ein sehr seltsamer Mensch. Ein scheußliches Geheimnis verband die beiden. Ich fühlte deutlich, dass ihr seine bloße Gegenwart ein Gräuel war. Er aber schien sie zu vergöttern.«

Kaum verwunderlich, dachte ich insgeheim. *Hat er sie doch jahrzehntelang erpresst.* Aber ich schwieg. »Und sie hat Ihnen nie gesagt, worum es ging?«

Gudrun schaute fort, schien plötzlich sehr ergriffen. »Doch, aber bitte, ich möchte Adas Andenken wahren.«

»Natürlich«, sagte ich matt. »Ich glaube aber zu wissen, wovon Sie sprechen.«

Ruckartig fuhr Gudrun zu mir herum, stierte mich entgeistert an. Fast meinte ich, so etwas wie Wahnsinn in ihren Augen zu lesen, doch der Eindruck verflüchtigte sich sofort wieder. »Wie wollen Sie das wissen?«, zischte sie. »Mit Maria hat es doch gar nichts zu tun.«

Geniert wand ich mich. »Verzeihung, ich wollte diese unschöne Geschichte nicht wieder ans Tageslicht holen. Wir können gerne das Thema wechseln.«

»Wovon sprechen Sie?«

Ich fragte mich, wie viel Gudrun wirklich wusste, und ob wir von der gleichen Angelegenheit sprachen. Und obwohl die Ereignisse schon lange verjährt waren und alle Beteiligten mittlerweile tief unter der Erde lagen, war ich mir nicht sicher, ob es eine gute Idee wäre, diese gruseligen Ereignisse noch einmal im wahrsten Sinne des Wortes auszubuddeln. Brauchte Gudrun unbedingt zu wissen, dass Ada ihren eigenen Mann in Notwehr erschlagen und ihn hinterher im Garten verscharrt hatte? Sollte ich ihr wirklich auf die Nase binden, dass Georg, der Zeuge dieser Tat geworden war, Ada und Maria lebenslang erpresst hatte, um die Liebe der beiden zu unterbinden? Vielleicht wusste sie es bereits, und wenn nicht, dann hatte es auch keinen Sinn, diese fürchterliche Geschichte neu aufleben zu lassen. Gudruns Satz hallte in mir wider. *Ein scheußliches Geheimnis verband die beiden …* Steckte vielleicht noch mehr dahinter, als die Geschichte mit der Erpressung? Innerlich stöhnte ich. Eigentlich wollte ich es gar nicht so genau wissen.

»Es ist nicht so wichtig«, lenkte ich ein und lächelte versöhnlich. »Ein Nachbarschaftszwist. Irgendeine Geschichte mit dem Rasen, den Ada zu selten gemäht hat, oder so etwas in der Art«, log ich erneut. Es hätte durchaus zu dem pedantischen Georg gepasst. Direkt kam mir sein strikt geführtes Haus in den Sinn, das seit seinem Ableben im Dezember leer stand. Es war seltsam, mit anzusehen, wie die Hecken seiner sonst so gepflegten Gartenanlage wild nach oben schossen und sich der so akkurat geschnittene Rasen den Freuden des Gedeihens hingab und freizügig wucherte.

Gudrun schien sich wieder zu entspannen. »Ach so. Es hätte mich ehrlich gesagt auch gewundert, wenn sie es noch jemandem anvertraut hätte.«

Allmählich gewann ich die Überzeugung, dass wir tatsächlich nicht von dem gleichen Vorfall sprachen. Denn auch mich hätte es stark gewundert, wenn Ada irgendwem von dem Totschlag an ihrem Mann – Notwehr hin oder her – erzählt hätte; nicht einmal einer sehr guten Freundin.

Genau wie ich schien Gudrun vergangene Zeiten lieber ruhen lassen zu wollen. Und es war sicher besser so, denn ich empfand nicht wirklich das Bedürfnis, noch mehr über Georgs Untaten zu erfahren. Ich hatte meine Dosis an Grauenhaftigkeiten abbekommen und nagte noch immer daran wie ein Biber, der sich einen zu großen Stamm vorgenommen hatte. Und ich war fest entschlossen, eine Therapie zu beginnen, sobald mir meine Arbeit etwas mehr Luft dafür ließe. Noch stand ich mit meinem Unternehmen in der Kreationsphase. Eine wichtige Phase, in der es galt, nichts zu übersehen und keine Mühe zu scheuen, um die Projekte voranzutreiben. Jede Minute zählte, und mein Seelenheil würde noch etwas hintenanstehen müssen.

»Falls Ihnen noch etwas über Ada einfallen sollte – irgendwelche Anekdoten –, dann würde ich mich sehr freuen, Ihnen noch weiter zu lauschen«, schloss ich die Angelegenheit vorerst ab. »Ich schlage vor, wir kümmern uns jetzt erst einmal um Sie und sorgen dafür, dass es Ihnen an nichts fehlt.« Mir kam sogleich ein Gedanke. »Was halten Sie denn davon, in Adas Zimmer zu ziehen? Von dort aus haben Sie einen wundervollen Blick direkt auf den See und können ihr dort noch näher sein.« Insgeheim hoffte ich, dass die herrliche Aussicht ihr Gemüt etwas aufheitern würde. Denn ich war davon überzeugt, dass positives Denken einen gewaltigen Schritt in Richtung Lösungsfindung bedeuten konnte.

»Adas Zimmer?«, wiederholte Gudrun ehrfürchtig. Ihre Augen glitzerten.

»Ja, das rote. Es ist der einzige Raum, in dem wir alles so belassen haben wie zu Adas Zeiten.« Zwar hatten wir auch in den anderen Räumen noch nicht alles renoviert, aber schon ein paar Möbel umgestellt oder in den Keller gebracht, um für Chris' und meine wenigen Habseligkeiten genügend Platz zu schaffen und das Haus nicht zu sehr zu überladen. An Adas Zimmer wagten wir uns jedoch noch nicht heran, und ich war mir nicht sicher, ob ich das jemals würde.

»Also, ich weiß nicht«, stammelte Gudrun sichtlich bewegt.

»Ich bin mir sicher, dass es Ihnen gefallen wird und dass es Ada gefreut hätte.« Entschlossen schlug ich mir auf die Schenkel und stand auf. Gesagt, getan: Ich kramte für unseren Gast eine Kleiderkiste aus dem Wäscheschrank hervor, holte eine frische Zahnbürste, Seife und Handtücher aus dem Badezimmer und trug das Ganze in Adas ehemaliges Reich hinüber.

Während ich das Bett bezog, stieg der Duft nach Mottenkugeln und Lavendelsäckchen von Adas Bettwäsche zu mir auf, wie ein Hauch aus fernen Tagen, und ich meinte, wieder mal ihre Gegenwart zu spüren. Ein kühler Luftzug auf meiner Haut, ein sonderbares Kribbeln im Nacken, als ob sie hinter mir vorbeischwebte. Was mir am Anfang jedes Mal Unbehagen bereitet hatte, nahm ich mittlerweile mit besonnener Gelassenheit hin, denn falls es keine Einbildung sein sollte, so wusste ich mittlerweile, dass sie mir nur Gutes wollte. Und wie ein Blitz schoss mir wieder das Wort durch den Sinn, und ich fragte mich insgeheim, was es wohl mit Ada als Dornenkönigin auf sich haben mochte …

Kapitel 6 – Zwischenspiel – Heidi – Der Phoenix

Wiesbaden – 74. Kongress der Deutschen Gesellschaft für Innere Medizin – 22. April 1968

Endlich war es wieder so weit. Endlich würde sie ihn wiedersehen. Prüfend warf Heidi einen letzten Blick in ihren Handspiegel, puderte sich geschwind die Nase und zog noch einmal den Lippenstift nach, bevor der große Ansturm begann. Mit der freien Hand kontrollierte sie ein letztes Mal den Halt ihres Farah-Diba-Dutts, der aktuell modischsten Frisur, ohne die eine Frau von Welt nicht auskommen konnte. Die aufwendig aufgetürmten Haare hielten wie durch ein Wunder – allerdings auch mit viel Spray – und ließen sie bis zu 20 Zentimeter größer wirken. Aufmunternd lächelte sie ihrem Bildnis zu, klimperte einmal zur Probe mit den langen, gebogenen Wimpern, die sie sich mit viel Mühe angeklebt hatte, und ließ den Spiegel zufrieden wieder zuschnappen.

Es war jetzt genau ein Jahr her, dass sie ihm das erste Mal begegnet war, und es hatte keinen Tag gegeben, an dem sie nicht an ihn gedacht hatte. An seine Art, sie anzuschauen. Seine Art zu lächeln. Sofort hatte sie dieses innere Band zwischen ihnen gespürt, daran hatte sie nicht den leisesten Zweifel. Sie hatte in ihm gelesen wie in einem offenen Buch. *Er ist es!*, hatte ihre innere Stimme gesagt. *Er und*

kein anderer. Sei gescheit und lass diese Gelegenheit nicht
wieder verstreichen. Er ist es, er und kein anderer …

Heidi wollte felsenfest daran glauben, denn er unterschied sich von den anderen Männern, denen sie bislang
begegnet war. Selbst unter seinesgleichen, den vielen gut
situierten Herren, die zu diesem Ereignis in die Stadt kamen,
wirkte er verloren. Zwar war er sehr viel älter als sie und
strahlte, genau wie seine Kollegen, eine gewisse Selbstsicher-
heit aus. Aber in seinem Blick hatte sie gemeint, etwas Ver-
letzliches erkannt zu haben, etwas, das dem stillen Ungetüm
in ihr ähnelte. Dieser Schmerz. Diese Scham. Das Gefühl,
in dieser Welt keine Legitimität zu haben, keine Existenzberechtigung. Das Gefühl, von Unverständnis und Leere
umgeben zu sein. Ein Gefühl, ständig außen vor zu bleiben.

Ihr Leben lang war sie eine Außenseiterin gewesen.
Ihr Vater war ein Alkoholiker, die Mutter jung gestorben.
Woran? Das hatte ihr niemand sagen wollen, und um ehrlich zu sein, war ihr das auch egal. Sie hatten Heidi mit all
dem Hässlichen dieses Daseins allein zurückgelassen, sodass
sie gezwungen war, ihr Leben selbst in die Hand zu nehmen. Einfach war es wahrlich nicht gewesen, denn sie war
von einer Familie zur nächsten abgeschoben worden wie
ein lästiges Bündel, das keiner wollte. Sie sei zu aufmüpfig,
zu sonderbar, hatte es geheißen. Eine Familie hatte sogar
Angst vor ihr gehabt, sie beim Sozialamt als unzurechnungs-
fähig und abartig gemeldet.

»Ich weiß wirklich nicht, was ich mit Ihnen noch anstellen
soll, Heidrun«, hatte die zuständige Sozialarbeiterin damals
zu Heidi gesagt. »Können Sie sich denn nicht benehmen?«

»Ist es denn meine Schuld, dass sie meine Freundin nicht
mögen?«, hatte Heidi trotzig geantwortet und die Arme vor
der Brust verschränkt.

»Dann such dir deine Freunde gefälligst besser aus.«

»Sie ist die Einzige, die ich habe, die Einzige, der ich mich anvertrauen kann«, hatte sie weinerlich entgegnet.

Die Frau mit der langen Nase und dem dicken Leberfleck auf der Wange hatte ausgiebig geseufzt. »Dann richte deiner Freundin aus, sie soll sich in Zukunft gefälligst diskreter verhalten, wenn sie nicht möchte, dass du ihretwegen alle Familien im Umkreis von 300 Kilometer verschleißt«, hatte die Fürsorgerin gemahnt. »Das muss ihr doch einleuchten, nicht wahr?«

Heidi hatte es ausgerichtet, aber viel genutzt hatte es nicht …

Seit ein paar Tagen war sie endlich volljährig und brauchte sich von niemandem mehr ihren Umgang diktieren zu lassen. Allerdings hatte sie der Langnasigen verziehen. Immerhin war es ihr zu verdanken gewesen, dass sie diese Anstellung bekommen hatte. Diese Anstellung, die das Beste war, was ihr hätte passieren können, obwohl sie die Aufgabe am Anfang gehasst hatte. Stundenlang an einer Tür zu stehen, um elegant gekleidete Herren zu empfangen, die sich alle für etwas Besseres hielten, war nicht ihr Ding gewesen. Bis zu dem Tag, als er vor ihr gestanden hatte. Es war der Tag gewesen, an dem ihr Leben eine Wendung erfuhr.

Sofort hatte sie seine Traurigkeit gespürt. Etwas kaum Ausmachbares, das nur sensible Menschen wahrnehmen konnten, Menschen, die hinzuschauen wussten. Menschen, die zwischen den Zeilen lesen konnten, die ein Gespür für das Leid hatten. Ja, er hatte melancholisch gewirkt. Fast hoffnungslos, als ob er trotz seines Prestiges nicht das Dasein lebte, das er sich erträumt hatte. Als würde ihm etwas Wichtiges fehlen. Als hätte man ihm irgendwann vor langer Zeit das Herz herausgerissen und darauf herumgetrampelt, so wie auf ihrem. Er wirkte wie ein Mann, der alles verloren hatte und trotzdem aufrecht lief. Ein Mann, der Höllenqualen durchlebte und trotzdem weitermachte. Ein Mann, der stetig voranschritt, aber nicht mehr wusste, warum.

Er und kein anderer …

Und als Heidi ihm in die Augen geblickt hatte, da schienen sie sich auf Anhieb verstanden zu haben. Sofort hatte sie sich an ihrem Platz gefühlt, hatte gewusst, dass er der Eine, der Richtige, der Auserlesene war. Hatte gewusst, dass seine Narben die ihren ergänzen würden, hatte gewusst, dass nur er den Balsam besaß, der die Qual der eiternden Herde ihrer Seele würde lindern können.

Heidi wusste wohl, dass es im Grunde lächerlich war, das ganzes Jahr über an einen fremden Mann zu denken, nur weil er sie einmal verhalten angelächelt hatte. Aber was tat ein Mensch nicht alles, um nicht an seiner Einsamkeit zu ersticken?

Und so war es gekommen, dass Heidi sich, ganz anders als erwartet und im Gegensatz zu ihrer sonstigen Gewohnheit, sehr bemühte, nicht negativ aufzufallen oder aus der Reihe zu tanzen. Seither erwies sie sich als ausgezeichnete Empfangsdame des Kongress-Gebäudes und hütete diese Anstellung wie den eigenen Augapfel. Und auch wenn die Konkurrenz gewaltig war und sie einiges hatte über sich ergehen lassen müssen, um nicht gefeuert zu werden, hatte sie durchgehalten. Und da sie schon sehr früh am eigenen Leib hatte erfahren müssen, was Männer von Frauen wollten, war es nicht schwierig zu erraten gewesen, dass es bestimmte Dinge gab, denen auch die Herren der Direktion nicht würden widerstehen können. Nur wer das begriffen hatte, konnte sicher sein zu bleiben. Zum Glück war sie schlauer als die anderen dämlichen Ziegen, die sich bewarben. Ihr wacher Geist bemerkte Signale, die anderen entgingen. Dank ihrer Intelligenz konnte sie Zeichen erkennen, die für den ordinären Betrachter unsichtbar blieben, und ihre Seele fühlte Schwingungen, die andere nicht wahrnahmen.

Und dank ihrer Freundin, die ihr mit Rat und Tat beistand, wartete sie nun genau wie im Vorjahr am Eingang des immensen Gebäudes darauf, dass die Pforten endlich geöffnet wurden. Wartete, dass sich die Verheißung, die sie das ganze Jahr über hatte durchhalten lassen, endlich erfüllte. Wartete, dass dieser Mann, der einzige, der ihre verhunzte Seele zu schätzen wüsste, sie wiedererkannte und sie mit sich nahm.

Es war noch früh am Morgen, und die Flure der riesigen Halle lagen still da. Die Schritte der Platzanweiser, die ab und zu den immensen Saal durchquerten, hallten sonderbar durch die Luft, wie Vorboten des tosenden Fußgetrampels, das jeden Augenblick einsetzen sollte.

Das nervöse Trippeln und Hüsteln der anderen Empfangsfräulein, die auf alle Türen verteilt waren, dröhnte unangenehm in Heidis Ohren, als hätte jemand den Lautsprecher voll aufgedreht. Heidi schluckte nervös.

Was, wenn er diesmal verhindert war? Es durfte nicht sein. Aber was, wenn? Dann würde sie auf ihn warten, noch ein Jahr und noch eines, wenn es sein musste. Und wenn … Sie verbat sich, den Gedanken zu Ende zu bringen. Nein! Unmöglich, unvorstellbar!

Hibbelig schaute sie sich um. Jeder hatte eine Aufgabe, jeder kannte seine Rolle, aber sie schien die Einzige zu sein, die das Schauspiel mit solcher Inbrunst und Sehnsucht erwartete, die Einzige, deren Leben von den nächsten Tagen abhing. Die anderen Angestellten wirkten gelöst, plauderten hier und da verhalten miteinander, lachten. Nur Heidi stand unter einem solchen Druck, dass sie meinte, ihr Kopf müsse platzen.

Das Warten zog sich hin wie Kaugummi, und die Stille hatte etwas Betäubendes. Unentwegt kreisten Heidis Gedanken um die eine Frage: Was, wenn er dieses Jahr nicht käme?

Es wäre schwierig gewesen, jemandem begreiflich zu machen, warum sie so sehr an diesem einen Mann hing. An diesem einen, der all ihre Hoffnung auf eine rosige Zukunft verkörperte. Nicht etwa, weil er Arzt war, und diese bekanntlich ein gutes Auskommen hatten, nein. Davon gab es einen Haufen, und an Einladungen mangelte es ihr keineswegs. Es war dieses Etwas in seinem Blick, das sie davon überzeugt hatte, dass er ihre schwarzen Gedanken verstehen würde. Nur er würde in ihre Abgründe schauen und sie besänftigen können. Dessen war sie sich sicher.

Und wenn es nicht nur Einbildung gewesen war, so schien es, dass auch er sich für sie interessierte. Es war die Art, wie seine Augen etwas länger als nötig auf ihr ausgeharrt hatten, als ob er jeden Moment auf sie zugehen wollte, um sie anzusprechen. Aber dann war er unterbrochen und von Kollegen zum nächsten Konferenzsaal mitgerissen worden, und sie hatte ihn aus den Augen verloren.

Heidi räusperte sich ungeduldig und schaute ein letztes Mal prüfend an ihrer Uniform hinunter. Das dunkelblaue Ensemble, das aus einem geradlinigen Bleistiftrock, einem Jackett und einer schneeweißen Bluse bestand, saß makellos. Und die Pumps … Abrupt stockte ihr der Atem. Verflixt, ein Fleck! Ein heller Klecks hatte sich auf ihrem gelackten Schuh ausgebreitet. Wie war das möglich? Wie konnte der nur dort hingelangt sein?

Unwillkürlich spürte sie die warme Wallung der Panik in sich emporsteigen wie heiße Milch in einem Topf. Heidi schnappte nach Luft. Ihre ohnehin schon feuchten Hände wurden glitschig, ihre Kehle schnürte sich zu, und unter ihren Achselhöhlen meinte sie, verräterische Feuchtigkeit zu spüren. Auch das noch! Würde sie noch Zeit finden, sich frisch zu machen? Unauffällig schüttelte sie ihren Fuß, und das, was sie für einen Fleck gehalten hatte, entpuppte sich als einfacher Flusen, der zu Boden glitt. Vor Erleichterung bebte sie, stieß die Luft aus, die sie unbewusst angehalten hatte.

Dann ging plötzlich alles sehr schnell. Ein Kopfnicken vom Chef und die Türen wurden geöffnet. Augenblicklich drängelten sich die ersten Besucher an den mächtigen Flügeltüren: jüngere und ältere Herren in teuren Anzügen, die meisten trugen Krawatten, andere vornehme Fliegen. Und trotz der offensichtlichen Zurückhaltung und Disziplin dieser Männer von Welt stieg der Geräuschpegel stetig an. Debattierend schob sich die Menschenschlange vorwärts, ein großer Wulst aus ungeduldigen Ärzten, die den Konferenztagen erwartungsvoll entgegensahen. Einige unter ihnen hatten bereits tiefe dunkle Ringe unter den Augen, und jeder Insider wusste, dass es auf solchen Veranstaltungen, besonders in den Nächten, hoch herging.

Auch an Heidi traten die ersten Besucher heran. Sie begrüßte die Herren, prüfte die Einladungen auf ihre Richtigkeit und wies ihnen den Weg zur ersten Sitzung. Die Warteschlangen wurden länger, der Strom wollte kein Ende nehmen, aber sosehr sie auch hoffte, so wachsam sie die Reihen nach ihm absuchte, er war nicht unter ihnen.

Mechanisch machte Heidi weiter, obwohl ein Sturm in ihrem Inneren tobte. Ein Sturm der Verlorenen. Der Sturm der Menschen, die nichts mehr hatten, woran sie sich festhalten konnten. Der Sturm derer, die um ein Zeichen flehten, damit sie den Mut aufbrachten, weiterzumachen. Ein wilder Gedanke löste den nächsten ab. Er hatte sie vergessen. Vielleicht war es auch nur ein Hirngespinst gewesen. Oder war ihm etwas zugestoßen? Ja, das musste es sein, es konnte sich einfach nicht anders verhalten.

»Herzlich willkommen, gnädiger Herr, darf ich bitte Ihre Einladung sehen? Danke schön. Bitte begeben Sie sich nach rechts zur ersten Halle. Ich wünsche Ihnen einen angenehmen Aufenthalt bei uns in Wiesbaden«, leierte sie die Floskel unentwegt herunter.

Aber ihr Herz lag in Trümmern. Wie dumm war sie gewesen zu glauben, dass dieser Mann auch nur einen Gedanken an sie verschwendet hatte? Wie dumm war sie gewesen, anzunehmen, dass er eine wie sie überhaupt bemerken könnte?

Sie wollte sterben. Wollte fortlaufen. Wollte es nicht mehr ertragen müssen, dieses Dasein, ohne Zuversicht und ohne Zuwendung.

»Fräulein?«

Heidi zuckte zusammen. Herrje, wenn sie sich weiter so belämmert anstellte, würde sie obendrein auch noch ihren Job verlieren. »Herzlich Willkommen, gnädiger Herr, darf ich bitte Ihre Einladung sehen? Danke schön. Bitte begeben Sie sich …« Sie erstarrte. Als sie dem Besucher ins Gesicht blickte, begann ihr Herz wild zu hämmern. Es schlug auf einmal so heftig, als wollte es ihrer Brust entspringen. *Zum Glück ist er Arzt*, schoss es ihr durch den Kopf.

»Ist Ihnen nicht wohl?«, fragte er prompt.

»Doch, doch, verzeihen Sie, ich …«, stammelte sie verwirrt und versuchte, sich zu sammeln. Unmittelbar spürte sie die Hitze, die ihr in die Wangen schoss. Sie war dabei, alles zu vermasseln. *Reiß dich zusammen, verdammt noch mal.* Sein Blick ruhte auf ihr, so tiefgründig, dass es ihr die Sprache verschlug. Sie schluckte.

»Bitte begeben Sie sich nach rechts zur ersten Halle«, presste sie mühevoll hervor. Und jetzt? Sollte das alles gewesen sein? Sollte sie nicht besser in Ohnmacht fallen? Oder etwas Lustiges zum Besten geben? Er roch so gut nach würzig männlichem Herrenparfüm. Hatte er es ihretwegen aufgelegt? So ein Unsinn. »Ich … Ich wünsche Ihnen einen angenehmen Aufenthalt bei … bei uns in Wiesbaden.« *Himmel, und jetzt?*

Er nahm seine Einladung wieder zurück, blieb aber stehen, schaute ihr in die Augen. Heidis Knie wurden weich.

»Darf ich Sie heute Abend zum Essen ausführen, oder sollte ich erst bei Ihren Eltern vorsprechen?«

Sie lächelte verstört. »Nein, nein, ich meine: Ja«, verhaspelte sie sich.

»Was denn nun?«, fragte er amüsiert. Es war das erste Mal, dass sie ihn lächeln sah. Fast war es unerträglich, so gut sah er aus. »Ja oder nein?«

»Ja, Sie dürfen, und nein, Sie brauchen nicht bei meinen Eltern vorzusprechen«, antwortete sie so hastig, dass sich ihre Worte fast überschlugen. Wie naiv und kindisch sie wirken musste. *Gib dich weiblicher, verführerischer*, schalt sie sich. *Er ist ein reifer Mann.* Sie schätzte ihn auf um die 40.

»Verzeihen Sie«, drängelte ein Wartender. »Aber ich glaube, die Konferenz wird gleich losgehen, könnten Sie sich vielleicht ein wenig beeilen?«

»Entschuldigen Sie mich bitte«, antwortete Heidis Verehrer und verbeugte sich leicht vor dem Meckerer. »Es geht um eine wichtige Familienangelegenheit.« Er trat zur Seite, damit die nächsten Besucher aufholen konnten.

Ohne weiter auf die Einladungen zu achten, lotste Heidi die nachfolgenden Herren durch und schickte sie ohne viel Aufhebens in Richtung der Konferenzhalle, wobei sie ihren Angebeteten nicht aus den Augen ließ. Dieser kritzelte etwas auf eine Karte, drängelte sich noch einmal vor, steckte ihr das Pappstück unauffällig zu und zwinkerte.

Dann war auch er in der Masse verschwunden.

Heidi konnte es nicht fassen. Ihre Wangen brannten. Am liebsten hätte sie laut durch die Halle gejauchzt. *Ruhe bewahren. Noch kann viel schiefgehen.*

Wie einen Schatz vergrub sie das Stück Karton tief in ihrer Jackettasche. Er hatte sie beachtet. Alles war so eingetreten, wie sie es sich erhofft hatte. Nein, besser. Viel besser! Also doch. Es war keine Einbildung gewesen. Auch er hatte sie nicht vergessen.

Beschwingt begrüßte sie den nimmer enden wollenden Strom der Neuankömmlinge, bis er irgendwann versiegte. In ihrem Jackett schien ein glühender Gegenstand darauf zu warten, endlich erforscht zu werden. So glühend heiß, dass er ihr den Stoff zu versengen drohte.

»Entschuldigung«, wandte sie sich an den Aufseher, der für das »Frauenvolk«, wie sie allgemein genannt wurden, die Verantwortung trug. »Darf ich mal kurz austreten?«

Die Antwort kam mit einer abfällig scheuchenden Handbewegung, und Heidi trippelte über den gewienerten Marmorboden bis zu den WCs. Dort verbarrikadierte sie sich in einer Kabine, lehnte den Hinterkopf gegen die Tür und schloss die Augen. Ihr Puls donnerte wild. Wenn sie es jetzt geschickt anstellte, könnte heute der Tag sein, an dem sich ihr ganzes Leben änderte. Ihre Rechnung war aufgegangen. Alles, was sie hatte ertragen müssen, die ganzen widerlichen Dinge, die sie vom Chef hatte über sich ergehen lassen müssen, hätten sich letztendlich ausgezahlt.

Abrupt schlug sie die Augen auf und lächelte breit. Manche zerbrachen unter der Schmach der Menschheit. Andere überlebten und entstiegen der Hölle noch herrlicher und schöner, wie der Phoenix aus der Asche.

Zögerlich zog sie das kleine Stückchen Glück aus der Tasche hervor, wandte es um und schaute auf die wundervoll verschnörkelte Schrift. Seine Schrift.

Bitte rufen Sie mich heute Abend um 17 Uhr unter dieser Nummer an. Hochachtungsvoll, Ihr Doktor Georg Wächter.

Kapitel 7 – Das letzte Mal

Lindau, Bodensee – Seerosen-Villa – Mai 2018

Während Gudrun sich in Adas Zimmer einrichtete, begab ich mich zu Chris in die Küche, wo er bereits dabei war, das Abendessen vorzubereiten. Es roch köstlich nach *Kratzete*, dieser leckeren schwäbischen Spezialität – eine Art zerrissener Pfannekuchen –, die ich erst vor Kurzem entdeckt hatte. Chris hörte nie auf, mich mit seinen Rezepten zu überraschen.

Ich stellte mich hinter ihn, umschlang mit beiden Armen seinen Leib und legte meinen Kopf gegen seine Schulter.

»Harter Tag?«, fragte er.

»Hm«, grummelte ich. »Eben ein Tag ohne dich.«

Wie zur Zustimmung stieß Chris leise die Luft aus. »Yep«, bestätigte er wissend.

»Was zauberst du uns denn schon wieder Schönes auf den Teller, du *sagenhafter* Koch?«

Über das Wortspiel musste er lachen. »Es gibt Spargel und Kratzete mit Sauce Hollandaise.«

Wie bereits am Mittag lief mir das Wasser im Mund zusammen. Ob es der Stress war, der mich so hungrig machte? Ständig hatte ich das Gefühl, ein hohles Loch im Bauch zu haben. »Und was steht heute Abend auf dem Programm?«, fragte ich und schmiegte mich an ihn.

»Wenn du so weitermachst, gehen wir früh ins Bett.«

Ich grinste. »Weil ich so müde wirke?«, fragte ich frech.

»Nein, weil du Aufmunterung brauchst.«

»Ist doch das Gleiche«, konterte ich.

»Nein, da bin ich anderer Meinung. Auch wenn das eine das andere nicht unbedingt ausschließt.«

Wir lachten. Chris wandte sich mir zu, nahm mein Gesicht zwischen beide Hände und küsste mich. »Mein Honigküchlein, heute Abend zeige ich dir gerne den Unterschied.«

Bei seinen Worten erschauerte ich. »Ach ja? Bin schon sehr gespannt.«

»Ja, aber nur, wenn du mir genauestens jede Einzelheit, die du herausgefunden hast, brühwarm auftischst.«

»Ach ja, ganz nach dem Motto: Ohne Fleiß kein Preis, ja?«

»Genau.«

»Das ist Erpressung!«

»Unsinn, das ist ein gerechter Deal«, widersprach er.

»Ich lass mich aber nicht erpressen, Bärchen.«

Wir grinsten uns gekünstelt an. »Das werden wir ja sehen, Purzel.«

Ich musste laut lachen. »Wo hast du denn *den* aufgegriffen?«

»Verrat ich nicht«, entgegnete Chris und wandte sich wieder seinen Töpfen zu. »Außerdem habe ich da noch einen ganzen Haufen anderer parat.«

Ich seufzte übertrieben laut und hob die Arme. »Ich gebe mich geschlagen. Du hast gewonnen.«

»Du gibst auf, mein Zwiebele? Das sieht dir aber gar nicht ähnlich.«

»Stimmt, aber mir gehen die Ideen aus. Der Wortgewandtere unter uns bist eindeutig du. Außerdem sind die Chancen ungerecht verteilt.«

Chris grunzte vergnügt. »Du machst nicht nur schlapp, sondern bist obendrein auch noch eine schlechte Verliererin?«

Ich prustete leise. »Du hast das Schwäbische mit all den Mäusle, Spätzle, Schätzle und Bärle oder Schatzamoggele, Käpsele …«

»Ei, was soll ich denn jetzt mit all den schönen Fünden anstellen?«

Ich tat, als würde ich tatsächlich kurz darüber nachdenken. »Sie ganz allein für dich behalten?«

Wir lachten.

Dieser kurze Moment der Ausgelassenheit tat mir unheimlich gut. Es war, als würde alle Anspannung von mir abfallen.

Auch Chris schien es so zu ergehen, denn seine Züge hatten sich geglättet. »Es ist so weit, wir können essen«, verkündete er. Mein Magen knurrte, als hätte Chris das Losungswort gesprochen und damit meine letzten Kräfte mobilisiert. Sofort lief ich zum roten Zimmer zurück und klopfte.

»Ja?«, antwortete Gudrun mit schwacher Stimme.

Ich öffnete die Tür einen Spalt breit. »Kommen Sie bitte, Gudrun, das Essen ist fertig.«

»Ach nein, danke«, winkte sie ab. »Ich habe keinen Appetit.« Sie saß frisch geduscht und in einem von Adas Hausanzügen auf dem Bett. Ihr kurzes weißes Haar schimmerte noch feucht. Im ersten Moment fühlte ich einen sonderbaren Stich, als wäre soeben ein Tabu gebrochen worden. Dabei hatte ich Ada selbst nie in dieser Aufmachung gesehen. Es aber getragen zu wissen, schien das Kleidungsstück zum Leben zu erwecken – und somit meine verstorbene Gönnerin.

»Das steht Ihnen gut«, sagte ich heiser.

»Finden Sie?«, fragte Gudrun irritiert und schaute skeptisch an sich hinunter. »Es ist so … modern …« Sie zuckte mit den Achseln.

Verständnisvoll lächelnd trat ich einen Schritt in den Raum. In der Beklemmung, in der Gudrun die letzten Jahre gefangen gewesen war, hatte sie sicher keine modische Kleidung tragen dürfen.

»Soweit ich das überhaupt beurteilen kann, scheint es, dass Sie die gleiche Statur wie Ada haben«, sagte ich.

»Habe ich das?«, fragte Gudrun mehr zu sich selbst. »Ich fühle mich darin wie eine Hochstaplerin. So einfach in die Kleidung einer solchen Berühmtheit zu schlüpfen … Freundin hin oder her, das behagt mir gar nicht.« Sie wirkte unglücklich. Vielleicht sogar ein wenig angewidert, was ich mir aber nicht zu erklären vermochte.

Das bildest du dir nur ein, schob ich den Gedanken beiseite. Sicher war es Gudrun unangenehm, die Kleidung ihrer verstorbenen Freundin zu tragen, was ich durchaus nachvollziehen konnte.

»Ich bin davon überzeugt, dass es ihr recht gewesen wäre«, versicherte ich ihr. »Und außerdem haben wir im Moment keine andere Wahl. Sie konnten ja nicht ewig in ihren zerknitterten Klamotten herumlaufen.«

»Damit haben Sie wohl recht.« Sie seufzte.

»Hören Sie, Gudrun«, sagte ich und setzte mich wieder zu ihr aufs Bett. »Die nächste Zeit wird sicher nicht einfach für Sie sein, selbst wenn wir alles daransetzen werden, Ihnen zu helfen. Deshalb müssen Sie unbedingt bei Kräften bleiben.«

Betrübt schaute sie mich an, seufzte erneut, nickte. »Sie meinen, ich soll etwas zu mir nehmen, richtig?«

»Genau. Versuchen Sie doch wenigstens, einen Happen hinunterzubekommen. Wie man so schön sagt: Der Appetit kommt beim Essen.«

Schließlich willigte Gudrun ein und folgte mir in die Küche, wo Chris bereits lächelnd am Tisch saß und auf uns wartete.

»Oh, Kratzete«, sagte Gudrun leise, und es war das erste Mal, dass ich den Anflug eines Lächelns auf ihrem Gesicht zu erkennen glaubte.

»Mögen Sie die?«, fragte Chris.

»Ja, sehr gerne sogar. Die habe ich früher auch immer zubereitet, als ich noch …« Sie sprach nicht weiter. Chris und ich wechselten einen vielsagenden Blick.

»Na, dann lassen wir es uns schmecken«, überging ich Gudruns Stocken, während wir uns setzten.

»Guada Abbedid«, wünschte Chris. Gudrun und ich erwiderten seinen Wunsch.

Unschlüssig stocherte Gudrun in ihrem Teller herum, gab sich schließlich einen Ruck. Als der erste Happen in ihrem Mund verschwunden war und sie langsam kaute, traten ihr Tränen in die Augen. »Es ist so lange her«, murmelte sie mit vollem Mund.

Betroffen wandten wir uns unseren Tellern zu und aßen. Trotz des bedrückenden Ambientes fand ich das von Chris gezauberte Gericht wieder einmal ausgezeichnet. Ich schaute zu ihm hinüber und verdrehte vor Genuss die Augen. Zum Dank für das stumme Kompliment hob Chris sein Weinglas und prostete mir mit einem kaum merklichen Augenzwinkern zu. Ich tat es ihm gleich.

Im Verlauf der restlichen Mahlzeit sprachen wir absichtlich nur über Belanglosigkeiten, um die Stimmung etwas aufzulockern. Es war wie ein unausgesprochenes Abkommen zwischen mir und Chris. Beide wollten wir unseren Gast nicht mit zu vielen Fragen auf einmal behelligen. Uns war nur zu bewusst, was die Arme durchgemacht hatte, und wir wollten sie schonen. Deshalb wunderte es uns nicht, als Gudrun sich nach dem Essen mit der Entschuldigung zurückzog, sie sei von der vielen Aufregung ganz zerschlagen.

Auch wir hatten es an diesem Abend eher eilig, in die Zweisamkeit unseres Schlafzimmers zu flüchten, und als wir endlich im Bett lagen, konnten wir das erste Mal in Ruhe über alles sprechen.

Draußen brach das Gewitter los, Blitze zuckten über den Himmel, und der krachende Donner ließ nicht lange auf sich warten. Leise prasselte der Regen gegen die Fensterscheiben.

»Wie war es im Studio?«, fragte Chris und strich mir eine Strähne aus dem Gesicht.

»Anstrengend, aber ich bin trotzdem gut vorangekommen«, antwortete ich. »Zum Glück habe ich Verena. Sie ist mir eine große Hilfe. Ich weiß nicht, ob ich es allein überhaupt bewältigt hätte.«

»Sicher hättest du das.«

Ich lächelte schief. »Wie schön, dass du so große Stücke auf mich hältst.«

»Wie weit seid ihr denn?«

»Für die Vernissage warte ich noch auf den Kostenvoranschlag des Caterers, damit ich die endgültige Bestellung aufgeben kann. Dann wären da noch die Einladungen, die wir noch nicht verschickt haben.«

»Wird das nicht ein bisschen knapp?«

Ich seufzte. »Wem sagst du das? Eigentlich sollten die Karten schon längst da sein. Ich hatte die Druckerei vor einer Woche extra noch einmal angerufen. Sie haben mir versichert, dass die Lieferung in den nächsten Tagen hier eintreffen soll.«

Chris runzelte die Stirn. »Warum hast du sie nicht ins Studio schicken lassen?«

»Weil wir ständig unterwegs sind und sie auf keinen Fall verpassen wollten.«

»Zum Glück ist der gute alte Sagen-Schreiberling immer zu Hause, um die Post in Empfang zu nehmen, wie?«

Ich schmunzelte und blinzelte verzückt. »Alt? Nein. Gut? Hm, ja …«

»Warum: hm, ja?«

»Ausgezeichnet, hervorragend, alles übertreffend würde besser passen«, wand ich mich heraus. Lachend küsste er mich auf die Nasenspitze. »Und du?«, fragte ich. »Konntest du trotz der ungewohnten Präsenz etwas mit dem Schreiben vorankommen?«

Chris presste die Lippen aufeinander. »Welche Version möchtest du denn gerne hören?«

»Autsch«, sagte ich und sog zischend die Luft durch die Zähne ein. »Na, die Wahrheit.«

»Also, ich bin schon vorangekommen, aber so ganz geheuer war mir das Ganze nicht.«

»Ja, ich kann mir gut vorstellen, dass es sonderbar ist, eine fremde Person im Haus zu wissen.« Selbst mir war bei dem Gedanken, dass Gudrun im Untergeschoss schlief, etwas mulmig zumute. Es war einfach ungewohnt.

»Genau. Irgendwie war ich mir ständig ihrer Gegenwart bewusst. Obendrein ist mir ihre traurige Geschichte nahegegangen und mir unaufhörlich im Kopf herumgespukt, sodass ich zu oft abgelenkt war.«

»Sagtest du mir am Telefon nicht, dass du zwei Seiten geschrieben hast?«

»Ja, schon«, antwortete Chris kleinlaut. »Aber als ich noch einmal drübergeschaut habe, hörte sich das Geschriebene so gestelzt an, dass ich wohl alles noch einmal umschreiben werde.«

»Hattest du deine Kopfhörer nicht auf?«

»Schon, aber ich fühlte mich trotzdem auf eine sonderbare Weise gehemmt. Obwohl Gudrun wirklich nur in ihrem Zimmer geblieben ist.« Er verzog den Mund. »Keine Ahnung, warum.«

»Das tut mir echt leid«, sagte ich und fühlte mich schuldig. »Hätte ich sie nicht hereingebeten …«

»Aber nein, so ein Quatsch«, widersprach Chris energisch. »Ich hätte genauso gehandelt.«

»Mein armer Schatz«, sagte ich und strich ihm zärtlich durch die dunkle Lockenpracht. »Wie können wir das nur wiedergutmachen?« Erneut blinzelte ich übertrieben.

Chris lachte leise. »Da würden mir schon ein, zwei Dinge einfallen«, feixte er. Ich spürte die Hitze, die von seinem Körper ausging. Wir grinsten uns an. »Aber Spaß beiseite. Konntest du etwas mehr herausbekommen?«

Ich nickte. »Ja. Sie hat Ada in den 70ern kennengelernt, und sie sollen eine Zeit lang unzertrennlich gewesen sein.«

»Warum sagt mir ihr Gesicht dann nichts?«

»Weil du damals noch gar nicht hier gelebt hast. Und später ist sie ja fortgezogen.«

Chris nickte. »Das leuchtet ein.«

Ich grübelte.

»Woran denkst du?«, fragte er.

»Auch in den Tagebüchern stand nichts über eine Gudrun.« Wochenlang hatte ich Adas Aufzeichnungen durchforstet, um hinter das Geheimnis meiner unerwarteten und unverständlichen Erbschaft zu kommen. Aber von einer Gudrun war nie die Rede gewesen.

»Vielleicht hatte Ada ihr einen anderen Namen gegeben?«, versuchte Chris, eine Erklärung zu finden. »So wie sie es mit deiner Großmutter gehalten hat.«

Ich schüttelte den Kopf. »Das hat sie doch nur gemacht, weil sie der Vorname Erna daran erinnerte, dass meine Großmutter früher die Hausangestellte ihrer Eltern gewesen ist.«

»Stimmt«, gab Chris zu.

»Außerdem …«

»Hm?«

»Es ist vielleicht gar nicht so verwunderlich, dass ich nichts über sie gelesen habe.«

»Warum?«

»Entsinnst du dich nicht mehr? Ab den 70er-Jahren hat Ada kein Tagebuch mehr geführt.«

»Ach ja, richtig.« Chris nickte und seufzte. »Woran könnte das gelegen haben?«

Ich zuckte mit den Achseln. »Vielleicht war sie mit ihren Ausstellungen zu beschäftigt? Sicher hat sie sich nach dem schmerzlichen Verlust ihrer Liebe Hals über Kopf in die Arbeit gestürzt.«

Chris nickte nachdenklich. »Ja, oder es ist wieder etwas so Scheußliches passiert, dass sie es nicht einmal aufschreiben wollte.«

»Chris!«, zischte ich empört. Mir schauderte bei dem Gedanken, er könnte recht haben.

»Verzeih.«

»Vielleicht haben wir die fehlenden Tagebücher auch einfach nicht gefunden«, mutmaßte ich.

»Das klingt unlogisch, meine Süße.«

»Warum?«

»Das würde heißen, dass Ada einen Grund gehabt hätte, ausgerechnet diese Bücher zu verstecken.«

»Ganz und gar nicht«, erwiderte ich. »Es könnte doch auch sein, dass Ada sie aus Platzmangel oder wegen der von dir selbst so angepriesenen ›künstlerischen Unordnung‹ aus Versehen in einer ihrer Kleiderkisten verstaut hat.«

»Hm«, brummte Chris ungläubig. »Meine Version klingt plausibler.«

»Hach, sei doch nicht gleich so pessimistisch«, rügte ich ihn und grübelte.

»Bin ich doch gar nicht. Trotzdem stimmt da etwas nicht. Warum hat sie Ada niemals besucht?«

»Aber, Schatz. So wie ich sie verstanden habe, scheint es sehr unwahrscheinlich, dass ihr Ehemann sie zu Ada hätte reisen lassen.«

»Hm, ja, das wäre eine Erklärung«, gab Chris zu.

»Außerdem sollen sich Ada und Gudrun damals zerstritten haben, weil Ada ihre Wahl angezweifelt hat.«

Chris schaute mich erstaunt an. »Na, da weißt du ja schon eine ganze Menge.«

Mit selbstzufriedener Miene nickte ich. »Obendrein habe ich eine hervorragende Nachricht.«

Chris richtete sich auf und schaute mich erwartungsvoll an. »Die wäre?«

»Anscheinend hat Gudrun noch eine andere Bekannte, die ihr aus dem Dilemma heraushelfen könnte, konnte diese aber noch nicht erreichen.«

»In der Tat, das ist eine sehr gute Neuigkeit.«

»Somit wird sie sicher nicht lange bei uns bleiben.«

Chris atmete erleichtert aus. »Ich habe nur noch zwei Wochen bis zur Abgabe.«

Ich fühlte mich elend. »Meinst du, dass du dich an ihre Präsenz gewöhnen wirst?«

»Jaja, das wird schon. Im Grunde verhält sie sich ja sehr ruhig. Und es war heute einfach nur alles neu für mich.«

»Ich glaube, das war es für uns alle.«

»Stimmt.«

»Liebling?«

»Ja, mein Herz?«, fragte Chris und kuschelte sich näher an mich.

»Sagt dir eine gewisse Burg Degelstein etwas?«

»Wie bitte?«, fragte er gespielt entsetzt. »Du kennst *die* Degelsteiner zu Lindau nicht?«

»Nein, wie sollte ich?« Lebte ich doch erst seit fünf Monaten hier.

»Selbst als Neigschmeckte müsstest du dich doch für die Geschichte deiner direkten Umgebung interessieren«, tadelte Chris.

»Das tue ich ja hiermit«, konterte ich. »Außerdem: Heißt es denn nicht Reigschmeckte?«, fragte ich aufmüpfig.

»Gut aufgepasst«, konterte Chris. »Man kann beides sagen.«

»Also?«

Er blinzelte belustigt. »Die Burg wird auch ›das Weiherschlösschen‹ genannt. Es handelt sich um die Ruine einer Niederungsburg und liegt nicht weit von hier am Ufer. Warum?«

»Gudrun sagte, dass sie dort mit Ada oft spazieren gegangen sei und mit ihr eine Art Rollenspiel abgehalten habe. Sie meinte, Ada sei die Dornenkönigin gewesen und sie die Bäuerin.«

Chris lächelte. »Das ist zumindest der erste handfeste Beweis dafür, dass Gudrun tatsächlich eine Zeit lang hier gelebt haben muss und Ada gekannt hat.«

»Ach ja? Wieso?«

»Wie du weißt, hat Ada Legenden geliebt, und es ist eindeutig eine Anspielung auf die Sage, die das Schloss seit Jahrhunderten umgibt.«

»Wie spannend. Und worum geht es in dieser Geschichte?«

Chris stöhnte. »Gerne erzähle ich sie dir ein anderes Mal ausführlicher, aber nicht heute Abend. Im Großen und Ganzen soll die arme Bäuerin die Degelsteinerin mit einem Fluch belegt haben«, antwortete Chris.

»Und was hat das mit Dornen zu tun?«

»Du Quälgeist gibst wohl nie auf, wie? Die reiche und hochmütige Anne von Degelstein soll einen wundervollen Rosengarten besessen haben.«

»Das hört sich ja wirklich wieder ganz aufregend an. Bei Gelegenheit musst du mir das Schlösschen unbedingt mal zeigen.«

Chris küsste mich auf den Mund. »Aber natürlich, gerne«, raunte er. »Aber leider besteht heute nur noch das zerfallene Mäuerchen.«

»Das macht nichts. Ich würde mich gerne von dem Ort inspirieren lassen.«

Chris riss übertrieben die Augen auf. »Dann ist aber Vorsicht geboten, denn es heißt, dass der Fluch noch immer auf dem Gemäuer lastet«, witzelte er.

»Wie schön schaurig. Da du mir aber partout nicht sagen möchtest, um welchen Fluch es sich dabei handelt, kann ich die Gefahr kaum einschätzen.«

»Das macht nichts, ich glaube sowieso nicht daran«, wich er aus.

»Als Schriftsteller von Sagen glaubst du selbst nicht an ihre Wahrhaftigkeit?«, rügte ich ihn.

»Doch, an die Geschichte als solche glaube ich schon. Aber nicht, dass der Fluch noch weiterbesteht.« Er grinste wölfisch. Seine Finger strichen über meine Schultern. Erneut rieselte ein Schauer über meine Haut. »Denn täte ich es, würde ich dir verbieten, dorthin zu gehen.«

»Verbieten?« Ich schnappte nach Luft und lachte überheblich. »Als ob ich mir von dir etwas verbieten lassen würde.«

Chris schmunzelte. Seine Finger glitten weiter meine Hüfte entlang. »Wie war das noch mit dem Wiedergutmachen?«

Ich gluckste leise. »Versprochen ist wohl versprochen.« Mit diesen Worten ging auch meine Hand unter der Decke auf Wanderschaft. Chris erbebte, schloss kurz die Augen und stieß leise die Luft aus.

Wir lächelten uns an.

Der Regen prasselte noch immer gegen die Scheibe, vermittelte uns das wohlige Gefühl des Geborgenseins. Dann übermannte uns zügellose Begierde und wir liebten uns, als wäre es … das letzte Mal …

Kapitel 8 –
Die Rache ist mein

Am nächsten Tag im Kunstatelier Bella

»Guten Morgen, hier ist Isabella Lampert.«

»Grüß Gott, Frau Lampert, womit kann ich Ihnen helfen?«, fragte der Herr am anderen Ende der Leitung.

»Vor knapp zwei Wochen habe ich Einladungskarten bestellt, und letzte Woche versicherte man mir, dass sie binnen Kurzem geliefert werden sollten. Aber bislang ist noch nichts bei mir eingetroffen.«

»Einen Augenblick bitte, ich schau gleich mal nach«, antwortete er. »… Lampert … Karten … Na, hier haben wir es: fürs ›Kunstatelier Bella‹, richtig?«

Nervös kaute ich auf meiner Unterlippe. »Ja, genau.«

»Die wurden gedruckt und stehen kurz vor der Lieferung. Verzeihen Sie bitte die Verzögerung, aber im Frühjahr ist sehr viel Betrieb und wir hatten mit dem Drucker Schwierigkeiten. Jetzt sollte aber alles klappen. Sie dürften also sehr bald bei Ihnen eintreffen.«

Mir fiel ein Stein vom Herzen. »Wunderbar, vielen Dank«, antwortete ich. Wir beendeten das Telefonat. *Gut, das wäre getan*, hakte ich den Punkt in meinem Kopf ab.

»Und?«, fragte Verena, die gerade dabei war, die Trockenblumen im Ausstellungsraum auf die großen Vasen zu verteilen.

»Alles palletti, es gab Probleme mit dem Drucker, aber jetzt sollten sie kurzfristig eintrudeln.« Ich schaute mich um. Allmählich nahm das Ganze Form an.

»Na also, sag ich doch: Kein Grund zur Sorge«, sagte Verena. »Ach, und hast du das gesehen?«, fragte sie und zeigte an die Decke. »Da stimmt etwas mit der Beleuchtung nicht.«

Jetzt bemerkte ich es auch: Eine der integrierten Deckenleuchten flackerte unentwegt. So ein Mist! »Dann müssen wir wohl den Elektriker zurückkommen lassen, damit er das umgehend behebt.« Erneut widmete ich mich dem Handy und suchte die Nummer der Firma aus meiner Kontaktliste heraus, als die Ladentür geöffnet wurde.

»Griaß Gottle miadanand«, hieß Verena die Eintreffenden willkommen.

Drei ältere Damen traten ins Studio. Mit dem Smartphone am Ohr begrüßte ich die Besucherinnen lächelnd mit einem Kopfnicken und wollte Verena den Empfang überlassen, als mir eine der drei Frauen zuwinkte, als wären wir alte Bekannte. »Frau Lampert, schön, Sie wiederzusehen«, rief die Dame im gehobenen Alter mir zu.

Prompt fiel der Groschen, und ich erkannte in zweien von ihnen die Schwestern Johanna und Käthe Kunze. Gleichzeitig tönte eine raue Männerstimme aus meinem Handy. »Grüß Gott, was kann ich für Sie tun?«

»Ich … Äh …«, druckste ich herum. »Entschuldigen Sie mich bitte, mir ist etwas dazwischengekommen. Ich rufe Sie gleich wieder zurück«, sagte ich.

»Scho recht«, kam die Antwort, und die Verbindung wurde unterbrochen.

»Guten Tag«, begrüßte ich die Damen, denen ich vor einigen Monaten im Polizeipräsidium begegnet war und die mir eine Menge nützlicher Informationen über Ada und Georg gegeben hatten. Unter anderem hatte ich damals von ihnen erfahren, dass Ada sich das Leben genommen hatte. Wie damals erinnerte mich die Aufmachung der Kunzes an Elisabeth II.: Die eine trug ein mintgrünes und die andere ein pinkfarbenes Kleid, das bis über die Knie reichte, darüber jeweils einen passenden luftigen Frühjahrs-Mantel, durchsichtige Nylonstrümpfe, Lackschuhe und einen farblich abgestimmten Kopfschmuck. Käthes Hals schmückte außerdem eine mehrreihige Perlenkette, und Johannas Dekolleté war mit einer schweren Goldkette mit einem eingefassten schwarzen Edelstein mit grünlich schimmernden Sprenkeln verziert. »Wie geht es Ihnen denn? Käthe und Johanna, wenn ich mich recht entsinne?«

»Ganz genau, liebe Isabella«, antwortete Käthe freudig überrascht, dass ich mich noch so gut an sie erinnerte. »Und dies ist eine alte Bekannte aus Jugendtagen, Alrun Drechsler«, stellte sie mir die dritte Dame vor, die ich ebenfalls herzlich willkommen hieß. Als Erstes fiel mir ihr wirrer Blick auf, der mich leicht verunsicherte. Sie glotzte mich an, als wäre ich eine Erscheinung aus einer anderen Galaxis. Trotzdem gab ich mich ihr gegenüber so unbefangen wie möglich.

Käthe beugte sich zu mir vor und flüsterte: »Stören Sie sich nicht daran, sie ist ein wenig ... Na ja. Ich glaube, die Arme leidet an Demenz ... Eben das Alter ...« Sie seufzte und setzte im normalen Tonfall hinzu: »Alrun kannte Georg und Ada recht gut.« Zur Unterstreichung hob sie die Augenbrauen in die Höhe. »Nicht wahr, meine Liebe?«, fragte sie die noch immer Verstörte, die mich weiterhin misstrauisch musterte. Stahlblaue Augen sahen mich aus schwarz umränderten Höhlen an. Ein unangenehmer

Schauer lief mir die Wirbelsäule entlang. Unauffällig versuchte ich, mir meinerseits ein genaueres Bild von ihr zu machen. Ihre grauen Haare waren zu einem ungewöhnlich hohen Gebilde frisiert, sodass ich mich fragte, wie sie dieses wohl zusammenhielt. Alles an ihr wirkte abgetragen, selbst das offensichtlich kostbare Kleid, über das sie sich lässig eine offen stehende Jacke gehängt hatte. Auf mich wirkte sie wie ein Mensch, der Adas 60er-Jahre-Schnappschüssen entstiegen war und plötzlich in leicht verwaschener Farbe vor mir stand.

»Sie kennen Georg?«, fragte die Sonderbare und fixierte meine Augen, als wollte sie die Iris durchbohren, den Schutzmantel meiner Seele zerstören und in ihr Inneres vordringen.

»Kannte«, berichtigte Käthe, bevor ich ein Wort herausbringen konnte. »Kannte, Alrun. Georg weilt nicht mehr unter uns.« Sie verdrehte die Augen.

»Wir sind uns mal begegnet«, antwortete ich ausweichend. Es entsprach der Wahrheit, und gerne hätte ich auf die überaus unangenehmen Zusammenkünfte mit dem ehemaligen Arzt verzichtet. »Von kennen kann wohl kaum die Rede sein.«

Jetzt meldete sich Johanna zu Wort, als wollte sie auch unbedingt ihren Senf dazugeben. »Isabella ist Adas Erbin, weißt du?«

Ein Schatten huschte über Alruns Gesicht. »Sind Sie ihre … Tochter?« Auch wenn ich es nicht für möglich gehalten hätte, wurde ihr Blick noch ein Stück düsterer.

Johanna schnaufte leise. »Aber nein, meine Liebe. Ada hatte keine Kinder. Isabella wurde von Ada aus bis heute unerfindlichen Gründen auserwählt«, antwortet sie. »Nicht wahr?«

Ich nickte. Außer Chris, meiner Familie und mir wusste kein Mensch, warum Ada mir das Haus vermacht hatte. Niemand ahnte auch nur im Geringsten, dass ich die Enkelin ihrer großen Liebe Maria war. Und ich wollte auch, dass das so blieb. »Ja, leider konnten wir das nie herausbekommen.«

»Die stecken doch alle unter einer Decke«, blaffte Alrun abfällig mehr zu sich selbst. »Sie haben es alle gewusst …« Schnaufend wandte sie sich ab und starrte auf die Bilder an der Wand.

Erschüttert schaute ich die Frau an. Was sollte das? In meinem Inneren stieg ein ungewohntes Flimmern auf. Es war, als würden sich mein ganzer Stress und meine Ängste auf einmal in mir zusammenballen und meine Venen zum Vibrieren bringen. Verdammt! Waren das die ersten Anzeichen eines bevorstehenden Nervenzusammenbruchs? War ich so labil? Ich schlief zu wenig, arbeitete zu viel, fraß alles in mich hinein, was mir an Essbarem in die Finger kam, und war nervöser denn je. *Lass es an dir abgleiten*, redete ich mir gut zu. Jeder Künstler hatte auch sein Los an Hatern. *Es bedeutet nichts …*

Verena, die sich bislang im Hintergrund gehalten hatte und mich allmählich einzuschätzen wusste, gesellte sich mit ihrer spontanen Art zu Alrun. »Schauen Sie hier, da geht es noch weiter«, sagte sie sanft. »Möchten Sie, dass ich Sie führe?«

Alrun lächelte plötzlich, als wäre der tiefe Gram, der sie eben noch zerfressen zu haben schien, auf einmal wie fortgeblasen. »Sind Sie die Künstlerin?«, fragte sie.

»Ja, das bin ich«, antwortete Verena. »Schauen Sie, hier habe ich den Hafen dargestellt.«

»Das wirkt sehr echt«, schwärmte Alrun beeindruckt und schien wieder völlig normal.

Verena schielte zu uns hinüber und zwinkerte aufmunternd. *Na also, es ist alles wieder im Lot*, schien es zu heißen.

»Das passiert ihr des Öfteren, dann spinnt sie ohne jeden Übergang herum, redet irgendwelchen Unfug. Achten Sie einfach nicht auf sie«, entschuldigte sich Johanna. »Sie ist vorgestern mir nichts, dir nichts bei uns hereingeschneit, und wir haben sie vorläufig bei uns aufgenommen.«

Wie Gudrun, dachte ich verwundert, entgegnete aber: »Das ist sehr großzügig von Ihnen.«

»I wo, wir konnten die Arme ja schlecht sich selbst überlassen.« Es klang wie ein Echo in meinem Kopf. Kurioser Zufall? Wobei ich mir eingestehen musste, dass mir unser Gast fast ein bisschen lieber war. Wenigstens hatte Gudrun noch alle Sinne beisammen. »Seitdem versuchen wir, ihre Familie in Konstanz zu erreichen, aber ohne Erfolg«, fügte Käthe seufzend hinzu. »Dort soll nämlich ihre Tochter leben.«

»Und fragen Sie mich nicht, warum sie nicht gleich zu ihr gegangen ist«, flüsterte Käthe betrübt. »Das konnte sie uns leider nicht sagen, denn sie erinnert sich nicht mehr an den genauen Grund«, fügte sie hinzu. »Zwar hat sie hin und wieder ein paar klare Momente, aber das dauert leider nie lange, dann driftet sie wieder ins Reich des Nebels ab.«

Es brannte mir auf der Zunge zu fragen, warum es Alrun ausgerechnet zu den beiden verschlagen hatte. Kannten sie sich von früher? In welchem Verhältnis standen sie zueinander? Es ging mich aber nichts an.

»Und dann haben wir von der baldigen Eröffnung Ihrer Kunstgalerie erfahren und wollten unbedingt die Ersten sein, die Ihnen gratulieren«, meldete sich Johanna wieder zu Wort.

Über den Themawechsel erfreut, nickte ich. »Da hatten Sie eine sehr gute Idee …«

»Es wäre uns allerdings lieber gewesen, ohne *sie* zu kommen, aber leider konnten wir die Arme in ihrem Zustand schlecht allein im Haus lassen«, erklärte Käthe weiter.

»Womöglich hätte sie es noch abgefackelt«, bestätigte Johanna gewichtig.

»Verstehe«, antwortete ich. Das Unbehagen blieb. »Wir freuen uns natürlich sehr über das Interesse, das Sie unserer Ausstellung entgegenbringen. Zwar ist noch nicht alles fertig, aber da Sie nun schon einmal hier sind, kann ich Sie gerne herumführen.«

»Das ist wirklich reizend von Ihnen, mein Kind«, sagte Käthe berührt. »Dann sind wir also die Ersten?«

»Ganz genau«, erwiderte ich lächelnd.

»Das ist eine große Ehre, vielen Dank«, säuselte Johanna. Die Blicke der Schwestern wanderten andächtig über die Wände mit den vielfältigen Werken. Die Stille, die sich plötzlich über die Galerie legte, hatte fast etwas Mystisches. Es war, als gäbe es nur eines, das die beiden gesprächigen Damen zum Schweigen bringen konnte: die Kunst!

Gemeinsam schlenderten die beiden an Verenas Gemäldegalerie entlang, das Augenmerk auf die wundervollen Darbietungen gerichtet, blieben hier und da vor den Kreationen stehen, machten Bemerkungen bezüglich der Farbwahl. Aufmerksam betrachteten sie jeden Pinselstrich, schienen jeden Klecks zu hinterfragen. Mal näherten sie sich den Werken, als wollten sie darin eintauchen, mal nahmen sie Abstand, um sie auf andere Weise zu genießen. Unverkennbar spürte ich die Liebhaberinnen in ihnen, verstand, warum Ada so eine große Rolle in ihrem Leben gespielt hatte.

Schließlich gelangten sie zu meinen Schwarz-Weiß-Aufnahmen. Mein Herz flatterte. Mir wurde klar, dass es die Generalprobe vor dem großen Ansturm war, und die

Erkenntnis traf mich wie ein Schlag. Bislang hatte ich nur die technische und organisatorische Seite der Ausstellung in Betracht gezogen, die Gedanken an die Analysen und Bewertungen jedoch weit von mir geschoben. Wie würden die Menschen auf meine Fotografien und auf mich als Künstlerin reagieren? Erst jetzt wurde mir schmerzlich bewusst, dass ich mit meinen Werken meine Seele offenbarte, mein Inneres nach außen kehrte, den Menschen einen Einblick in meine Gemütsregungen erlaubte. Aber nicht nur das ... Willentlich setzte ich mich jedermanns Kritik aus, winzige, feine Nädelchen, die sich wie tausend Splitter in mein offenliegendes Herz bohren würden.

»Himmel, sind die schön«, hauchte Johanna.

Leise stieß ich die unbewusst angehaltene Luft aus. »Danke schön«, antwortete ich heiser.

Käthe seufzte angetan. »Wären wir nicht ohnehin schon so sehr in unseren See vernarrt, würden wir uns spätestens jetzt in ihn verlieben«, pflichtete sie ihrer Schwester bei.

»Schau nur, meine Liebe, wie toll die Fotografin die Seegfrörne eingefangen hat. Dort, die Greisin auf der Bank neben den Schlittschuhen ... Und da die Kinder, die Hand in Hand dem Sonnenuntergang entgegenlaufen ... im Hintergrund die weißbehaupteten Alpen ... Einfach herrlich!«

Der Enthusiasmus, den die beiden Kunstliebhaberinnen meinen Aufnahmen entgegenbrachten, rührte mich zutiefst. »Es freut mich sehr, dass Ihnen meine Arbeit gefällt –«

»Gefällt?«, rief Käthe. »Es ist einfach umwerfend. Ich bin mir sicher, dass Ihre Ausstellung ein Riesenerfolg wird.«

»Und sicher werden Sie sich vor Aufträgen nicht mehr retten können«, fügte Johanna hinzu.

»Ihr Wort in Gottes Ohr«, antwortete ich und lächelte versonnen. Allmählich wurden mir die gesprächigen

Kunze-Schwestern immer sympathischer. Nicht nur, weil sie meine Fotografien in den Himmel lobten, sondern auch, weil sie so leicht zu begeistern waren. Ihre positive Energie wirkte wie ein Jungbrunnen auf mich, und sicher erklärte es auch ihre trotz des hohen Alters bemerkenswerte Spritzigkeit.

»Pfft«, kam es plötzlich aus dem kleinen Nebensaal, in dem Verena und Alrun kurz zuvor verschwunden waren. Wir folgten ihnen in den Raum, in dem wir einige von Adas schönsten Gemälden ausstellten. Außerdem hatten wir einen Teil der Wand dazu genutzt, um die Geschichte der verstorbenen Künstlerin mit Bildern und Beschreibungen zu dokumentieren. Sprachlos stand Alrun davor und schüttelte den Kopf.

»Ach, wie wundervoll«, rief Johanna. »Sie haben Adas Werke mit einbezogen?«

»Ja, die Galerie wurde im Gedenken an sie eröffnet.«

»Und wo kommen diese vielen neuen Gemälde auf einmal her?«, raunte Johanna. »Die kennen wir ja noch gar nicht …«

»Es handelt sich um noch unveröffentlichte Tableaus, die sie auf dem Speicher ihres Hauses aufbewahrt hatte.«

»Das ist eine großartige Idee«, sagte Käthe. »Wer hat den Bodensee mehr geliebt als unsere Ada?«

»Unsere Ada, unsere Ada«, grummelte es aus der Ecke, in der Alrun noch immer vor Adas Foto stand. Fast schien es, als ob ihre Augen Funken sprühten, um die Abbildung zu versengen. Selbst Verena hob unauffällig die Schultern, schien sich machtlos zu fühlen.

Fragend schaute ich die Schwestern an.

»Ach, das sind nur irgendwelche alten Eifersüchteleien«, flüsterte Käthe und winkte ab.

»Ach ja?«, fragte ich leise. Eigentlich hatte ich nicht mehr in die Vergangenheit eintauchen wollen, aber alles, was Ada betraf, übte eine unwiderstehliche Anziehungskraft auf mich aus, und das Verhalten der Frau erschien mir immer dubioser.

»Hach, Sie wissen doch, wie ich über Leddag'schwätz denke, nicht wahr?«, fuhr Käthe fort, als ob Alrun nicht anwesend wäre.

»Natürlich«, erwiderte ich und schmunzelte in mich hinein, denn auch wenn ich den beiden zuvor erst ein einziges Mal begegnet war, so hatte mich ihre legendäre »Verschwiegenheit« doch einiges über Ada herausfinden lassen.

»Wenn Sie es genau wissen wollen: Ich glaube, dass Alrun ihr ganzes Leben lang immer etwas neidisch auf die gute Ada gewesen ist.«

»Ach so«, antwortete ich und fühlte mich gleich besser. Wenn es nicht wieder um einen Totschlag oder Leichen im Keller ging, sollte es mir recht sein. Welcher Künstler hatte keine Neider?

»Kein Wunder«, mischte Johanna sich ein. »Sie war eine so schöne und gute Frau.« Sie blickte verträumt zu der Schwarz-Weiß-Aufnahme, die ich zu einem überlebensgroßen Poster hatte entwickeln lassen. Darauf sah Ada mit ihrem Raubtierblick, der unter halb geschlossenen Lidern und langen Wimpern in die Ferne gerichtet war, den dunklen geschwungenen Lippen und der Weichheit ihres Gesichtsausdrucks eben wie eine Diva aus den 40er-Jahren aus. Schön, unnahbar, mysteriös …

»Und alles, was sie angefasst hat, wurde obendrein zu Gold. Erst im Filmgeschäft, dann als Malerin …«

Wenn sie wüssten, dachte ich traurig. *Wenn sie wüssten, wie unglücklich Ada in Wirklichkeit gewesen ist.* Aber ich behielt es für mich.

»Von wegen gut«, brabbelte Alrun weiter vor sich hin. Verwundert schaute ich zu ihr hinüber.

Johanna räusperte sich umständlich, als hätte sie einen Frosch im Hals, um die unangenehme Situation zu überspielen. »Schau nur, Käthe, wie schön sie auch hier wieder die Farben verwendet hat. Ich kann mich einfach nicht daran sattsehen.«

Zum gefühlt hundertsten Mal drang auch ich in Adas Werke ein, darum bemüht, sie mit den Augen der Besucherinnen zu betrachten. Es stimmte: Die Intensität der Farben war überwältigend. Immer wieder hatte Ada es geschafft, aus einer gewöhnlichen Landschaft einen intensiven Strudel aus den unterschiedlichsten Nuancen zu erschaffen und dem Betrachter das Gefühl zu vermitteln, sich mitten in einem Sturm am See zu befinden, den prasselnden Regen auf seinen Wangen, die Böen an seiner Kleidung zausen zu spüren und den rollenden Donner zu hören. Es war wie ein Zauber, der einem den Anschein verlieh, im Angesicht der Naturgewalten nur ein Winzling zu sein. Sie strahlten eine solche Kraft aus, dass es einem schier den Atem verschlug. Vielleicht war es die Heftigkeit ihrer Wut über das eigene verhunzte Schicksal gewesen, die Adas Schöpfertum eine solche Vitalität verliehen hatte. Originalität, Genialität, Kreativität … Urplötzlich stiegen mir Tränen der Rührung in die Augen. Unauffällig blinzelte ich die Störenfriede fort.

»Hach, und immer diese herrlichen Seerosen«, schwärmte Käthe weiter und deutete auf ein in Blautönen gehaltenes Gemälde. »Schau diese hier. Es wirkt fast so, als würde die Blume scheinbar schwerelos über dem See aus kräftigem Blau schweben, umgeben von wirbelnden Mustern in verschiedenen Blau- und Grüntönen. Die Konturen sind verschwommen und scheinen sich mit dem Wasser und dem

Hintergrund zu vermischen. Es wirkt, als wäre die Blume Teil eines größeren Musters, das sich in alle Richtungen ausbreitet und ständig in Bewegung ist.«

Johanna nickte bestimmt. »Ja, sie strahlt eine beruhigende und gleichzeitig faszinierende Energie aus, die den Betrachter in ihren Bann zieht«, pflichtete sie ihrer Schwester bei.

»Sie behalten die Bilder doch hier, nicht wahr?«, wollte Käthe wissen.

»Ja, es soll eine Dauerausstellung werden.«

»Ach, ich freue mich ja so für Ada! Sie hat es tausendfach verdient«, gab Johanna mir recht. Berührt holte sie ein weißes Spitzentaschentuch aus der Manteltasche und tupfte sich leicht schnüffelnd die Nase damit.

Ehrfürchtig standen wir noch einen Augenblick da.

»Wir wollen Sie nicht länger belästigen«, unterbrach Käthe mit einem Mal das Sinnen und riss sich von der Farbenpracht los.

»Im Gegenteil, es hat mich sehr gefreut, Sie wiederzusehen«, sagte ich und meinte es auch.

»Uns auch, mein Kind. Vielen Dank für die private Führung«, antwortete Käthe, die zu Alrun ging und ihr die Hand auf den Rücken legte. »Komm, meine Liebe, wir gehen jetzt«, sagte sie zu ihrer Bekannten.

Ich begann zu begreifen, dass diese nicht nur etwas verwirrt, sondern auch sehr störrisch zu sein schien, denn sie wollte sich partout nicht von Adas Kunstwerken losreißen. Es war, als beabsichtigte sie, weiter in ihrem offensichtlichen Hass zu schwelgen. Bei dem Gedanken, was Alrun, die noch immer mit biestigem Blick auf Adas Porträt starrte, jetzt wohl gerne damit anfangen würde, wenn sie mit ihm allein sein könnte, wurden meine Hände feucht.

Noch hatten wir keine Alarmanlage im Geschäft, denn auch von dem dafür zuständigen Unternehmen hatte ich noch keinen Kostenvoranschlag erhalten. Es war, als hätte der Frühling alles lahmgelegt.

Du wirst dich doch nicht vor einer alten Dame fürchten?, rief ich mich zur Vernunft.

Während Käthe und Johanna die Unwillige jede an einem Arm packten, um sie mehr oder weniger freundlich aus dem Raum zu führen, blieben Alruns Augen weiter an Adas Werken haften. Erst, als sie beim Durchgang angelangt war, wandte sie sich mir abrupt zu und fixierte mich aufs Neue so intensiv, dass mir das Herz in die Hose rutschte.

Und als wäre sie plötzlich völlig luzide, verkündete sie mit unheimlicher Stimme: »Die Rache ist mein; ich will vergelten, spricht der Herr …«

Kapitel 9 –
Von ungebetenen Gästen

»Die Rache ist mein, ich will vergelten, spricht der Herr«, wiederholte ich und hielt das Handy näher an meinen Mund, weil Chris mich zuvor nicht richtig verstanden hatte.

»Die Rache ist mein, ich will vergelten, spricht der Herr?«, echote Chris verwundert. »Ist das nicht ein Bibelspruch?«

»So ist es«, antwortete ich betroffen.

»Das ist ja irrsinnig. Wer zitiert denn heutzutage noch die Heilige Schrift?«

»Eine verwirrte Dame um die 70, die unter Demenz leidet, aus dem Nirgendwo aufgetaucht ist und Ada gekannt haben will.«

»Das hört sich irgendwie vertraut an«, stieß Chris leise aus.

»Ja, nicht wahr? Ein Déjà-vu.«

Chris lachte unfroh. »Dabei muss ich zugeben, dass mir *unser* Exemplar des ungebetenen Gastes fast lieber ist.«

»Chris«, zischte ich empört. »Wenn sie dich hört?«

»Möglich wäre es. Aber wie sagt man so schön: Der Lauscher an der Wand hört seine eigene Schand' …«

Ich schüttelte den Kopf. »Ich gebe zu, dass mir der gleiche Gedanken in den Sinn gekommen ist, als die Schwestern mir die schauerliche Dame vorgestellt haben.«

»Und in welcher Epoche will sie Ada gekannt haben?«

»Tja, das weiß ich auch nicht so genau«, gab ich zu. »Obwohl … Beim Gehen hat Käthe sich darüber gewundert, wie sehr sich Menschen doch in 40 Jahren verändern können. Es ist also anzunehmen, dass sie in den 70er-Jahren hier gelebt hat.«

»Dann muss sie doch Gudrun gekannt haben, oder?«, grübelte Chris laut vor sich hin. »Und rein zufällig handelt es sich wieder einmal um genau den Zeitraum, über den Ada kein Tagebuch geführt hat. Konntest du denn durch die Kunzes nicht mehr über sie erfahren?«

»Nein, nicht wirklich. Sie hat den Satz ja auch erst am Ende des Besuchs losgelassen. Vorher hat mir Käthe aber anvertraut, dass es Eifersüchteleien zwischen den beiden gegeben haben soll.«

»Ach so, na dann … Es ist sicher halb so wild, was meinst du?«

»Ja, das denke ich auch«, pflichtete ich ihm bei. »Außerdem würde ich die Vergangenheit jetzt gerne Vergangenheit sein lassen. Es war halt nur ein gruseliger Augenblick. Du hättest sie sehen müssen, mit ihren weit aufgerissen Augen, dem verrückten Blick und vor allem dem Hass, den sie so offensichtlich gegen Ada hegt und daraus auch keinen Hehl macht.«

»Kann ich mir denken, du Arme. Vor allem da wir diesbezüglich schon gebrannte Kinder sind und genug durchgemacht haben«, sagte Chris mitfühlend. »Aber ich denke, dass Menschen, die ihren Missmut offen zur Schau tragen, nicht wirklich gefährlich sind. Ich fürchte mich eher vor denjenigen, die ihn im Verborgenen halten und warten, bis sie zum Zuge kommen.«

Ich schnaufte amüsiert. »Du liest zu viele Krimis, mein Schatz.«

Chris lachte. »Das mag sein. Wie heißt sie denn eigentlich?«

»Alrun … Alrun Dechsel oder so …«

»Alrun Drechsler?«

»Ja, genau. Du kennst sie?«

»Nur vom Hörensagen. Die war in irgendeine komische Geschichte verwickelt. Es ging um Betrug, glaube ich … Soll ein Riesenskandal gewesen sein. Kann mich gerne mal näher erkundigen.«

»Aber nein, Chris. Das möchte ich nicht. Bleib du mal schön bei deiner Schreibarbeit. Diese Alrun hat keine Bedeutung«, versicherte ich ihm. »Wie läuft es bei dir so?«, wechselte ich das Thema. »Und wie geht es denn unserem Gast?«

Chris seufzte leise. »*Ihr* geht es besser denn je.«

»Ach ja?«

»Zuerst hat sie mich darum gebeten, ob sie telefonieren dürfe und daraufhin ein längeres und sehr geräuschvolles Gespräch geführt. Als dieses dann endlich beendet war, hat sie mich gefragt, ob ich ihr einen Computer zur Verfügung stellen könnte.«

»Einen Computer? In ihrem Alter?«

Chris prustete belustigt. »Ja, was glaubst du denn? Meine Adoptiveltern waren auch immer online.«

»Schon. Die meisten haben aber zumindest früher in einem Büro gearbeitet. Nachdem, was ich verstanden habe, hat Gudrun in den letzten 20 Jahren kaum die Wohnung verlassen. Wo soll sie denn den Umgang damit erlernt haben?«

Ungeduldig blies Chris die Luft durch die Nase aus. »Es reicht doch, wenn ihr Mann ein Computerfreak ist.«

»Hm«, antwortete ich wenig überzeugt. »Auf der anderen Seite wäre es ihm durchaus zuzutrauen, sie dazu gezwungen zu haben, so viel wie möglich digital abzuwickeln, damit sie ja keinen Fuß vor die Tür setzt.«

»Na, siehst du! Das würde erklären, warum sie trotz ihres Alters diesbezüglich keine vollkommene Laiin ist«, bestätigte Chris.

Aus der Art, wie er sich ausdrückte, meinte ich einen leicht gereizten Unterton herauszuhören. »Wieso sagst du das?«

»Weil sie sich zwar ein Minimum damit auskennt, aber mit deinem Mac auf dem Schlauch steht.«

»Logisch«, sagte ich. »Aber wozu braucht sie denn eigentlich meinen Computer?«

»Es stört dich doch nicht, oder?«

»Nein, nein«, antwortete ich. »Viel falsch machen kann sie nicht.«

»Ich glaube, sie wollte mal in ihrem E-Mail-Postfach nachschauen, ob ihr jemand geantwortet hat.«

»Okay«, sagte ich.

»Bilde ich mir das nur ein, oder hörst du dich skeptisch an? Ist es dir doch nicht recht? Sag ehrlich.«

Ich seufzte erneut. »Nein, nein, alles in Ordnung. Du hast völlig richtig gehandelt. Immerhin möchten wir ja, dass Gudrun vorankommt, damit sich die Situation so schnell wie möglich klärt«, antwortete ich. »Es war nur … Na ja, die Vorstellung, dass eine 70-Jährige einen eigenen Mailaccount hat, vor allem eine Frau, die so lange von ihrem Mann unterdrückt wurde, kam mir erst einmal sonderbar vor. Auf der anderen Seite: Warum denn eigentlich nicht?« Ich dachte an meinen Vater, der auch nicht mehr der Jüngste war und sich in Sachen Informatik gut auskannte. Sofort packte mich ein schlechtes Gewissen, weil ich mich schon seit ein paar Wochen weder bei meinen

Eltern noch meiner Freundin Rita gemeldet hatte. Seit ich am See wohnte und vor allem mit Chris zusammenlebte, schienen die Tage nur so dahinzufliegen. *Das kommt sicher vom Glücklichsein*, dachte ich. *Nach der Vernissage rufe ich sie an, versprochen!*

»Das ist aber nicht alles ...«

»Was denn noch?«, fragte ich angstvoll. »Hat sie ihn etwa beschädigt?« Auch das noch.

»Nein, keine Sorge«, raunte Chris in den Apparat, als könnte sie jeden Augenblick neben ihm auftauchen. »Jetzt erscheint sie alle fünf Minuten auf der Bildfläche und bittet mich um Hilfe, weil sie nicht mit deinem Mac klarkommt.«

Vehement unterdrückte ich das nervöse Kichern, das in meiner Kehle aufstieg, obwohl das Ganze überhaupt nicht witzig war. »Ehrlich?«, stöhnte ich. »Du Armer.« *Daher also die Gereiztheit*, dachte ich betrübt. Mir war bang zumute. Was, wenn Chris seinen Termin nicht würde einhalten können und deshalb Ärger mit seinem Verleger bekäme? Nicht auszudenken ...

Eigentlich hätte er das Manuskript bereits an Weihnachten abliefern sollen. Mit viel Mühe hatte er noch sechs Monate mehr herausschlagen können. Allerdings hatte deshalb das ganze Verlagsprogramm neu organisiert werden müssen. Was, wenn Chris abermals mit dem Manuskript in Verzug geriet? Ich sah die Katastrophe bereits nahen und konnte seinen Missmut nur zu gut nachvollziehen. »Hör zu, Liebling, wenn sie dich noch einmal stört, dann sage ihr einfach, dass ich heute Abend extra früher heimkommen werde, um ihr alles zu erklären, ja?«

»Einverstanden. Das ist doch mal ein Lichtblick.«

»Dass ich mich um Gudrun kümmere?«

»Dass du früher heimkommst.«

Ich lächelte vor mich hin und war mir sicher, dass er es ebenso tat. »Ich möchte auf keinen Fall, dass du noch einmal gestört wirst.«

»Jawohl, Liebes.«

»Natürlich haben wir es eilig, dass sie ihre Freunde erreichen kann, aber es sollte nicht deine kostbare Zeit in Anspruch nehmen«, redete ich mich warm.

»So schlimm ist es auch wieder nicht.«

»Doch, es ist schlimm«, sagte ich erneut bewegt. So ganz verstand ich selbst nicht, warum ich auf einmal so heftig reagierte. »Verzeih«, stammelte ich. »Ich glaube, ich bin etwas aufgedreht.«

»Auch du stehst unter Druck.«

»Ja, es ist noch so viel zu tun, und ich habe das Gefühl, einfach nicht voranzukommen«, jammerte ich, was sonst gar nicht meine Art war. Neben mir sah ich eine Tüte Chips liegen und war versucht, hineinzugreifen, um meinen Frust daran abzureagieren, meine Ängste zu stillen. »Aber genug lamentiert«, stieß ich aus. »Es fehlt gerade noch, dass auch ich dich vom Schreiben abhalte.«

»Das tust du nicht, Bella. Es tut mir gut, deine Stimme zu hören. Das gibt mir neuen Mut und spornt mich an.«

Wie immer trafen mich seine Worte mitten ins Herz. Ich lächelte ein weiteres Mal. »Mich auch, mein Liebling.«

»Bis heute Abend?«

»Ja, ich kann es kaum erwarten …«

Wir legten auf.

Chris war ein Zauberer. Ein Wortzauberer. Mit nur einem Satz im richtigen Moment brachte er es fertig, mich zu beruhigen, mich besser fühlen zu lassen. Dabei war seine Situation wesentlich bedenklicher als die meine.

Wieder schielte ich auf die Chips-Packung, langte schließlich seufzend hinein und holte mir eine Handvoll Knuspriges heraus. Schon seit ein paar Tagen spannte meine Jeans, und ich hatte seit Neuestem das Bedürfnis, ab dem Mittagessen den Knopf zu öffnen. Allein schon deshalb sehnte ich mir meine Vernissage herbei, damit mein Leben anschließend wieder in ruhigeren Bahnen verlaufen konnte und ich das Stressessen sein ließ.

Unwillkürlich dachte ich an den gemeinsamen Urlaub, der wirklich wohlverdient sein würde. Sich einfach gleiten lassen wie ganz am Anfang, als wir uns kennengelernt hatten. Nostalgisch dachte ich an unsere Spaziergänge im Schneegestöber zurück, daran, wie wir stundenlang miteinander gesprochen oder auch geschwiegen hatten. Wie magisch alles gewesen war, als wir uns ohne viele Worte verstanden hatten. Daran, wie die kleinste Berührung den anderen um den Verstand gebracht hatte. Bei dem Gedanken kam mein Blut in Wallung. Zwar traf das alles auch weiterhin zu, aber das Gefühl, dass uns die Alltagssorgen um diese tolle Zeit des Beginns brachten und uns etwas Kostbares raubten, wollte mich einfach nicht loslassen.

Missgelaunt schob ich die Tüte von mir fort und nahm mir vor, Verena darum zu bitten, ab sofort solche Naschereien lieber nicht herumliegen zu lassen. Ich hatte wenig Lust, in zwei Wochen fünf Kilo zuzulegen.

Was hatte ich noch erledigen wollen? Mein Blick wanderte durch den Raum, blieb am flackernden Lichtchen an der Decke hängen. Ach ja, der Elektriker!

Erneut griff ich nach meinem Handy, rief ihn an und vereinbarte einen Termin für den späten Nachmittag. Das passte mir zwar gar nicht, weil ich Chris versprochen hatte, früh zu Hause zu sein, aber leider ging es nicht anders, weil der Techniker ansonsten erst wieder in einer Woche einen Termin freigehabt hätte.

Unser ungebetener Gast würde sich also noch etwas in Geduld üben müssen, ebenso wie mein lieber Schatz, was mir wesentlich mehr zu schaffen machte. Aber ich sah davon ab, ihn deshalb extra anzurufen, weil ich ihn nicht schon wieder aus seiner Arbeit reißen wollte.

Im guten Glauben, die richtige Entscheidung gefällt zu haben, widmete ich mich wieder meinen vielzähligen Aufgaben, die es zu bewältigen galt. Aber manchmal traf man einen Entschluss, der unschuldig und unbedeutend wirkte, sodass man sich nicht vor ihm hütete oder gar einen weiteren Gedanken an ihn verschwendete, obwohl er den Kurs des Daseins auf eine solche Weise zu beeinflussen vermochte, dass man ihn im Nachhinein bitter bereute. Doch meist war es dann bereits zu spät …

Kapitel 10 – Im Bann

Als ich mich endlich auf den Heimweg machte, war die Sonne bereits am Untergehen. Die Tage wurden länger und es war angenehm, sich am späten Nachmittag und während der frühen Abendstunden an der frischen Luft aufzuhalten. Der See lag träge im weniger werdenden Licht, spiegelte die Goldtöne des schwindenden Gestirns auf seiner Oberfläche wider. Der glitzernde Streifen wirkte wie ein kostbarer Teppich, der auf der glatten Oberfläche ausgerollt wurde, ein Flor, den das Gewässer bei klarem Himmel stolz vorzeigte, um ihn anschließend bis zur nächsten Gelegenheit wohlbehütet wieder fortzuschließen.

Die Saison der Event- und Rundschiffsfahrten hatte bereits begonnen, und die mehrstöckigen Fähren zogen lange Schlieren übers Wasser, erinnerten mich schmerzlich daran, dass ich, seit ich hier an den Bodensee gezogen war, noch keine einzige Bootstour unternommen hatte.

Seufzend dachte ich an all das, was ich gerne mit Chris verwirklichen würde. Dabei fielen mir gefühlt tausend Dinge ein, und ich tröstete mich mit dem Gedanken, dass es ihm nicht anders erging und wir bald die nötige Zeit finden würden, um uns eingehender den Vorzügen dieser herrlichen Gegend zu widmen.

Mein Blick schweifte umher. Ich sog die positiven Schwingungen in mich ein, die von der auferstehenden Natur ausgingen. Rings um den See blühten Bäume und saftige Wiesen in allen Farbtönen, und in den prächtigen Gärten verströmten die weißen und rosafarbenen Obstblüten ihren zarten Duft. Unbeschreiblich schöne Nuancen an Grüntönen wechselten sich mit der schier unendlichen, verträumten Blumenvielfalt ab.

Am anderen Ufer erhoben sich die noch teils mit Schnee bedeckten Alpen, glitzerten wie Diamanten in der untergehenden Sonne. Sie schienen zum Greifen nahe und doch fern und unerreichbar.

Ich erlebte meinen ersten Frühling am Bodensee und war nicht enttäuscht. Unerwartet heftig packte mich eine bislang unbekannte Sehnsucht nach dem Rausch des sich Gehenlassens in dieser idyllischen Verzückung. Mein Herz blühte auf und wünschte sich Chris herbei, um in enger Umarmung mit ihm diesen Zauber zu erleben.

Heim!, dachte ich. *Schnell heim!*

Und während mir dieser Gedanke wie ein Ruf der Liebe durch den Sinn schoss, spürte ich statt freudiger Erwartung ein Ziehen im Leib. Es fühlte sich an wie ein böses Omen, eine Vorahnung auf etwas Unangenehmes, das mich daheim erwartete. Sofort begriff ich, was es zu bedeuten hatte. Es war nichts anderes als mein schlechtes Gewissen, das sich einen Weg durch meine vielen Schutzschichten wühlte: *Du hast ihm versprochen, früh nach Hause zu kommen. Verflixt …*

Ja, das hatte ich. Aber der Elektriker war länger geblieben als ursprünglich vermutet, und ich hatte die Zeit genutzt, um in dem Papierkram, der sich im Atelier angehäuft hatte, etwas Struktur zu schaffen, einen Ordner für Rechnungen anzulegen und ein Adressbüchlein zu erstellen. Dabei war mir aufgefallen, dass weder Verena noch ich bisher an ein Galerie-Gästebuch gedacht hatten. Wie dem auch sei, mir war nichts anderes übrig geblieben, als mich in Geduld zu fassen, bis der Handwerker mit der Reparatur fertig war.

Chris würde es verstehen. Wo war das Problem?

Wie üblich streunte Rex durchs weite Gelände. Als er mich entdeckte, kam er mir freudig wedelnd entgegen und begrüßte mich kläffend. Ich tätschelte sein zotteliges Fell, was wie so oft eine besänftigende Wirkung auf mich hatte.

Als ich die Eingangstür aufschloss und ins Haus trat, strömte mir eine geradezu statische Stille entgegen. Bis dahin war es nichts Außergewöhnliches, denn zumeist saß Chris noch am Schreibtisch, wenn ich heimkehrte. Allerdings spürte ich diesmal eine geladene Atmosphäre, die wie elektrisierte Regenwolken in der Luft zu hängen und fast zu vibrieren schien.

»Chris?«, fragte ich in den Raum. Ich spürte meinen Puls in der Halsschlagader pochen. Vorsichtig trat ich ins Wohnzimmer und stellte erleichtert fest, dass Chris an seinem Schreibtisch saß. Aber anstatt zu schreiben, hatte er den Kopf in beide Hände gelegt, und die Finger zerzausten seine ohnehin schon wirre Lockenpracht. Bei seinem Anblick fühlte ich mich auf einmal schuldig. Oder hatte er eine schlechte Nachricht erhalten? Ich wagte es kaum, diese Möglichkeit in Erwägung zu ziehen, schob sie weit von mir. War er enttäuscht, weil ich jetzt erst kam? Auch das schien mir bei genauerer Betrachtung völlig ausgeschlossen.

»Chris?«, fragte ich erneut, als ich näher kam. Er schreckte hoch, wandte sich um und schaute mich mit rot geränderten Augen an. Hatte er geweint? »Du liebe Zeit, was ist denn los?« Der Gedanke, sein Verleger könnte doch noch alles abgesagt haben, drängte sich wieder in mir vor. Mir rutschte der Magen in die Kniekehle. *Nein, bitte nicht. Alles, nur das nicht.*

Blitzartig schoss mir eine andere, noch viel fürchterlichere Vorstellung durch den Kopf: War seiner Adoptivschwester Angi etwas zugestoßen?

»Da bist du ja«, sagte Chris ermattet. Er erhob sich, kam auf mich zu und nahm mich ohne ein weiteres Wort in die Arme. Wie ein kleiner Junge, der einen schlechten Tag gehabt hatte und an Mutters Schulter Trost suchte, grub er seinen Kopf in meine Halsmulde und sog meinen Geruch ein, als könnte der bloße Duft meiner Haut alle Sorgen wie unerwünschte Geister verbannen. Seine Nähe und Wärme taten mir gut, und ich entspannte mich.

»Es ist meine Schuld«, hörte ich Gudruns Stimmchen aus Richtung Adas Zimmer kommend. Ich wandte mich leicht zu ihr um. Auch sie erinnerte mich an ein reumütiges Schulmädchen, das mit zermürbter Miene dastand, als hätte es etwas angestellt. War ich hier in einer Kita gelandet?

»Was ist Ihre Schuld?«, fragte ich geduldig, auch wenn mir langsam die Magensäure bitter die Speiseröhre hochkroch.

»Ich habe gedacht …« Gudrun stockte. »Ich meine … Sie haben mir doch erlaubt, Adas Kleidung zu tragen.«

»Ja, das stimmt«, bestätigte ich misstrauisch. »Und?« Stirnrunzelnd versuchte ich, eine Reaktion von Chris zu bekommen. Hatte Chris sich etwa daran gestört, Gudrun in Adas Klamotten zu sehen? Das konnte ich mir kaum vorstellen. Oder war er mittlerweile so überspannt, dass ihn die geringste Kleinigkeit schon aus der Fassung brachte?

Chris richtete sich wieder auf, rieb sich mit Daumen und Zeigefinger die Augen und schaute mich benebelt an. »Was hältst du von einem Spaziergang?«, fragte er statt einer Antwort. »Ich muss mal raus.«

»Klar«, willigte ich ein. »Das ist eine wundervolle Idee. Es ist noch herrlich lau draußen.«

Während Chris seine Jacke holte, ging ich zu Gudrun. »Machen Sie sich keine Sorgen«, sprach ich ihr gut zu und versuchte mich an einem aufmunternden Lächeln. »Sie haben sicher nichts Falsches getan.«

Gudrun nickte geknickt, wandte sich ab und ging zurück in Adas Zimmer. Was immer zwischen den beiden vorgefallen sein mochte, ich brannte darauf, es endlich zu erfahren. Zwar kannte ich Chris erst seit ein paar Monaten, aber ich hatte ihn noch nie in solch einem verheerenden Zustand der Verzweiflung erlebt.

Das Ziehen in meinem Bauch wurde heftiger, und ich erkannte, dass auch ich an meinen eigenen Grenzen des Erträglichen entlangwanderte. Allerdings war ich davon überzeugt, dass Gudrun die geringste Schuld an meinem Gemütszustand hatte. Es war eher die Mischung aus meinen eigenen Selbstzweifeln, der Last der Selbstständigkeit und der bedrückenden Situation, in der Chris sich befand, wie in einer Zange, die sich mehr und mehr um ihn zu schließen schien. All das führte dazu, dass ich immer empfindlicher wurde.

Chris packte mich bei der Hand, und wir verließen von Rex gefolgt das Haus. Ich hatte Chris nicht zu viel versprochen: Zwar war die goldene Kugel bereits hinter dem Horizont verschwunden, aber noch immer war die Luft angenehm warm, streichelte sanft unsere Gesichter. Das goldene Leuchten war von der Wasseroberfläche verschwunden und hatte dem See wieder seine unergründbare Tiefe zurückgegeben. Dunkel lag er da, rätselhaft und voller Magie, bewacht von den hohen Gesteinen, die sich wie gebieterische Tyrannen mit weißen Helmen über ihm erhoben und eitel auf seiner Glätte reflektierten. Wie immer war das Schauspiel atemberaubend, und es gab keinen Tag, keinen Augenblick, in dem der See sich nicht in ein neues Antlitz hüllte, um den Betrachter zu verführen.

Kaum hatten wir uns vom Haus entfernt, fiel die Spannung von mir ab, und ich meinte, dass es Chris ähnlich erging, obwohl er noch immer sorgenvoll dreinblickte. Aber auch er schien sich allmählich zu entkrampfen, seine Schultern öffneten sich und er atmete mehrmals tief durch.

»Warum machen wir das nicht öfter?«, fragte er.

»Stimmt«, antwortete ich. »Wir sind wie alle anderen, lassen uns vom Alltag aufsaugen. Manchmal wäre es so einfach, an die Luft zu gehen und ein paar Schritte zu laufen.«

Zwar ging Chris tagsüber mit unserem Vierbeiner Gassi, aber selten rafften wir uns gemeinsam dazu auf.

»Ja, aber die Bequemlichkeit, der Zeitmangel, die Abgespanntheit verleiten einen, einfach nur etwas Leckeres zu essen, faul auf dem Sofa einen guten Film anzuschauen oder früh schlafen zu gehen.«

Ich nickte. Es freute mich, dass Chris sein inneres Gleichgewicht wiedererlangt zu haben schien.

Eine Zeit lang liefen wir Hand in Hand still nebeneinanderher, ließen die Eindrücke auf uns wirken, die Gedanken dahinschweben. Diesmal nahmen wir nicht den üblichen Weg zur Insel, sondern schlugen die entgegengesetzte Richtung ein.

»Willst du darüber reden?«, fragte ich vorsichtig.

Chris zuckte mit den Schultern. »Ich glaube, ich habe überreagiert.«

Ich spürte deutlich, dass er sich selbst nicht wiedererkannte und darunter litt. »Was ist denn passiert?«

Er seufzte, holte tief Luft, als wollte er zu einer langen Erklärung ansetzen: »Nachdem Gudrun mich zum zigsten Mal mit Fragen über die Nutzung deines Macs unterbrochen und ich seit dem Morgen nur Schrott zusammengeschrieben hatte, hörte ich eine Weile nichts mehr von ihr.«

»Das ist doch eher ein gutes Zeichen, dann hat sie die Handhabung wohl endlich begriffen.«

»Das habe ich mir auch gesagt und versucht, mich zu konzentrieren, um wenigstens einen gescheiten Satz zu formulieren.« Es klang so frustriert, dass ich mir auf die Unterlippe biss. Mitfühlend verzog ich das Gesicht. »Und?«

»Fast wäre es mir auch gelungen, wären da nicht die Geräusche aus dem Keller zu mir hochgedrungen.«

»Was denn für Geräusche?« Prompt dachte ich an den zentralen Durchlauferhitzer, der sich im Keller befand. »Wie hörte es sich denn an?«

»Ein Zischen und Knacken. Am Anfang habe ich versucht, sie zu ignorieren. Aber es wurde immer lauter und intensiver.«

»Sollten wir nicht einen Fachmann zu Rate ziehen?«

»Das habe ich mich auch gefragt und befürchtet, es könnte vom Überhitzungsschutz oder der Steuerung des Systems kommen.«

»Und?« Ich hielt die Luft an.

»Also bin ich ins Untergeschoss gegangen, um nachzuschauen. Und je näher ich kam, umso mehr verwandelten sich die Geräusche. Was ich für ein Zischen gehalten hatte, entpuppte sich als eine Art Schieben und das Knacken als Rascheln und das kratzende Geräusch von Pappe gegen Pappe …«

Meine Gedanken rasten. Ein Marder im Keller? Und was hatte das mit Gudrun zu tun? Hatte Chris etwas zu energisch auf eine ihrer Fragen geantwortet? Oder hatte sie seinen Frust einfach nur falsch interpretiert? Sie reagierte jedes Mal empfindlich und war immer um ein Haar dabei, wieder gehen zu wollen. »Und?«, wiederholte ich ungeduldig.

Chris schnaubte. »Als ich im Keller angekommen bin, habe ich Gudrun inmitten von Adas Sachen stehend, den Kopf tief in einem Karton steckend, beim Wühlen ertappt.«

Ich schlug mir die Hand vor den Mund, musste einen nervösen Lacher unterdrücken, der in mir aufsteigen wollte. Die bildliche Vorstellung dieser Szene war urkomisch, auch wenn ich Chris' Entrüstung durchaus nachvollziehen konnte. »Ach so«, sagte ich, um Chris nicht zu verletzen.

»Ich bin ziemlich sauer geworden«, gab er kleinlaut zu. »Fand es unmöglich, dass sie unser Vertrauen so missbrauchte. Fast kam es mir wie eine Grabschändung vor.«

Ich nickte. »Ja, ich verstehe, was du meinst«, stimmte ich ihm zu, auch wenn ich es nicht so dramatisch ausgedrückt hätte. »Aber ich kann mir kaum vorstellen, dass Gudrun dabei etwas Böses im Schilde geführt hat.«

Chris stöhnte. »Nein, natürlich nicht. Aber ich war so überreizt, dass ich einfach die Nerven verloren habe …«

Erschrocken schaute ich ihn an. Jetzt begriff ich. Sein Zustand erklärte sich nicht nur mit der Verzweiflung seiner Schaffensflaute, sondern vor allem dadurch, dass er sich selbst nicht mehr wiedererkannte. »Du hast sie doch nicht angeschrien?«

»Nein, nicht angeschrien, aber ich bin ganz schön schroff geworden.«

»Und jetzt bereust du es«, schlussfolgerte ich.

Er nickte betrübt. »Ja, genau.«

Ich lehnte meinen Kopf an seine Schulter. »Mein armer Schatz.«

»Sicher wollte sie nur nach Erinnerungen suchen«, schnaubte er wütend über sich selbst. »Na und? Wen stört es? Aber ich musste mich darüber aufregen.«

»Klar, aber sie hätte trotzdem vorher erst einmal fragen können.«

»Das ist ja das Schlimme.«

»Hat sie dich gefragt?«

»Nein, aber sie hat es wahrscheinlich nicht gewagt, mich schon wieder zu stören. Und mir Vollidiot ist nichts anderes in den Sinn gekommen, als die arme Frau anzublöken.«

Ich seufzte. »Jetzt mach dir mal keinen Kopf deswegen. Sie wird es schon verkraften.« Gudruns Worte kamen mir wieder in den Sinn. »Es ist sicher auch ein wenig meine Schuld«, sagte ich zu Chris.

»Warum?«

»Zuvor hatte ich ihr nahegelegt, Adas Kleidung zu tragen. Vielleicht hat sie das als eine Art Erlaubnis aufgefasst, auch in den anderen Kisten nach etwas Brauchbarem wühlen oder nach Erinnerungen suchen zu dürfen.«

»Hm«, war alles, was von Chris kam.

Gedankenverloren schlenderten wir weiter, bis wir am Eingang eines Parks anlangten.

»Lindenhofpark«, las ich laut die Inschrift, die am Eingang auf Touristenschildern stand. »Liegt da nicht die Burg Degelstein?«, fragte ich erstaunt.

»Ich sehe, du hast dich erkundigt«, antwortete Chris anerkennend.

Ich lächelte verschmitzt. »Ich wollte mich nicht wieder als Banausin bezeichnen lassen.«

»So einen scheußlichen Ausdruck hätte ich nie verwendet.« Auch Chris' Lippen umspielte endlich ein Lächeln. »Sollen wir es wagen?«

»Klar, im Abendlicht ist es sicher noch um einiges geheimnisvoller«, stimmte ich zu.

Wir küssten uns, als hätten wir mit dieser Entscheidung gerade den unausgesprochenen Pakt unserer Zukunft besiegelt. Nicht ahnend, dass es an diesem Abend keinesfalls bei dieser einen Entscheidung bleiben und sie auch nicht die bedeutungsvollste sein würde, schlugen wir den Pfad ein, der in die Anlage führte. Auch hier grünte und blühte alles, und die Umgebung strahlte im Abenddämmern genau die mysteriöse Atmosphäre aus, die wir beide so liebten. Beim Kontrast zwischen den vom Blütenrausch aus roten, gelben und weißen Wildblumen übersäten Wiesen und dem verträumten Gewirr aus Ästen der verzaubert wirkenden Bäume hatte ich das Gefühl, in ein Märchen einzutauchen.

Als Erstes kamen wir an einem hübschen Häuschen vorbei, das mich an den Tiroler Baustil erinnerte.

»Dies ist das Schweizerhaus«, spielte Chris den Touristen-Guide. »Es wurde um 1850 erbaut. Dort haben die Herrschaften Pferde, Hühner und Kühe gehalten. Später wurde es dann umgestaltet.«

Ich spürte, dass Chris hier in seinem Element war und wieder aufblühte. Seine Wangen bekamen erneut etwas Farbe, seine Augen den gewissen Funken. Wir bogen rechts ab und kamen an der prachtvollen, im 19. Jahrhundert erbauten Villa Lindenhof vorbei. Etwas weiter bestaunten wir den Blumengarten, der sich über eine breite Fläche erstreckte. In dieser künstlich angelegten Idylle aus geschwungenen Pfaden, kleinen Hügeln, winzigen Wäldchen und plätschernden Bächen begann ich wieder neuen Mut zu fassen.

Auch hier roch es herrlich nach wonnigem Blütenstaub und belassener Natur, nach frischem, leicht modrigem Boden. Hier und da knackte ein Ast oder knabberte ein Eichhörnchen an einem Stamm. Ich ließ alles auf mich wirken, atmete die frische Luft bewusst tief ein und freute mich über diesen gemeinsamen, fast gestohlenen Augenblick der Zweisamkeit.

Plötzlich verlangsamte Chris den Schritt und führte mich über eine Rasenfläche in Richtung Dickicht.

»Was hast du vor, du Schlimmer?«, spaßte ich.

»Du wolltest *sie* doch sehen«, flüsterte er, schob die striemigen Äste einer Trauerweide zur Seite und legte den Blick auf ein vermoostes und mit Efeu verwachsenes Mäuerchen frei.

Wäre ich nicht bereits vorgewarnt gewesen, dass dieser Ort mit einem Fluch belegt war, so hätte ich es spätestens jetzt vermutet.

»Wow«, stieß ich fasziniert aus. »Wie aufregend ist das denn?«

Vorsichtig traten wir näher, als könnte ein zu lautes Knirschen die schlafenden Geister wecken.

Chris senkte die Stimme. »Dies ist die Burg Degelstein zu Lindau«, kündigte er fast feierlich an. »Oder das, was von dem Wasserschlösschen noch übrig geblieben ist. Hoffentlich bist du nicht zu arg enttäuscht. Wie gesagt, viel gibt es da nicht mehr zu sehen …«

Vor uns hatte sich eine jahrhundertealte Ruine, eine einfache Steinmauer mit einem verrosteten, gusseisernen Rundtörchen, aufgetan, die ringsum von breiten Lachen – Überbleibsel vom Gewitter des Vortages – umgeben war. Auf einem grünen Schild, das an der Mauer hing, stand in weißer Schrift: *Burg Degelstein – Im Jahre 1332 als Weiherschlösschen errichtet – Seit 1839 Ruine*, und rechts und links waren kreuzförmige Fensterchen in den Stein eingelassen worden.

»Ganz im Gegenteil«, murmelte ich. »Es ist genau dieser Tatbestand, der es so … magisch wirken lässt. Man fragt sich: Warum hat man dieses lächerliche Mäuerchen stehen gelassen? Was droht demjenigen, der es wagen würde, es abzureißen?«

»Ein wenig wie bei Sarkophagen, wenn sie unrechtmäßig geöffnet werden?«, erwiderte Chris.

»Genau.«

Er nahm mich in die Arme und drückte mich. »Es freut mich immer wieder aufs Neue, dass du diesbezüglich genauso verrückt bist wie ich«, sagte er und strich mir eine Strähne aus dem Gesicht. Wir schauten uns an. War es der Zauber dieses Ortes oder einfach nur die Tatsache, dass wir uns von den Alltagssorgen entfernt hatten? Ich hätte es nicht sagen können. Da standen wir, im Bann des jeweils anderen, schauten uns tief in die Augen, und mein Bauch stand in Flammen. Chris beugte sich vor, seine Lippen berührten zart die meinen, und prickelnde Stromstöße fegten durch meinen Körper. Wir küssten uns stürmisch. Es war so intensiv, dass ich irgendwann nach Luft schnappen musste. Wir lachten.

»Hätte ich geahnt, was dieser Ort bei dir auslöst, wäre ich schon längst mit dir hierhergekommen«, raunte Chris und schaute durch halb geschlossene Lider verwegen auf mich herunter.

Ich lachte verhalten. »Blödian. Es ist nicht der Ort, sondern der Mann«, hauchte ich, auch wenn es nur zum Teil der Wahrheit entsprach. Sicher tat dieses verwunschene Mäuerchen das Seine. »Willst du mir nicht endlich die Sage erzählen?«

»Also gut, du lässt ja doch nicht locker«, ließ Chris sich breitschlagen. »Komm mit.«

Gespannt folgte ich ihm, und wir setzten uns auf die trockene Wurzel eines Baumes gegenüber der Ruine. Über uns bogen sich die Äste gleich einem Schirm, vermittelten uns die Illusion, beschützt zu sein. Beschützt vor was?

Vom Baumwipfel her hallte der schauerliche Wechselgesang eines Uhu-Pärchens. Die aneinandergereihten Rufe jagten mir eine Gänsehaut über den Körper. Es war, als wollten sie uns in die richtige Stimmung versetzen, oder wer weiß … uns vielleicht vor etwas warnen …

Kapitel 11 –
Von Dornen und Kränzen

Die Dämmerung hüllte den Ort in eine nahezu verschwommene Anmut, ließ ihn weich und verträumt wirken, aber auch düstere Geheimnisse erahnen.

»Vor langer Zeit lebte hier die Familie von Degelstein, deren Mitglieder in der ganzen Gegend so bekannt waren wie bunte Hunde. Und wie die meisten Adeligen gaben sie sich dem gemeinen Volk gegenüber hochmütig, hart und ungerecht«, begann Chris mit rauer Stimme zu erzählen.

Ich liebte den Ton, den er immer annahm, und wie er mit in die Ferne gerichtetem Blick dasaß, als würde er die Geschichte aus den Eingeweiden der feuchten Erde schöpfen. Wie oft hatte er sie schon erzählt? Verwendete er immer die gleichen Worte oder dichtete er jedes Mal etwas Neues hinzu?

Chris fuhr fort: »Dennoch wurden sie bewundert und verehrt, was zum Teil daran lag, dass Anne von Degelstein, die Herrin, einmal im Jahr ein Wohltätigkeitsfest für ihre Untertanen veranstaltete, um sie bei Laune zu halten. Der Hauptgrund für deren Zuneigung waren jedoch Annes bildhübsche Töchter, die jeden Besucher, jeden Betrachter und jeden Bewohner – ob Bauer, Handwerker oder Edelmann – mit ihrem Liebreiz betörten. Bereits als Kinder, als sie mit den anderen Bälgern der Gemeinde, ob arm oder reich, im traumhaft schönen Garten des Wasserschlösschens Fangen oder Verstecken gespielt, sich aus wilden Frühlingsblumen Kränze geflochten hatten und ihr Lachen silbern durch Wald und Heid gehallt war, hatten sie als das Kostbarste gegolten, was das Haus von Degelstein zu Lindau besaß. Rosemarie war die Begabteste, aber auch die Widerspenstige unter ihnen. Aus einem Lumpen konnte sie ein Prinzessinnenkleidchen nähen, auf eine schmuddelige Leinwand ein Meisterwerk zaubern, und wenn sie sang, verstummten sogar die Vögel in den Bäumen, um versonnen Rosis Stimmchen zu lauschen.«

Ich kuschelte mich an Chris. »Wusstest du, dass Rosmarie ›die Widerspenstige‹ heißt?«, fragte ich leise.

Er nickte lächelnd. »Helge war die Zweitälteste. Sie bezirzte durch ihren Charme und ihr unnachahmliches Lachen, das kristallklar durch die Lüfte klang und jedem Zuhörer das Gefühl gab, ungeheuer wichtig zu sein.«

»Helge bedeutet ›die Starke‹«, unterbrach ich ihn leise.

Chris nickte. »Genau. Und dann war da noch die Kleinste, sie hieß Eva, der Bücherwurm.«

»Eva, die Belebte«, erinnerte ich mich, hatte ich doch schon seit Langem eine Schwäche für altdeutsche Namen und deren Herkunft.

»Sie verschlang dicke Schriften, Klassiker ebenso wie Märchen, wie andere sich über einen saftigen Braten hermachten. Sie war das Nesthäkchen und so artig und freundlich, dass sie niemals jemandem widersprach. Und als ihr kränkelndes Brüderchen Volker – was ›Kämpfer‹ bedeutet – zur Welt kam, war sie es, die sich am meisten um ihn kümmerte und oft lieber aufs Spielen verzichtete, um bei ihm zu bleiben. Dann las sie ihm stundenlang aus ihren Lieblingsbüchern vor, erfand selbst Geschichten oder summte ihn in den Schlaf.«

Ich seufzte. »Die perfekte Familie«, sagte ich, wohl wissend, dass das Schöne in Chris' Sagenwelt nie lange andauerte.

»Während der Bruder oft das Bett hüten musste, wirbelten die drei Mädchen in feinste Stoffe gekleidet durch den Schlossgarten, kicherten und lachten, sangen mit den Spatzen. Ihre langen blonden Locken wallten durch die Luft und verzückten die Welt. Ihr liebliches Aussehen versprach den Mädchen eine rosige Zukunft. Kunigunde, die Tochter eines der Pächter der Degelsteiner, war die beste Freundin der Adelskinder. Täglich kam sie zum Schloss, und die Jungschar wurde unzertrennlich. Der kleine Volker verliebte sich in die schwarzhaarige Schönheit, schwor, dass er sie eines Tages zu seiner Frau und zur Erbin von Degelstein machen würde. Inmitten der bezaubernden Wiesen und Gärten, der blühenden Wildblumen und herrlichen Rosenranken reifte die Kinderschar zu vielversprechenden jungen Menschen heran. Die Mädchen wollten anders sein als die strenge Mutter, wollten gerechter sein und sich verständlicher zeigen.«

Chris legte eine Pause ein, küsste mich auf die Wange und schlang die Arme noch enger um mich. Ich schaute zu ihm auf, und wir lächelten uns an. Ich kannte ihn bereits gut genug, um zu wissen, dass es jetzt losgehen würde. »Ich bin bereit«, sagte ich deshalb und erntete prompt ein wissendes Schmunzeln.

»Eines Tages kam ein Unglück über das friedliche Leben: Kunigunde wurde von einer geheimnisvollen Krankheit befallen. Im Dorf munkelte man, dass sie sich beim Spielen an den Rosen des Degelsteiner Wasserschlösschens verletzt habe. Die Schwestern waren außer sich, kamen ans Krankenbett der Freundin und weinten sich die Seele aus dem Leib, flehten alle Heiligen und Gott an, die Freundin zu verschonen. Doch alles Klagen, Beten und Jammern nutzte nichts und konnte das Mädchen nicht mehr retten. In der darauffolgenden Nacht tat Kunigunde ihren letzten Atemzug und schloss für immer die Augen.«

Chris legte eine Pause ein. Sofort breitete sich eine unheimliche Stille aus, und ich meinte, ein leises Rascheln in den Büschen hinter uns zu hören. War es der Wind? Auch Rex, der es sich mittlerweile vor unseren Füßen bequem gemacht hatte, schaute auf, schien etwas zu wittern. Ein Tier? Die Gänsehaut auf meinem Körper intensivierte sich.

»Ich nehme an, das ist erst der Anfang«, versuchte ich, das Geräusch einfach zu ignorieren.

»Hm, ja«, antwortete Chris. »Die Einwohner standen unter Schock, war Kunigunde doch genauso beliebt gewesen wie die drei Schwestern von Degelstein. Allerdings wurden auch gehässige Stimmen laut, die behaupteten, dass das Unheil davon komme, wenn man seine Kinder mit Höhergestellten verkehren lasse. Aber von den guten Zusprüchen der Degelsteiner Mädchen ermutigt, ging die trauernde Mutter am nächsten Tag zum Schlösschen und bat um eine Audienz bei der Herrin. Doch Anne von Degelstein wollte davon nichts wissen, wollte ihre Untertanin nicht empfangen. *Da könnte ja jeder kommen,* sagte sie erbost darüber, dass man sie in ihrem wohlgeregelten Alltag störte. Nur das eindringliche Betteln ihrer geliebten Töchter, die mit verweinten Augen vor ihr standen – der ganze Stolz des Hauses und der gesamten Gegend –, überzeugte Anne schließlich einzulenken. So kam es, dass sie die Unglückliche empfing. *Mein aufrichtiges Beileid für den tragischen Verlust, Bäuerin,* sagte Anne zu der Frau, die mit gesenktem Haupt vor ihr kniete. *Was kann ich für dich tun?*

Die Trauernde harrte aus, den Blick starr auf den kostbaren Marmorboden gerichtet, und sprach: *Geliebte Herrin, werte Degelsteinerin. Unsere Kunigunde war unser einziges Kind, unser Ein und Alles. Sie war unser Sonnenschein und unsere Hoffnung. Sie war so lieblich wie ein Regenbogen, so sanft wie ein Halm im Wind, und ihr Herz war rein.* Anne nickte leicht gereizt, hatte sie doch wahrlich Besseres zu tun, als sich die Lamentationen einer verzweifelten Mutter des gemeinen Volkes anzuhören. Aber ihren Töchtern zuliebe blieb sie ruhig und hörte die Frau weiter an. *Kunigunde war ein außergewöhnliches Mädchen, war von unvergleichlicher Sanftheit und Güte. Ihre Augen strahlten wie Sterne, und ihr Lachen war ansteckend.* Annes Kinder schluchzten bei diesen Worten. *Mein Herz ist gebrochen, meine Seele in tausend Stücke zerrissen, und ich habe nur noch einen Wunsch*, wehklagte die Bäuerin weiter. Anne hob die Augenbrauen. *Einen Wunsch?*, fragte sie pikiert. Seit wann hatte das Gesindel ein Recht auf einen Wunsch? *Und der wäre?* Die Pächterin schaute zu den Mädchen hinüber, die ihr aufmunternd zunickten, holte tief Luft und sagte: *Kunigunde war so schön und frisch wie eine Rose, und es heißt, dass sie durch den Stachel Eurer Ranken ums Leben gekommen ist. Also wollte ich Euch, gnädige Herrin, untertänigst darum bitten, mir die Erlaubnis zu erteilen, ein paar der wundervollen weißen Rosen aus Eurem Garten zu pflücken, um daraus einen Kranz für das Haupt meines geliebten Mädchens zu flechten, damit ich sie gebührend zu Grabe tragen kann.* Anne riss weit die Augen auf. *Wie bitte?*, rief sie empört und sprang von ihrem Thron auf. *Was erdreistest du dich da? Niemals, hörst du? Da könnte ja jeder kommen. Dann hätte ich bald keine Rosen mehr. Ist es das, was du willst? Meinen Garten zerstören? Ist es der Neid, der dich zu mir führt?* Anne wurde puterrot im Gesicht, und die Mädchen schauten sie entsetzt an. *Aber Mutter, Kunigunde war unsere beste Freundin,* protestierten die drei. *Es ist auch unser Garten …* Aber Anne wollte nichts davon wissen, streckte gebieterisch den Zeigefinger aus und wies der wehklagenden Mutter die Tür. *Einen Kranz aus Brennnesseln darfst du dir pflücken, das ist alles, was ich dir gewähre …«*

»Wie mies ist das denn?«, stöhnte ich und schaute auf das Gestein, das plötzlich vor meinen Augen zum Leben zu erwachen schien. Ich meinte, noch das Nachhallen des lieblichen Gelächters der Mädchen zu hören, wirbelnde weiße Seidentücher um wohlgeformte Leiber im Windhauch flattern zu sehen, meinte, die weiß blühenden Rosenranken statt des Efeus die Mauern umschließen zu sehen und den leisen Aufschrei einer weiblichen Stimme zu vernehmen, als Kunigunde sich mit einer Dorne in den Finger sticht …

Unbeirrt fuhr Chris fort. »Am Boden zerstört wandte sich die Bittstellerin ab. Im Hintergrund hörte sie die Mädchen jammervoll weinen. Plötzlich wirbelte sie herum. Ihr Gesicht hatte sich zu einer hässlichen Fratze verzerrt, ihre Augen glühten so rot wie brodelnde Lava. Gleich einer Hexe spie sie aus: *Du habsüchtige Dornenkönigin, möge dein Geiz deine Mädchen ersticken, und die lieblichen Rosen deines Gartens zu ewigen Totenkränzen für deine eigenen Töchter werden. Ich verfluche dich, deine Nachkommen und all diejenigen, die jemals einen Fuß in diesen Garten setzen werden. So soll es sein, bis in alle Ewigkeit …«*

Ein heftiges Schaudern packte mich. Ich schluckte trocken. Unversehens schien es um uns herum finster geworden zu sein, als hätte jemand das Gaslicht heruntergedreht. Das liebliche Lachen, das ich eben noch zu hören geglaubt hatte, war verstummt, das Herrliche und Magische verpufft. Nackt lagen die kühlen Steine vor uns, verhießen nichts Gutes. Ich dachte an Gudrun und Ada. *Warum soll Ada die Rolle der Dornenkönigin innegehabt haben?*, fragte ich mich. *Sicher ist es nur ein Scherz, ein Spiel gewesen, wie Gudrun gesagt hat.* Ich schüttelte den Gedanken wieder ab. Ein kalter Hauch streichelte meinen Nacken. Unauffällig drehte ich mich um, doch in dem Busch, aus dem das sonderbare Geräusch gekommen war, schien sich nichts mehr zu rühren. »Und was geschah dann?«, bohrte ich weiter, obwohl ich mir den Ausgang schon denken konnte.

»Kaum hatte die Bäuerin die Schlossbrücke überquert, da fielen die Mädchen mit bösem Schimpf über ihre Mutter her. Zur Strafe setzte sie die drei unter Hausarrest in die oberste Kammer des Wasserturms und verbot ihnen formell, der Beerdigung der geliebten Freundin beizuwohnen, die zwei Tage später stattfinden sollte. Also heckten sie gemeinsam einen Plan aus. Die gescheite Helge kümmerte sich um die Details der Durchführung und das liebe Evchen überredete den ebenso unglücklichen Volker, der seine große Liebe verloren hatte und als Einziger nicht eingesperrt war, ihnen dabei zu helfen. Rosemarie knotete geschickt alle Betttücher zusammen, die sie in der Dachkammer auftreiben konnte. Als es so weit war, hangelten sich die drei aus dem höchsten Fenster der Wasserburg direkt in die kleine Schaluppe hinein, in der ihr Bruder bereits auf sie wartete. Gemeinsam ruderten sie über den See davon, um ihrer geliebten Kunigunde das letzte Geleit zu erweisen. Doch als sie auf die Höhe des Schachener Ufers gelangten, zogen sich aus heiterem Himmel über ihnen bedrohliche schwarze Gewitterwolken zusammen. Urplötzlich brach das Getöse auf sie hernieder. Mit aller

Kraft ruderten sie, um noch rechtzeitig an Land zu gelangen, doch es schien aussichtslos. Also begannen sie laut gegen den Sturm anzurufen, nicht ahnend, dass alle Einwohner von Laiblach bis Nonnenhorn an der Bestattung teilnahmen. Die Handwerker hatten ihre Werkzeuge niedergelegt, die Fischer ihre Boote vertäut, die Ladenbesitzer die Geschäfte geschlossen. Alles, was Beine hatte, befand sich auf der Insel im Münster Unserer Lieben Frau und hörte dem wehklagenden Orgelspiel zu. So kam es, dass nur die Degelsteiner die Rufe ihrer Kinder hörten. Und als sie aus dem Fenster schauten, mussten sie dem entsetzlichen Schauspiel der auf den rasenden Wellenbergen tanzenden Barke hilflos zuschauen. Und dann geschah das Unvorstellbare: Das Boot kenterte und warf die Adelskinder kopfüber ins Wasser. Die Schwestern kämpften um ihr Leben und um das des kränkelnden Bruders. Sie bekamen ihn in den gewaltigen Fluten zu fassen und hievten ihn mit vereinten Kräften auf den Bootsrücken, sodass zumindest er sich in Sicherheit befand. Dann verlor eine nach der anderen den Kampf gegen die wild gewordene See, und sie ließen sich schließlich vom unbändigen Strudel in die Tiefen ziehen. So ertranken die Edelfräulein vor den Augen der machtlosen Eltern. Nur der kleine Volker überlebte das Unglück. Als die Körper der Schwestern geborgen und zu Grabe getragen wurden, wollte die ungebrochene Degelsteinerin allen im Lande zeigen, wer hier das Sagen hatte. Nicht weit vom Ufer und dem Mäuerchen entfernt ließ sie die drei Schönheiten in großem Prunk beisetzen und legte jeder einzelnen von ihnen einen wunderhübschen, mit Stacheln durchsetzten Rosenkranz auf das blonde Haupt. Seither hat man sie nur noch die Dornenkönigin genannt ...«

»Heftig«, hauchte ich und erzitterte leicht. Mit einem

Schlag hatte die Mauer in meinen Augen völlig ihren Glanz verloren, wirkte auf einmal gefährlich und unnahbar. Ich meinte, Geviech und Gewürm an ihr entlangkriechen zu sehen, und war mir nicht sicher, ob der sonderbare Laut, den ich erneut wahrnahm, nicht ein hässliches Lachen aus dem Reich der Verdammten sein könnte. Der Gedanke gruselte mich. »Und was hat es mit dem Fluch auf sich?«

Chris lachte leise ins Halbdunkle. »Seither haben alle Herren der Familie von Degelstein dornige Rosenkränze auf die Gräber ihrer Verstorbenen legen lassen. Und es heißt, dass Frauen, die ein Kind erwarten, diesen Ort lieber meiden sollten, weil die Dornenkönigin ihnen sonst die Frucht im Leib verdürbe ...«

Kapitel 12 –
Gegen den Strich

Weltentrückt saß ich da und ließ das Ende der Sage in mir nachklingen. Ich musste die Geschichte erst einmal sacken lassen. Chris hatte ein unglaubliches Talent, Legenden so packend zu erzählen, dass man jedes Mal das Gefühl hatte, hautnah dabei zu sein. Sicher trug dieser geheimnisumwobene Ort – das von Bäumen eingerahmte und von Pflanzen und Spinnweben behangene Mäuerchen – auch seinen Teil dazu bei. Mir fröstelte, und ich schlang die Arme um meinen Oberkörper.

»Komm, Liebling«, sagte Chris. »Lass uns aufbrechen, es wird langsam ungemütlich und zu schummrig, um sich im Park herumzutreiben.«

Als hätte er mich aus einer Trance gerissen, leistete ich seiner Aufforderung nur zu gerne Folge. Ohne genau zu wissen, warum, wollte ich nur noch fort von diesem vermaledeiten Ort, als würde ich instinktiv spüren, dass er nicht gut für mich war. *So ein Unsinn*, schalt ich mich, als ich mich aufrappelte und mir den erdigen Schmutz von der Jeans klopfte.

Stracks schlugen wir den Rückweg ein. Diesmal entschieden wir uns für den Pfad, der am Seeufer entlang unter den hohen Bäumen hindurchführte. In der immer schneller hereinbrechenden Finsternis wirkten die Giganten wie düstere Schattengestalten mit ellenlangen Armen, deren Krallen nur darauf warteten, einen Zipfel Kleidung oder eine Haarsträhne zu erhaschen. Sonderbare Geräusche drangen durchs dunkle Dickicht zu uns. Selbst Rex schien das Ganze nicht geheuer zu sein, denn er wich nicht mehr von unserer Seite. Zum Glück hatte Chris seinen Arm um mich gelegt, sodass sich meine Furcht in Grenzen hielt.

Wir sputeten uns, denn es fehlte nicht viel und wir wären völlig im Dunkeln getappt. Als wir den Ausgang erreicht hatten und den Heimweg auf beleuchteter Straße fortsetzten, verlangsamten wir unbewusst unseren Schritt, als hätten wir es im Nu nicht mehr ganz so eilig heimzukommen. Es war, als wollten wir die Zweisamkeit bis zum letzten Augenblick auskosten. Und obwohl unser Ausflug noch nicht vorbei war, packte mich das Gefühl des Verlustes, eine Art schmerzliche Nostalgie, die mit jedem Meter, den wir vorankamen, stärker zu werden schien.

Während wir eng umschlungen dahinschlenderten, hingen wir beide unseren Gedanken nach. Noch immer konnte ich mich nicht völlig von der Sage lösen. Wie ein lästiger Moskito schwirrte mir die Geschichte der Degelsteinerin, ihrer sanftmütigen Töchter und der lieblichen Kunigunde im Kopf herum. Im Gegensatz zur Legende, die Chris mir am Anfang unserer Beziehung über Heti und das Seerosen-Ungeheuer erzählt hatte, war die Geschichte des Wasserschlösschens, wenn auch mystisch, so doch realistischer gewesen. Es war ein sonderbares Gefühl zu wissen, dass Anne von Degelstein tatsächlich existiert hatte. Ich ertappte mich dabei, mich zu fragen, ob es zwischen dieser Sage und Ada einen konkreten Zusammenhang gab. Zwar wusste ich, dass Ada von allen Legenden begeistert gewesen war, aber die Art, wie Gudrun darüber sprach, hatte in mir ein sonderbares Gefühl hinterlassen. Allerdings wollte mir nicht einleuchten, warum ausgerechnet Ada, die ihr ganzes Leben unter dem Verlust ihrer großen Liebe und der Erpressung ihres Häschers Georg gelitten hatte, die hässliche Rolle der Degelsteinerin übernommen haben sollte. Und welchen Spaß konnten zwei Frauen daran gehabt haben, eine so schaurige Sage nachzuspielen? Oder hatte Ada einen Hang zum Dramatischen entwickelt? Immerhin war sie eine ehemalige Schauspielerin gewesen, vielleicht hatte die Rolle der Bösen gar eine Herausforderung für sie bedeutet?

Je näher wir dem Haus kamen, umso bedrückter fühlte ich mich. Zuerst verstand ich nicht recht, was in mir vorging. Aber als ich zu Chris schaute, konnte ich seiner verschlossenen Miene ansehen, dass es ihm ähnlich erging. Es war, als hätten wir mit diesem Spaziergang zwar ein Pflaster auf einen akuten Schnitt am Daumen geklebt, um die Blutung vorerst damit zu stoppen, aber darunter klaffte noch immer die Wunde, und der Finger pochte weiter …

Und das eigentliche Thema hatten wir nicht angesprochen, die eigentlichen Fragen nicht gestellt: Was nun? Wie sollte es weitergehen? Wie lange würde Chris das noch aushalten? Und sobald ich mir diese Fragen bewusst stellte, rebellierte mein Bauch so heftig, dass ich das wahrhaftige Problem nicht mehr ignorieren konnte. Wenn doch Gudrun nur bald ihre Freundin erreichen könnte …

»Chris?«, fragte ich vorsichtig und seufzte schwermütig.

»Mein Schatz?« Er schaute mir direkt in die Augen, schien darin zu lesen. Sein Blick drückte den heftigen Zwiespalt aus, der auch in mir tobte. Es war wie eine Mischung aus dem Wissen, dass wir darüber würden reden müssen, und dem sichtlichen Flehen, uns noch ein wenig in der Illusion der heilen Welt verharren zu lassen. Es brach mir fast das Herz, seinem Bedürfnis nicht nachgeben zu können.

»Vorhin hast du mir gesagt, dass Gudrun lautstark mit jemandem telefoniert hätte.«

»Stimmt.«

»Konntest du etwas verstehen?« Ich krallte mich an den winzigsten Hoffnungsschimmer, wollte daran glauben, dass sich dieser ganze Spuk bald von allein auflösen würde.

»Ja, es war leider unvermeidbar«, antwortete Chris und hob demonstrativ die Augenbrauen an. »Sie redete so laut, dass es sogar die Nachbarn mitbekommen haben müssen.«

»Vielleicht ist sie ja etwas taub«, versuchte ich, ihn zu beschwichtigen.

Chris brummte. »Das kann natürlich sein.«

»Und um was ging es denn genau in dem Gespräch?«

»Sie sagte etwas von einer Irmgard, die in die Staaten gereist sei, und wollten wissen, wann sie denn zurückkommen würde.«

In die Staaten? »Und?« Ich hielt die Luft an. Meine Knie wurden weich. Wenn ich Chris' Miene richtig einschätzte, dann durfte ich mir nicht zu viel davon versprechen.

»Die Antwort ist wohl nicht zufriedenstellend ausgefallen, denn sie hat laut fluchend aufgelegt und ist ohne ein weiteres Wort in ihrem Zimmer verschwunden.«

Ich schluckte mehrmals heftig, ahnte nichts Gutes. Was, wenn die Freundin erst in ein paar Wochen wiederkäme? Ich rang mit mir. Es musste doch irgendetwas geben, was wir zwischenzeitlich tun könnten … »Und wenn wir Gudrun solange ein Hotelzimmer mieten würden?« Es war die Verzweiflung, die die Oberhand gewann.

Chris lachte traurig. »Und dann? Ich kann mir kaum vorstellen, dass Gudrun sich so einfach in der Öffentlichkeit zeigen möchte … Von den Kosten mal ganz abgesehen.«

»Ich habe doch noch das Geld, das Ada mir vermacht

hat«, gab ich zu bedenken. »So kann ich es für einen guten Zweck verwenden, indem ich einer ihrer Freundinnen in der Not helfe.«

»Das tust du doch schon, mein Liebling«, sagte Chris sanft. »Wir müssen einfach geduldig sein. Ich bin mir sicher, dass sich früher oder später alles einrenken wird.«

Früher oder später … Ja, sicher, dachte ich. Aber das half uns jetzt auch nicht weiter. Eine Lösung musste her, und zwar sofort, damit Chris wieder die geeignete Atmosphäre zum Arbeiten fand. Ich ertappte mich dabei, sauer auf Gudrun zu sein. Sofort wies ich mich für die ungerechten Gedanken zurecht, wischte sie schnell beiseite. Gudrun tat mir unendlich leid, und ich wagte es kaum, mir vorzustellen, wie es war, in der ständigen Angst zu leben, vom brutalen Ehemann entdeckt zu werden. Schuldbewusst schaute ich zu Chris, der meinen Zwiespalt erraten zu haben schien. Verständnisvoll, aber auch mitleidig erwiderte er meinen Blick, als wollte er sagen: *Ich verstehe dich ja, aber du weißt wie ich, dass sie nichts dazu kann …* Die Sackgasse, in der wir steckten, schien so eng, dass es kein Vorwärts und kein Zurück gab.

Wie zur Antwort blieb er auf einmal stehen, wandte sich mir zu und drückte mich noch fester an sich. So blieben wir stehen. Ich fühlte mich niedergeschlagen und haderte mit dem Schicksal, weil es unserer jungen Liebe gleich einen solchen Batzen als Hindernis vorgesetzt hatte. Fast, als müsste das Problem proportional zu der Heftigkeit unserer Gefühle stehen. Kleines Glück, kleine Hürde, großes Glück … Ich schnaufte in mich hinein.

Wir liefen weiter, zaghaft, unwillig.

Schlagartig durchströmte mich ein unglaublicher Gedanke, der mir genauso ungeheuerlich wie logisch erschien. Alles in mir wehrte sich dagegen, schob ihn beiseite, aber er wurde immer aufdringlicher, nagte an meinem Gewissen wie die stetige Erosion am Seeufer. Er nagte so heftig an mir, als wollte er jede Möglichkeit der Errichtung eines Schutzwalls im Keim ersticken. Als wollte er mich daran hindern, es mir anders zu überlegen.

Ja, es war himmelschreiend und doch naheliegend. Es war schmerzhaft und schien doch die einzige Möglichkeit zu sein, Abhilfe zu schaffen. Es war ungerecht, radikal und herzzerreißend, und doch würde ich dieses Opfer bringen müssen.

Abrupt hielt ich inne. »Chris ... Ich ...« Es tat so weh, dass die Worte mir im Hals stecken blieben. Ich zwang sie, mir zu gehorchen, presste sie mit aller Mühe hervor: »Was ich jetzt sagen werde, geht mir zwar völlig gegen den Strich, aber ich kann es nicht länger zurückhalten ...«

Aufmerksam schaute er mich an. Sein liebevoller Blick gab mir den Rest. Wie sollte ich da durch?

»Schieß los«, forderte er mich auf, und er machte nicht den Eindruck, als könnte er sich denken, was jetzt kommen würde.

Ich holte tief Luft. »Wäre es nicht vielleicht besser, wenn du für ein paar Tage zu deiner Schwester nach Augsburg reisen würdest?« Es war vollbracht. Ich konnte selbst nicht glauben, dass ich das gesagt hatte. Chris starrte mich eine gefühlte Ewigkeit an. Hatte ich einen Fehler gemacht? Fühlte er sich jetzt abgeschoben? Glaubte er vielleicht sogar, dass ich einer Unbekannten, nur weil sie behauptete, eine von Adas Freundinnen zu sein, den Vorzug gab? Mir wurde elend zumute. *Bitte nicht ... So habe ich es doch gar nicht gemeint ...* »Natürlich nur, wenn es dir recht ist ... Ich ...«, fügte ich verunsichert hinzu.

Chris fuhr sich mit der Hand durch die Haare. »Bella«, krächzte er heiser. »Meine Bella, ich bin ja so erleichtert.« Er lächelte dankbar. »Ich habe mich einfach nicht getraut, dir das vorzuschlagen.«

Wie eine verendende Kaulquappe öffnete und schloss ich den Mund. »Ich … Also …«, war alles, was ich hervorbrachte, zu überrascht, um anders darauf zu reagieren. Erleichterung und Erschütterung packten mich gleichermaßen, schienen sich meine Gefühlswelt wie ungleiche Brüder gegenseitig streitig zu machen. Es riss und zerrte in meinem Inneren. Wie peitschende Wellenschläge im Sturm tobten die Worte in mir empor. *Oh nein, Chris, nein, nein,* schrie mein Herz. Doch mein Verstand wusste, dass es die einzig richtige Entscheidung war. Das einzige Mittel, Chris vor dem Abgrund zu retten.

»Verflucht«, flüsterte er und zog mich so stürmisch an sich, dass mir der Atem stockte. »Verflucht, verflucht, verflucht«, wiederholte er. »Mir ist in meinem ganzen Leben noch nichts so schwergefallen.«

»Mir auch nicht«, greinte ich leise. »Aber je mehr ich darüber nachdenke, umso einleuchtender scheint mir diese Entscheidung.«

Chris wand sich. »Ich könnte mich in eines der Zimmer im ersten Stock einsperren und versuchen, Gudrun einfach zu ignorieren«, schlug er verzweifelt vor.

Bedauernd schüttelte ich den Kopf. »Ich habe alle Möglichkeiten durchgewälzt. Aber selbst dann läufst du Gefahr, weiterhin ihre Anwesenheit zu spüren, und es könnte deine Konzentration beeinträchtigen.«

Chris ließ die Schultern hängen und nickte resigniert. »Es wird verdammt hart werden, das weißt du?« Wer hätte gedacht, dass uns das Schicksal so schnell schon wieder trennen würde. Wir hatten uns versprochen, immer zusammenzubleiben.

»Ja«, hauchte ich. »Verdammt hart.« Ich wusste, dass er bei Angi, die auf einem alten Hof mitten auf dem Land in der Augsburger Gegend lebte, kaum Internet hatte und nur sehr selten Handy-Empfang. »Aber es ist ja sicher nur für ein paar Tage. Höchstens zwei Wochen«, versuchte ich, die Vernunft sprechen zu lassen. »Bis dein Roman fertig ist.«

Er zog mich an sich und wir küssten uns hingebungsvoll.

»Du kannst deine Meinung noch ändern, Schatz«, wisperte er.

»Führe mich nicht in Versuchung«, spaßte ich halbherzig. Es klappte, denn Chris schmunzelte. »Hattest du deshalb vorhin so rote Augen?«, fragte ich ihn.

»Nein, nicht wirklich. Es ist vor allem, weil ich vor Sorge wegen des nahenden Abgabetermins und aus Angst vor einer möglichen Schreibblockade nachts kaum noch ein Auge zubekomme.«

»Angi wird sich über dein Kommen sicher freuen.« Ich hatte seine Schwester nur einmal gesehen und mochte sie sehr gerne. »Und es ist ja nur eineinhalb Autostunden vom Bodensee entfernt, also könnte ich euch am Wochenende besuchen …«

»Und Gudrun allein lassen?« Chris schaute mich skeptisch an.

Sofort kamen meine Füße auf den Boden der Tatsachen zurück. »Nein, natürlich nicht.« Bei dem Gedanken, sie allein im Haus zu wissen, während ich im Studio sein würde, stieg Unbehagen in mir empor, doch ich tat so, als wäre alles in Ordnung. Auf keinen Fall wollte ich, dass Chris mir zuliebe einen Rückzieher machte. Unwillkürlich dachte ich an Alrun und war froh, dass Gudrun wenigstens nicht unter Demenz litt. »Wann willst du denn los?«, fragte ich fast beiläufig.

»Nach dem Abendessen?«

Es traf mich wie eine Ohrfeige. *Schon? Verdammt …* Mir wurde schummrig, fast ein wenig übel. Ich riss mich zusammen, um mir nichts anmerken zu lassen. Auf keinen Fall wollte ich, dass er sich jetzt wegen mir noch schuldig fühlte. »Das ist eine gute Idee«, sagte ich im Brustton der Überzeugung. »Je eher du deine innere Ausgeglichenheit zurückerlangst, desto besser.« Und ich dachte es in diesem Moment auch wirklich …

Kapitel 13 – Zwischenspiel – Beim Heiligen Kreuz

Alles war von einer ruhigen Gelassenheit erfüllt. Die Bäume verloren allmählich ihre bunte Pracht, die die Wiesen und Gassen in ein verträumtes, im Wind leise raschelndes Farbenmeer verwandelte. So kurz vor den einkehrenden Wintermonaten war es die Zeit der Besinnlichkeit und des Rückzugs, die ihr wesentlich mehr behagte.

Auch das Antlitz des Gewässers mutete wieder friedlich an, gefiel Heidi ohne die Horden von Touristen weitaus besser. Ohne die Flut der Besucher, die im Sommer hier einkehrten und sich aufführten, als gehörte der See ihnen allein. Aber nur Einheimische wussten ihn wirklich zu schätzen, wussten um seine Geheimnisse. Einheimische oder diejenigen, die zu solchen geworden waren. Heidi zählte sich mittlerweile dazu.

Ein Lächeln huschte über ihr Gesicht, wenn sie an den Anfang dachte, daran, wie sie vor ein paar Monaten in dieses wunderschöne Haus eingezogen waren. Georg hatte es gekauft, weil es groß genug war, um eine ganze Horde Kinder großzuziehen, und obendrein über einen kleinen, dem Haus anliegenden Bungalow für seine Praxis verfügte.

Sie hatte sich nicht in ihm getäuscht. Tatsächlich waren sie sich ähnlich, auch wenn ihr Anderssein sich auf verschiedene Weisen ausdrückte. Wo er pedantisch war und kein Staubkörnchen duldete, geschweige denn ein offenes Büchlein oder eine herumliegende Zeitschrift, da hatte sie mit Dämonen zu kämpfen, die etwas anderer Natur waren. Aber von allen Menschen, die ihr bislang begegnet waren, konnte nur er ihr Wesen verstehen. Denn auch er hatte gelitten, und es war diese Pein, die sie damals in seinen Augen gelesen hatte.

Es war die Pein des Verlassenen, des Waisen. Es war die Pein des Missverstandenen. Die Pein des Menschen, der von klein auf von etwas geträumt hatte, das unerreichbar für ihn bleiben sollte. Als sein Vater, ein reicher Börsenmakler, Ende der 20er-Jahre Bankrott gemacht hatte, war er als kleiner Junge von acht Jahren von der Nachbarsfamilie, den Richters, aufgenommen und wie ein Sohn behandelt worden. Der Vater sollte so einen Narren an ihm gefressen haben, dass er ihm später nicht nur das Medizinstudium bezahlt, sondern ihn sogar als Schwiegersohn in Betracht gezogen hatte. Aber niemals hatte das den Verlust seiner Kindheit ersetzen, niemals die tiefen Wunden heilen können. Er trug immer diesen Wunsch in sich, das Unerreichbare zu besitzen. Georg hatte ihr einmal anvertraut, dass die Richters sehr enttäuscht gewesen sein sollen, weil die Bindung mit der Tochter nicht zustande gekommen war.

Aber insgeheim spürte Heidi, dass etwas nicht stimmte. Täglich drängelte sich ihr die Offensichtlichkeit neu auf, sobald er einen anderen Vorwand suchte, um dieser Hexe einen Besuch abzustatten. Mal gab er vor, sich um Adas Gesundheit zu sorgen, mal kümmerte er sich wie ein Bruder, für den er sich angeblich hielt, um ihre Angelegenheiten. Heidi vermutete jedoch, dass nicht nur die Eltern über die Eigenwilligkeit der aufmüpfigen Tochter unglücklich gewesen waren. Es schien, als hätte Georg Höllenqualen durchlitten, als diese damals mit einem feschen Franzmann ausgerissen war. Woher sie das wusste? Sie konnte es jedes Mal in seinen Augen lesen, wenn das Thema darauf zu sprechen kam. Dann erblickte sie darin dieses verräterische Flackern, fast, als würde er die Erinnerung an diese Qual willentlich hervorrufen, sich am Schmerz laben.

Heidi spürte es, denn sie hatte diese ganz besondere Gabe, in jedem Menschen sofort die Wahrheit seines Wesens zu erkennen oder die Schwingungen in der Luft zu spüren. Und diese unsichtbaren Frequenzen waren so deutlich wahrnehmbar, dass es ihr vor lauter Qual die Luft abdrückte. Er liebte diese Hexe. Ja. Daran hatte Heidi nicht den leisesten Zweifel.

Allein bei dem Gedanken, Georg hätte diese Ada ehelichen können, kam Heidi die Galle hoch. Sie passten so wenig zusammen wie ein Maiglöckchen und Schneematsch. Heidi nahm es ihm übel, dass er sie für dumm verkaufen wollte. Nahm ihm übel, wie abfällig er über die ehemalige Filmdiva sprach, als würde er Heidi für so einfältig halten, dass sie ihm das abnahm. Und das geschah oft. Es war fast, als wäre ihm jedes Thema, jede Lästerei recht, wenn sie sich nur um Ada drehte. Erst kürzlich hatte er sich aufgeregt, weil sie sich Gelump ins Haus eingeladen hatte. *Na und*, hatte Heidi antworten wollen. *Passt es nicht zu dieser Schlampe?* Aber sie hatte geschwiegen, denn sie war intelligent genug, um zu wissen, dass er über Ada herziehen durfte, aber wehe dem, der wagte, es ihm gleichzutun. Es war *sein* Recht. Sein Recht als Ziehbruder. Sein Recht als der Mann, der dieser Widerlichen mit Haut und Haaren verfallen war. Und trotz der vielen Beteuerungen

Georgs, noch nie etwas für diese Frau empfunden, sondern sich einzig und allein Adas Vater – seinem Gönner – verpflichtet gefühlt zu haben, sah sie diese Lebefrau als ihre ärgste Rivalin an.

Allerdings ahnte sie auch, dass sie nicht die ganze Wahrheit kannte. Aus irgendeinem Grund schien Georg sich dieser Familie noch immer nicht würdig zu fühlen. Dabei war er mittlerweile ein angesehener Arzt, die Patienten achteten ihn, und es fehlte ihm nicht an Arbeit. Sicher, Adas Vater hatte ihm das Studium finanziert, aber es war Georg gewesen, der die Prüfung bestanden hatte.

Überraschen tat es Heidi jedoch nicht. Denn Ada war hochmütig und hielt sich für etwas Besonderes. Kein Wunder, dass Georg unter Minderwertigkeitskomplexen litt. Und genau das war es, was sie am Anfang so anziehend an ihm gefunden hatte. Die Art, wie er leicht geduckt lief, sich beim Sprechen oft verhaspelte und allerlei Ticks besaß. Es machte ihn so menschlich.

Und jetzt war er ihr Mann, hatte sie, Heidi, zur Gemahlin gewählt. Heidi, die Geschädigte, die von allen Verstoßene, die, die anders war, Marotten und ebenfalls Ticks hatte. Jetzt konnten sie sich gegenseitig beistehen.

Sie seufzte, blickte gequält aus dem Fenster, ihm hinterher. Er lief in Richtung des Anbaus, in dem sich die Praxis befand, zu seiner neuen Assistentin. Heidi lächelte gehässig. Als ob sie nicht ahnte, was zwischen den beiden abging. Als ob sie nicht wüsste, was für perverse Spielchen sie abends nach der Arbeit trieben. Sie hatte sie beobachtet und tolerierte es. Sonderbarerweise machte es ihr nichts aus, denn diese Frau schien keine Gefahr zu sein, auch wenn Heidi am Anfang enttäuscht gewesen war, dass er sie, seine eigene Frau, nicht als Assistentin hatte haben wollen.

»Mein Engel«, hatte Georg diesbezüglich gesäuselt. »Ich brauche dich doch im Haus. Du sollst unsere Kinder großziehen. Und wer kümmert sich dann um mich, wenn du obendrein auch noch in meiner Praxis arbeitest?«

Da ist er wieder, der liebe Georg, der verständnisvolle, hatte sie gedacht. *Der Georg, dem ich wichtig bin, so wichtig, dass er lieber Geld für eine Gehilfin ausgibt, als mich zu überfordern.* Welche Frau träumte nicht davon?

Aber Heidi hatte schnell begriffen, was er mit seiner Angestellten wirklich im Schilde führte. Ein grausames Spiel. Und irgendwie tat sie ihr sogar ein bisschen leid.

Was ihr jedoch viel mehr zu schaffen machte, war dieses dumme Gefühl, das immer mehr in ihr anwuchs. Denn in den letzten Wochen hatte sich in ihrer noch jungen Ehe etwas kaum Merkliches verändert. Etwas, das alles auf einmal in einem fahlen Licht erscheinen ließ. Die wilde Blumenpracht hatte an Glanz verloren, die schaukelnden Bötchen auf dem See ihren Charme. Weder die Schwäne noch die Entchen noch die Möwen konnten Heidi mehr ein Lächeln abgewinnen. Das Gefühl, als hätte sich ein grauer Schleier über alles Leben gestülpt wie eine zu dunkel geratene Sonnenbrille, die einem die Lust am Dasein vermieste.

Nur die Alpen, die hart und bedrohlich hinter dem See in den Himmel ragten, schienen noch zu ihrem Gemüt zu passen. Ja, etwas hatte sich verändert. Es hatte sich angeschlichen, gemein, hinterhältig und unsichtbar. Es hatte sie umzingelt, sich wie eine hauchdünne, durchsichtige Schicht um ihren Körper gewickelt, als wollte es auch die letzte ihrer Poren verstopfen, sie langsam und qualvoll daran ersticken lassen. Es war da, ungreifbar und doch so präsent, als würde es ihr ganzes Sein verätzen, als würde das Böse, das schon immer in ihr existiert hatte, sich für das wenige Glück, das sie sich so hart erkämpft hatte, an ihr rächen wollen.

Heidi, schienen die Alpen ihr zuzurufen. *Lass es dir nicht gefallen. Lass dich nicht unterkriegen.*

Wehmütig schniefte Heidi vor sich hin. Wie gerne wollte sie ihnen gehorchen. Denn wie sollten diese hoheitsvollen Ungetüme, die seit Menschengedenken über die Richtigkeit aller Dinge wachten, unrecht haben?

Heidi war schwach. Sie hatte sich Georg willenlos an den Hals geworfen, hatte an Liebe geglaubt, an ein trautes Heim, an Kinder … Ja, Kinder … Bei dem Gedanken krampfte sich alles in ihrem Bauch zusammen, doch sie fing sich wieder, dachte an die Worte ihrer besten Freundin, die Schwäche verabscheute und daraus keinen Hehl machte. Im Grab werde sie noch genug Zeit haben, um schwach zu sein, behauptete diese immer. Jetzt sei es an der Zeit zu leben und die Dinge zu richten. *Es ist dein Mann, dein Haus, dein Recht …* Bislang hatte sie ihr immer den richtigen Weg gewiesen, sie wachgerüttelt. Ihre Worte waren in Heidis Geist präsent, wenn sie sich nachts in den Schlaf weinte. Sie waren da, wenn sie morgens mutlos aufwachte.

Die Tage verstrichen, der Alltag nahm seinen Lauf, aber Heidi fühlte sich einsam wie nie zuvor. Am Mittag legte Georg die Füße unter den Tisch, sprach kaum ein Wort, las im Tageblatt. Dann begab er sich aufs Sofa, hielt ein kurzes Nickerchen, trank danach seinen Kaffee und ließ sie in ihrer unermesslichen Trostlosigkeit zurück.

Inbrünstig hoffte sie, mit der Zeit wieder seine Zuneigung zurückzugewinnen, die gleiche, die sie am Anfang bei ihm zu finden geglaubt hatte. Hoffte, sich in seinem Leben unabdinglich zu machen. Hoffte, dass er sie wieder wie vor der Hochzeit anschauen würde.

Also verbrachte sie die dahinschleichende Zeit mit Putzwut, Kochen und der Dekoration des Hauses. Um ihm zu gefallen und das triste Ambiente im Haus etwas aufzuheitern, hatte sie begonnen, ein paar gestickte Sprüche einzurahmen und neben dem Heiligen Kreuz an die Wand zu hängen. Es sollte das Kalte der weißen Wände, der blank gewienerten Möbel und der vielen Glasvitrinen mit den abscheulichen Instrumenten verscheuchen. Erst gestern hatte sie damit begonnen, an ihrem gemeinsamen Lied zu sticken. Es war ein schwäbischer Kinderreigen, der so gut zu ihrer Geschichte passte. *Den Schwaben, den Schwaben, den möchte ich gerne haben ...*

Und wie immer hätte sie sich jetzt einfach vom Fenster abwenden können, um ihre Stickerei wieder aufzunehmen, denn sie wusste doch, was jetzt folgen würde. Erneut durchdrang sie ein heftiger Stich. Ein manches Mal hegte sie sogar den Verdacht, dass er sie einzig und allein zur Frau genommen hatte, um dieses Satansweib eifersüchtig zu machen, um ihr zu beweisen, dass er sie nicht brauchte.

Ja, eigentlich hätte sie sich abwenden sollen, um ihr Tagwerk weiter zu vollbringen. *Folge ihm, sonst wirst du nie die Wahrheit herausfinden. Er liebt dich nicht. Er benutzt dich. Er will dich nur im Haus behalten, damit er ungestört seine Launen ausleben kann ...*

Da lief er, ihr Gefährte. Da lief er und schaute sich nicht einmal nach ihr um. Hatte er sie zum Abschied geküsst? Nein. Hatte er ihren Ochsenmaulsalat gelobt, mit dem sie sich so viel Mühe gegeben hatte? Nein. Er schien es nicht einmal mitbekommen zu haben, dass sie ein neues Rezept ausprobiert hatte, um ihm zu imponieren, sondern hatte das Gericht einfach unachtsam in sich hineingelöffelt, wie alles, was sie ihm vorsetzte. Tagein, tagaus ...

Da lief er, ihr Traum, schien sich auf der kleinen Allee des Grundstücks in Nichts aufzulösen. *Dreh dich um*, riet sie sich. *Hör auf, dir wehzutun. Halte es wie immer ...*

Aber diesmal hatte sie zu spät den Kopf abgewandt, konnte es nicht mehr einfach ignorieren. Wie vermutet, bog er bei der Praxis links ab und lief weiter in Richtung Seepromenade. Erschüttert blickte Heidi ihm nach. Beißende Wut kroch in ihr empor. Tief saß der Stachel dieses Anblicks in ihr, obwohl er ihr nichts Neues beibrachte. Er bohrte sich weiter vor. Die Wunde juckte und piekte, wurde größer, obwohl sie es doch die ganze Zeit gewusst, aber absichtlich weggeschaut hatte.

Heidi bekam feuchte Hände. Ihr Herzschlag beschleunigte sich, und kalter Schweiß brach ihr aus. Sollte sie einfach weiterhin so tun, als wäre nichts geschehen, ihre Stickarbeit wieder aufnehmen und das Lied vor sich hin summen? *Den Schwaben, den Schwaben, den möchte ich gerne haben ... Kommen Sie, Fräulein, kommen Sie, Fräulein ...*

Verzweifelt starrte sie ihrem Mann hinterher, wie er den Weg zum Nachbarhaus einschlug. Eine eiskalte Vorahnung packte sie. Es traf sie wie ein Fausthieb in die Magengrube. Es fühlte sich an, als risse ihr jemand bei lebendigem Leibe das Herz aus der Brust und zerfetzte es vor ihren Augen in tausend Teilchen.

Er geht zu ihr, hörte sie die innere Stimme. *Er geht zu der Frau, von der er behauptet, nie etwas für sie empfunden zu haben. Zu diesem männerverschlingenden Vamp, diesem Weibsbild, das sich für etwas Besseres hält. Zu dieser Schlange, zu der es ihn ständig hinzieht. Dieses Biest, das meint, nur weil sie mal eine Schauspielerin gewesen ist und ein paar Klekse auf eine Leinwand bringt, dass sie ein Recht hat, sich alles zu nehmen, was ihr beliebt ...*

»Sie ist schön«, wisperte Heidi vor sich hin. Verdrossen schaute sie an sich herunter. *Schön wie die Hölle, Ada Beranger hat das gewisse Etwas … Du machst dich nur lächerlich. Siehst du denn nicht, dass du auch mit dem kostbarsten Kleid nicht an ihren Stil heranreichst, an ihre Klasse, an ihre Anmut?*

Einmal hatte sie sich für Georg fein hergerichtet und geschminkt. Als er abends heimgekommen war, hatte er sie nur verständnislos angeschaut und gefragt, ob sie nicht schon ein bisschen zu alt fürs Verkleiden sei, und hatte sie einfach links liegen gelassen.

Warum schaust du erst jetzt hin? Du weißt es doch schon länger. Ja, das stimmte. »Ich wollte daran glauben …« Sie fasste sich an den Leib. »Und ich wollte es behüten.« Sie dachte an das kleine Wesen, das in ihrem Bauch heranwuchs. Wenn es erst einmal zur Welt gekommen wäre, würde Georg sie auch sicher wieder beachten, denn dann hätte sie ihm das geschenkt, was er sich so sehnlichst wünschte.

Dann kämpfe dafür, kämpfe um ihn, anstatt den Kopf in den Sand zu stecken. Kämpfe für die Frucht unter deinem Herzen …

Es ist seine Schuld. Er hat es so weit kommen lassen. Dabei hat er dir beim Heiligen Kreuz geschworen, dass zwischen ihr und ihm, außer der gemeinsamen Kindheit, nichts ist. Er hat dir beteuert, dass sie ihm als Frau nichts bedeutet, wie eine Schwester für ihn ist …

Heidi erzitterte. Damals, als Georg noch ein junger Mann gewesen war, hatte diese Frau ihn einfach zurückgelassen. Es hatte ihn in seinem männlichen Stolz verletzt, und er hatte es ihr nie verziehen. »Er hasst sie, das hat er mir immer beteuert«, wimmerte Heidi. Und nichts, aber auch gar nichts würde die Liebe zwischen ihm und Heidi zerstören können, und erst recht nicht dieses Luder, von dem alle sagten, dass sie ihren eigenen Mann auf dem Gewissen habe, dass sie eine ganz Verruchte, Ekelhafte sei.

Du siehst doch, dass er lügt. Wie lange, glaubst du, geht das schon so? Er versteckt sich ja nicht einmal, tut, als ob du Luft wärst. Als ob es egal wäre, dass du ihn siehst, dass du leidest …

Mit einem Mal wirbelte Heidi herum, schnappte sich ihren Trenchcoat und lief ins Freie. Nein, sie spürte die kühle Herbstluft nicht mehr auf ihren Wangen. Nein, sie konnte dem fröhlichen Wogen des Sees nichts mehr abgewinnen, sich weder am Kichern der Möwen noch am Plätschern der Wellen erfreuen. Sie prustete die Luft laut aus. Der Hass, der in ihr hochschwappte, gab ihr eine ungeahnte Energie, peitschte sie vorwärts.

Aber anstatt den gleichen Weg wie ihr Mann einzuschlagen, nahm sie den Pfad, der seitlich an Adas Haus entlangführte, und schlich sich ungesehen an die Fensterfront heran.

Prompt hörte sie Stimmen und hielt abrupt inne. Ihr Puls hämmerte so laut in ihren Ohren, dass sie kaum etwas verstand. Also näherte sie sich noch ein Stück und lauschte angestrengt.

Was sie da hörte, ließ sie zu Stein erstarren. War es ein Trug? Sie keuchte. Hatte er das eben wirklich zu Ada gesagt? Das durfte doch nicht sein. Sie krümmte sich. Die Worte hatten den Effekt einer Bombe auf Heidi. Benommen wankte sie, fing sich an der Regenrinne ab. Es war, als wäre ein Bottich Salzsäure in ihr explodiert, der sich langsam brennend in ihre Venen ergoss. Sie fasste sich an den Leib, in dem es plötzlich heftig zerrte und stach.

Wie erschlagen taumelte und stolperte sie davon. Bloß fort von hier. Bloß fort. Warum war sie nur gekommen? Warum hatte sie es nicht dabei belassen? Alles war besser als dieses Wissen. Jetzt musste sie der Wahrheit ins Gesicht sehen … Von brennenden Bauchschmerzen geschüttelt und vornübergebeugt lief sie den Weg zurück, als sie an ihrem Bein etwas Warmes entlanglaufen spürte.

Schau hin, kreischte es in ihr. *Du weißt, was das ist, nicht wahr? Es ist das Rot der Sünde, das Rinnsal des Teuflischen. Das hat sie dir angetan …*

Kapitel 14 – Gsälz

Lindau, Bodensee – Seerosen-Villa – Mai 2018

Quälend langsam verstrich die darauffolgende Nacht. Egal, was ich auch unternahm, um Schlaf zu finden: Es scheiterte. Irgendwann gab ich den Kampf auf und starrte nur noch apathisch in die Dunkelheit, in der Hoffnung, mir könnten vielleicht doch noch die Augen zufallen. Mir war klar, warum der gute alte Morpheus sich in dieser Nacht nicht zu mir gesellte. Die radikale Entscheidung, die Chris und ich getroffen hatten, war so einschneidend, dass es mich nicht mehr losließ, mich quälte. Mal sagte ich mir, dass es keinen Grund gab, das Ganze zu dramatisieren, mal wollte ich laut losheulen. Immer wieder versicherte ich mir, dass wir das Richtige getan hatten. Immer wieder musste ich mir vor Augen halten, dass es für Chris das Beste war.

Und jedes Mal, wenn ich beinahe der Versuchung erlag, mich trotz der nächtlichen Stunde aufzurappeln und anzuziehen, meine Tasche zu packen, zum Auto zu laufen, um ihm hinterherzufahren, schalt ich mich für mein lächerliches, ja fast kindisches Ansinnen. Chris war nicht aus der Welt! Wir hatten uns weder gestritten noch getrennt. Wir hatten diese Maßnahme aus Vernunft getroffen, und es gab absolut keinen Anlass, meine dämlichen Ängste damit zu füttern.

Es stimmte, ich hatte verdammt noch einmal keine Lust, ihn zwei Wochen lang zu missen. Auch war mir äußerst unwohl bei dem Gedanken, niemanden mehr zu haben, mit dem ich über meine Sorgen würde sprechen können. Denn die Tatsache, dass Angi in ihrer Einöde auf dem Land weder über ein anständiges Festnetz noch über einen besonders guten Handy-Empfang verfügte und selbst SMS oft erst Tage später ankamen oder manchmal auch überhaupt nicht, würde die Situation noch erschweren.

Zwar hatte Chris mir beteuert, dass er jeden Abend zur Nachbarsfarm gehen werde, um mich von dort aus anzurufen, aber selbst wenn wir eine Stunde am Telefon bleiben würden, war mir jetzt schon klar, dass ich ihm nicht alles anvertrauen durfte. Mittlerweile kannte ich ihn gut genug, um zu wissen, dass er beim geringsten Anzeichen meines Unwohlseins sein Buch an zweite Stelle rücken und sofort zu mir eilen würde.

Auch schwirrte mir unser Abschied ständig im Kopf herum. Wir hatten schweigend zu Abend gegessen, und die Stimmung bei Tisch war mehr als bedrückend gewesen. Gudrun hatte wie immer nur ein paar Happen zu sich genommen, um sich nach kurzer Zeit schon wieder mit Müdigkeit zu entschuldigen und zurückzuziehen. Sicher hatte sie unser Schweigen falsch gedeutet. Aber in diesem Moment hatte ich nicht die Kraft aufgebracht, mit ihr darüber zu sprechen. Ich nahm mir vor, ihr am nächsten Tag alles zu erklären.

Auch Chris und ich hatten nicht viel herunterbekommen, wussten wir doch, was uns nach dem Abendessen blühte. Ab und zu hatten wir einen wissenden Blick ausgetauscht und uns gepeinigt angelächelt. Ich hatte mir geschworen, tapfer zu bleiben und bei seiner Abreise nicht zu weinen.

Es war Chris gewesen, der sich als Erstes vom Tisch erhoben hatte, um nach oben zu gehen und seine Reisetasche zu packen. Wortlos hatte ich ihn etwas später bis zu seinem Wagen begleitet, wo er sein Gepäck in den Kofferraum verstaute, als hätte er bleierne Arme. Dann war er auf mich zugetreten und hatte mir einen kleinen zerrissenen Zettel gereicht. »Das ist die Festnetznummer der Nachbarn«, hatte er erklärt. »Falls irgendetwas Wichtiges ist, kannst du mir dort eine Nachricht hinterlassen. Ich werde darum bitten, dass sie uns ohne Verzögerung überbracht wird.«

»Kennst du sie denn gut genug?«

»Keine Sorge, mein Liebling, ich bin mit deren Sohn Kevin aufgewachsen. Auf ihn ist hundertprozentig Verlass.«

Es beruhigte mich zu wissen, dass ich ihn im Notfall erreichen konnte. Im Notfall? *So ein Unsinn*, schalt ich mich. Ich tat ja gerade so, als ob ich in Lebensgefahr schweben würde.

Daraufhin hatte Chris mein Gesicht in die Hände genommen und seine Stirn an die meine gelegt. »Sei nicht traurig, Bella-Liebling, versprochen?«

Ich hatte halbherzig genickt, aber keinen Laut herausgebracht, besitzergreifend meine Hand an seinen Nacken gelegt und mich an ihn geschmiegt.

»Ich bin nur eineinhalb Stunden von dir entfernt«, hatte er geraunt, und mir war flau im Magen geworden.

»Ich weiß …« Wir hatten uns innig und lange geküsst, während mir Tränen über die Wangen gelaufen waren und sich salzig auf unseren Lippen vermischten.

Geduldig hatte Rex gewartet und fragend von seinem Herrchen zu mir geschaut, als hätte er sich nicht entscheiden können, als verstünde er nicht, was vor sich ging. Liebevoll hatte ich ihn hinter den Ohren gekrault, ihm einen

Kuss auf die Schnauze gedrückt. Er schien begriffen zu haben, denn gleich darauf war er mit einem Satz durch die aufgehaltene Wagentür auf den Rücksitz gesprungen.

»Ich liebe dich mehr, als ich sagen kann«, hatte Chris heiser gewispert, und es waren seine letzten Worte gewesen, bevor er ebenfalls ins Auto gestiegen war.

»Ich dich auch«, hatte ich ihm hinterhergehaucht, bemüht, das Vibrieren meiner Stimme in den Griff zu bekommen. Dann warf er den Motor an, legte den Rückwärtsgang ein und setzte den Pfad entlang bis zur Straße zurück. Ein letzter Blick, ein wehmütiges Lächeln und ein leichter Wink mit der Hand, dann war er losgefahren. Es war, als hätte mir jemand ein Messer in den Bauch gerammt und es einmal rumgedreht …

Jetzt lag ich allein im Bett und starrte ins Dunkle, konnte mir nicht erklären, warum ich mich so mies und verunsichert fühlte. Sonst war ich doch auch kein Angsthase, und das Alleinsein war noch nie ein Problem in meinem Leben gewesen. Oder hatte ich unbewusst Angst, Chris zu verlieren? Warum sollte ich? Er liebte mich, und ich war mir seiner völlig sicher.

Ich grübelte. Dabei war es nicht mal wirkliche Angst, die an mir nagte. Es fühlte sich einfach nur sonderbar an. Wie eine Vorahnung, ein blödes Gefühl im Bauch. Ich war mir selbst nicht sicher, was es zu bedeuten hatte. Mir war einfach nur unwohl zumute … Ich seufzte tief.

Vielleicht bekomme ich ja einfach nur meine Tage, mutmaßte ich. Es passierte mir des Öfteren, dass ich kurz davor alles schwarzmalte und Ereignisse, die im Grunde ohne große Bedeutung waren, tragischer nahm, als sie es in Wirklichkeit waren. *Ja, das muss es sein,* befand ich und schloss die Augen, in der Hoffnung, bis zum Klingeln des Weckers wenigstens eine Stunde Schlaf abzubekommen. Und ohne dass ich wirklich noch daran geglaubt hätte, schlief ich tatsächlich ein. Wirre Bilder von Rosenranken und moosbewachsenen Mauern, von kenternden Booten und blutigen Dornenkränzen bevölkerten meine unruhigen Träume. Eine Beklemmung ergriff von mir Besitz, ich irrte zwischen den Bäumen umher und fühlte mich beobachtet. Und als ich herzklopfend die Augen aufschlug, blickte ich direkt in eine verzerrte Fratze, die sich über mich beugte. Ich schrak so heftig zusammen, dass mein Pulsschlag ins schier Unermessliche anstieg.

»Himmel«, stöhnte ich, als Gudrun sich schnell wieder aufrichtete. »Was … Was machen Sie denn hier?«

»Verzeihung … für mein Eindringen«, stammelte sie. »Ich war nur besorgt. Müssen Sie denn heute nicht zur Arbeit?«

Ach du Schreck! Noch immer benebelt versuchte ich, die Digitalziffern auf meinem Wecker zu erkennen, die mich rot und verschwommen anleuchteten. Ich kniff die Augen zusammen. »Wieso? Wie spät ist es denn?«, fragte ich gereizt. Aber kaum hatte ich die Frage gestellt, da erkannte ich die Uhrzeit auch schon: 09:20, las ich auf dem Display. *Ach du meine Güte!* Mit einem Ruck richtete ich mich auf. Sogleich rächte sich mein Kopf mit einem heftigen Stechen. Auch das noch: Eine hässliche Migräne schien sich anzukündigen.

»Sie sind ganz blass um die Nase«, bemerkte Gudrun. »Soll ich Ihnen einen Kaffee zubereiten?«

Ich nickte versöhnlich. »Das wäre wunderbar, Gudrun, vielen Dank. Ich springe schnell unter die Dusche und bin gleich unten.« Mein Blick wanderte neben mir auf die gähnende Leere im Bett und versetzte mir einen heftigen

Stich. Blitzartig kam die Erinnerung wieder. Chris war nicht mehr da! Es war alles so schnell gegangen. *Zu schnell*, jammerte es in mir. Ein Spaziergang, eine Entscheidung, ein Abschied. Und fort war er gewesen … Wie vom Erdboden verschluckt …

Hektisch griff ich nach meinem Handy. Keine Nachricht. Es wunderte mich nicht, wusste ich doch, dass es vom Land aus sehr schwierig sein würde, mir eine Nachricht zu schicken. Also raffte ich mich auf und ging ins Badezimmer. In Windeseile duschte ich und kleidete mich an. Ich fühlte mich wie eine geschwollene Kugel, musste mich aufs Bett legen, um die Jeans zuzubekommen. *Verflixte Tage*, nörgelte ich in mich hinein. Vorsichtshalber nahm ich ein paar Binden mit.

Als ich unten ankam, roch es bereits herrlich nach frischem Kaffee. Indessen hatte Gudrun nicht nur den dampfenden Wachmacher zubereitet, sondern auch den Frühstückstisch für mich gedeckt. Dankbar lächelte ich ihr zu und nahm Platz.

»Setzen Sie sich doch bitte zu mir«, forderte ich sie auf. »Viel Zeit habe ich zwar nicht, aber so können wir uns ein wenig unterhalten.«

Gudrun schien sich plötzlich zu verkrampfen. »Ist es … Ist es wegen gestern?«, fragte sie bedrückt. »Ich … wollte doch nur schauen, ob ich ein paar Fotos von uns finde, um Ihnen zu beweisen, dass wir wirklich Freundinnen waren …«

»Das bezweifelt doch niemand«, entgegnete ich. »Und Sie dürfen gerne weiter in Adas Kisten nach Andenken suchen. Sie stehen ja sowieso nur unnütz da unten herum.«

»Sind denn all ihre Sachen im Keller?«, wollte Gudrun wissen.

»Ja«, log ich. Zwar hatten wir alle Kisten und Kartons

vom Speicher in den Keller geschafft, aber in Adas Atelier im Dachgeschoss befanden sich noch immer die Masken-, Kostüm- und Reliktensammlungen und ein paar Werke von ihr, die ich erst später ausstellen würde. Allerdings wollte ich nicht, dass Gudrun in dieses ganz spezielle Universum eindrang, zumal es nicht viel zu durchwühlen gab, die Ausstellungsstücke jedoch hochempfindlich waren. »All ihr Hab und Gut liegt jetzt im Keller.«

»Wo ist denn eigentlich … Ihr Mann?«

Erneut fuhr mir ein Stich durch den Magen. *Chris ist nicht mein Mann,* wollte ich antworten, ließ es aber sein. Es hörte sich gut an. »Das wollte ich Ihnen gerade mitteilen«, sagte ich stattdessen. »Chris ist für ein paar Tage zu seiner Schwester gereist. Deshalb werden Sie tagsüber allein bleiben müssen.«

Gudrun erschauderte sichtlich, nickte jedoch. »Wegen mir?«

»Aber nein«, log ich abermals. »Er hat seine Schwester schon lange nicht mehr gesehen, und in seinem Elternhaus kann er obendrein auch besser arbeiten. Das hat aber mit Ihnen nichts zu tun«, versicherte ich ihr. »Machen Sie einfach niemandem auf, dann wird alles gut gehen.«

»Ja«, hauchte Gudrun bedrückt.

»Außer wenn es sich um die Druckerei Dietrich handelt«, fügte ich hastig hinzu. »Dann wäre es schön, wenn Sie die Lieferung für mich annehmen könnten, denn ich warte schon seit Tagen darauf.«

»Und wie weiß ich, dass es wirklich diese Firma ist?«

»Deren Lieferwagen sind knallig gelb, und der Firmenname steht in großen Lettern drauf«, antwortete ich. »Sie sind unverkennbar. Oder wäre es Ihnen lieber, wenn ich sie ins Atelier liefern lasse?«

»Nein, nein, auf keinen Fall«, erwiderte Gudrun hastig.

Plötzlich fiel mein Augenmerk auf den Obstkorb, der mit einem Haufen Aprikosen bestückt war. »Nanu«, sagte ich. »Wo kommen die denn her? Ist es nicht ein bisschen früh dafür?« Daneben sah ich ein halbes Dutzend entkernter Früchte.

Gudrun wirkte nervös. »Die hat mir Ihr Mann gestern auf meinen Wunsch vom Einkaufen mitgebracht«, sagte sie hastig. »Es sind keine Einheimischen. Ich wollte Ihnen damit eine Überraschung machen und etwas Gsälz zubereiten.«

»Gsälz?«, wiederholte ich.

»Ja, das ist eine Art schwäbischer Brotaufstrich. Ähnlich wie Marmelade …«

»Hausgemacht? Das ist ja toll«, sagte ich gerührt. Zwar wunderte ich mich darüber, dass Chris bei all dem Stress einkaufen gegangen sein sollte, aber wer wusste schon, was ein Schriftsteller alles unternahm, um den Weg zur Inspiration zu finden. Gleichzeitig empfand ich es als eine sehr gute Sache, dass Gudrun eine Beschäftigung gefunden hatte und nicht den lieben langen Tag Trübsal blies. Sicher hatte auch Chris das im Sinn gehabt. »Dann kochen Sie wohl gerne?«, fragte ich, um den Faden der Unterhaltung nicht zu verlieren.

»Es ist meine Leidenschaft«, antwortete Gudrun. Ich meinte, ein Aufleuchten in ihren Augen zu bemerken. »Früher habe ich sehr viel gebacken und gekocht …«

Mir war, als würde noch etwas kommen, aber Gudrun verstummte auf einmal, fast, als ob sie sich auf die Zunge biss. *Du siehst überall Gespenster,* rügte ich mich. Das kam sicher von den überspannten Nerven, der schlaflosen Nacht …

»Sagen Sie, Gudrun«, wagte ich mich behutsam vor. »Konnten Sie denn schon jemanden erreichen?«

Adas Freundin schnaufte unwillig. Eine leichte Röte überzog ihre Wangen. »Ja. Meine Freundin ist in die Staaten gereist und soll erst in zwei Wochen wiederkommen.«

»Das ist doch eher eine gute Nachricht«, antwortete ich beschwingt. Es war, als würde die Sonne hinter den Wolken hervortreten. Strahlend und wunderbar, golden und wohltuend. Zwei Wochen! Das passte doch perfekt.

Zwischenzeitlich würde Chris sein Buch vollenden, und ich hätte meine Vernissage gemeistert. Denn selbst wenn Gudrun früher ginge, war ich mir nicht sicher, ob es vernünftig wäre, wenn Chris früher heimkäme. Es könnte ihn nur wieder aus dem Gleichgewicht bringen. Also versuchte ich, es positiv zu sehen.

»Wirklich?«, fragte Gudrun verunsichert. »Es stört Sie nicht, wenn ich mich solange noch hier verstecke?«

»Aber nein, Gudrun. Machen Sie sich darüber bitte keine Gedanken«, versicherte ich ihr abermals. »Beschäftigen Sie sich bis dahin, suchen Sie nach Erinnerungen, kochen und backen Sie, so viel Sie möchten. Falls ich irgendetwas vom Markt mitbringen kann, dann sagen Sie es mir bitte einfach.«

»Und … also«, druckste sie herum.

»Nur zu, Gudrun, bitte genieren Sie sich nicht«, redete ich ihr gut zu. »Gibt es sonst noch etwas, was ich für Sie tun könnte?«

»Dürfte ich noch einmal Ihren Computer benutzen?«, platzte sie heraus.

»Aber natürlich dürfen Sie das. Kommen Sie denn jetzt damit zurecht?«

»Ihr Mann war so freundlich und hat mir alles erklärt«, antwortete sie.

Ja, so ist er, dachte ich wehmütig. »Na prima. Dann fühlen Sie sich wie zu Hause.«

»Das ist lieb von Ihnen, vielen Dank«, stammelte Gudrun und schniefte verhalten. »Gott wird es Ihnen vergelten.«

»Jetzt muss ich aber los«, sagte ich mit einem Blick auf meine Armbanduhr. Als ich mich erhob, packte mich ein leichter Schwindel und ich musste mich am Tisch festhalten.

»Was ist mit Ihnen?«

»Es geht schon wieder«, erwiderte ich und ging ins Wohnzimmer, zog mir die Jacke über und schnappte mir die Handtasche. Gudrun war mir gefolgt. »Kombiniert man Schlafmangel und Stress, geht das selten gut«, antwortete ich kläglich lächelnd.

Nickend wandte sie sich ab, murmelte etwas Unverständliches vor sich hin und schnalzte kopfschüttelnd mit der Zunge.

Ich stutzte kurz, hatte ein vages Gefühl von Déjà-vu. »Was haben Sie gesagt?«, fragte ich.

»Hm?« Gudrun wandte sich mir noch einmal zu, schaute mich verständnislos an. »Ach so, *das*? Ich sagte nur, dass das nicht so gut sei.«

Ich war verwirrt. »Was ist nicht gut?«

»Na, das mit dem Schlafmangel und dem Stress«, antwortete Gudrun und zuckte mit den Achseln.

Über mich selbst genervt, verdrehte ich die Augen. Ich erkannte mich nicht wieder. Für einen kurzen Augenblick hatte es mich an etwas erinnert … an eine blöde Marotte, die Georg hatte. Ach was … Schwamm drüber.

»Bis heute Abend, Gudrun«, sagte ich. »Falls irgendetwas sein sollte: Meine Handynummer liegt dort drüben auf dem Tischchen neben dem Telefon.«

Gudrun nickte dankbar. »Bis heute Abend …«

Mit gemischten Gefühlen verließ ich das Haus. Auf der einen Seite konnte ich es kaum erwarten, mich in die Arbeit zu stürzen, um zu vergessen. Auf der anderen machte ich mir Sorgen um Gudrun, auch wenn das völlig unnötig schien, denn sie wirkte mittlerweile fast ausgeglichener und ausgeruhter als ich.

Wie jeden Morgen warf ich einen diesmal eher raschen Blick auf den See. Wieder waren Wolken aufgezogen und kündigten zu erwartende Niederschläge an. Und wäre ich nicht so in Eile gewesen, hätte ich in dem düsteren Gebaren des Gewässers vielleicht ein Omen erkannt und mich besser auf das vorbereitet, was mich an diesem Tag erwartete …

Kapitel 15 –
Unabdingliche Brandung

Lindau, Bodensee – Kunstatelier Bella – Mai 2018

Geräuschvoll klatschten die Regentropfen gegen die Fensterscheiben, zerplatzten wie kleine Seifenblasen auf dem Asphalt und bildeten Kringel in den winzigen Pfützen, die sich bereits gebildet hatten. Ein Blitz zuckte am Himmel und tauchte die Umgebung für einige Sekunden in gleißendes Licht. Nachdenklich stand ich am Fenster und schaute hinaus. Beim besten Willen und selbst nach ein paar Tassen Kaffee wollte die Maschine an diesem Tag nicht so recht in Gang kommen, und auch das Wetter half mir nicht dabei, eine bessere Stimmung an den Tag zu legen.

»Ist alles in Ordnung?«, fragte Verena, die mich den halben Vormittag schon mit Argusaugen beobachtet zu haben schien. Im Hintergrund lief ein alter deutscher Schlager im Radio. Ich zuckte die Achseln. »Hat es noch etwas mit dem blöden Spruch dieser alten Frau zu tun?«

Das hatte ich zwischenzeitlich völlig vergessen. »Ach was. Das ist längst Geschichte«, winkte ich ab. Sollte ich mich Verena anvertrauen? »Chris ist gestern Abend zu seiner Schwester abgereist«, antwortete ich, ohne mir sicher zu sein, ob ich überhaupt mit ihr darüber reden wollte. Aber meine Seele hatte anders entschieden, wollte es loswerden, sich von der Last befreien.

»Autsch«, sagte Verena. »Habt ihr euch gestritten?«

Wie zum Schutz kreuzte ich die Arme vor der Brust. »Nein, nein, alles läuft bestens.«

»Warum dann?«

Ich seufzte, bereute es bereits, das Thema überhaupt angeschnitten zu haben. »Damit er sich besser auf sein Buch konzentrieren kann.« Ich wartete auf eine Antwort, die aber nicht kam, wandte ihr den Kopf zu. Verena saß da und verspeiste einen Hamburger. Der meine wartete darauf, dass ich mich seiner annahm, aber allein der Geruch ließ ungewöhnlich heftiges Unbehagen in mir aufsteigen. »Du sagst nichts?«

Verena zuckte mit den Achseln und saugte am Strohhalm ihrer Limo. »Willst du es denn hören?«

Ich lächelte schief. »Na, leg schon los. Wir sind nicht füreinander geschaffen … Es wird nicht halten, wenn er bei der kleinsten Gelegenheit fortrennt …«

»Das hast *du* jetzt gesagt«, verteidigte sich Verena mit erhobenen Augenbrauen. »Ein solches Urteil würde ich mir nicht erlauben.«

»Du denkst es aber.«

»Was ich denke, ist nicht wichtig. Denkst du es denn?«

»Nein«, antwortete ich schroffer als beabsichtigt. »Denn ob du es glaubst oder nicht, *ich* habe es ihm vorgeschlagen.«

»Hm«, brummte Verena. »Und er hat es ohne zu maulen angenommen?«

Es schmerzte, obwohl es das eigentlich nicht sollte. »Ja, aber das ist ganz normal. Er steht fürchterlich unter Druck, du hast ja keine Ahnung.«

»Wahrscheinlich«, antwortete sie. »Aber warum werde ich das Gefühl nicht los, dass da etwas ist, was du mir nicht sagst?«

»Weiß nicht«, wich ich der Frage aus und wandte mich wieder dem Regenplatschen zu. »Derzeit fühle ich mich allgemein nicht besonders gut. Das hat mit Chris nichts zu tun.« Ganz gelogen war es nicht. Ich widerstand dem Impuls, in meiner Tasche nach dem Smartphone zu kramen, um nachzuschauen, ob er mir mittlerweile eine Nachricht geschickt hatte. »Ich schlafe schlecht.« *Oder gar nicht*, fügte ich in Gedanken hinzu. »Ich fühle mich gebläht und schlapp. Einfach der Stress …«

»Komm endlich und setz dich zu mir, bevor dein Hamburger kalt wird.«

Widerwillig folgte ich ihrer Einladung und nahm neben ihr Platz. »Eigentlich habe ich keinen Appetit«, sagte ich. Der Anblick des Fastfood-Gerichts behagte mir ganz und gar nicht.

»Bella, du bist ja ganz grün im Gesicht«, sagte Verena besorgt. »Komm, leg dich mal dort auf die Couch.« Mit einer Papierserviette wischte sie sich flink die Finger sauber, stand auf und packte mich am Arm, um mich zur Ledercouch zu begleiten.

Ächzend legte ich mich darauf, öffnete den Knopf meiner Jeans und hatte das Gefühl, dass mein Bauch laut aufatmend herausquoll. Erleichtert stöhnte ich. »Vielen Dank. Bist du so lieb und reichst mir mal bitte meine Handtasche?« Bevor ich nicht eine Antwort auf die brennendste aller Fragen bekam, hätte ich ja doch keine Ruhe.

Stirnrunzelnd holte Verena mir das gute Teil unter dem Tresen hervor und brachte es mir samt einem Glas Wasser. »Hier, meine Liebe«, sagte sie und kehrte an den Tisch zurück, um ihre Mahlzeit fortzusetzen.

»Super, danke«, antwortete ich, und meine Finger begannen fahrig in der Tasche herumzuwühlen. Sie fanden alles

Mögliche an Brimborium, bekamen aber kein Handy zu fassen. Gereizt schüttete ich den Inhalt auf meinem Bauch aus. Vergebens. Resigniert ließ ich die Arme hängen und legte den Kopf zurück aufs Kissen, schloss die Augen. »Ich muss es zu Hause vergessen haben«, stöhnte ich ermattet. Unvermittelt dachte ich an Murphys Gesetz, demzufolge immer alles schiefging, was schiefgehen konnte. Ich hatte das Gefühl, mittendrin zu stecken.

»Wartest du auf einen Anruf?«

»Nein, eigentlich nicht«, log ich erneut und begann, den Inhalt wieder zurück in die Tasche zu verfrachten. »Aber heutzutage kann man ohne diese Dinger kaum noch auskommen.«

»Das stimmt allerdings«, gab Verena zu. »Falls du einen Anruf tätigen möchtest, kann ich dir gerne meins leihen.«

»Ist schon in Ordnung«, wiegelte ich ab.

Eine Pause entstand. Aufs Neue schloss ich die Augen, versuchte, nicht an Chris zu denken. Meine Ängste waren wie üblich unbegründet. Warum hätte er einen Unfall haben sollen? Natürlich war er gut eingetroffen und saß sicher gerade bei leckeren Spätzle am Tisch seiner Schwester und plauderte mit ihr.

Der Aufruhr, der seit seiner Abreise in mir tobte, erschien mir absolut unvernünftig und übertrieben. Es waren nicht einmal lächerliche 24 Stunden vergangen, und schon fehlte er mir so entsetzlich, dass es ans Unerträgliche grenzte. So heftig empfand man also, wenn man unsterblich verliebt war? Und das passierte ausgerechnet mir, die ich mich immer über Filme lustig gemacht hatte, in denen die Liebespaare kaum einen Augenblick ohne einander aushielten.

Doch sosehr ich mir auch einredete, dass ich mich albern verhielt, es half nichts. Das ungute Gefühl wollte einfach

nicht weichen. Vielleicht verzeichnete er ja tolle Schreib-
fortschritte und war erleichtert, dass wir die Entscheidung
getroffen hatten? Dann wollte ich es auch sein …

Auf dem Sender verstummte auf einmal die Musik. *»Es
liegen keine Staumeldungen vor«*, hallte der Verkehrs-
funk unangenehm kratzig aus dem Vintage-Radio zu mir
herüber. *»Im Anschluss folgen die Nachrichten.«* Genervt
verzog ich das Gesicht. *»Bezüglich des Ausbruchs aus der
Friedrichshafener Klinik für Psychiatrie gibt die Polizei
bekannt, dass sich die geflohenen Insassen noch immer auf
freiem Fuß befinden und als gefährlich eingestuft werden.
Derzeit gibt es keine neuen Erkenntnisse, und der Fahn-
dungsdruck wird weiterhin aufrechterhalten«*, dröhnte es
weiter aus dem Lautsprecher.

Ich runzelte die Stirn, hielt mir den schmerzenden Kopf
und wedelte mit der Hand, um Verena zu bitten, das Radio
abzustellen. *»Sollten Sie Hinweise auf den Aufenthaltsort
der gesuchten Personen haben, melden Sie sich bitte umgehend bei Ihrer lokalen Polizeibehörde. Bei den Flüchtigen
handelt es sich um –«* Verena hatte mich erhört und das
Geplärre ausgeschaltet.

Dankbar ächzend genoss ich die plötzlich eingetretene
Stille. Ich meinte zu spüren, dass Verena mich eine Weile
fixierte.

»Sag mal, Bella«, unterbrach sie den kurzlebigen Frieden. »Kann es sein, dass du in letzter Zeit empfindlicher
bist als sonst?«

»Kann sein, ja. Es tut mir leid, wenn ich im Moment
unausstehlich bin …« Arme Verena. Sie stand ja auch unter
Druck und konnte nichts für meine privaten Probleme.

»Nein, nein, das stört mich nicht weiter. Es ist nur …«
Fragend schaute ich sie an. »Es ist nur was?«

»Na ja, es geht mich ja eigentlich nichts an, aber ich beobachte dich seit ein paar Tagen, und mir sind da ein paar sonderbare Veränderungen aufgefallen.«

»Sonderbare Veränderungen? Sprich bitte Klartext, ich verstehe nur Bahnhof …«

»Also du bist gereizt, empfindlich, groggy, fühlst dich gebläht, hast Heißhunger und stopfst alles in dich hinein, was du zwischen die Finger bekommst, um dann bei bestimmten Nahrungsmitteln von plötzlicher Abscheu befallen zu werden …«

»Das passiert mir doch immer kurz vor meiner Regel. Glaubst du etwa, dass ich eine Depression durchmache?«

Verena zuckte erneut die Achseln. »Nein, ich hatte eher an eine Schwangerschaft gedacht.«

Ich lachte schrill. »Wie kommst du denn auf so einen Unfug?« Mir wurde mulmig zumute. »Wir verhüten doch!«, sagte ich mehr zu mir selbst.

»Das will nichts heißen. Weißt du, ich kenne die Symptome des PMS auch sehr gut, und meistens bist du doch eher ein, höchstens zwei Tage in diesem Zustand, aber keine ganzen zwei Wochen …«

Entsetzt starrte ich sie an. »Zwei Wochen?«

Verena nickte. In meinem Gehirn ratterten die Gedanken um die Wette. Verdammt, ich hatte meinen Zyklus auf dem Handy eingetragen. Und wenn Verena recht hatte? Au weia …

»Wäre es denn so schrecklich?«, fragte sie mich, als hätte sie mir die Gedanken vom Gesicht abgelesen.

»Schrecklich?«, fragte ich belämmert. »Ich weiß nicht …« Ich stellte mir vor, wie Chris darauf reagieren könnte. *Hey, Schatz, du wirst bald Papa!* Nicht, dass ich ihn mir nicht als Vater vorstellen konnte oder mit ihm keine Kinder haben wollte. »Wir kennen uns doch erst seit fünf Monaten«, platzte es aus mir heraus.

Verena nickte. »Verstehe«, sagte sie. »Dann solltest du schleunigst einen Test machen, um Gewissheit zu haben.«

»Ja«, sagte ich benommen. »Das sollte ich wohl …«

Mit einem Mal wurde alles einleuchtender. Das Ziehen in meinen Brüsten, das Zwicken im Bauch, die Gewichtszunahme und vor allem meine Überempfindlichkeit, meine irrationalen Ängste … Warum ich nicht von selbst darauf gekommen war, blieb mir ein Rätsel. Aber vielleicht war das ja ganz normal, wenn man nicht unbedingt damit gerechnet hatte.

Obwohl es Samstag war, hatten wir uns eigentlich vorgenommen, am Nachmittag noch etwas zu arbeiten. Aber so, wie die Dinge lagen, fühlte ich mich reif für einen Nachmittag im Bett, mit der Decke über dem Kopf. Ich wollte den lieben Gott einen guten Mann sein lassen, wie mein Vater immer so schön zu sagen pflegte. »Am besten gehe ich gleich mal zur Apotheke und hole einen Test.«

»Ich rate dir eher zu einer Blutabnahme beim Gynäkologen, die wäre verlässlicher«, bemerkte Verena.

Wieder hatte sie recht. Ich seufzte. »Leider habe ich hier am Bodensee noch keinen.« Innerlich fluchte ich. Es war eines der Dinge, die ich nach der Vernissage in Angriff nehmen wollte.

Verena runzelte die Stirn und schien nachzudenken. »Dann wird es wohl besser sein, du gehst in die Klinik, die führen auch Schwangerschaftstests durch. Die Abteilung ist aber am Wochenende geschlossen.«

»Dann muss ich noch bis Montag warten?« Wie sollte ich das durchhalten?

»Genau, also mach dich jetzt bitte nicht verrückt damit.«

Ich lächelte skeptisch. »Leichter gesagt als getan« erwiderte ich.

»Am besten du gehst nach Hause, Bella. Ich komme hier schon allein zurecht.«

»Sicher?«

»Ja, klar. Schau dich nur an. Eine große Hilfe wärst du mir sowieso nicht.«

Zerknirscht sah ich es ein. »Es tut mir leid«, stammelte ich. Es ärgerte mich maßlos, Verena im Stich zu lassen.

»Das ist schon in Ordnung. Mach dir deshalb keine Sorgen.«

»Das ist wirklich lieb von dir«, murmelte ich. Mühsam erhob ich mich. Mir schwindelte. Vom Schlafmangel oder … Herrje, das würde gerade noch fehlen. Ich klaubte meine Siebensachen zusammen und verabschiedete mich von Verena.

Wie im Taumel lief ich heim, nahm um mich herum nichts mehr wahr, als ob ich unter Schock stünde. Ich ertappte mich dabei, mir auszumalen, was wäre, wenn … Der Gedanke war mir zwar völlig fremd, missfiel mir aber nicht wirklich. Doch sobald mir Chris durch den Kopf schwirrte, wurde mein Sinnen jäh unterbrochen, wie ein Film, der plötzlich abriss und nur noch weiß flackernde Kleckse auf einer schwarzen Leinwand hinterließ.

Nein, Chris liebte seine Freiheit über alles, brauchte Stille zum Arbeiten, genoss es, morgens stundenlang zu schlafen oder in den Tag hineinzuleben. Von Freunden wusste ich, dass sich das Dasein eines Paares, aber auch das Leben als solches, durch ein Kind schlagartig veränderte. Und wir standen doch erst ganz am Anfang unserer Beziehung … So vieles gab es noch zu erleben.

Es regnete noch immer, sodass ich völlig aufgelöst und bis auf die Haut durchnässt zu Hause ankam. Als ich die

Tür aufschloss, waberte mir das herrlich süßliche Aroma von zuckrigem gekochtem Obst entgegen. Sofort fehlte mir Rex, sein freudiges Wedeln, seine feuchte Schnauze, sein erwartungsvoller Blick …

»Gudrun?«, rief ich, bekam aber keine Antwort.

Ich legte meine Sachen ab und folgte dem Geruch wie eine Biene dem Blütenstaub in die Küche. Dort stand Gudrun mit dem Rücken zu mir in Adas sackartige Kochschürze gekleidet – dem sogenannten Kiddlschurz aus farbenfroher Baumwolle, der vorne zugeknöpft wurde – und summte ein Lied vor sich hin, dessen Wortlaut ich nicht verstand. Als sie meiner gewahr wurde, zuckte sie leicht zusammen und fuhr mit erhobenem Holzlöffel in der Hand herum. »Schon zurück?«, fragte sie erstaunt, schien sich aber wieder zu fassen. »Sagten Sie mir nicht, Sie würden erst heute Abend heimkommen?«

»Ja schon, aber ich fühle mich ein wenig schlapp und wollte mir mal einen Nachmittag freinehmen.«

»Zum Glück ist morgen Sonntag«, sagte Gudrun und hielt mir den Löffel hin, an dessen Ende eine geleeartige orange Paste klebte. »Hier, kosten Sie mal.«

»Im Ernst? So direkt vom Kochlöffel?«

Gudrun nickte mir aufmunternd zu, und so leistete ich ihrer Aufforderung Folge. *Süß geht immer*, dachte ich und schleckte am Löffelende. In meinem Mund explodierte der herrliche Schmaus wie tausend Brausebläschen auf der Zunge. Anerkennend nickend schaute ich Gudrun an. »Wie lecker ist das denn?«

»Vielen Dank«, antwortete Gudrun, die wie verwandelt schien. »Und keine Sorge, ich räume das alles wieder auf.«

Mein Blick fiel auf den Wust, den sie in der Küche erzeugt hatte, und ich musste schmunzeln. Ein Haufen Pfirsich-

kerne lag mit verdorbenen Obstresten, Apfelsinenscha-
len und unzähligen Zuckerkristallen auf dem Küchentisch
verteilt, daneben die geöffnete Flasche von Aprikosengeist
und eine offene Zuckerdose. »Alles klar«, antwortete ich.

*Wo ist die verfolgte, ängstliche und eingeschüchterte
Frau, die vor wenigen Tagen bei uns geklingelt und um
Asyl gebeten hat?*, fragte ich mich. Zwar wunderte es mich,
aber gleichzeitig empfand ich es fast wie einen kleinen Sieg,
einen großen Vorstoß, dass Gudrun an Selbstbewusstsein
zu gewinnen schien, denn es waren die ersten Anzeichen
einer bevorstehenden Besserung.

Gudrun wollte sich gerade wieder dem vor sich hin blub-
bernden Inhalt des großen Topfs zuwenden, als sie innehielt.
»Ach, fast hätte ich es vergessen: Sie haben Post erhalten.«

»Wunderbar«, rief ich erleichtert. »Dann sind die Karten endlich eingetroffen.«

»Karten?«, fragte sie verwirrt. »Nein, leider nicht. Es
handelt sich nur um einen Brief. Allerdings scheint er nicht
vom Postboten zugestellt worden zu sein, denn er enthält
weder Anschrift noch Stempel. Er segelte einfach durch
den Schlitz, und als ich durch den Vorhang nachgeschaut
habe, wer ihn eingeworfen hat, war es bereits zu spät. Ich
habe ihn neben das Telefon gelegt.«

»Danke, Gudrun«, sagte ich ermattet und wandte
mich stirnrunzelnd ab. Auf der kleinen Kommode neben
Adas altmodischem Festnetztelefon entdeckte ich nicht
nur den Umschlag, sondern auch mein Handy. Erleichtert schnappte ich mir das Smartphone und öffnete mit
einer fast lächerlichen Gier die Schutzhülle. Aber als ich
es anschaltete, sprang mir nur eine dämliche Spam-Noti-
fikation, die von einer der blockierten Nummern stammte,
entgegen. Wütend löschte ich sie.

Gleich einem Gift fraß sich das Gefühl des Verlassenseins langsam, aber sicher einen Weg durch meine Adern, schien ein bestimmtes Ziel zu verfolgen: Mein Herz! Noch schaffte ich es, dagegen anzugehen, schaffte es, die bösen Dämonen des Zweifels abzuwehren, ihren Stimmen keine Bedeutung beizumessen. Noch glaubte ich daran, dass Chris mir bald eine Nachricht, eine SMS oder eine Mail zukommen lassen würde. Sicher würde er heute Abend anrufen.

Auf der anderen Seite bangte mir vor dem Gespräch mit ihm. Er kannte mich in- und auswendig. Er würde sofort an meinem Tonfall erkennen, dass etwas nicht stimmte. Aber ich war fest entschlossen, ihm vorläufig nichts von dem Ausbleiben meiner Periode und den damit einhergehenden Vermutungen zu berichten. Es würde ihm sicher zu Kopfe steigen, ihn zum Grübeln bringen und vom Schreiben ablenken. Vielleicht war das ja auch der Grund, warum er mich noch nicht angerufen hatte. Vielleicht steckte er mitten im Schreibrausch und wollte den Fluss nicht unterbrechen.

Was immer es war, das ihn daran hinderte, sich bei mir zu melden, es hatte sicher seine Richtigkeit und ich würde mich einfach in Geduld fassen müssen. Trotz dieser guten Vorsätze haftete der bittere Nachgeschmack der Enttäuschung an mir, und auch die bleibende Gaumenfreude der lieblichen Süße von Gudruns Gsälz änderte nichts daran. Also widmete ich mich dem Umschlag, ohne wirklich bei der Sache zu sein. Es war einfach nur ein weißes Kuvert ohne Absender und ohne Anschrift. Eine Einladung? Eine Werbung?

Seufzend riss ich es auf, nahm das gefaltete Blatt heraus und öffnete es. Ich musste zweimal hinschauen, um zu glauben, was ich da las. Die Buchstaben verschwammen vor meinen Augen, und ich fühlte mich einer Ohnmacht nahe. Ging das schon wieder los? Stroboskopartig fuhren grelle Bilder durch meinen Sinn. Ein Päckchen mit versalzenem Gebäck, das jemand vor der Haustür abgestellt hatte, das Gefühl, verfolgt zu werden, das Loch in der Wand des Wäschekämmerchens im grünen Zimmer, der Besuch in Georgs Haus, bei dem er uns mehr oder weniger offensichtlich gedroht hatte, uns etwas anzutun, wenn wir weiter in der Vergangenheit stöbern würden …

Aber Georg war tot. Ich war bei ihm im Krankenhaus gewesen, hatte seine letzte »Beichte« abgenommen, hatte ihm das Geständnis entlockt, dass er Ada jahrelang bespitzelt und später erpresst hatte, um die Liebe zwischen ihr und meiner Großmutter Maria zu verhindern. Ja, Georg war tot. Adas Vergangenheit war begraben. Alldem hatten wir endlich den Rücken gekehrt. Und jetzt das …

»Ist alles in Ordnung?«, kam es aus der Küche. »Hoffentlich ist es keine schlechte Nachricht?«

Ich fing mich wieder, räusperte mich. »Nein, nein«, antwortete ich mit fester Stimme. »Nichts von Bedeutung.«

Wütend zerknüllte ich den Wisch, ging zu Chris' leerem Schreibtisch hinüber und warf die Ungeheuerlichkeit in den sich daneben befindlichen Papierkorb. Mit verschränkten Armen trat ich ans Fenster. Eben hatte ich mich noch verlassen gefühlt, jetzt fühlte ich mich mutterseelenallein.

Ich bemühte mich, die Nachricht zu vergessen. *Sie kommt von einer kranken Seele,* redete ich mir ein und wollte einen Strich darunterziehen. *Denk an etwas anderes. Denk an den Test. Denk an Chris. Denk an die Vernissage. Verbanne bloß diesen Wisch aus deinem Gedächtnis …*

Vergeblich! Wie die unabdingliche Brandung am Ufer

des Sees, wie die unausweichliche Wahrheit des Seins, wie
ein verbindliches Echo rumorten die Worte des Geschreib-
sels immer wieder in meinem Geist: *Die Rache ist mein;
ich will vergelten, spricht der Herr* …

Kapitel 16 – Der Besuch

Lindau-Aeschach, Bodensee – Mai 2018

Ohne lange zu fackeln, wollte ich dieser Anmaßung schleunigst ein Ende setzen. Natürlich hätte ich den fürchterlichen Wisch einfach ignorieren können. Dafür erschien mir die Angelegenheit jedoch zu beunruhigend. Auch war mir der Gedanke gekommen, damit zur Polizei zu gehen. Allerdings hatte ich diese Idee wieder verworfen, wusste ich doch nur zu gut, wie das Gespräch im Präsidium verlaufen würde. Ein einfacher Bibelspruch auf einem Blatt Papier, ebenso wie das sonderbare oder gar aggressive Verhalten einer Demenzkranken – was keine Seltenheit war – stellten kein Delikt dar. Und mal ganz ehrlich: Was sollte eine fast 80-Jährige schon gegen mich ausrichten können?

Nein, wenn ich mich an diesem sonnigen Sonntagmorgen auf den Weg zu einem der Luxusvillen-Viertel von Lindau an der sogenannten Bayerischen Riviera aufgemacht hatte, dann nur deshalb, weil ich dem Hokuspokus sofort ein Ende setzen und der Sache auf den Grund gehen wollte. Was steckte hinter Alruns Wut auf Ada? Was war damals wirklich passiert? Und was zum Kuckuck hatte ich damit zu tun? Unvermittelt musste ich an die Radiomeldung zurückdenken, fragte mich, inwieweit Alrun vielleicht etwas damit zu tun haben könnte, verwarf den Gedanken aber sofort wieder. Ich konnte mir kaum vorstellen, dass die Kunzes eine Flüchtige beherbergen, geschweigen denn mit einer polizeilich Gesuchten durch die Gegend ziehen würden.

Obwohl ich mir fest vorgenommen hatte, nicht mehr in der Vergangenheit zu wühlen, brauchte ich jetzt doch Gewissheit. *Es ist ja nicht so, als hätte ich alles darangesetzt, um die Nase wieder in Adas Vorleben zu stecken,* versicherte ich mir. Im Gegenteil: Es war doch eher Adas Gestern, das zu mir kam, mich provozierte und mich geradezu zwang, hinzuschauen und zu reagieren.

Jetzt stand ich also vor dem gusseisernen Tor des traumhaften Bauwerks der Kunze-Schwestern und drückte auf den Knopf der modernen Sprechanlage. Während ich darauf wartete, dass mir jemand antwortete, schaute ich mich beeindruckt um. Die im Heimatstil gehaltene rosafarbene Villa mit den Fachwerkapplikationen im Obergeschoss und den spitzen Dachtürmen strahlte so viel Reichtum und Prunk aus, dass ich mich fast etwas eingeschüchtert fühlte. Dagegen wirkte Adas 100-Quadratmeter-Villa, die sich wahrlich sehen lassen konnte, geradezu popelig klein.

Mitten durch die immense Wiese führte eine Allee, die von weiß-rosa blühenden Kirschbäumen mit weitverzweigten Kronen gesäumt war und einem das Gefühl vermittelte, vor dem wahrhaftigen Garten Eden zu stehen. Dahinter ragten jahrhundertealte, ebenso breitarmige Linden weit über das zweistöckige Gebäude hinaus, betteten es in ein weiches Nest aus Blättern und Geäst.

Es war keineswegs schwer gewesen, die Adresse der Schwestern ausfindig zu machen, denn ganz Lindau schien die beiden sehr aktiven und gesprächigen Damen zu kennen. Nicht nur, dass sie bei Wohltätigkeitsveranstaltungen aktiv mitwirkten, noch dazu waren sie Mitglieder des hiesigen Senioren-Tanzvereins sowie eines Bridgeklubs. Wer die Theorie vertrat, im Alter müsse man sich zwangsläufig langweilen, dem wurde durch das Beispiel dieser schwungvollen Ladys vehement widersprochen.

»Immer der Nase nach am Ufer entlang, bis zu dem rosafarbenen Bau mit den grünen Läden, junge Frau«, hatte mir ein Sonntagsspaziergänger auf meine Frage geantwortet. Und richtig, das Haus war nicht zu verfehlen gewesen.

Kratzige Töne schraken mich aus meinem Sinnen. »Ja? Wer ist da bitte?«, erkannte ich Käthes Stimme, die aus der Anlage plärrte.

»Grüß Gott, Käthe, hier ist Isabella Lampert. Erinnern Sie sich an mich?«

»Aber natürlich. Adas Erbin.«

»Adas Erbin?«, hörte ich ein Flüstern im Hintergrund. »Was will *die* denn am Tage des Herrn bei uns?« Es hörte sich ganz nach ihrer Schwester Johanna an.

»Sei doch still«, zischelte Käthe und sagte an mich gerichtet: »Grüß Goddl. Womit kann ich Ihnen behilflich sein, Isabella?«

Plötzlich fühlte ich mich unverschämt, an einem Sonntag unangemeldet bei den Damen aufzutauchen. Wie unhöflich von mir. »Es … Ich«, druckste ich herum. »Ich müsste mal dringend mit Ihnen sprechen.«

Es knackte ein paarmal, dann erklang ein Summen, das Schloss des Tores schnappte auf, und die beiden Flügel öffneten sich wie durch Geisterhand.

»Folgen Sie der Allee bis zu der Treppe. Ich werde Sie am Eingang empfangen«, sagte Käthe und schaltete ab.

Fast etwas scheu schritt ich durch das weiß-rosa Wonneblütenbad hindurch, labte mich geradezu an diesem Anblick des schöpferischen Wunders. Überall lagen die winzigen seidigen Blättchen auf dem Boden verstreut, bildeten einen nimmer enden wollenden weichen zartrosa Teppich, in dem meine Füße zu versinken schienen. Ohne Einhalt segelten Nachzügler wie kleine Schirmchen durch die Luft, um sich schließlich zu den anderen zu gesellen.

Ich schwebte mehr durch dieses Zauberland, als dass ich ging, und ertappte mich dabei, mir vorzustellen, wie es wäre, sich an einem solchen Ort das Jawort zu geben. Wehmütig schnaubte ich, und der Gedanke an die Realität verpasste mir einen Dämpfer. Weiterhin hatte ich keine Nachricht von meinem Liebsten, was mir allmählich nicht so ganz geheuer war. *Es tut mir gut, deine Stimme zu hören. Das gibt mir neuen Mut und spornt mich an,* hallten seine Worte in mir wider. Entsprach dies plötzlich nicht mehr der Wahrheit? Nach dem Motto: Aus den Augen, aus dem Sinn?

Energisch rief ich mir meine eigenen Gedanken ins Gedächtnis: *Mittlerweile kenne ich ihn gut genug, um zu wissen, dass er beim geringsten Anzeichen meines Unwohlseins sein Buch an zweite Stelle rücken und sofort zu mir eilen würde …* Ob ich mich in ihm geirrt hatte? Unfug!

Allerdings schloss ich mittlerweile auch die These eines Unfalls völlig aus. Die Vernunft sagte mir, dass Angi mich bereits benachrichtigt hätte, wenn Chris etwas zugestoßen wäre. Über seinen Nachbarn hatte er sie über sein Kommen informiert, um nicht mitten in der Nacht unangemeldet bei ihr einzutrudeln. Wenigstens das, dachte ich und schob die morosen Gedanken beiseite.

Vom Fuße der Treppe aus machte die Villa noch einen pompöseren Eindruck auf mich als aus der Ferne. Gleich darauf wurde eine Hälfte der dunklen Doppeltür aus schwerem Holz aufgezogen und Käthe trat passend zur

Saison in einem schicken bunten Seiden-Blumenkleid mit Spitzenkragen heraus. Darauf abgestimmt trug sie schwer wirkende grünlich schimmernde Edelstein-Ohrringe, die sicher echt waren.

»Kommen Sie nur, meine Liebe«, trällerte sie. »Was für eine freudige Überraschung.«

Erleichtert lächelnd stieg ich die Stufen hinauf. »Es tut mir wirklich leid, so unangemeldet bei Ihnen hereinzuplatzen, aber es ist von großer Dringlichkeit«, entschuldigte ich mich.

Käthe nickte und schaute mich verschwörerisch an. »Das habe ich mir fast schon ein bisschen gedacht«, sagte sie und führte mich durch eine bombastische Eingangshalle mit chinesischen Vasen, hohen Gemälden und kostbaren Möbeln, durch eine weitere Flügeltür in einen ebenso luxuriösen, in Grüntönen gehaltenen Salon. Als Erstes bestaunte ich den Stuck an Wänden und Decke und das zauberhafte Fresko, das sich über dem gesamten Raum ausbreitete und Engel vor einem Schloss am Ufer eines Sees darstellte. Eines Sees, hinter dem sich hohe Berge auftürmten, die keinerlei Zweifel daran ließen, welches Gewässer der Künstler damit darstellen wollte. Auch dieser Raum war mit Fischgrätparkett ausgelegt und genauso prachtvoll eingerichtet wie die Vorhalle. Schwer rahmten dunkelgrüne Samtvorhänge die hohen weißen Flügelfenster ein, die den Raum dominierten. Beim Anblick der Aussicht über die antike Steinbalustrade hinweg auf den See, die Alpen und den stahlblauen Himmel darüber, verschlug es mir schier die Sprache. Weißlich glitzerte die Morgensonne auf der sich unruhig kräuselnden Wasseroberfläche, und das majestätische Gebilde mit den verschneiten Gipfeln und Hängen wirkte durch die winzigen Segelboote noch bombastischer.

»Was für eine fantastische Aussicht«, schwärmte ich.

»Ich danke Ihnen, Isabella«, antwortete Käthe. »Sie haben es mit Adas Villa aber auch nicht gerade schlecht getroffen.«

»Unbedingt«, stimmte ich ihr zu. »Es ist ebenso bezaubernd, über den hübschen Garten hinweg auf den See zu blicken. Was mich hier so fasziniert, ist das Gefühl, vom Wohnzimmer aus direkt übers Wasser schweben zu können.«

»Ja, das finde ich auch immer wieder hinreißend.« Käthe lächelte wissend, und wir wandten uns der Sitzecke zu.

»Grüß Gott«, sagte Johanna, die ich jetzt erst bemerkte. Sie erhob sich aus einem hohen Ohrensessel und kam auf mich zu. Wie ihre Schwester trug sie ein sommerliches Kleid, nur in Rosa. Ich erwiderte den Gruß und suchte den Raum nach Alrun ab, konnte sie aber nirgends entdecken.

»Falls Sie unseren Gast antreffen wollten, dann haben Sie leider kein Glück, denn sie ist vor einer halben Stunde zu ihrem täglichen Spaziergang aufgebrochen.«

»Allein?«, fragte ich erstaunt. Sofort bereute ich meinen vorwurfsvollen Unterton.

Die Schwestern schauten sich leicht schuldbewusst an.

»Ja«, antwortete Käthe. »Wir sind gerne bereit, sie zu beherbergen, aber ihre Aufpasserinnen sind wir nicht.«

»Immerhin ist sie ja auch allein bis zu uns gereist«, verteidigte sich Johanna.

»Das ist auch wieder wahr«, lenkte ich ein.

»Aber setzen Sie sich doch bitte«, forderte Käthe mich auf. »Ich werde uns einen Tee bringen lassen.«

Ich nahm auf dem vornehmen Samtsofa Platz. »Bitte machen Sie sich wegen mir keine Umstände, ich –«

»Ah wa«, unterbrach mich Käthe. »Das sind doch keine Umstände.« Sie nahm eine kleine Eisenglocke vom Tischchen auf und läutete. Alsbald erschien eine weißbeschürzte Hausangestellte im Raum. Ich traute meinen Augen kaum, meinte in den Kulissen der Serie »Downtown Abbey« gelandet zu sein.

»Sophie, bringen Sie uns bitte Tee und Plätzchen«, näselte Johanna.

»Jawohl, Madame«, antwortete diese mit französischem Akzent.

»Sie kommt aus Frankreich, ist sie nicht entzückend?«, fragte Käthe, die es sich mir gegenüber auf einem weiteren Sessel bequem machte, ohne wirklich eine Antwort zu erwarten. »So, meine Liebe, was führt Sie denn zu uns?«

Da ich davon überzeugt war, dass Fakten in diesem Fall mehr aussagen würden als viele Erläuterungen, holte ich den sehr mitgenommenen Zettel aus meiner Tasche, strich ihn glatt und reichte ihn ihr.

Käthe nahm die Lesebrille, die an einer Kette mit grünen Perlen um ihren Hals hing, und überflog die Zeilen. Mit hochgezogenen Brauen reichte sie das Blatt an ihre Schwester weiter, die sich mittlerweile wieder auf ihrem Sessel niedergelassen hatte und den Satz aufmerksam las. »Jesses Maria und Joseph«, rief sie, als sie des Geschriebenen gewahr wurde.

Käthe warf ihrer Schwester einen tadelnden Blick zu. »Jetzt wissen wir wenigstens, was unsere liebe Alrun während ihrer Ausflüge so treibt«, sagte sie sachlich.

Überrascht starrte Johanna sie an. »Du glaubst im Ernst, dass Alrun das geschrieben haben könnte?«

»Wer denn sonst?«, stellte Käthe die Gegenfrage.

»Es könnte jemand den Satz aufgeschnappt und für seine Zwecke verwendet haben«, antwortete Johanna leicht pikiert.

Käthe schaute mich kurz entschuldigend an und wandte sich wieder seufzend ihrer Schwester zu. »Du schaust zu viele Krimis, meine Liebe. Sieh dir doch nur die verschnörkelte Handschrift an. So schreiben heutzutage nur noch wir Alten, das solltest du als ehemalige Lehrerin doch wissen.« Das saß.

»So etwas kann auch nachgeahmt werden«, konterte Johanna, ließ jedoch gleich darauf die Schultern hängen. »Aber gut. Gerne gebe ich zu, dass die Wahrscheinlichkeit größer ist, dass Alrun dahintersteckt. Obwohl …« Sie machte einen Schnalzlaut. »Ich weiß nicht … Das passt so gar nicht zu ihrer verwirrten Art.«

»Man würde ihr sicher auch nicht zutrauen, wie sie sich in Isabellas Galerie aufgeführt hat, nicht wahr?«, widersprach Käthe ihr aufs Neue.

Johanna gab sich geschlagen. »Ja, das stimmt allerdings.«

Ich schluckte. »Aus Rücksicht auf Alruns geistigen Zustand würde ich ungern Anzeige erstatten«, begann ich vorsichtig. »Und ich kann Ihnen versichern, dass ich ursprünglich nicht vorhatte, noch einmal in die Vergangenheit einzutauchen.«

»Aber jetzt möchten Sie wissen, was damals geschehen ist«, schlussfolgerte Käthe. »Das kann ich durchaus nachvollziehen.«

Dankbar über das mir entgegengebrachte Verständnis nickte ich. »Könnten Sie mir vielleicht verraten, was Alrun so gegen Ada aufgebracht haben könnte?«

Erneut wechselten die Schwestern einen vielsagenden und doch genierten Blick und seufzten fast gleichzeitig. »Sie wissen, dass wir nicht gerne –«

»Ja, natürlich«, unterbrach ich sie ungeduldig lächelnd. »Ich weiß, dass es Ihnen fernliegt, alten Klatsch oder Leddag'schwätz, wie Sie es nennen, aufleben zu lassen. Aber ich bitte Sie: Ihr Gast droht mir, und ich muss einfach wissen, was es damit auf sich hat.« Fast flehend suchte ich ihren Blick.

»Ach, ich glaube nicht, dass wirklich Sie damit gemeint sind«, bemerkte Käthe nachdenklich. »Ich habe eher das Gefühl, dass Alrun Sie für Ada hält.«

Überrascht hob ich die Augenbrauen, musste sofort an das Gemälde denken, das in unserem Wohnzimmer hing, und auf dem Ada und meine Großmutter als junge Frauen dargestellt waren. Fast jeder Betrachter fragte uns, bei welcher der beiden abgebildeten Frauen es sich um mich handelte, da nicht nur ich meiner Großmutter wie aus dem Gesicht geschnitten zu sein schien, sondern Maria und Ada sich auch sehr ähnlich gesehen hatten. Ganz auszuschließen war eine Verwechslung also nicht.

»Wie dem auch sei«, erwiderte ich. »Es kommt aufs Gleiche heraus: Sie hat mir gedroht!«

»Das können wir nicht abstreiten«, stimmte Johanna mir zu und lehnte sich im Sessel zurück.

»Also gut«, sagte Käthe leise. »Sie haben ein Recht darauf zu erfahren, was damals vorgefallen ist.« Sie richtete den Blick zur Zimmerdecke, als würde sie angestrengt überlegen. »Wenn ich mich recht entsinne, so hat es sich im Jahre 1968 ereignet …«

»Nein, 1969«, verbesserte sie Johanna.

»Bist du dir sicher?«

»Ja, ganz sicher.«

Es klopfte leise an der Tür. Gleich darauf trat Sophie mit einem Silbertablett in den Raum und stellte es mit geübtem Geschick vor uns auf dem niedrigen Couchtisch ab, verteilte die Tassen, die Zuckerdose und den Gebäckteller darauf. Einen Augenblick stutzte ich, als ich die vielen goldenen Äderchen auf dem Service erblickte. Ada hatte ähnliches Geschirr in ihren Schränken, und ich hatte mich immer gefragt, was es damit auf sich haben könnte.

»Das ist Kintsugi«, sagte Käthe stolz. Sie schien meinen verwunderten Blick bemerkt zu haben. »Eine Technik, die aus Japan stammt. Sie besteht darin, kaputtes Keramikgeschirr und -vasen mit einer Mischung aus Harz und Goldpulver zu füllen und daraus einen kunstvollen Gegenstand zu kreieren.«

»Darf ich?«, fragte ich. Als Käthe wohlwollend nickte, nahm ich das ungewöhnliche Werk mit den schönen Mustern auf und betrachtete es. »Waren Sie schon in Japan?«, fragte ich erstaunt, denn ich konnte mir die beiden nicht auf einer so weiten Reise vorstellen.

»I wo«, winkte Käthe belustigt ab. »In der Altstadt von Wasserburg befindet sich eine alteingesessene Töpferei. Und der Sohn des Hauses, der vor ein paar Jahren das Geschäft übernommen hat, ist in Japan gewesen und hat sich dort die Technik angeeignet. Seitdem hat er sich darauf spezialisiert.«

»Das ist in der Tat eine wundervolle Idee«, teilte ich Käthes Enthusiasmus.

»Ethisch gesehen passt es sehr gut zu unserer Überzeugung«, vertraute Käthe mir an. »Leider leben wir ja heute in einer Wegwerfgesellschaft.«

»Das ist wahr«, stimmte ich ihr erneut zu und setzte die Tasse vorsichtig wieder auf den Unterteller. »Noch dazu macht es aus jedem Teil etwas Einmaliges.« Innerlich war ich davon überzeugt, dass hauptsächlich die sauberen goldenen Linien zu dem Erfolg dieser Technik beitrugen.

Mit einer wedelnden Handbewegung hielt Käthe ihre Angestellte davon ab, uns einzuschenken. »Ist schon in Ordnung. Lassen Sie uns jetzt bitte allein.«

Die Frau verneigte sich leicht, trat zurück. »Jawohl, Madame«, entgegnete sie und wandte sich ab.

»Hach, ich liebe diese Sprache«, schwärmte Johanna.

Indessen übernahm Käthe selbst das Servieren des Tees. »Zucker?«, fragte sie mich.

»Nein, danke«, wehrte ich ab.

»Ach du liebe Zeit, die jungen Leut' heutzutage sind immer so sehr auf die schlanke Linie bedacht«, spaßte Käthe und reichte mir die Tasse mit dem dampfenden, bernsteinfarbenen Inhalt, der ein angenehmes Vanillearoma verströmte. »Dabei haben sich die Herrn trotz unserer Pfunde früher um uns gerissen«, fügte sie augenzwinkernd hinzu.

Die beiden hüstelten.

Ich nahm die Tasse entgegen und schmunzelte. »Tja«, erwiderte ich. »Moderne Zeiten.« Unauffällig ließ ich meine Finger über die Goldadern gleiten. Zu meiner Verwunderung stellte ich fest, dass sie nicht spürbar waren, sondern völlig mit dem Rest der Keramik zerflossen. »Es handelt sich aber eher um eine gesundheitliche Maßnahme.«

»Da haben Sie allerdings recht«, sagte Johanna wieder ernster. »Also übertreiben tun wir's ja eigentlich auch nicht. Ein Stückchen Zucker in den Nachmittagstee, zwei Plätzchen dazu, und das war's auch schon.« Sie beugte sich vor, und ihre Augen leuchteten. »Und meine Schwester hat recht: Die Herzen sind uns früher massenweise zugeflogen …«

»Nun lass es mal gut sein«, wiegelte Käthe ab. »Ich glaube nicht, dass Isabella gekommen ist, um etwas über unsere Techtelmechtel zu erfahren.«

»Na hör mal, du hast doch damit angefangen«, rief Johanna empört und lehnte sich gekränkt im Sessel zurück.

»Also, wo war ich stehen geblieben?«, überging Käthe den Einwand.

»1969«, half ich ihr auf die Sprünge. Rein zufällig fiel dieser Jahrgang natürlich genau in die Periode, über die Ada keine Tagebücher hinterlassen hatte.

»Genau«, sagte Käthe, nippte vorsichtig an ihrer Tasse und setzte sie wieder ab. »Also ich kann Ihnen nur erzählen, was Alrun uns anvertraut hat und was wir hier und da aufgeschnappt haben, was aber nicht zwingend der Wahrheit entsprechen muss.«

»Verstehe«, sagte ich. »Dessen bin ich mir durchaus bewusst. Kannten Sie Alrun damals denn gut?«

»Sie wohnte bei uns zur Untermiete«, antwortete Käthe. »Und da wir täglich miteinander zu Abend aßen, haben wir zwangsläufig das eine oder andere aus ihrem Leben mitbekommen.«

Gespannt schaute ich sie an. »Ach so. Das erklärt einiges. Und was hatte sie mit Ada zu tun?«

»Alrun war Doktor Wächters Assistentin.«

Perplex starrte ich sie an. »Ach ja?« Meine Gedanken rasten. Natürlich hatte Chris das nicht wissen können, denn er war damals noch nicht einmal geboren.

Käthe räusperte sich, schaute noch einmal kurz zu ihrer Schwester, die noch immer leicht eingeschnappt mit gerecktem Kinn den Kopf abwandte. »Und wenn Sie mich fragen, war er etwas mehr für sie als nur ihr Chef.«

Donnerwetter! »Dann hatte Georg wohl Erfolg bei Frauen?«, fragte ich verwirrt, denn ich hatte mir ein ganz anderes Bild von ihm gemacht. Für mich war er ein geisteskranker Mann gewesen, der sich jahrzehntelang an Adas Hals geworfen und im Alter unzählige Marotten entwickelt hatte.

»Das kann man wohl sagen«, antwortete Käthe. »Er war ein fescher Bursche, und die Mädels verdrehten sich die

Köpfe nach dem gutbetuchten Doktor. Schwäbischer Pragmatismus. Mein Ding war er allerdings nicht …«

Erstaunt nickte ich. »Und weil Georg Ada immer nahegestanden hat«, formulierte ich seine krankhafte Fixation übertrieben vorsichtig, »kann Alrun sie noch heute nicht ausstehen?« Es kam mir unwahrscheinlich vor, dass ein Mensch jahrzehntelang seinen Hass mit sich herumtragen sollte, nur weil ein Mann eine andere geliebt hatte. Oder war das früher anders gewesen? Waren Frauen damals so abhängig von der Zuneigung eines Mannes, dass sie zu allem bereit waren, um ihn für sich zu gewinnen?

»Genauso ist es«, bestätigte Käthe zufrieden, griff nach dem Teller mit den Plätzchen und hielt ihn mir hin.

Ich nahm mir eines der lecker duftenden Vanillekipferln, tunkte es in meine Tasse und biss hinein. Meine Gedanken rasten. Sollte das alles gewesen sein? Mir kamen Chris' Worte in den Sinn. »Aber gab es da nicht noch einen anderen Hintergrund? Einen Betrug?«, wagte ich mich vor.

Käthe schien leicht zusammenzufahren, gab sich dennoch gelassen. »Davon wissen wir leider nichts.«

»Also mir wurde gesagt, dass sie die Stadt mit Schimpf und Schande verlassen musste«, trumpfte ich auf, um die Reaktion der beiden zu testen.

»Das stimmt«, mischte sich Johanna unvermittelt in die Unterhaltung ein und schaute ihre Schwester fast ein wenig herausfordernd an.

»Johanna!«, mahnte Käthe sie.

»Warum willst du es verheimlichen? Sie wird es früher oder später ja doch herausfinden.«

Käthe seufzte. »Verzeihen Sie meiner Schwester, aber ich denke, dass solche Geschichten lieber ruhen sollten.«

Plötzlich spürte ich, wie allmählich die innere Empörung in mir hochkroch, und versuchte, mich wieder zu fassen. »Käthe«, sagte ich um Geduld bemüht. »Ich kann durchaus nachvollziehen, dass Sie Bedenken haben, alten Klatsch aufzuwärmen. Allerdings möchte ich Sie noch einmal daran erinnern, dass diese Nachricht einer Drohung gleichkommt.« Vielsagend wedelte ich mit dem Zettel und holte Luft. »Bitte bedenken Sie doch: Sollte ich damit zur Polizei gehen, werden sicher nicht nur alte Geschichten ausgegraben, sondern man wird Sie obendrein als Zeuginnen laden. Das möchte ich Ihnen einfach ersparen.«

Meine Worte verfehlten ihre Wirkung nicht. Käthe versteifte sich, wurde blass um die Nase und nickte Johanna knapp zu – sie schien es lieber ihrer Schwester überlassen zu wollen, das Sakrileg zu begehen.

Jetzt war es Johanna, die sich räusperte. Es schien ihr wesentlich weniger auszumachen, altes Gerede wiederaufleben zu lassen. An dem Flackern in ihren Augen meinte ich zu erkennen, dass es ihr sogar teuflischen Spaß bereitete, als würde sie dadurch an Bedeutung gewinnen.

»Ich hoffe, du weißt, was du da tust«, mahnte Käthe. »Es gibt Dinge, die sollten lieber nicht wachgerüttelt werden.«

»Diese Meinung vertrete ich nicht«, raunzte Johanna ihre Schwester an, und ich war mir sicher, dass sie mich mehr aus Rebellion als aus Überzeugung einweihen wollte. Mir sollte es recht sein. Zwar war ich mir darüber im Klaren, dass ich nicht alles auf die Goldwaage legen durfte, aber es würde mich zumindest der Wahrheit ein wenig näherbringen.

Gewichtig schaute Johanna mich an, dann richtete sie ihren Blick durch das offen stehende Flügelfenster in die Ferne und erzählte …

Kapitel 17 – Zwischenspiel – Alrun – Feuerkugel

Lindau, Bodensee – Arztpraxis Dr. Wächter – Freitag, 16. Mai 1969

Es versprach, ein ungewöhnlich warmer Tag für diese Jahreszeit zu werden. Als Alrun an diesem Morgen in der Praxis erschien, hatten sich auf ihrer Stirn bereits kleine Schweißperlen gebildet. Allerdings rührte dieser Umstand auch von dem unguten Gefühl her, das sie in der Magengrube verspürte.

Seit einigen Tagen schien in Georg eine kaum merkliche Veränderung vorzugehen. Es war, als hätte sich eine unsichtbare Mauer zwischen ihnen errichtet. Da, wo er sich früher über ihre Schulter gebeugt hatte, um sie flüchtig auf den Hals zu küssen, hielt er auf einmal Abstand. Wo er sie in Erwartung ihres nächsten Beisammenseins zweideutig angeschaut hatte, wich er seit Neuestem ihrem Blick aus, und wo er ab und an einen anzüglichen Witz gerissen hatte, blieb er auf einmal stumm.

Er hatte ihr versprochen, seine Frau zu verlassen, sobald es ihr etwas besser ginge. Heidi sei labil und von ihm abhängig, hatte er erklärt, was Alrun nicht wirklich verwunderte. Diese eigenbrötlerische Frau hatte von Anfang an etwas bieder und verdreht auf Alrun gewirkt, ihr sogar ein wenig leidgetan. Kein Wunder, dass Georg sein Vergnügen bei jemand Lebendigerem suchte.

Allerdings glaubte Alrun nicht daran, dass Heidi sich etwas antun könnte. Sie vermutete eher, dass Georgs Frau ihre Felle wegschwimmen sah und alles daransetzte, um ihren Mann an sich zu binden, und dabei auch vor emotionaler Erpressung nicht zurückschreckte. Seinen Angaben nach soll sie bereits mehrmals gedroht haben, sich das Leben zu nehmen. Das sei der Hauptgrund, warum er sie noch nicht verlassen könne, und er würde es sich niemals verzeihen, wenn Heidi etwas zustieße, hatte er Alrun gegenüber beteuert.

Also übte sie sich in Geduld, hielt sich an den gemeinsamen Projekten fest, ebenso wie an der Erinnerung ihres ersten stürmischen Beieinanderseins. Zärtlich lächelte sie vor sich hin. Bereits beim Vorstellungsgespräch hatte sie seinen wohlwollenden Blick auf sich gespürt, hatte bemerkt, wie gut sie ihm gefiel. Auch sie hatte sich vom ersten Moment an zu ihm hingezogen gefühlt. Am Anfang waren sie noch sehr höflich miteinander umgegangen, hatten Abstand gehalten, aber die Spannung zwischen ihnen war immer unkontrollierbarer geworden, war bis ins Unerträgliche angestiegen. Und dann war das Unvermeidbare eben passiert: Eines Feierabends – der letzte Patient war gerade erst gegangen – hatte Georg sie nach allen Regeln der Kunst im Büro verführt. Wann immer Alrun daran zurückdachte, liefen ihr heiße Schauer durch den Körper. Ja, sie liebte ihn und wollte ihn um nichts auf der Welt verlieren.

Tief in ihrem Inneren spürte sie, dass die schleichende Änderung, die sie wahrzunehmen glaubte, etwas mit Ada zu tun hatte. Seit dem Ereignis in Adas Haus vor vier Tagen, am Montag, dem 12. Mai, musste etwas vorgefallen sein. Gerne dachte sie auch nicht daran zurück, denn jedes Mal befiel sie ein ungutes Gefühl, als hätte sie etwas übersehen. Als hätte ihr Unterbewusstsein etwas erfasst, was sie selbst nicht wahrhaben wollte. Machte Ada ihm etwa Vorwürfe, weil er getan hatte, was zu tun war? Kreidete sie ihm etwa ihren Verlust an? Dabei hatte er ihr doch nur helfen wollen, hatte verhindern wollen, dass sie noch mehr darunter zu leiden hätte …

Ja, so war Georg. Gut, gerecht, empathisch …

Sosehr Alrun auch vor sich hin grübelte, die Erkenntnis wollte sich ihr nicht erschließen. *Er ist so verrückt nach mir gewesen*, dachte sie betrübt. *Was ist geschehen?*

Mit einem Mal versteifte sie sich. Ob mehr hinter der angeblichen geschwisterlichen Freundschaft aus Kindertagen mit Ada steckte? Urplötzlich schossen Bilder in ihr hoch. Bilder, die sie verdrängt hatte. Ganz klar sah sie, wie Georg Ada angeschaut hatte, als die arme Frau leidend daniedergelegen hatte. Sah wieder diese Art, wie er ihre Hand gehalten, wie er mit ihr gelitten hatte. Geschwisterlich? Wirklich? Sah man so eine Schwester an?

Verdammt, ist er dabei, Gefühle für diese Frau zu entwickeln? Diese verbrauchte Frau, die er seit Jahrzehnten kennt? Oder bin ich so blind gewesen, dass ich es erst jetzt bemerke? Und all die Versprechungen, die er mir immer gemacht hat? Bedeutet ihm das etwa nichts? Oder bereut er unsere Affäre bereits wieder?

Verzweifelt presste sie die Lippen aufeinander und klappte den Terminkalender auf. *Bleib gefasst*, mahnte sie sich. *Wenn du dich so weinerlich wie Heidi gibst, wirst du ihm sicherlich nicht mehr gefallen.*

Verdutzt starrte sie auf die vielen durchgestrichenen Termine vor sich. Aber … Was? Wann hatte er die Patienten benachrichtigt? Ihr Herz hüpfte. Er hatte sich den ganzen heutigen Freitag freigehalten. Ob er ihr fürs Wochenende eine Überraschung machen wollte? Ja, das musste es sein.

Etwas anderes konnte sie sich kaum vorstellen. Sicher hatte er erkannt, dass er sie vernachlässigt hatte, und wollte es wiedergutmachen. Vielleicht war er ja deshalb so geheimniskrämerisch, um sie in die Irre zu führen, sie zu necken, sie hinzuhalten, dieser Schlawiner.

Ach, ich Dummerchen, dachte sie erleichtert. *Was ist denn nur in mich gefahren, dass ich gleich alles so dramatisch gesehen habe?* Es könnte durchaus auch sein, dass er sich mit ihr den ganzen Nachmittag in der Praxis einschließen wollte, um sich wollüstigen Spielen hinzugeben. Bei dem Gedanken regte sich das Verlangen in ihr. *Oh Georg, wie lieb von dir...* Wie hatte sie nur so an ihm zweifeln können?

Als endlich die Tür zur Praxis aufging, konnte sie vor Aufregung kaum noch still sitzen.

»Grüß Gott, Alrun«, sagte Georg und schien um einen neutralen Ton bemüht. Er wollte sie sicher noch hinhalten, dieser Lümmel. Guter Schauspieler!

»Grüß Gott, Doktor Wächter«, trällerte Alrun. Es war ihr formell untersagt, ihn in der Praxis mit seinem Vornamen anzusprechen, geschweige denn ihn zu duzen. Verführerisch schaute sie ihn an. »Ich habe gesehen, dass Sie für heute alle Termine abgesagt haben.«

»In der Tat«, brummte er. *So ein Schlingel,* dachte Alrun verzückt und spürte die nervöse Erwartung in sich aufsteigen. Doch Georg verzog keine Miene. »Ich muss mit Ihnen reden.«

»Aber natürlich, Herr Doktor«, hauchte sie bewusst untergeben. »Alles, was Sie wünschen.«

»Bereiten Sie mir bitte zuerst einen starken Kaffee und kommen Sie dann ohne Verzögerung zu mir ins Büro.« Er rauschte an ihr vorbei, und die übliche Wolke seines markanten Aftershaves erfüllte den Raum.

»Jawohl«, antwortete Alrun und führte den Befehl prompt aus. Leise vor sich hin summend bereitete sie das Gewünschte zu und trug es in sein Büro.

»Setzen Sie sich«, forderte er sie förmlich auf.

Nanu, dachte Alrun. *Er scheint es heute besonders ruppig haben zu wollen.* »Natürlich«, sagte sie, setzte sich auf den Besucherstuhl ihm gegenüber und beugte sich aufreizend vor, sodass er einen tiefen Einblick in ihr Dekolleté bekam. »Worum geht es denn genau, Herr Doktor?«, fragte sie und lächelte betörend.

Georg räusperte sich mehrmals geräuschvoll. »Bitte unterlassen Sie das, Alrun«, erwiderte er steif. »Es geht um eine ernste Angelegenheit.« Er nahm einen Schluck Kaffee.

Verunsichert schaute sie ihn an, fragte sich, ob es zum üblichen Rollenspiel dazugehörte. »Sie treiben den Spaß heute aber weit«, raunte sie.

»Alrun, es hat sich ausgespielt«, rief Georg auf einmal unwirsch.

Schockiert zuckte Alrun zurück, prallte mit dem Rücken gegen die Stuhllehne. »Was … Ich …«, druckste sie herum. »Habe ich etwas falsch gemacht?«

»Aber, nein, mein Kind«, lenkte Georg ein. »Es ist nicht Ihre Schuld.«

Mein Kind? »Was soll das?«, fragte sie gereizt. »Was ist denn passiert?«

»Leider werde ich unserem Arbeitsverhältnis ein Ende setzen müssen«, sagte er mit fester Stimme, schien erleichtert, es endlich losgeworden zu sein.

»Wie bitte?«, fragte Alrun aufgebracht. Wie vor den Kopf gestoßen saß sie da, traute ihren Ohren kaum. Ihre Gedanken rasten. War er jetzt völlig übergeschnappt? Eine böse Vorahnung beschlich sie. »Hat es etwas mit *ihr* zu tun?«, zischte sie leise und zeigte zum Haus der ehemaligen Filmdiva.

Georg zuckte leicht zusammen und fing sich gleich wieder. »So ein Unsinn«, protestierte er etwas zu heftig.

»Daher weht also der Wind«, hauchte Alrun erschüttert. Zwar hatte sie gespürt, dass da etwas vorgefallen war, sich jedoch keinen Reim darauf machen können. Oder stand sie ihm einfach nur im Weg? Verzweifelt versuchte sie, einen Sinn in seinen Worten zu finden.

»Georg«, flüsterte sie. »Das kannst du mir doch nicht antun.«

Er funkelte sie an. »Nennen Sie mich nicht so!«

»Was ändert es jetzt noch?«, fauchte sie außer sich zurück. »Und damit du es weißt: Ich werde mir das nicht gefallen lassen.«

»Du hast keine andere Wahl, als es hinzunehmen«, konterte er gefasst, rückte seine Anzugsweste zurecht. In der Aufregung schien er nicht zu merken, dass auch er sie plötzlich wieder duzte. »Solltest du in die Kündigung einwilligen, wirst du eine gute Abfindung und ein Zeugnis von mir erhalten.«

»Und wenn ich ablehne?«

»Dann lässt du *mir* keine andere Wahl …«

»Wie soll ich das verstehen?«

»Das wirst du dann schon noch merken, meine Liebe.«

»Meine Liebe?«, fragte Alrun schrill. Allmählich wurde ihr das alles zu bunt. »Nicht mehr: meine Liebesgöttin, meine Verruchte? Mei Zaubermäulele?«

»Alrun, bitte, beruhige dich doch und lass es gut sein.«

»Dann sag mir wenigstens, was das mit Ada zu tun hat«, insistierte sie und verschränkte die Arme vor der Brust. Eines stand fest: Sie würde sich das nicht bieten lassen.

»Nichts.«

»Hältst du mich für so bescheuert, dass ich dir das abnehme? Ich habe euch in der Hand. Was meinst du wohl, was die Öffentlichkeit dazu sagen würde, wenn sie wüsste, was du mit der ach so tollen Ada im Schilde führst?«

»Sei still«, zischte Georg und hob ihr die ausgestreckte Handfläche entgegen, als wollte er einen bösen Fluch abwenden. »Du redest dich noch um Kopf und Kragen.«

Wutentbrannt sprang Alrun auf. »Das würde dir wohl so passen, wie?«, keifte sie ihn an. »Mich jahrelang vögeln und jetzt einfach so Knall auf Fall abschieben. Sehr bequem für den Herrn …«

»Bitte werde nicht ausfallend.«

»Doch, verdammte Scheiße, das werde ich, und zu Recht«, spie sie aus. »Was hast du denn geglaubt? Dass ich mich einfach so ausschalten lasse?«

Georg seufzte und holte gelassen ein Schriftstück aus der Schublade. »Hier«, sagte er und legte einen Kugelschreiber quer über das Blatt. »Mach dich nicht unglücklich, Alrun. Lass uns in Frieden voneinander scheiden. Indem du diese Erklärung unterschreibst, willigst du in die Kündigung ein, verpflichtest dich, von allen eventuellen späteren gerichtlichen Maßnahmen abzusehen und Stillschweigen zu bewahren. Im Gegenzug bekommst du eine ansehnliche Abfindung.«

»Und wenn ich mich weigere?«, fragte Alrun störrisch. Eine Welt brach für sie zusammen. Wo war ihr Georg? Wie konnte ein Mann sich von jetzt auf gleich so ändern?

»Dann werde ich andere Saiten aufziehen müssen.«

Geplättet stand Alrun da, starrte auf ihn hinunter, als hätte sich der begehrenswerte Mann in einen hässlichen Wurm verwandelt. »Es gibt Gesetze«, zischte sie. »Arbeitnehmer werden geschützt.«

Erneut seufzte Georg und begutachtete gelangweilt seine Fingernägel. »Ja, das stimmt. Es gibt das Kündigungsschutzgesetz.«

Triumphierend verschränkte sie die Arme vor der Brust. »Na, siehst du.«

»Allerdings tritt das nur bei Unternehmen mit mehr als zehn Mitarbeitern in Kraft«, überging er ihren Einwand.

»Für die anderen gibt es sicher auch Kündigungsschutz.«

»Alrun, nun nimm doch Vernunft an. Natürlich gibt es den, aber die Regeln sind weitaus weniger umfassend als die des Kündigungsschutzgesetzes, und an deiner Stelle würde ich davon absehen. Ein solches Verfahren ist sehr kostspielig, und sicher brauche ich dir nicht zu sagen, wer von uns beiden am längeren Hebel sitzt.«

»Drohst du mir?«

»Drohen? Nein. Es ist ein gut gemeinter Rat.«

»Was willst du schon gegen mich unternehmen?«

»Lass es nicht darauf ankommen«, sagte Georg seelenruhig und schob ihr das Abkommen über den Schreibtisch zu.

Wild wirbelten die Gedanken und Bilder in Alruns Kopf umher. Sie kämpfte gegen die Tränen der Wut an. »Verdammt, Georg«, stammelte sie. »Was machst du mit unseren Projekten?«

»Mach dich nicht lächerlich, Alrun. Das gehörte eben dazu.«

»Wozu?«

»Zum Szenario.«

»Du Widerling«, keuchte sie zutiefst verletzt. Nur die immense Wut, die in ihr aufstieg, bewahrte sie vor dem Zusammenbruch. Ihr Magen verkrampfte sich. Sollte sie wirklich einfach so das Feld räumen? Aus, vorbei? Mit einem Schlag alles verlieren? Ihren Geliebten, ihre Arbeit?

Ihr Einkommen? »Glaubst du, ich sehe nicht klar in deinem Spiel? Glaubst du, ich hätte nicht bemerkt, wie du Ada mit den Augen verschlingst? Du tust es für sie.«

Georg schnalzte mit der Zunge. »Des isch fei net schee«, sagte er.

»Du streitet es nicht einmal ab?«

»Würdest du mir glauben?«

»Verdammt, dann stimmt es also.« Geplättet starrte sie auf das Schreiben vor sich. »Du Verräter«, flüsterte sie plötzlich. »Nicht mit mir, hörst du? Nicht mit mir.« Sie nahm das Blatt, knüllte es zusammen und warf es ihm gegen den Kopf. »Ich lasse mich nicht einfach so rausschmeißen.«

Georg hob den Zettel auf und holte ein Feuerzeug aus der Tasche. »Ist das dein letztes Wort?«

»Ja, verdammt«, stieß sie durch die aufeinandergepressten Zähne hervor. Ihr Inneres bebte. Der Zorn verlieh ihr den nötigen Mut, nicht klein beizugeben.

Georg lächelte sonderbar und steckte das Papier über dem Messingeimer an, hielt das lodernde Stück so lange fest, bis es ihn fast versengte, und ließ es schließlich los. Die Feuerkugel segelte durch die Luft und mit ihr ein Abkommen, das Alrun hätte retten können. »Wie du möchtest, meine Liebe, ganz wie du möchtest …«

Kapitel 18 –
Des Katers Lösung

Lindau-Aeschach, Bodensee – Kirschblüten-Villa – Mai 2018

»Und dann?«, fragte ich gebannt, als Johanna die Erzählung beendet hatte. Ich schlürfte am Inhalt meiner Tasse, der mittlerweile erkaltet war.

Johanna seufzte. »An diesem Tag kam sie völlig aufgelöst nach Hause und schüttete uns ihr Herz aus. Zwar wollte sie uns nicht anvertrauen, was ein paar Tage vorher bei Ada vorgefallen war, aber das brauchte sie auch nicht – wir haben es auch so geahnt. Jeder in Lindau wusste, wie unvernünftig er an seiner Ziehschwester hing.«

Frustriert nickte ich, hatte das Gefühl, nur einen kleinen Schritt weitergekommen zu sein. »Deshalb hegt sie noch immer einen Groll gegen Ada?«

»Nicht nur deshalb«, erwiderte Käthe. »Alrun hat sich am Folgetag erst einmal krankschreiben lassen.«

»Konnte man das damals denn schon?«, fragte ich stirnrunzelnd.

»Angestellte ja«, antwortete Johanna wie aus der Pistole geschossen. »Für Arbeiter wurde das Gesetz der hundertprozentigen Lohnfortzahlung allerdings erst 1970 verabschiedet.«

»Genau. Ich kann mich noch gut daran erinnern«, sinnierte Käthe. »Wir hatten damals unseren ersten Schwarz-Weiß-Fernsehapparat und saßen fasziniert vor den Nachrichten. In Bonn haben sie den Arbeitsminister … Hach, wie hieß er noch gleich …?«

»Katzer«, half Johanna ihr auf die Sprünge. Mittlerweile schien sie ihrer Schwester die kleine Zurechtweisung von zuvor nicht mehr nachzutragen.

»Genau: Katzer. Sie haben den armen Mann symbolisch in einem Sarg durch die Beethovenhalle getragen, um ihre Forderungen durchzusetzen.«

»Richtig! *Der Totengräber des Handwerks*, hat auf der Holzkiste gestanden«, fügte Johanna eifrig hinzu.

Nachsichtig lächelte ich über die Themenabschweifung. Ich fand es immer wieder faszinierend, mich mit älteren Menschen zu unterhalten. Oft waren sie wie wandelnde Geschichtsbücher, Zeugen einer vergangenen Zeit, die mit ihnen erlöschen und nur noch Geschriebenes oder Bild- und Filmmaterial hinterlassen würde.

»Och, jetzt habe ich doch glatt schon wieder den Faden verloren«, rüttelte Käthe sich aus den Erinnerungen.

»Alrun ließ sich krankschreiben«, wiederholte ich.

»Genau. Aber zwei Tage später stand auf einmal die Polizei vorm Tor, um sie in Untersuchungshaft zu nehmen.«

Mir fiel die Kinnlade runter. »Im Ernst?«

»Ja, ich kann Ihnen sagen, dass wir einen ganz schönen Schrecken bekommen haben.«

»Was hat man ihr denn vorgeworfen?« Schockiert fragte ich mich, was Georg da bloß wieder ausgeheckt hatte. Selbst tot schien er noch sein Los an grausamen Überraschungen bereitzuhalten. Ich seufzte in mich hinein.

Käthe schluckte. »Da kam eine Menge zusammen«, wich sie aus. »So genau wissen wir das aber leider auch nicht, denn Alrun hat das Thema verständlicherweise nie gerne angesprochen«, sagte Käthe. »Sie war am Boden zerstört. Der gute Doktor schien das Ganze sehr geschickt gedeichselt zu haben, indem er ihr seine eigenen Machenschaften angehängt hat.«

Ich war erschüttert. »Und hat Alrun denn nicht versucht, ihre Unschuld vor Gericht zu beweisen?«, hakte ich nach.

»Und ob sie das hat«, antwortete Johanna traurig. »Leider konnte sie sich keinen besonders guten Anwalt leisten, obwohl wir ihr finanziell ein wenig unter die Arme gegriffen haben.«

»Johanna!«, rügte Käthe ihre Schwester erneut und wandte sich wieder an mich. »Aber wem hat man damals Ihrer Meinung nach wohl mehr geglaubt? Einem angesehenen Arzt, der hier aufgewachsen war, Leben rettete, Kinder zur Welt brachte und ein gutes Auskommen hatte, oder einer hysterischen jungen Frau, die arm wie eine Kirchenmaus war, auch den standhaftesten Mann verführt hätte und nicht einmal aus der Gegend stammte?«

»Alrun wurde damals zu mehreren Jahren Gefängnisstrafe verurteilt«, eröffnete Johanna mir ohne Umschweife. »Und all die Jahre hat sie ihre Unschuld beteuert.«

Einen Moment saß ich konsterniert da. Ich versuchte, mir die kranke Frau im Gefängnis vorzustellen. Es klang wie ein schlechter Krimi und schien mir wie an den Haaren herbeigezogen.

Es dauerte etwas, bis ich mich wieder gefangen hatte. Angewidert nickte ich. Alrun war also ein weiteres Opfer dieses Scheusals. Aber wieder wurde ich das sonderbare Gefühl nicht los, etwas übersehen zu haben. Ich runzelte die Stirn. Und mit einem Schlag fiel es mir wie Schuppen von den Augen. »Warum hat er ihr das angetan?«, fragte ich ohne Umschweife. »Ich meine, warum wollte er sie auf einmal loswerden? Es muss doch einen Grund dafür gegeben haben.«

Johanna hob die Schultern. »Das wissen wir leider auch nicht, aber –«

»Vielleicht war er sie einfach nur leid«, fiel Käthe ihrer Schwester hektisch ins Wort, als befürchtete sie, diese könnte abermals zu viel aus dem Nähkästchen plaudern. »Sie wissen ja, wie Männer manchmal so sein können: Heute Feuer und Flamme …« Mitten im Satz brach sie ab, aber ich verstand auch so, was sie damit zum Ausdruck bringen wollte.

Es berührte mich auf sonderbare Weise. Auch bei Johanna schienen Käthes Worte unschöne Erinnerungen zu wecken, denn sie wandte ihren Blick ab, stierte plötzlich wie weltentrückt aus dem Fenster. Hinter der jovialen und leicht steifen Art schien ein wundes Herz zu schlagen. Ein Herz, das sicher auch so seine Höhen und Tiefen durchlebt hatte.

Bevor auch ich von nostalgischen Gedanken eingeholt werden konnte, riss ich mich los. »Und wissen Sie, warum Ada bettlägerig gewesen sein soll?«

»Auch das, meine Liebe, haben wir leider selbst nie herausfinden können«, sagte Käthe hastig und seufzte tief. »Alrun hat sich über gewisse Dinge lieber ausgeschwiegen.« Sie räusperte sich unbeholfen, als ob ihr das Thema unbehaglich wäre. »Ich kann mich nur erinnern, dass sie in diesem Jahr ihre geplante Frühjahrsausstellung aus gesundheitlichen Gründen abgesagt hatte.« Käthe schaute mir plötzlich direkt in die Augen, als wollte sie mir damit andeuten, dass sie das Gespräch für beendet erachtete.

Instinktiv spürte ich, dass die beiden die Grenze dessen erreicht hatten, was sie preisgeben wollten. Vielleicht wussten sie auch wirklich nicht viel mehr oder wollten es aus ethischen Gründen für sich behalten. Also beließ ich es dabei und bohrte nicht weiter. Zumindest war ich um einiges schlauer als zuvor, auch wenn es mich nicht wesentlich weitergebracht, mir eher neue Fragen beschert hatte.

Als ich mich schon verabschieden wollte, kam mir noch ein Gedanke. »Sagen Sie, kennen Sie vielleicht eine Gudrun Schneider?«

Die beiden verzogen das Gesicht und schüttelten den Kopf. »Nein«, sagte Käthe und schaute zu ihrer Schwester, die ebenfalls verneinte. »Warum? Wer soll das sein?«

»Eine enge Freundin von Ada …«

»Och«, winkte Käthe ab. »Ada hatte viele Freunde, die bei ihr ein und aus gingen. Darüber hatten wir leider keine Übersicht.«

Ich beließ es dabei.

Die Schwestern geleiteten mich fröhlich plappernd zur Tür, als wollten sie das schwere Thema mit Belanglosigkeiten ersticken. Erneut bat ich die beiden, Alrun dazu zu bewegen, von weiteren Aktionen abzusehen, weil ich sonst gezwungen wäre, Anzeige zu erstatten. Die beiden gelobten mir, dass sie alles daransetzen würden, Alrun zur Vernunft zu bringen, dass ich aber trotzdem auf der Hut sein solle, man wisse ja nie.

Schließlich tauschten wir noch ein paar Höflichkeitsfloskeln aus, verabschiedeten uns, und ich machte ich mich auf den Heimweg.

Nachdem ich das weiß-rosa Blütenparadies hinter mir gelassen hatte, brach schlagartig die Realität über mich herein. Eine Realität, die ich in dem schlossähnlichen Bau völlig verdrängt hatte. Chris war weit fort von all diesen Belangen. Dachte er noch ab und zu an mich? Oder war er so in seiner Arbeit gefangen, dass er dazu keine Zeit fand?

Oder schlimmer: War das erste leidenschaftliche Pulsieren zwischen uns bereits erloschen? Vielleicht gelang es ihm ja sogar sehr gut, sich anderweitig zu beschäftigen?

Sie wissen ja, wie Männer manchmal so sein können: Heute Feuer und Flamme ..., geisterten mir Käthes Worte im Kopf herum. *So ein Unfug*, schalt ich mich, schob den hässlichen Gedanken weit von mir und atmete mehrmals tief die blumige Frühlingsluft ein.

In der Stadt herrschte eine angenehme Stille. Hier und da bummelten ein paar Spaziergänger unter den schattenspendenden Linden entlang, aber die meisten hielten sich wahrscheinlich am Ufer des Sees auf, um auch den klitzekleinsten vorsommerlichen Sonnenstrahl zu erhaschen. Kaum ein Auto fuhr auf den Straßen, und diese Leere war eine wahre Erholung für meine Sinne, die in letzter Zeit arg überstrapaziert wurden.

Ich war verwirrt. Anstatt Antworten erhalten zu haben, hatten sich noch mehr Rätsel vor mir aufgetan. Jetzt wusste ich zwar endlich, warum Alrun so einen Gram mit sich herumschleppte, hatte aber das dumpfe Gefühl, dass da noch viel mehr dahinterstecken musste und mir die Schwestern nicht alles erzählt hatten. Vielleicht irrte ich mich und vermutete in jeder Kleinigkeit gleich eine Intrige. Oder die Kunzes wussten selbst nicht mehr über diese Angelegenheit. Erinnerungen verschwammen meistens, und vieles wurde dann verzerrt wiedergegeben.

Eigentlich war es aber kaum ein Wunder, dass ich misstrauisch blieb. Seit der Enthüllung der Wahrheit über Ada und meine Großmutter Maria, Adas buchstäbliche Leiche im Keller, und die Rolle, die Georg dabei gespielt hatte, ging ich wohl davon aus, dass die meisten Menschen immer mehr Dreck am Stecken hatten, als sie zugeben wollten.

Besonders Georg, dem liederlichsten Mann, dem ich je begegnet war, traute ich alles zu.

Was war damals wirklich geschehen? Und unter was für einer Krankheit hatte Ada gelitten, dass sie so schwach und bettlägerig gewesen sein sollte? Alrun schien zwischen dem Gestern und dem Heute herumzuirren und dort irgendwo festzuhängen. Fast ärgerte es mich, dass Ada diesbezüglich nichts hinterlassen hatte. Es schien mir völlig unlogisch. Sie hatte seit ihrer Jugend immer alles aufgeschrieben, hatte regelmäßig Buch geführt, ihr Leben in Worte gefasst, manchmal auch in Gedichte. Und dann sollte sie auf einmal damit aufgehört haben? Zweifelnd runzelte ich die Stirn.

Als ich endlich die hübsche Villa im French-Riviera-Baustil der 20er-Jahre erreichte, versetzte mir der Anblick einen heftigen Stich. Alles daran erinnerte mich erneut an Chris. Der Schuppen des Nachbarhauses, den ich bei meiner Anreise für mein eigentliches Erbe gehalten hatte, beschwor die Bilder unserer ersten Begegnung im wolkenbruchartigen Regenguss mit ihm und Rex herauf, die Einladung zum Tee, um mich vor dem Unwetter in Schutz zu bringen, unsere ersten Flachsereien, sein Lächeln, seine sanfte, aber auch mysteriöse Art …

Mein Bauch brannte lichterloh bei diesem Rückblick. Ich vermisste Chris so sehr. Vermisste es, mit ihm meine neuesten Erkenntnisse zu teilen. Vermisste es, ihm meine Sorgen anzuvertrauen. Der dicke Klumpen, der seit seiner Abreise in meinem Magen lag und mich quälte, wurde jäh so heftig, dass ich am liebsten ins Auto gesprungen wäre, um zu ihm zu fahren. Machbar wäre es. Eineinhalb Stunden, das war gar nichts. Zumindest könnten wir zwei Stunden miteinander verbringen, dann würde ich zurückfahren müssen … Es erschien mir verlockend …

Letztendlich rüttelte die Vernunft mich wach. *Nein, meine Liebe, da musst du allein durch. Du kannst ihn unter keinen Umständen stören.* Für Autoren gab es keine Sonntage. Besonders dann nicht, wenn sie Verspätung hatten und unter Druck standen. Wehmütig schielte ich zu meinem Wagen hinüber und lächelte traurig. Es war ein schöner Gedanke …

Kater Max kam mauzend hinter der Mülltonne hervor.

»Na, du Streuner«, sagte ich zärtlich und beugte mich zu dem grau-weißen Stubentiger hinunter, um ihn zu streicheln. Zum Dank lehnte er sich schnurrend und mit zitterig erhobenem Schwanz an mein Bein und rieb seinen Kopf an meinem Knie. Ich lächelte. »Sicher habe ich es Rex' Abwesenheit zu verdanken, dass du mich mal wieder besuchen kommst.« Wie zur Antwort miaute er, gab mir noch einen letzten Stups und ging wieder seiner Wege. »Ja, gehe nur wieder auf Mäusejagd …«

Abrupt hielt ich inne. Blitzartig war mir ein Gedanke durch den Sinn gezuckt, hatte gleich einem Gewitterstrahl alles grell beleuchtet und war genauso schnell wieder verschwunden. Wie geblendet tappte ich erneut im Dunkeln. Nur die Ahnung des Nachhalls der hell beleuchteten Szene schwirrte noch vor meinem inneren Auge vorbei. Krampfhaft versuchte ich, dieses Bild zu fixieren, versuchte, es festzuhalten. Ich glotzte dem Kater hinterher, als wäre er die Lösung. *Ada, Tagebücher, Schreibpause, Kisten,* wiederholte ich innerlich. Was hatte die Katze damit zu tun?

Da! Wieder kam mir der Gedanke. Diesmal schwebte das Bild so klar vor mir herum, dass ich es fast hätte greifen können. Mein Gesicht erhellte sich. Natürlich! Es schien plötzlich so offensichtlich, dass ich mich wieder mal fragte, wieso ich nicht früher darauf gekommen war. »Danke, Max«, rief ich dem verdutzt dreinblickenden Tier nach.

Beschwingt lief ich weiter, hatte es eilig, ans Ziel zu kommen. Und je mehr ich mich dem Eingang näherte, umso bewusster wurde mir, dass ich, trotz meines fliegenden Enthusiasmus und der nagenden Ungeduld, lieber warten wollte, bis Gudrun schlief, um unnötige Fragen zu vermeiden. Was Adas Vergangenheit betraf, schien auch sie über einen unersättlichen Wissensdurst zu verfügen. Also beschloss ich, ihr vorläufig nichts von dem mitzuteilen, was die Schwestern mir anvertraut hatten, beste Freundin hin oder her.

Als ich ins Haus trat, lag alles still da. Noch immer hing der köstliche Duft von Gudruns Gsälz in der Luft, wie die verblasste Erinnerung an etwas Schönes. Die Küche war aufgeräumt, also ging ich zu Gudruns Zimmer, um nach ihr zu schauen.

Sie stand mit dem Rücken zu mir an der Kommode und summte ein Liedchen vor sich hin, eine Melodie, die ich nicht kannte. Dabei legte sie Wäsche zusammen.

»Hi, Gudrun«, sagte ich vorsichtig, um sie nicht zu erschrecken.

Aber vergebens, wie üblich zuckte sie wie ein scheues Reh zusammen und fuhr herum. »Jesses«, rief sie und fasste sich an die Brust. »Haben Sie mir einen Schrecken eingejagt.«

»Verzeihung«, antwortete ich.

»Und?«, fragte sie prompt. »Haben Sie etwas herausbekommen können?«

»Nein«, log ich. »Die Damen sind sehr freundlich gewesen und haben mich zum Tee eingeladen. Aber viel mehr wussten sie auch nicht«, antwortete ich ausweichend. »Und Sie? Was hat Ihre Suche eingebracht?«

Gudruns Gesicht färbte sich rötlich. »Ich habe noch ein paar Kleidungsstücke gefunden.« Sie zeigte auf die Kommode. »Aber leider keine Fotos. Man könnte fast meinen …«

Ich horchte auf. »Was?«

»Dass Ada die Epoche, in der wir uns am nächsten gestanden haben, aus ihrer Erinnerung verbannen wollte.« Es klang so traurig, dass es mich zutiefst berührte.

Ich nickte nachdenklich. »Vielleicht weil es die glücklichste Periode ihres Lebens war?«, mutmaßte ich. Es war beruhigend, dass nicht nur ich dieses Gefühl hatte, und es bestätigte nur meinen Eindruck. Wir suchten in der gleichen Richtung. Trotzdem wollte ich Gudrun nicht in mein Vorhaben einweihen. Zum einen, weil ich mir nicht einmal sicher war, ob meine Aktion von Erfolg gekrönt sein würde, zum anderen, weil … Ja, warum eigentlich? Ich hätte es gar nicht genau sagen können. Es war einfach ein Bauchgefühl.

Vielleicht machte ich mich ja auch nur lächerlich. Vielleicht gab es schlicht nichts Interessantes über diesen Zeitraum in Adas Leben zu entdecken. Doch ich brauchte Gewissheit, musste dieser fixen Idee nachgehen, egal ob mich eine Enttäuschung erwartete. Und irgendetwas tief in meinem Inneren sagte mir, dass es nicht umsonst sein würde …

Kapitel 19 –
Im Reich der Anderswelt

Nach dem Abendbrot verabschiedete ich mich von Gudrun unter dem Vorwand starker Müdigkeit. Zwar war das nicht gelogen, denn ich fühlte mich tatsächlich wie erschlagen, aber die Neugier auf das Kommende machte mich ganz hibbelig.

Auf dem Weg in mein Zimmer hielt ich beim Telefon abrupt inne. Und wenn ich Chris' Jugendfreund einfach mal anriefe, nur um bestätigt zu bekommen, dass es ihm gutging? *Sei nicht närrisch*, rügte ich mich. Trotzdem suchten meine Augen das Tischchen mehrmals methodisch ab. Ich stutzte. Wo war Chris' Zettel?

»Gudrun?«, fragte ich. Es klang fast ein wenig panisch.

»Ja?«, kam es sofort aus Adas ehemaligem Zimmer.

»Wissen Sie, wo der Zettel mit Chris' Telefonnummer ist?«

»Der, der auf der kleinen Kommode liegt?«

»Ja«, antwortete ich ungeduldig.

»Ist er denn nicht mehr dort?«

»Nein!«, erwiderte ich und begann gleichzeitig, den Boden abzusuchen, zog die Schublade auf und wühlte im Krimskrams herum.

Gudrun kam aus dem Zimmer. »Jetzt, wo Sie es sagen: Seitdem Sie den Umschlag geöffnet haben, habe ich ihn nicht mehr gesehen.«

Während ich das Möbelstück ein wenig verrückte, spürte ich einen leichten Widerstand und zog kräftiger daran. Mein Blick fiel auf den Telefonstecker, der lose in der Luft hing. Ich stutzte. Hatte ich ihn mit meinem abrupten Manöver herausgerissen? Stirnrunzelnd steckte ich ihn wieder in die Vorrichtung und stellte zu meinem Leidwesen fest, dass das gesuchte Papierstück auch nicht hinter die Kommode gerutscht war.

Mein Puls begann zu rasen. Jetzt konnte ich mich nicht einmal mehr *daran* festhalten. Bislang war diese Nummer noch das einzige Bindeglied zu Chris gewesen. Mir wurde bewusst, dass ich Angis genaue Adresse nicht kannte, denn wir waren noch nie gemeinsam in Chris' Elternhaus gewesen. Schwindel packte mich, ich hielt mich an dem Möbelstück fest, um nicht zu fallen.

»Ist das jetzt schlimm?«, fragte Gudrun mitfühlend, als sie zu mir kam.

»Schlimm?« Ich fasste mich wieder. »Nein, nein, nur schade. Jetzt kann ich ihn überhaupt nicht mehr erreichen.«

»Er wird sich schon noch melden«, versuchte Gudrun, mich zu trösten.

Ich lächelte halbherzig. »Ja, sicher wird er das. Machen Sie sich keine Sorgen. Gute Nacht.«

Gudrun schnalzte mit der Zunge, murmelte etwas, gefolgt von einem Gutenachtgruß, und ging. Ich blieb stirnrunzelnd zurück. Wieder hatte ich das Gefühl eines Déjà-vus. Wie ein unangenehmes Echo aus einer anderen Welt hallte der peitschende Zungenlaut in mir wider … Ich schüttelte den Gedanken ab.

Traurig schaute ich mich ein letztes Mal um, kramte den Umschlag aus Chris' Papierkorb hervor, um sicherzugehen, dass der Zettel nicht daran haften geblieben war.

Warum mich das so mitnahm, konnte ich mir auch nicht erklären. Mit einem Schlag machte es mich wütend. Ganz offensichtlich hatte Chris nicht die geringste Lust, mit mir zu sprechen. Warum machte ich so ein Gedöns um diesen Zettel? Umso besser, dass er mich nicht mehr in Versuchung führte. Wäre ja noch schöner, wenn ich ihm wie eine Tränensuse hinterherlaufen würde.

Energisch straffte ich die Schultern. Es wäre doch gelacht, wenn ich nicht ein paar Tage ohne ihn auskommen könnte. Was war denn nur los mit mir, dass ich mich wie ein pubertierender Teenager verhielt und ihm ständig nachflennte? Ich starrte in den Spiegel, zog eine Grimasse. *Hey! Du bist eine erwachsene Frau. Du organisierst eine Vernissage! Zeig mal ein wenig mehr Rückgrat, verdammt!*

Die Wut wirkte Wunder. Plötzlich fegte ich alle Gedanken an Chris fort. Bestimmt schaute ich auf das Gemälde, auf dem Ada und Maria als junge Frauen in theatralischer Trauerpose auf Adas Divan dargestellt waren. Immerhin hatten die beiden ein ganzes Leben aufeinander verzichten müssen, da würde ich doch zwei Wochen durchstehen. Und wie um Gedachtes zu unterstreichen, nickte ich den beiden Frauen zu, wandte mich ab, ließ den Zettel Zettel, die Nummer Nummer und Chris Chris sein und stapfte die Stufen hinauf.

Sobald ich mich aufs Bett gelegt hatte, schlief ich, trotz meines guten Vorsatzes, wach zu bleiben, sofort ein. Es waren die sonderbaren Träume von schaurigen Göttermasken und alten Schwertern, die fauchend durch die Luft säbelten, die mich irgendwann schweißgebadet aus dem Schlaf rissen. Ich schrak hoch. Noch immer war ich im Nebel des Albs gefangen, noch immer sah ich die Bilder von Verfolgung und Tod um mich herumrauschen. Mir kam in den Sinn, dass ich mal irgendwo gelesen hatte, Schwangere würden mehr träumen ... Ich seufzte. Wie spät war es? Verflixt ... Und mein Plan?

Mein Kopf schwenkte augenblicklich zum Wecker herum. Es war 2 Uhr nachts. Perfekt! Behutsam setzte ich mich auf, kramte meine Taschenlampe aus der Nachttisch-Schublade hervor, schlüpfte in meine kuscheligen Hausschlappen und begab mich auf leisen Sohlen auf den Weg ins Reich der Anderswelt. Unter meinen Füßen knarzte der Parkettboden, sodass ich mehrmals innehielt und lauschte. Aber es rührte sich nichts im Haus. Also schlich ich mich die Treppen hinauf ins Dachgeschoss.

Unverändert lag der Schlüssel zu Adas geheimem Universum über dem Türrahmen. Ich stellte mich auf die Zehenspitzen und schnappte ihn mir, schloss auf. Die Tür klemmte. Ich vermutete, dass das Holz von dem Temperaturwechsel leicht verzogen war. Vorsichtig hob ich sie etwas an, damit sie keine Geräusche verursachte. Vergebene Liebesmüh. Mit einem lauten Rumpeln, das von einem unangenehmen Quietschen gefolgt wurde, bekam ich sie endlich auf. Erneut hielt ich inne. Horchte eine ganze Weile in die Düsternis hinein. Nichts.

Zaghaft betrat ich den Raum. Noch immer umgab mich die Aura des erschreckenden Traumes, wie die Ahnung von etwas Ungutem, das auf einen lauerte, ohne dass man es sich erklären konnte. Es roch nach Staub und alten Farben, nach vermoderten Stoffen, Holzspänen und Metall. Im schwachen Schein der Taschenlampe lief ich durch hinabhängende Spinnweben, die sich seiden an meine Wangen legten und in meinen Haaren verfingen. Ich nieste leise, versuchte, mich von dem leicht klebrigen Gehänge zu befreien, und hatte plötzlich alles an den Händen haften.

Mein Herz hämmerte. Ich konnte kaum glauben, was ich im Begriff stand zu tun. Ich, Bella, die immer davon überzeugt gewesen war, dass Adas Geist, wenn überhaupt, dann hier in dieser Dachbodenstube herumschwirrte. Ich, die nur hierher kam, wenn es unbedingt notwendig war. Einzig die Tatsache, dass Ada mir zu Lebzeiten wohlgesinnt gewesen war, ließ es mich mitten in der Nacht allein hier aushalten.

Zielstrebig ging ich bis zum Giebelfenster, zu der kleinen Lampe, die dort auf einer niedrigen Anrichte stand, und knipste sie an, sodass ich die Taschenlampe ausschalten konnte. Der gelbe Schein tauchte das Atelier in ein warmes Ambiente. Prompt musste ich an meinen ersten Besuch hier im Dachboden zurückdenken und an das Gefühl, in Ali Babas Höhle gelandet zu sein. Zwar hatten wir die Kisten mit Adas persönlichen Schriften und die meisten Gemälde mittlerweile in den Keller gebracht, um einen einfacheren Zugriff darauf zu haben, aber noch immer hatte der Speicher das ganz bestimmte Flair der Künstlerin inne.

Der helle Raum mit seinen weiß getünchten Wänden und dem gepflegten Holzboden strahlte nach wie vor Adas Präsenz aus, als hätte sie eben erst den Pinsel niedergelegt und würde jeden Augenblick zurückkehren, um eines ihrer Werke fertigzustellen. Eine Gänschaut lief mir über den Rücken.

Unter den Dachschrägen, wo sich früher überall ihre Gemälde gehäuft hatten, kam eine leere Kommode zur Geltung, eine Antiquität, die sicher einiges wert war. Und was dem Raum den ganz besonderen Charme verlieh, waren nach wie vor die kostbaren Requisiten aus den verschiedensten Epochen und Ländern. Andenken, die Ada von Reisen mitgebracht haben musste und die auf vielen ihrer

Werke verewigt worden waren: Masken von Göttern diverser Kulturen, Figurinen von Feen und Geistern aus alten Sagen, Speere, Messer, Säbel, Äxte, Schmuckstücke, Büsten, Rüstungen, Kettenhemden, Keramiken, Uhren, Schachteln, Schnupftabakdosen, Kerzenhalter, antike Bilderrahmen, sogar ein persischer Wandteppich war darunter … Behutsam strich ich über das Elfenbein einer der kleinen Tabakbehältnisse. Laut Chris soll sie eine von Napoleons Lieblingsdosen gewesen sein.

Auch die Perückenkollektion aus der Zeit der Aufklärung und der vollgepropfte Kleiderschrank mit den ausladenden Kostümen, Korsetts und Tournüren waren noch zugegen. An den Wänden hingegen klafften leere Stellen, wo zuvor Adas Schwarz-Weiß-Aufnahmen gehangen hatten, fragile, vergilbte Fotos, die wir sicherheitshalber in Schachteln verstaut hatten, um sie vor weiterem Zerfall zu bewahren. Leere Stellen, die einem wie traurige Mahnmale entgegensprangen und die von der Vergänglichkeit des Lebens zeugten.

Wieder musste ich an Chris denken, daran, wie wir das erste Mal hier zusammen in Adas Tagebüchern gewühlt hatten, an unser Lachen, an unseren Beinahe-Kuss, der damals eher meinem Wunschdenken entsprungen war.

Wie immer, wenn ich mich hier in Adas Universum befand, spürte ich diesen ganz bestimmten Atem ihrer Gegenwart, als würde sie durch diese Ansammlung von persönlichen Wertgegenständen zu mir sprechen. Ehrfürchtig nahm ich auf dem Schemel vor ihrer Staffelei Platz und ließ mich von dem Sog dieser Empfindungen einlullen. Kurz schloss ich die Augen, wollte mehr spüren als sehen, mehr empfinden als hören, mehr fühlen als wahrnehmen. Ich meinte, einen Luftzug an meiner Wange wahrzunehmen, und versteifte mich. Einbildung? Es war, als wollte sie mir sagen, dass ich auf der richtigen Spur war. Gut.

Ich öffnete die Augen, fühlte mich wie in Trance. Eine ganze Weile blieb ich so sitzen, starrte vor mich hin.

»Ada«, flüsterte ich plötzlich, wusste selbst nicht, wie mir geschah. War ich noch im Nebel des Schlafes, aus dem ich vor Kurzem erst erwacht war? Stand ich unter dem Bann dieses Ortes, der mich seit eh und je schon zu verzaubern wusste? »Hilf mir, bitte. Es liegt mir fern, Dinge aufzudecken, die du für dich behalten möchtest. Aber ich brauche Klarheit, das verstehst du doch, nicht wahr?«

Ich wartete. Wie eine Besessene stierte ich weiter vor mich hin, als ob diese Leere und Stille mir etwas beibringen könnte. Allmählich meinte ich, alle Schlieren am Boden, jede Einkerbung in den Wänden, jede einzelne Spinne auswendig zu kennen, als wären sie an sich schon die Spuren, die zur Lösung führten. Ich fixierte alles so erwartungsvoll, als ob Ada jeden Augenblick leibhaftig aus dem Schrank steigen könnte, um mir ihr Leid zu klagen und mir die fehlenden Puzzleteilchen ihrer Geschichte zu liefern, sie wie unzählige Rosenblüten in die Luft zu werfen, auf dass sie sich auf dem Boden zu einem Ganzen zusammenfügen könnten.

Aber natürlich geschah nichts, rein gar nichts. Was hatte ich mir nur dabei gedacht? Hatte ich wirklich geglaubt, dass ich hier eine Antwort finden würde? Hatte ich erwartet, dass sich mir in diesem Raum, den Chris und ich mittlerweile in- und auswendig kannten, noch etwas Neues erschließen könnte? Abfällig verzog ich den Mund über meine eigene Einfältigkeit.

Plötzlich kam mir eine Idee. Ich stand auf, ging zu dem Schrank und öffnete ihn weit. Vor mir entfaltete sich eine verstaubte Pracht an jahrhundertealten Roben aus Samt und Seide, die mit den feinsten Stickereien, Perlen und Federn versehen waren. Geflissentlich tastete ich sie eine nach der anderen vom Kragen bis zum Saum ab, suchte im Futter der Mäntel. Nichts.

Perplex stand ich vor dem Schrank, hielt mir die Hand an die Stirn, kratzte sie, überlegte. Vorsichtig schob ich die Kleider auseinander, schaute ins Innere. Nichts.

Eine Schublade, die sich am Fuße des Möbelstücks befand und die ich bislang noch nie beachtet hatte, so gut war sie in die Verschnörkelungen des Holzes eingearbeitet, fiel mir ins Auge. Mein Herz tat einen Satz und klopfte noch heftiger. Das musste es sein! Bedächtig bückte ich mich, griff nach den kleinen runden Knäufen, zögerte, schloss kurz die Augen. Es konnte, es durfte nicht anders sein. Bislang hatte mich Ada noch nie enttäuscht. Bislang hatte sie mir noch immer alles offenbart, hatte ihre Geheimnisse mit mir geteilt. *Los, Ada!,* rief es in mir, und ich zog.

Die Lade klemmte. Ich fluchte leise. »Du machst es mir diesmal nicht einfach, wie?«, fragte ich ins Leere. Ich schaute mich suchend um. Bei den Malutensilien fand ich eine Spachtel, die mir genau das Richtige für diese Aufgabe zu sein schien. Vorsichtig schob ich das Ende zwischen die Ritze der Lade, stemmte mich mit einer Hebelbewegung dagegen. Es knackte leise, und die Öffnung vergrößerte sich. Mein Inneres bebte. Ich schien so nahe an der Wahrheit, dass ich fast meinte, sie zu riechen, meinte, den Duft des Leders der verschollenen Tagebücher und der Tinte des Geschriebenen in der Nase zu haben. Ich ruckelte mehrmals abwechselnd an beiden Knäufen, um das Biest zu lockern, bis es endlich nachgab und mir mit einem Rutsch entgegenkam, sodass ich wuchtig zurückkippte und hart auf dem Hintern aufschlug. Vor Schmerz verzog ich das Gesicht. Aber nicht nur deshalb. Vor mir klaffte die ganze Wahrheit des Inhalts der Schublade auf: Erneut nichts!

Nichts, nichts, nichts und wieder nichts, schimpfte ich innerlich, als ich die Lade desillusioniert zurückschob. Enttäuscht und mit schmerzendem Steißbein richtete ich mich auf und schaute ernüchtert durch den Raum.

»Verdammt, Ada«, fluchte ich, rieb mir den Hintern und setzte mich mit verzerrter Miene auf den Hocker zurück. »Hast du tatsächlich nichts weiter hinterlassen?«

Es wäre auch zu schön gewesen, um wahr zu sein. Für jedes Problem ein Fund, der die Auflösung brachte, als ob sich Ada ihr Leben lang gesagt hätte: *Ich muss das unbedingt niederschreiben, damit Bella es eines Tages verstehen kann.* Genervt schüttelte ich über mich selbst den Kopf, seufzte tief.

Urplötzlich hörte ich ein lautes Knirschen und fuhr zusammen. Ich riss die Augen weit auf. Mein Puls raste noch um einiges schneller. Da, noch eines, diesmal klang es noch näher. Es folgte ein überlautes Rascheln. Meine Hände wurden feucht. Kam es vom Treppenhaus? Instinktiv knipste ich das Licht aus und blieb wie versteinert in der Finsternis sitzen. Meine Ohren rauschten, sodass ich nur noch meinen eigenen Atem hörte. Waren da Schritte? Hatte ich Gudrun geweckt? Meine Nackenhärchen stellten sich auf, und ich hielt den Atem an, lauschte. Der Gedanke, Gudrun könnte diesen Raum betreten und in Adas Kostbarkeiten wühlen, behagte mir ganz und gar nicht.

Erneut hörte ich es. In diesem Moment kam der Mond hinter einer Wolke hervor, warf ein gespenstisches Licht in die Dachkammer, einen Strahl, der über den Boden bis hin zur Tür fiel. Mir schauderte. Ich kniff die Lider zusammen, als könnte es mir helfen, deutlicher zu sehen. Zuerst wollte ich meinen Augen nicht trauen, konnte es einfach nicht glauben. Da stand sie zu voller Größe aufgerichtet mitten im Raum, wandte mir den Kopf zu. Wie ich war sie zur Salzsäule erstarrt. In ihren Augen meinte ich jedoch das machiavellistische Flimmern einer gewieften Übeltäterin zu erkennen, einer, die es verstand, andere hinters Licht zu führen. Fast höhnisch schien sie mich anzugrinsen und sagen zu wollen: *Na, damit hast du wohl nicht gerechnet, wie?*

Mein Herz raste vor Wut. Nein, in der Tat. Ich hatte mir sämtliche erdenkliche Szenarien vorgestellt, hatte diese Möglichkeit aber völlig übersehen. Wie dumm von mir, dabei war ich sogar vorgewarnt worden, nicht wahr?

Überwältigt unterdrückte ich ein Schnaufen und starrte genauso zickig zurück. Beide rührten wir uns nicht, als würde die Zeit plötzlich stillstehen, als hätte das stetige Rieseln der Sanduhr innegehalten, nur für uns, nur für diese zwar vorhersehbare, aber doch unwahrscheinliche Begegnung …

Kapitel 20 – Von Angesicht zu Angesicht

Da stand sie, rührte sich nicht, wie eine steinerne Statuette. Fast hatte sie etwas Antikes. Es fehlte nur eine Toga, um dem grotesken Anblick noch das i-Tüpfelchen aufzusetzen. *Sicher weiß sie mehr, als sie zugeben will*, ging es mir durch den Sinn. *Vielleicht kennt sie Adas Geheimnisse letztendlich sogar besser als jeder andere hier …*

Gebannt stierte ich sie an, als wollte ich sie hypnotisieren, meine alte Bekannte, die Maus. Wenn sie doch nur sprechen könnte … Trotz Kater Max' Vorwarnung hatte ich nicht mit ihr gerechnet, hatte geglaubt, Gudrun wäre von den Geräuschen aufgewacht, oder schlimmer, Adas Geist oder sonst ein Ahne hätte mich heimsuchen wollen. Ich grinste blödsinnig vor mich hin.

Wie in Zeitlupe holte ich die Taschenlampe hervor, knipste sie an und richtete den Strahl direkt auf das Nagetier, das noch immer zu voller Größe aufgerichtet und bewegungslos auf den Hinterpfoten saß. Man hätte meinen können, dass es mit seinem süßen weißen Bäuchlein für Adas Werke Modell stehen wollte. Zwischen den tiefen Schlieren am Boden, die rechts und links an ihm vorbei verliefen und wie eine kurvige Straße aussahen, wirkte das Mäuschen wie ein vergessenes Kinderspielzeug, das sich von meiner Gegenwart nicht im Geringsten gestört zu fühlen schien.

Ein nervöses Kichern wollte in mir aufsteigen. Plötzlich fand ich die Situation urkomisch. Wie ich hier mitten in der Nacht nach Antworten suchte und stattdessen einer alten Freundin von Angesicht zu Angesicht gegenübersaß, einer Freundin, die fast genauso fasziniert von mir zu sein schien wie ich von ihr.

Da! Mit einem Mal kaute sie vor sich hin und putzte sich mit den winzigen Vorderpfoten das Näschen und die vibrierenden Schnurrbarthaare. Der Bann schien gebrochen, denn sie setzte die Vorderfüßchen wieder auf dem Boden ab, wandte sich unschlüssig schnüffelnd mal nach rechts, mal nach links und folgte schließlich erst zögerlich, dann bestimmter den Einkerbungen des imaginären Pfads, der sie zum Fuße der Kommode führte. Mit der Taschenlampe folgte ich ihr, bis sie darunter verschwunden war.

»Auf Wiedersehen«, flüsterte ich, fast ein wenig traurig, aufs Neue allein zu sein. Und jetzt? Enttäuscht schaltete ich die Handleuchte aus, stutzte und knipste sie wieder an. Stirnrunzelnd verfolgte ich zum wiederholten Mal die Schlieren am Boden. Ich erhob mich, näherte mich ihnen. Erst jetzt erkannte ich, dass es sich dabei um jeweils zwei bogenförmige Rillen handelte, die wie Bahnen von dem hinteren und dem vorderen rechten Fuß der Kommode verliefen, als hätte man diese Seite des Möbelstücks oft verschoben.

Wieder begann mein Herz schneller zu schlagen. *Erwarte bitte nicht zu viel*, mahnte ich mich, aber es war bereits zu spät, denn meine Fantasie ging erneut mit mir durch. Wieder schaltete ich Adas Lämpchen an, schlich zurück zu dem Möbelstück und zog die betroffene Seite behutsam vor, darauf achtend, dass die Füße genau in den Einkerbungen verliefen. Innerlich jubilierte ich. Es passte.

Jetzt stand das gute Teil schräg von der Wand ab. Eigentlich hatte ich ein klaffendes Loch dahinter erwartet und musste frustriert feststellen, dass dem nicht so war. Umsichtig klopfte ich die Wand ab, aber sie klang weder hohl noch gab es den leisesten Anhaltspunkt auf eine Öffnung. Ich schnaufte ernüchtert, wollte mich wieder abwenden, als ich die leicht gebogene Latte am Boden bemerkte. Beim näheren Hinschauen erkannte ich das kleine Loch, unter dem ich die Mäusebehausung vermutete. Ich wollte aber auf Nummer sicher gehen, bückte mich und klopfte dagegen, fast, als wollte ich der kleinen Familie Mäuserich mein Eindringen in ihre Privatsphäre ankündigen. Ich spürte einen Widerstand, wo eigentlich keiner hätte sein sollen. Vorsichtig schob ich den Zeigefinger ins Loch, fragte mich gleichzeitig, ob diese Winzlinge beißen würden, formte ihn zu einem Haken und zog an der Latte, die sich zu meinem Erstaunen ohne viel Mühe öffnen ließ. Staub wirbelte auf, und ich hielt mir die Armbeuge vor Mund und Nase, unterdrückte ein Husten.

Entgeistert starrte ich auf die mit Krimskrams gefüllte Einbuchtung im Boden. Mein Herz hüpfte und gleichzeitig wurde ich mir dieses außergewöhnlichen Augenblicks bewusst. Plötzlich war es glasklar, dass ich mit dieser Entdeckung im Begriff stand, in den Teil von Adas Leben einzudringen, den sie vor der Öffentlichkeit hatte bewahren wollen. Vielleicht den schmerzlichsten?

Aber was hätte noch peinvoller für sie gewesen sein können, als ihre große Liebe zu verlieren, sie niemals wiedersehen zu dürfen? Was hätte scheußlicher sein können, als unter Georgs ewigem Scheffel zu stehen, unter seiner Erpressung zu leiden und ihr Leben danach richten zu müssen? Oder handelte es sich vielleicht um etwas, wofür sie sich gar geschämt hatte?

Eine sehr ungute Vorahnung beschlich mich, und ich fragte mich, ob ich es wirklich so genau wissen wollte. Noch konnte ich kehrtmachen. Noch konnte ich die Latte einfach wieder verschließen, ins Bett zurückkehren und die Vergangenheit ruhen lassen, so, wie ich es mir von Anfang an vorgenommen hatte.

Aber der Sog dieser Bodenmulde war zu heftig, meine Wissbegierde zu gewaltig, als dass ich dem inneren Drängen hätte widerstehen können. Besonnen holte ich das Sammelsurium an Gegenständen hervor. Darunter befand sich eine Spieluhr mit einer niedlichen Tänzerin, ein Kästchen mit verschiedenfarbigen Bändern, Anhängern und Kettchen, ein kleiner Teddybär, ein arg altmodischer Kinderschuh und – Halleluja – ein paar kleine, mir sehr vertraut erscheinende Büchlein.

Ehrfürchtig nahm ich sie auf, wischte bedächtig die weiße Schicht ab und öffnete das erste.

»1970«, stand schräg auf die erste Seite gekritzelt. »1971«, war im nächsten zu lesen. Herrje, das war zu spät. Es blieben nur noch zwei Heftchen übrig. Kaum wagte ich sie zu öffnen. Ich hatte das doch nicht alles umsonst gemacht, oder? Als ich den vorletzten Band aufschlug, flehte ich innerlich, es möge der richtige sein.

»1968«, las ich leise, schloss die Augen und drückte das Buch gegen meine Brust. »Danke, Ada«, fügte ich hinzu, denn ich hatte jetzt keinen Zweifel mehr daran, dass es sich beim letzten Büchlein um ihr Tagebuch von 1969 handelte. Von meinem Fund berauscht, behielt ich nur die vier Bücher und die hübsche Spieluhr und verfrachtete den Rest wieder in das Versteck, über das ich eilig die Kommode zurechtrückte. Mein Augenmerk fiel erneut auf den persischen Wandteppich, und ohne lange zu fackeln, nahm ich ihn

vorsichtig ab und legte ihn auf den Boden über die verrä-
terischen Schlieren. Man konnte ja nie wissen …

Mit meinen Schätzen beladen, machte ich mich auf den
Weg in mein Zimmer. Dort angekommen, wischte ich sie
mit einem feuchten Lappen sauber und legte sie so behutsam, als würde es sich um kostbare Goldbarren handeln,
auf mein Bett. Mittlerweile zeigte mein Wecker 03.17 Uhr
an. Ich schnaufte leise. Eines stand fest: In dieser Nacht
würde ich wieder einmal keinen Schlaf finden …

Kapitel 21 – Hohle Sprüche

Als ich die erste Seite umblätterte, glitt mir ein handge-
schriebener Zettel entgegen, der mich stark an einen ähn-
lichen erinnerte, den ich vor ein paar Monaten in Adas
Unterlagen gefunden hatte. Und richtig. Staunend las
ich die Zeilen, die nichts anderes zu sein schienen als die
Fortsetzung des Gedichts, von dem ich bereits einen Teil
kannte.

Erwartungsvoll las ich es:

Im feurigen Schein der Begierde,
Dein Wesen mir erst fremd,
Bunt malst du mit Liebeszierde,
Bis es feuerrot brennt.

Der Sog der Verdammnis
Radiert die Kreide fort,
Zerrt und rüttelt bis zum Verschliss,
Holt dich von diesem Ort.

Stachel so dick wie Drachenzähne
Stechen und piken alles auf,
Reißen Wunden in das Schöne,
Die Zeit nimmt ihren Lauf.

Die Blüte stirbt,
Reißt Löcher in Ketten,
Das Lodern verdirbt,
Nichts kann dich mehr retten.

Dornenkönigin, so verschwiegen,
Mit dem Fluch sie richtet,
Wollte siegen,
Doch es hat sie vernichtet.

Auch dieser Auszug blieb mir auf den ersten Blick unergründlich. Beim besten Willen konnte ich mir nichts daraus zusammenreimen. Ehrfürchtig legte ich das Blatt auf den Nachttisch und schlug die zweite Seite des Buches um.

4. April 1968 – Heute wurde Martin Luther King kaltblütig ermordet. Ich bin konsterniert. Seine berühmten Worte »I have a dream« sind seit seiner Rede vor sechs Jahren in mein Herz gebrannt. Wie scheußlich die Menschheit nur sein kann. Aber ich erlebe es ja selbst fast täglich …
 Ada, in Trauer.

28. Mai 1968 – Mit viel Aufmerksamkeit verfolge ich seit Wochen die Nachrichten. Die Jugend lehnt sich auf. Besonders in Frankreich geht es hoch her. Anfang des Monats hat es in Paris richtiggehende Straßenschlachten gegeben. Vor zehn Tagen wurden sogar die Filmfestspiele in Cannes wegen der Unruhen abgebrochen. Unglaublich. Es weckt Erinnerungen in mir. Erinnerungen an ein Leben, das nicht mehr ist. Es wirkt so fern und doch so nahe, als wäre es erst gestern gewesen. Ich sehe mich inmitten der Prominenten wandeln, Preise einheimsen. Ich denke an

den armen Marcel, an Maria ... Mein Herz wird schwer.
Zu schmerzlich.

Jetzt geht es allmählich auch hier los. Die Notstandsge-
setze sollen gewählt werden. In Berlin gehen die Studen-
ten auf die Straße, erinnern auf riesigen Plakaten daran,
dass Bundeskanzler Kiesinger früher NSDAP-Mitglied
war, fordern seinen Rücktritt. In Dortmund geht es auch
los. Die Welt ändert sich. Ich spüre es. Es hängt in der Luft.

Ada, in Erwartung.

3. Juni 1968 – Heute ist ein wundervoller Sommertag, das
bunte Farbenfeuerwerk meines Gartens erfüllt mich mit
Freude. Überall riecht es nach der hitzigen vibrierenden
Inbrunst der Natur, und ich fühle mich inspiriert.

Das Leben geht weiter. Die Jahreszeiten kommen und
gehen. Die Menschen da draußen lachen, singen, tanzen
und amüsieren sich. Rüttle dich wach, sage ich mir. Geh hin-
aus. Lach mit ihnen, rede mit ihnen, tanze mit ihnen. Was
geschehen ist, kann nicht mehr rückgängig gemacht wer-
den. Ich muss damit leben, muss es akzeptieren. Ich trage
Mitschuld, denn ich habe den Deal akzeptiert.

Ada, die Einsame.

Einen Augenblick hielt ich inne und ließ Adas Worte
sacken. Sicher spielte sie auf Georgs Erpressung an, den
tödlichen Unfall ihres Exmannes ans Tageslicht zu bringen,
sollte sie sich nicht verpflichten, Maria nie wiederzusehen.

18. Juni 1968 – Georg hat geheiratet! Ja, es geschehen noch
Zeichen und Wunder. Wie heißt es noch so schön: »Auf jedes
Töpfchen passt ein Deckelchen.« Allmählich glaube ich an
solche dümmlichen Weisheiten. Wie dem auch sei, mir

hätte wahrlich nichts Besseres widerfahren können; endlich kommt er nicht mehr alle naslang bei mir vorbei. Ich hoffe inständig, dass das in Zukunft auch so bleiben wird.

Übrigens: Sie soll noch blutjung sein, um die 20. Noch hatte ich nicht das »Vergnügen«, die Auserwählte kennenzulernen, und ich bin ehrlich gesagt auch nicht gerade erpicht darauf. Wenn sie mich nur einfach vergessen könnten.

Ada, hoffnungsvoll.

23. August 1968 – *Gestern sind neue Aufstände losgebrochen. Diesmal geht es um die sowjetische Invasion in der Tschechoslowakei, die am 20. August stattgefunden hat. Seit dem Frühjahr geht es auch bei uns in Deutschland hoch her. Die Protestbewegung richtet sich gegen Bildungsreformen, politische Unterdrückung, den Vietnamkrieg und vor allem gegen die herrschenden gesellschaftlichen Normen und Werte. Rebellische Jugendliche setzen sich für die Gleichberechtigung ein, dafür, dass alle Frauen – nicht nur die verheirateten – verhüten dürfen. Sie lehnen sich in der ganzen Welt auf. Wie gut ich sie verstehen kann. Ich bin mit ganzem Herzen bei ihnen. Mögen sie ihre Freiheit gewinnen.*

Ada, rebellisch.

Kopfschüttelnd blätterte ich weiter. Anscheinend war die russische Regierung schon immer mal gerne bei den Nachbarn einmarschiert. Ich dachte an 2008 in Georgien und an 2014, als sie die Kontrolle über die ukrainische Halbinsel Krim übernommen hatte, erinnerte mich daran, wie empört mein Vater darüber gewesen war. Er gehörte zu denjenigen, der dieses Vorgehen als Verletzung der territorialen Integrität und Souveränität der Ukraine wertete. »Schrecken die denn vor nichts zurück?«, hatte mein Paps sich vorm Fernseher ereifert. »Wann wird die endlich mal einer aufhalten? Die werden sonst immer mehr anknabbern, hier ein Stückchen, da ein Stückchen … Du wirst schon sehen: Die geben keine Ruhe, bis sie alle Grenzen der ehemaligen Sowjetunion wiederhergestellt haben.« Beim Gedanken an Paps und sein politisches Engagement lächelte ich vor mich hin.

Mittlerweile war meine Müdigkeit wie fortgeblasen. Ich konnte nicht anders, als jedes einzelne von Adas Worten, jeden Buchstaben, jede Zeile in mich aufzusaugen wie ein gieriger Oger seine Beute. Ein weiteres Mal hatte mich das Ada-Fieber gepackt. Ich wollte mehr wissen. Es war aufregend, ihre Gedanken zu lesen. Wo ich am Anfang immer das Gefühl gehabt hatte, unbefugt in die Welt einer Fremden einzudringen, meinte ich jetzt, einer langjährigen Freundin zuzuhören. Ich fühlte mich ihr sonderbar nahe, sodass ich meinte, genau zu wissen, was in ihr vorging, ihr Wesen zu kennen.

1. September 1968 – Seit ich mir einen Fernsehapparat zugelegt habe, verfolge ich die Entwicklung der neuen Ära aufmerksam mit und bin von dem Einfallsreichtum der heutigen Jugend beeindruckt und fasziniert. Anders als wir damals, die einfach nur froh waren, dem Krieg entkommen zu sein, und mit dem Aufbau alle Hände voll zu tun hatten, bäumen sie sich gegen das ewige Diktat des Spießertums auf. Gegen Menschen wie meine Eltern. Gegen diejenigen, die Frauen als »Huren« bezeichnen, nur weil sie vor der Hochzeit einen Mann auch nur geküsst haben. Gegen diejenigen, die Frauen im Haus und in der ewigen

Abhängigkeit von Männern halten wollen. Gegen diejeni-
gen, die Homosexualität als Abart abstempeln … Es gäbe
so viele Beispiele …

Ich freue mich, dass sich der Geist der Zeit ändert, dass
er unaufhörlich voranschreitet, sich öffnet. Schon mit dem
Rock 'n' Roll hatte es begonnen, gefolgt vom Beat, den
Gammlern und den Provos. Aber was mich ganz beson-
ders anzieht, ist diese neue Bewegung: die Hippies! Die
Aussteiger. Die, die nicht daran glauben, etwas von innen
ändern zu können, sondern ihre eigene Gesellschaft fernab
der Falschheit, der Verlogenheit und der Heucheleien grün-
den möchten. Ja, ich vibriere mit ihnen.

Ada, fasziniert.

Es wunderte mich kein bisschen, dass Ada so empfand.
War das, was ihr und Maria zugestoßen war, nicht das beste
Beispiel für diese Engstirnigkeit gewesen? Hatte sie nicht
die Vorurteile und Schranken der Allgemeinheit am eigenen Leib erfahren? Hatte sie für dieses Denken nicht mit
ihrem eigenen verhunzten Dasein bezahlen müssen? Ada
schrieb vom Wandel der Zeit. Aber ich spürte auch ihren
inneren Wandel. *Midlifecrisis?*, fragte ich mich. Immer mehr
drang ich in Adas Welt ein, fühlte mich, als wäre ich dabei …

*

Lindau, Bodensee – 15. September 1968

Auch an diesem herrlichen Spätsommernachmittag machte
Ada ihren üblichen Spaziergang bis zum Lindenhofpark,
schlenderte die schattigen Alleen entlang und genoss die
träge Stille, die von der sommermüden Umgebung aus-

ging. Um diese Uhrzeit gingen die meisten Einheimischen bereits zum Einkaufen oder tranken den Nachmittagstee. Nur wenige tummelten sich noch in den Strandbädern.

Ada fühlte sich heute ungewöhnlich belebt, als ob das Flirren der warmen Luft sich auf ihre Haut übertragen und ihren ganzen Körper in Schwingung versetzt hätte, wie eine vage Intuition von etwas Einzigartigem, das einem jeden Augenblick widerfahren könnte. Etwas, mit dem man niemals gerechnet hätte, von dem man überzeugt war, dass es nur anderen passierte. Etwas, für das sie sich schon fast zu alt fühlte. Wie das Kribbeln im Bauch eines Jugendlichen, der voll ungeduldiger Erwartung der am Abend stattfindenden Party entgegenfieberte. Und auch wenn es nur ein unbestimmtes Sehnen in ihr war, das dieses unwirkliche Gefühl fernab der Wahrheit ihres aktuellen Daseins auslöste, so beflügelte sie doch dieses innere Flattern.

Leichtfüßig lief sie die gewundenen Pfade des Parks entlang, an in herbstlicher Blumenpracht erblühten Wiesen vorbei, atmete die herrlichen Düfte der erhitzten Pflanzenwelt ein und labte sich am Anblick der jahrhundertealten Linden, deren lustige Lichtschattenspiele auf den Wegen und Gräsern zum Träumen anregten. Wie glitzernde Diamanten tanzten die durchs Blätterwerk hindurchdringenden Lichtpunkte auf dem Grund, funkelten und blinkten vorwitzig im Rhythmus des leichten Windes. Hätte Ada sie wie hübsche Schmetterlinge einzufangen vermocht, sie hätte keinen Augenblick gezögert. Doch zum Glück gab es Dinge, die sich nicht einfangen ließen. Dinge, die ewig die Freiheit innehatten, zu kommen und zu verschwinden, zu sein oder zu vergehen, wie es ihnen beliebte. Die einzige Macht, die sie über diese Augenweide hatte, war ihr Talent als Malerin. Aber niemals konnte eine Abbildung dieser

Schönheit seinem Original gerecht, niemals das Glitzern und Blinken naturgetreu wiedergegeben werden. Nicht vom größten Künstler, nicht vom gepriesensten Artisten, nicht einmal von einem Fotografen, so wunderbar seine Techniken auch sein mochten.

Hier und da hatte sich bereits das erste Laub am Wegrand angesammelt, fast unauffällig, als wollte es den Betrachter nicht mit dem Nahenden erschrecken, sondern wie schüchterne Vorboten die unabdingliche Vergänglichkeit der Helle behutsam ankündigen. Die bunten Farben des Herbstes wirkten auf Ada immer wie eine Besänftigung, die die Natur erfunden haben musste, damit das für die meisten unendlich erscheinende Weiß des Winters erträglicher wurde.

Ada liebte ihre Heimat, liebte ihren See, liebte diesen Park zu jeder Jahreszeit, den Park, der ihr in all den Jahren der Trauer so oft Trost gespendet hatte. Jedes Mal, wenn sie gemeint hatte, an der Last der Vergangenheit zugrunde gehen zu müssen, war er da gewesen, um ihr Mut zu geben. Jedes Mal, wenn die Erinnerungen an ihre unglückliche Liebe zu schmerzlich geworden waren, hatte sie von diesen grünen Giganten Kraft geschöpft. Dann fragte sie sich immer, wie viel Leid diese wohl schon miterlebt haben mochten. Wie viele Versprechungen und Küsse, wie viele Lügen und verräterische Heucheleien. Die Bäume überlebten die Epochen und die Kriege, blieben zurück, wenn es für uns Zeit war, das Weltliche zu verlassen, behielten die anvertrauten Geheimnisse für sich, schwiegen sich über erfahrenes Unrecht aus.

Geschwind wischte Ada die melancholischen Gedanken fort, wollte viel lieber wieder in dem neuen Gefühl der Leichtigkeit schwelgen. Aus der Ferne hörte sie Gelächter, das zu ihr hinüberdrang wie ein Versprechen auf mehr. Es klang jung und unbefangen, voller Leben und Zuversicht, und es zwickte sie ins Herz. So wollte sie auch sein. Das wollte sie auch empfinden dürfen. Aber hatte man als Frau über 40 überhaupt noch ein Recht darauf? War nicht alles schon an einem vorbeigerauscht? Sollte man sich nicht mit dem zufriedengeben, was man bislang hatte erleben dürfen?

Sie schnaufte ungehalten. Unwiderstehlich zog es sie zu den Klängen des fröhlichen Treibens hinüber, ans Ufer des Lindenhofbads. Langsam näherte sie sich der Geräuschquelle, deren Pegel mit jedem Schritt deutlich anstieg.

Als Ada die Badewiese erreichte, war sie überrascht, nur eine Gruppe junger Menschen zu erblicken, die nicht aus der Gegend zu stammen schien. Selbst das Strandcafé war fast leer und die Kellner bereits dabei, die letzten Tische abzuräumen und die Schirme zu schließen. Schon wollte Ada kehrtmachen, die Jugend unter sich lassen, als ihr Augenmerk plötzlich auf einen großgewachsenen langhaarigen Kerl mit Stirnband fiel. Mit seinem nackten, sonnenverbrannten Oberkörper und den zerlöcherten Bermudahosen stand dieser Adonis, mit einem Frisbee in der Hand, leicht wankend auf dem Rasen und versuchte, seine Artgenossen zum Mitmachen zu bewegen. Die jedoch faulenzten mit Zigarettenstummeln in den Mundwinkeln auf dem Rasen herum und schienen von der Idee wenig begeistert.

Ada schmunzelte. Neugierig näherte sie sich dem Geschehen und begab sich zur steinernen Treppe, die vom hufeisenförmigen Steinbau direkt ins Wasser hinunterführte. Mit vor der Brust verschränkten Armen stellte sie sich seitlich mit dem Rücken ans weiße Geländer, sodass sie gleichzeitig die Liegewiese im Auge behalten konnte und einen wunderbaren Blick über die Mole des ehemaligen Hafens, aber auch auf den See, die Insel und den Eisenbahndamm hatte.

Auf dem grünlichen, leicht welligen Gewässer zogen Fähren, Segelschiffe, Fischerboote und Kähne weiße Gischtstraßen hinter sich her, wie festliche Hochzeitsschleier. Etwas weiter vom abgegrenzten Badegebiet entfernt vergnügten sich die zahlreichen Mitglieder einer Entenfamilie mit Brotkrumen, die wohl von den wenigen um diese Jahreszeit noch anwesenden Touristen ins Wasser geworfen worden waren. Und wenn man etwas genauer hinschaute, konnte man ab und an die spitz zulaufenden wulstigen Lippen eines Hechts erkennen, der blitzschnell an die Oberfläche hochtauchte, um sich einen der vielen Happen mit einem diskreten »Plitsch« zu schnappen. Ada genoss diesen Augenblick der Unbeschwertheit, der zwischen Vergangenheit und Zukunft zu schweben schien, eine Art Pause im Hier und Jetzt, ein Geschenk.

Unvermittelt stänkerte der Hüne. »Hey, kommt schon«, rief er und trat einem seiner Freunde leicht gegen die Fußsohle. »Beweg deinen faulen Hintern und raff dich auf. Ein bisschen Bewegung hat noch niemandem geschadet.«

»Ho, Klaus«, rief der Betroffene. »Lass mich in Ruhe dösen. Such dir jemand anderen für deinen Kinderkram.«

Erneut musste Ada ein Grinsen unterdrücken. Eingehend musterte sie das Grüppchen. Es waren acht Männer und sechs Frauen schätzungsweise um die 20, höchstens 25. Alle hatten sie seidene bunte Schals, Stirnbänder oder Blumenkränze um die Häupter geschlungen. Die Männer trugen lange Haare und Bärte, ausgeleierte Hosen, und wenn überhaupt, bestickte Blusen. Die Frauen, unter denen einige mit Ketten und unzähligen Armbändern behangen waren, hatten luftige Kleider mit Blumenmotiven an. Sie alle waren sonnengebräunt und wirkten auf Ada so schön, als wären sie gerade einem Roman entsprungen, in dem der Autor zu perfekte Menschen erschaffen hatte. *Hippies*, schoss es ihr durch den Sinn. *Wahrhaftige Hippies!* Unversehens durchströmte sie ein unwiderstehliches Drängen, unvernünftig, frech und waghalsig.

»Ich möchte gerne mit Ihnen spielen«, verkündete sie.

Klaus fuhr herum, meinte, sich verhört zu haben. Belustigt musterte er sie. »Sie?«

Ada nickte blinzelnd, richtete sich auf. »Ja, oder ist es älteren Generationen untersagt?«

Die anderen lachten.

»Durchaus nicht«, antwortete der Schönling mit kessem Blick und einnehmendem Lächeln. »Können Sie denn Frisbee spielen?«

»Nein, aber ich kann es ja lernen, wenn Sie mir zeigen, wie es geht«, konterte sie und grinste.

Wölfisch grinste er zurück. »Also gut, kommen Sie.«

»Du, pass auf, dass dich der steile Zahn nicht anbohrt«, rief einer seiner Freunde. »Denk an unsere Devise: Traue keinem über 30!« Gejohle brach aus.

Ada lächelte fragend.

»Machen Sie sich nichts draus. Ist nur so ein hohler Spruch unserer Bewegung.« Er warf ihr die Scheibe zu, die alsbald neben ihr im Gras landete. »Sie müssen sie fangen.«

»Ach so, in Ordnung«, antwortet Ada, hob das Frisbee auf und warf es ungeschickt in die Luft, sodass es im schrägen Sturzflug und komisch eiernd wieder auf der Wiese landete. »Hui, es sieht einfacher aus, als es tatsächlich ist«, rief sie.

»Wie heißen Sie?«

»Ada«, antwortet sie. »Und wir können uns gerne duzen.«

»Das ist echt stark. Ich bin Klaus. Also schau, Ada«,

sagte er, hielt das Plastikteil flach und mit nach innen gedrehtem Handgelenk gegen seinen Bauch und warf es mit einem kleinen Rucken in die Luft. Gemächlich segelte es auf Ada zu, die sich nur auf die Zehnspitzen zu stellen brauchte, um es aufzufangen.

Als sie versuchte, Klaus nachzuahmen, schüttelte dieser den Kopf und kam zu ihr hinüber. In seinen blaugrünen Augen meinte sie, den Schalk zu erkennen.

»Mach dich nur über mich lustig«, sagte sie. »Wir können später gerne Volleyball spielen, dann werden wir ja sehen, wer von uns die bessere Figur macht.«

Sein schallendes Gelächter ließ ihr Herz anschwellen. Seine Augen versprühten den jugendlichen Glanz der Unbekümmertheit, die Grübchen auf seinen Wangen luden dazu ein, mehr zu wollen, seine Lippen …

»Du spielst echt Volleyball?«, fragte er begeistert.

Ada nickte. »Ja, klar.«

»Stark! Die Herausforderung nehme ich gerne an. Aber zuerst musst du lernen, das Frisbee richtig zu halten.« Er stellte sich hinter sie, beugte sich leicht über ihre Schulter und leitete ihre rechte Hand, mit der sie die Scheibe hielt. Sein Körper strömte den Geruch nach Mann aus, eine Mischung aus Sonnencreme, sommerverbrannter Haut und einem leichten Hauch von Schweiß. Mehrmals vollführte er mit ihrem Handgelenk die rotierenden Bewegungen und warf das ufoähnliche Gebilde in die Luft. Seine Nähe verwirrte sie angenehm. Ada wollte mehr …

Auch Klaus wirkte angetan, ihre Blicke kreuzten sich immer öfter, blieben aneinander hängen wie zwei sich anziehende Pole. Im Hintergrund machten sich seine Freunde über ihn lustig, rissen zotige Witze. Er beachtete sie nicht, schien ganz auf Ada konzentriert zu sein.

»Versuch's«, forderte er sie sanft auf.

Mit ruckartiger Geste warf sie das Frisbee in die Luft, und tatsächlich flog es ein paar Meter. Begeistert holte sie es zurück, um es gleich noch einmal zu testen.

»Yeah, jetzt hast du es«, lobte Klaus und machte das Peace-Zeichen.

Wortlos warfen sie sich das Ding hin und her. Ihre Blicke spielten miteinander, forderten sich gegenseitig heraus, neckten sich und sprachen Dinge aus, die Ada eine Stunde zuvor noch als unangebracht erachtet hätte. Aber da war dieser Traum in ihr, der schon so lange im Verborgenen geschlummert hatte. Dieser Traum vom völligen Sich-gehen-Lassen. Dieser Traum von Unbefangenheit, von einer Freiheit, die einem keine gesellschaftlichen Schranken und Tabus auferlegte. Der Traum einer Künstlerin, die nicht nur Kreieren, sondern vom Freisinn des Schaffens nahezu aufgesaugt sein wollte. Alles schien eindeutig, unproblematisch und echt.

Irgendwann streifte Ada ihre Slipper ab, um dem immer schneller werdenden und höher hinauswollenden Flugobjekt leichter nachspringen zu können. Allmählich bekam sie ein echtes Gespür für die runde Scheibe und wurde immer mutiger. Das Spiel machte ihr einen Heidenspaß, und sie vergaß alles andere. Da hüpfte sie im knielangen Tüpfchen-Kleid wie ein Teenager über die Wiese, giggelte und alberte herum, fluchte oder jubelte.

»Wo kommt ihr her?«, versuchte sie schließlich, eine Unterhaltung in Gang zu bringen.

»Aus Berlin«, antwortete Adonis.

»Aus Berlin?«, wiederholte sie überrascht. Es setzte dem Mythos, den diese Bande zu umgeben schien, noch die Krone auf.

»Ja, wir haben uns vor vier Tagen zu einem Spontanurlaub entschlossen.«

»Einfach so?«, fragte Ada begeistert. »Und wie lange gedenkt ihr zu bleiben?«

»Heute Abend reisen wir leider wieder ab«, antwortete er. In seiner Stimme schwang Bedauern mit, das er durch seinen bedeutungsvollen Blick noch unterstrich.

»Schon?« Auch Ada war enttäuscht. »Warum so eilig?«

»Wir wohnen in VW-Bussen, und das ist auf die Dauer nicht so bequem«, antwortete er ehrlich. »Und du, Ada? Was machst du so im Leben? Bist du auch hier im Urlaub? Sicher in einem Luxushotel, oder?«

Ada schmunzelte. »Ich bin Künstlerin«, sagte sie. »Und ich lebe hier.«

»Herrliche Gegend«, erwiderte er und verzog anerkennend die Mundwinkel.

»Ja, Berlin muss aber auch wahnsinnig schön sein, oder?«

»Nicht zu vergleichen, aber ja, Berlin ist auf eine ganz besondere Weise aufregend«, gab er zu.

»Wie spannend«, sagte Ada verträumt. »Ich beneide euch ein wenig dafür.« *Und auch für eure Jugend und alles, was euch noch erwartet*, fügte sie in Gedanken hinzu.

»Du, das Dasein, das wir dort führen, würde dir sicher nicht gefallen«, winkte Klaus ab.

»Warum denn nicht?«

»Das ist nichts für eine Frau von Welt, wie du eine bist. Wir leben ohne Komfort, ohne Luxus.«

Ada schürzte die Lippen. »Ich weiß nicht, ob mich das wirklich stören würde.«

»Das sagst du jetzt, weil du eine Romantikerin bist, aber wenn man da täglich durchmuss, sollte man es in den Knochen haben und ein überzeugter Gegner des Spießertums sein«, erklärte er und schaute dabei skeptisch auf Adas seidenes Sommerkleidchen.

Ada zuckte mit den Achseln. »Vielleicht. Nichtsdestotrotz fühle ich mich von einem solchen Leben wie magisch angezogen.«

Klaus lächelte, und Adas Herz tat einen Sprung. Wie Saugnäpfe hafteten sich ihre und seine Augen erneut aneinander, und wieder empfand Ada dieses heftige Flirren, diesmal auch in ihrem Bauch. Am liebsten hätte sie Klaus nach seinem Alter gefragt, denn das, was sie für diesen jungen Mann empfand, erschien ihr für eine Frau ihrer Generation ungehörig.

»Du, lass uns eine Pause einlegen, ja?«, forderte er sie auf. »Magst du ein Bier?«

Ada zögerte. Warum eigentlich nicht? »Ja, gerne«, antwortete sie, bevor sie es sich anders überlegen konnte. Noch vor zwei Stunden wäre ihr der Gedanke, sich mit einer Gruppe Hippies auf einer Sommerwiese zu tummeln und Bier aus Flaschen zu trinken, völlig utopisch erschienen. Sie lächelte in sich hinein, bereit, keinen weiteren Gedanken mehr daran zu verschwenden, was sich gehörte oder was andere vielleicht von ihrem Treiben halten könnten.

Gemeinsam begaben sie sich zu seinen Freunden, die er ihr vorstellte: Udo, ein Schlaksiger, Monika mit wundervollen langen schwarzen Haaren, Rainer, der so gut gebaut war, dass er sicher jeden Wettkampf gewonnen hätte, Lilli, eine Blondine mit einem zauberhaften Lächeln, Dagmar und Dieter, die unzertrennlich schienen, Jochen, ein Charmeur, und Barbara, die vor lauter Ketten bei jeder Bewegung klimperte …

Klaus reichte Ada eine Flasche, nahm selbst ein paar kräftige Schlucke aus der seinen. Dann zog er sich lässig ein Hemd mit weitem Ausschnitt über, schnappte sich eine Gitarre und gesellte sich im Schneidersitz zu den anderen ins Gras. Er warf Ada einen Blick zu, forderte sie stumm auf, sich neben ihn zu setzen, was sie gerne tat.

Mit einem zunächst leisen Summen begleitete er die ersten zaghaften Klänge seines Gitarrenspiels. Ada lauschte gebannt. Prompt erhellte sich ihr Antlitz, als sie das Lied erkannte. Von Kopf bis Fuß durchfuhr sie eine Gänsehaut, als die anderen sangen: »If you're going to San Francisco.« Ada stimmte mit ein: »Be sure to wear some flowers in your hair.«

Monika kam mit einer Handvoll Wildblumen zu ihr hinüber, kniete sich hinter sie. »Darf ich?«, flüsterte sie und zeigte auf Adas Frisur.

Ada stimmte nickend zu. »If you're going to San Francisco«, sang sie weiter, während die Blumenfee sachte Adas Dutt löste und damit begann, ihr zwei Zöpfe zu flechten. »You're gonna meet some gentle people there.«

Der Gesang, die Parolen, Klaus' Nähe, die zarten Berührungen der Flechterin, der Duft der frisch gepflückten Blumen und die laue Sommerluft versetzten Ada in eine bis dahin nie gekannte Euphorie. Sie sangen und tranken, lachten und spaßten. Die Zeit verging wie im Flug, und plötzlich war die Sonne hinterm Horizont verschwunden. Schmerzlich schien der Moment des Abschieds zu nahen, sich anzuschleichen wie ein ungebetener Gast, der sich aufdrängen wollte.

Ein Glimmstängel wurde herumgereicht, und als es an Ada war, hielt Klaus sie zurück. »Bist du sicher? Hast du schon geraucht?«

»Nein, aber ich wollte es schon immer versuchen«, gab sie zu. Sie nahm einen kräftigen Zug und musste so heftig husten, als hätte ihr jemand die Lunge aus dem Leib gerissen. Trotzdem wiederholte sie den Vorgang.

»Das ist ganz normal am Anfang«, sagte er. »Lass dich jetzt einfach gleiten …«

Und Ada folgte seinem Rat. Alles um sie herum wurde mit einem Mal watteweich, fast meinte sie zu schweben. Sie alberten herum, kicherten. Bunte Seifenblasen schienen in der Luft zu schweben, vor ihren Augen in tausend Farben zu wabern, um schließlich zu zerplatzen. Ada fühlte sich geborgen, glücklich, zugehörig, so jung und … so geliebt … Nicht für das, was sie zu sein schien, sondern für sich selbst.

»Wow«, stieß sie aus.

Überraschend war Klaus' Gesicht ganz nahe bei ihr, seine vollen Lippen näherten sich den ihren, und das innere Vibrieren verwandelte sich in schier unerträgliche Sehnsucht nach mehr. Mehr Nähe, mehr Schweben, mehr Flimmern … Plötzlich trat die Frage in den Vordergrund, die sie sich den ganzen Nachmittag insgeheim gestellt hatte: Wie fühlte es sich wohl an, von ihm geküsst zu werden?

Die Antwort ließ nicht auf sich warten. Behutsam legte Klaus seine Lippen auf die ihren. Seine Zunge drängelte sich vorsichtig in ihren Mund, die ihre reagierte, erforschte den seinen. Das unwiderstehliche Verlangen, das im Nu von ihr Besitz ergriff, wurde noch von der Tatsache der bevorstehenden Abreise angeheizt. *Mehr!*, schrie es in ihr.

»Wie wäre es, wenn ihr heute Abend alle zu mir kommen würdet?«, hörte sie sich urplötzlich vorschlagen. »Ich gebe eine Party.«

»Ehrlich?«, fragte Klaus. »Werden sich deine Nachbarn denn nicht beschweren, wenn du mit der ganzen Bande auftauchst?«

»Nein, nein … Ich besitze ein Haus mit viel Grund-
stück drum herum. Das dürfte also kein Problem sein …«

Mehr, mehr, mehr …

Kapitel 22 – Drachenzähne

16. September 1968 – Lieber fühlen als denken. Lieber Natur als Beton. Lieber Freiheit als Schranken. Ich identifiziere mich mit ihnen, mit ihrer Lebenseinstellung »Love and Peace« und habe in ihrer Gegenwart das erste Mal das Gefühl, auch in der Öffentlichkeit wirklich ich sein zu dürfen. Wie weiche Sommerwogen fingen sie mich auf, trugen mich sanft ins Reich der Gleichheit und Unbefangenheit. Niemand fragte mich nach meinem Alter. Niemand fragte mich nach meiner Vergangenheit, meiner Gesinnung oder meiner sexuellen Orientierung. Ich bin ich. Ich bin frei. Ich bin Liebe …

Noch in den frühen Morgenstunden lagen sie laut schnarchend im Garten und im Haus verstreut, wie hübsche Spielzeuge, die von Kindern vergessen wurden, und schliefen ihren Rausch aus. Trotz des wenigen Schlafs, den ich hatte, bin ich früh aufgestanden, um den ungewohnten Anblick zu genießen. Mir wurde klar, dass ich Menschen um mich herum brauche, dass ich immer so leben, nicht mehr in der Vergangenheit verweilen möchte.

Und Klaus? Die Nacht mit ihm war zärtlich prickelnd und mit nichts zu vergleichen, was ich bis jetzt erlebt habe. Weder mit der virilen Art meines Mannes Marcel noch mit der Sanftheit und der totalen Vertrautheit, die zwischen Maria und mir herrschte.

Klaus ist einfach nur aufregend. In seiner Gegenwart fühle ich mich jung und lebendig, entdecke mich neu, erfinde mich neu. Am liebsten würde ich diese Liebe zum Sein in die Welt schreien, allen mitteilen, wie schön das Dasein sein kann, wenn man es einfach nur zulässt. Um mich herum will ich nur noch bunte Blumen, reine Schönheit, schöpferisches Schaffen. Wildheit, Mut, Lebenslust ...

Die Euphorie, die von mir Besitz ergriffen hat, ist erquickend und inspirierend zugleich. Nicht nur fürs Malen. Endlich habe ich begriffen, was mir fehlt. Ich möchte alles von Grund auf ändern.

Nein, Ada wird sich nicht mehr hinter Vergangenem verstecken, wird nicht mehr um Erlaubnis bitten und sich nicht mehr nach allen Seiten umschauen, ob sie auch bloß kein schmähender Blick verfolgt. Ich habe beschlossen, ich zu sein, imperfekt, launisch, rebellisch, aber eben ich.

Klaus ist wie ein Wirbelsturm über mich gekommen. Ein Wirbelsturm, der einen packt, mitreißt, durchbeutelt, der aber irgendwann einfach weiterzieht ... Weder gedenke ich, mein Leben hier am Bodensee aufzugeben, noch will er das seine in Berlin zurücklassen, so heftig, so wundervoll, so stürmisch unser Beisammensein auch gewesen ist.

Es bedarf keiner Erklärungen, denn es versteht sich von selbst. Er ist ein Freigeist, ein schwebender Fussel, der sich vom Lufthauch mitreißen lässt, sich irgendwo niederlässt, um sich gleich wieder in die Sphären zu erheben und davontragen zu lassen. So hatte das Schicksal unsere Geschichte geschrieben. So sollte es sein.

Ada, verträumt.

Berührt senkte ich das Tagebuch, stellte mir Ada mit Zöpfen und Blumen in den Haaren vor und musste lächeln.

Spontan dachte ich an die vielen Fotos, die ich von ihr gesehen hatte, und fand, dass sie selbst mit um die 40 eine höchst attraktive Frau gewesen war und um zehn Jahre jünger gewirkt hatte.

Und Klaus? Nach ihren Beschreibungen zu urteilen, musste er Chris ähnlich gesehen haben, jedenfalls stellte ich ihn mir so vor. Auch Chris hatte mir am Anfang den Eindruck vermittelt, ein freies Element zu sein, das nie stillstand. Hatte ich mich letztendlich vielleicht doch nicht geirrt? Hatte er durch die Entfernung womöglich erkannt, dass eine feste Beziehung für ihn doch nicht infrage kam? Ich seufzte leise vor mich hin, verbannte diese Gedanken und fragte mich, wie alt Ada damals genau gewesen war. Ich rechnete. Im Jahr 2017 war sie mit 94 Jahren gestorben. Also musste sie im Jahr 1968 um die 45 gewesen sein. So begannen also ihre verrückten Jahre? Gespannt las ich weiter.

1. Oktober 1968 – Meine Freunde sind seit zwei Wochen abgereist, und die Leere, die sie hinterlassen haben, ist beeindruckend. Menschen, ohne die ich in meinem bisherigen Dasein ausgekommen bin, die nur eine einzige Nacht durch mein Leben geschlittert sind, fehlen mir plötzlich. Fehlen mir, als wäre es völlig unverständlich, wie ich bisher auf ihre Gegenwart habe verzichten können. Ich vermisse Klaus. Seine Berührungen, sein Lachen, seine verrückte Bande. Mir fehlen aber nicht nur die Menschen und der Zeitgeist, für den sie stehen. Nein. Es ist ein Ganzes. Denn es ist vor allem der Lebensstil, der es mir angetan hat. In mir brodelt die Gewissheit, dass sich etwas in meinem Leben ändern muss. Ich will Feste und Rausch und Fröhlichkeit und Kunst … Ich will lachen und weinen und singen und tanzen …

Aber genug geschrieben. Ich fühle mich angeschlagen. Vielleicht die Grippe? Noch rufe ich nicht den »Doktor«, denn je weniger er mir unter die Augen kommt, desto besser.

Da er es mir auch weiterhin unter den üblichen Drohungen untersagt, mich ohne seine Erlaubnis von einem anderen Mediziner behandeln zu lassen, werde ich wahrscheinlich irgendwann an einer dummen Krankheit jämmerlich zugrunde gehen, nur weil ich ihn nicht rufen will. Manchmal frage ich mich, ob ich nicht einfach rebellieren soll. Würde er es wirklich wagen, diese alte, höchstwahrscheinlich bereits verjährte Geschichte, bei der er selbst zum Mitwisser geworden ist, ans Tageslicht zu bringen?

Aber leider ist es nicht so einfach. Er gehört zu den Menschen, die sich immer irgendwie herauswinden; womöglich würde er behaupten, dass er mir beim Gartenumgraben helfen wollte und dabei auf das Abscheuliche gestoßen sei … Wer weiß, wozu er noch alles in der Lage ist. Und jeder achtet ihn in Lindau und Umgebung, alle verehren sie ihn …

Ada, verzagt.

Mein Magen krampfte sich zusammen. Arme Ada. Erneut flammte die brennende Wut gegen Georg in mir auf. Welche Abscheulichkeiten waren seinem kranken Hirn noch entsprungen?

15. Oktober 1968 – Das Urteil ist unwiderruflich: Ich erwarte ein Kind! Und das in meinem Alter! Ich bin fassungslos, muss mich an diesen ungeheuerlichen Gedanken erst noch gewöhnen.

Und Georg? Er ist außer sich, hat das in mir entstehende Leben die »Brut des Bösen« genannt, die ich am besten nach der Geburt gleich fortgeben solle. Er hat mich davor gewarnt, ich könnte endgültig in der Stadt in Ungnade fallen, sollte das herauskommen. Ist das wahr? Hat sich die Gesellschaft noch immer nicht geändert? Je wütender es Georg macht, umso glücklicher fühle ich mich. Es ist meine einzige und letzte Chance, jemals Mutter zu werden und ihm damit gleichzeitig eine lange Nase zu ziehen. Ihm begreiflich zu machen, dass mein Körper, mein Leben, mein Wille mir allein gehören. Ich trage Klaus' Kind unter meiner Brust, und ich bin stolz. Ich bereue nichts. Es ist ein Blumenkind der Liebe …

Ada, verklärt.

Erschrocken stierte ich auf die letzten Zeilen des Büchleins und fasste mir unbewusst an den Bauch. Ada soll ein Kind bekommen haben? Mit voller Wucht traf mich diese neuerliche Eröffnung. Ich schüttelte den Kopf. Das war nicht möglich, denn warum hätte sie mir dann das Anwesen vermachen wollen? Ich schluckte, griff mit bebenden Händen nach dem nächsten Tagebuch und schlug es auf. Meine Müdigkeit war wie weggeblasen. Mein Herz klopfte aufgeregt.

Januar 1969 – Meine Hose spannt, meine Brüste schmerzen. Der Winzling, der in mir heranwächst, fordert bereits sein Recht. Ich leide unter chronischem Heißhunger. Besonders rote, knackige Äpfel haben es mir angetan. Weiß der Kuckuck, warum. Sie müssen etwas enthalten, was mein Körper braucht, anders kann ich es mir nicht erklären. Noch sieht man mir nichts an. Noch kann ich ins Freie, ohne dass es Gerede gibt. Allerdings musste ich die Ausstellung im Frühjahr »aus gesundheitlichen Gründen« absagen.

Übrigens habe ich heute einen höchst überraschenden Besuch erhalten. Frau Dr. Wächter persönlich hat mir die

Ehre erwiesen. Sehr freundlich, sehr zuvorkommend, sehr sonnig. Eigentlich ist sie eine hübsche Frau, auch wenn sie altbacken auf mich wirkt. An ihr scheint die neue Gesellschaftsbewegung völlig vorübergezogen zu sein. Georg hätte es nicht besser treffen können.

Zwar zeigte sie sich überaus fürsorglich mit mir, fast, als wüsste sie, dass ich in »anderen Umständen« bin. Aber als ich einen Blick in ihre Augen gewagt habe, meinte ich, einen erschreckend tiefen Abgrund hinter der Fassade wahrgenommen zu haben, was sofort eine Gänsehaut in mir auslöste. Sicher ist es nur die überempfindliche Künstlerin in mir oder der Aufruhr der Hormone, die mich dazu verleiten, hinter allem etwas Unergründliches zu vermuten. Eine Freundin wird sie jedenfalls nicht werden, das steht schon einmal fest.

Ada, skeptisch.

März 1969 – Wieder einmal komme ich mit dem Malen nicht voran. Georg liegt mir seit Monaten in den Ohren, dass ich das Kind zur Adoption freigeben müsse, bis ich schließlich eingewilligt habe, um ihn endlich zum Schweigen zu bringen. Seit diesem Eingeständnis werden die Besuche des Monsters endlich seltener, dafür nehmen die seiner Gemahlin zu. Jetzt darf ich sie Heidi nennen, wie schön. Wenn sie wüsste, wie egal sie mir ist. Immer schlechter kann ich meinen geschwollenen Leib unter den fluffigen Stoffen verbergen, sodass sie ihn gestern wohl zum ersten Mal wahrgenommen hat. Auf einmal ist sie in Tränen ausgebrochen. So erfuhr ich, dass sie erst vor ein paar Monaten eine Fehlgeburt erlitten hatte. Ich kam nicht umhin, Mitgefühl für sie zu empfinden, denn was hatte diese Frau anderes im Leben als ihren scheußlichen Mann und die Aussicht auf Kinder?

Die Tatsache, dass Georg einen Narren an mir gefressen hat, scheint sie nicht weiter zu belasten. Was erzählt er ihr über sein Verhältnis zu mir? Die gute alte Ada, die immer nur wie eine Schwester für ihn gewesen ist und für die er sich verantwortlich fühlt? Vielleicht glaubt er sogar selbst an dieses Märchen.

Seine Frau jedenfalls wirkt unglücklich auf mich. Ob es etwas mit dem Gerede zu tun hat, ihr Mann und seine neue Assistentin hätten ein Verhältnis miteinander? Fast habe ich das Gefühl, dass Heidi es zwar weiß, es aber geflissentlich übersieht. Heißt es nicht, dass Liebe blind macht? Auch dieser Spruch scheint seine Existenzberechtigung zu haben.

Heute brachte sie mir sogar einen selbst gebackenen »Ofenschlupfer«, einen Apfelkuchen mit viel Puderzucker und noch einem dunkleren Puder, das ich nicht einzuordnen weiß. Vielleicht Nusspulver? Noch habe ich ihn nicht angerührt, aber ich muss zugeben, dass er einen köstlichen Duft nach Kindheit verströmt und Erinnerungen in mir wachruft. Es gab nicht nur Schlechtes. Meine Mutter fehlt mir.

Und unter uns: Es kommt natürlich nicht infrage, dass ich das Kleine fortgebe. Aber die Wahrheit gestehe ich Georg erst im letzten Moment, wenn es so weit ist. Was er nicht weiß, macht ihn nicht heiß … Solange muss ich eben gute Miene zum bösen Spiel machen, so tun, als würde ich meinen Zustand vor aller Welt verbergen …

Ada, entschlossen.

Stirnrunzelnd schlug ich die Seite um. Das mit Georgs Frau behagte mir ganz und gar nicht, ich hätte aber nicht genau sagen können, warum. War sie wirklich so blind gewesen? Konnte man ignorieren, dass der eigene Mann ständig einer anderen Frau hinterherstellte? Und wie hatte Georg darauf reagiert, dass Ada ihm nur etwas vormachte und das Kind in Wirklichkeit behalten wollte?

Wie immer hatte ich Schwierigkeiten, mich in den Geist der damaligen Epoche zu versetzen. Wut stieg in mir auf, dass Ada ihre Schwangerschaft nicht genießen konnte, dass sie so tun musste, als ob sie das Kind fortgeben würde, nur damit Georg ihr nicht mehr ständig damit in den Ohren lag. Am liebsten hätte ich Ada gerüttelt, sie angefeuert, endlich über sich selbst zu bestimmen.

März 1969 – Halleluja, ich bin aus dem Schlimmsten heraus, und dem heranwachsenden Leben in meinem Bauch geht es auch gut. Ich muss etwas Verdorbenes zu mir genommen haben, denn mir ging es mehrere Tage hundeelend. Aber ich bin übern Berg.

Ada, erleichtert.

Mir schwante nichts Gutes … Meine Hände wurden feucht. Hatte Adas Krankheit vielleicht etwas mit diesem Apfelkuchen zu tun, den Heidi ihr gebracht hatte? Oder sah ich überall Gespenster? Auch stieg in mir die Frage auf, was aus dem Kind geworden war, von dem ich bei meinen bisherigen Erkundigungen über Ada nie etwas gehört oder gelesen hatte.

Anfang April 1969 – Heidi scheint besorgt, sie hat mich heute zu einem Spaziergang überredet, damit ich an die frische Luft komme. Eigentlich wollte ich ablehnen, aber es schien ihr so wichtig. Außerdem konnte ich Georg, der eine solche Angst hatte, man könne mir meine Schwangerschaft ansehen, damit heimlich eins auswischen. Und da ich deshalb tatsächlich nicht viel herauskomme, habe ich schließlich eingewilligt.

Da Heidi nicht von hier ist, bestand sie darauf, mit mir in den Lindenhofpark zu gehen. Und obwohl ich alte Legenden liebe und mir die Sagenwelt sehr wohl bekannt ist, bin ich nicht im Mindesten abergläubisch. Doch als wir an dem alten Wasserschlösschen vorbeiliefen, war mir schon etwas mulmig zumute. Es war das erste Mal, dass mir die Möglichkeit, das Kind zu verlieren, wirklich in den Sinn kam. Da ich aber trotz meiner Spleens rational veranlagt bin, habe ich es weder wie ein schlechtes Omen noch einen zu vermeidenden Fluch betrachtet.

Auch drängte sie mich, ihr die Sage zu erzählen, und ich ließ mich dazu breitschlagen. Sonderbarerweise schien sie diese bereits zu kennen, denn sie zeigte sich weder überrascht noch berührt, eher zufrieden. Zufrieden, sich das alles an diesem verwunschenen Ort wie in echt vorzustellen.

Zum wiederholten Mal sprach sie von ihrem Baby, das sie verloren hätte. Es war ein langer Monolog, den ich nicht zu unterbrechen wagte. Sie beendete ihn mit der Eröffnung, nicht mehr schwanger werden zu können. Es klang fast vorwurfsvoll. Ich versuchte, sie aufzuheitern, indem ich ihr versicherte, dass sie noch jung und gesund sei und dass zu dieser Annahme kein Grund bestehe, woraufhin sie mir einen so unbeschreiblich hasserfüllten Blick zugeworfen hat, dass es mir, beim alleinigen Gedanken daran, erneut die Härchen auf den Unterarmen aufstellt. Für den Bruchteil einer Sekunde war ich davon überzeugt, dass dieser Groll tatsächlich mir galt. Oder ist das, was ich als Hass interpretiert habe, in Wirklichkeit nur pure Verzweiflung gewesen? Denn gleich darauf hat sie wieder umsichtig gelächelt und meinte, es wäre doch besser, wir würden umkehren, der Fluch könne sonst vielleicht noch wahr werden, und es wäre doch schade, wenn meinem Kind etwas zustoßen würde …

Zum Glück glaube ich nicht an so einen Hokuspokus.
Ada, standhaft.

Unmittelbar dachte ich wieder an Chris, an unseren letzten Spaziergang, an das magische Ambiente, seine raue Stimme, die Geborgenheit, die ich dabei verspürt hatte. Es war unser letztes gemeinsames Zusammensein gewesen, bevor er abgereist war ... und sich nicht mehr bei mir gemeldet hatte ...

Und es heißt, dass Frauen, die ein Kind erwarten, diesen Ort lieber meiden sollten, weil die Dornenkönigin ihnen sonst die Frucht im Leib verdürbe, meinte ich, seine Worte zu hören, als würde er neben mir stehen. Ein Schaudern durchlief mich. Erneut fasste ich mir an den eigenen Bauch, bevor ich die Seite des Tagebuchs umblätterte. Auch ich war an dem gewissen Mäuerchen gewesen ...

Mitte April 1969 – Die letzten Wochen der Schwangerschaft soll ich möglichst liegend verbringen, wenn ich mich und das Kind nicht gefährden möchte.

Zum Glück habe ich schon alles vorbereitet, habe Marias Spieluhr hervorgeholt und beim Wühlen in den alten Kisten sogar meine Kinderschühchen gefunden. Ich träume von meinem Kind, stelle mir vor, mit ihm lange Spaziergänge auf der Uferpromenade zu unternehmen, sehe mich mit ihm über die Wiesen tollen, Eis schlecken ... Ich will alles anders machen als meine Eltern. Es soll ein Blumenkind werden, frei sein dürfen.

Ada, verträumt.

Der Gedanke berührte mich, auch wenn das dumme Gefühl in meinem Bauch nicht weichen wollte. Meine Fantasien gingen mit mir durch. Und obwohl sie auf den ersten Blick völlig an den Haaren herbeigezogen erscheinen mochten, so konnte ich nicht umhin, sie ernst zu nehmen. Für ein paar Sekunden schloss ich die Augen, atmete tief durch, wappnete mich für das, was sich unausweichlich zu nähern schien. Wie das Schwert des Damokles hing diese bittere Ahnung verhängnisvoll im Raum, baumelte über mir. Fast war ich versucht, die Lektüre einzustellen, um Adas Wahrheit zu entfliehen. Es war doch ihre Vergangenheit, warum wollte ich sie unbedingt zu meiner Gegenwart machen? Weil du dich Ada nahe fühlst, weil du wissen musst, was mit Alrun vorgefallen ist, und auch, weil du es Ada schuldest. Resigniert seufzte ich und las weiter.

15. Mai 1969 – Mein Herz blutet. Ein Sturm ist losgebrochen, hat meine Seele verschluckt. Nun liegt sie auf dem tiefen Grund des Gewässers, ist unwiederbringlich verloren. Wie konnte das passieren? Der Teufel persönlich muss seine Finger im Spiel gehabt haben. Die Grausamkeit des Seins schlägt mir brutal ins Gesicht. Das Unfassbare ist geschehen.

Es war ein fürchterlicher Kampf, der Stunden angedauert hat. Höllische Stunden, in denen ich keinen Pfifferling auf mein Leben verwettet hätte. Plötzlich ging alles so schnell, und es wurde hastig von Georg fortgetragen. Kein Laut war zu hören. Während meine körperliche Marter mit einem Schlag schwand, und Alrun, die Assistentin, begann, mir die Reste aus dem Bauch zu drücken, entfernte sich mit jeder Minute etwas mehr die Hoffnung in meinem Herzen. Ich spürte, dass etwas nicht stimmte. Warum lag es nicht auf meinem Bauch? Warum schrie es nicht? Warum hat er es mir entrissen? Dann stand Georg auf einmal wieder im Raum, schaute mich bedauernd an und schüttelte nur den

Kopf. Ich flehte ihn an, es sehen, es wenigstens einmal kurz in den Armen halten zu dürfen, aber er sagte, es sei besser so.

Zum Abschied hat Georg mich so zärtlich angeschaut, als wäre ich tatsächlich seine Frau. Ich hasse ihn. »Komm schnell wieder auf die Beine«, hat er mir zugehaucht. Fast schien es, als käme es ihm gelegen, dass das Kind die Geburt nicht überlebt hat. Einen kurzen Augenblick lang habe ich mich sogar gefragt, ob … Nein! Er ist Arzt. Er hat den Eid des Hippokrates geleistet. Es erscheint mir unmöglich. Und überhaupt: Warum hätte er das tun sollen?

Sicher ist es die Tatsache, dass er es mir nicht gezeigt hat, die mich zu solchen Horrorvisionen verleitet. Ich weiß nicht einmal, ob es ein Mädchen oder ein Junge war … Wie gerne hätte ich Alrun danach gefragt, aber die hat mich so misstrauisch angestiert, dass es mir in diesem Moment wie Schuppen von den Augen gefallen ist: An den Gerüchten musste tatsächlich etwas dran sein, denn in seiner Gegenwart glühten ihre Wangen wie Leuchtkugeln. Ob sie mich als ihre Rivalin empfindet?

Ada, zerstört.

Tränen standen mir in den Augen. Ich litt mit Ada, holte mir ein Taschentuch und schnäuzte mich geräuschvoll. Noch war alles wirr, aber nach und nach schien sich der Nebel zu lichten. Alrun hatte also mitbekommen, dass Georg von Ada besessen war. Das erklärte die Verbitterung der ehemaligen Assistentin und die Wut auf Ada. Glaubte sie vielleicht sogar, das Kleine sei von ihm gewesen?

Bei alledem fragte ich mich, was wohl aus Heidi geworden war. War sie bereits in frühen Jahren verstorben? Als Chris und ich dem Arzt kurz vor seinem Tod einen Besuch abgestattet hatten, schien er allein zu leben. Nur die kit-

schigen Wortstickereien, die eingerahmt an seiner Wohn-
zimmerwand neben dem Kreuz hingen, hatten von einer
weiblichen Präsenz gezeugt. Allerlei schwäbische Sprüche,
an denen der pedantische Georg sehr zu hängen schien.

Noch mehr wunderte mich aber, dass ich kein einziges
Wort über Gudrun gelesen hatte. War sie erst später in Adas
Leben getreten? Vielleicht eher in den 70er- und 80er-Jah-
ren? Oder hatte Ada nur über Menschen geschrieben, die
ihr Leben auf eine einschneidende oder gar negative Weise
beeinträchtigt hatten? Vielleicht war Gudrun einfach nur
eine liebe Freundin gewesen, mit der nichts Erwähnens-
wertes vorgefallen war. Eine Art Ruhepol. Der Gedanke
schien mir plausibel.

Mit schlechtem Gewissen schielte ich zum Wecker
hinüber. Es wurde Zeit, die Büchlein beiseitezulegen. Bei
Gelegenheit würde ich mir vielleicht den Rest anschauen,
obwohl ich jetzt doch eigentlich die Antwort auf meine
Fragen bekommen hatte.

Erneut nahm ich den Zettel mit dem Gedicht auf, las
noch einmal den vierten Vers, der plötzlich an Bedeutung
gewann: *Die Blüte stirbt, reißt Löcher in Ketten, das Lodern
verdirbt, nichts kann dich mehr retten …*

Kapitel 23 – *Murphys Gesetz*

»Guada Morga«, trällerte Gudrun und schien in Hochform zu sein.

»Guten Morgen«, antwortete ich schwach und verzog das Gesicht. Nach der durchwachten Nacht hallte ihre Stimme schrill in meinen Ohren. Mein Schädel fühlte sich an, als hätte ich einen ordentlichen Kater.

»Schauen Sie mal, ich habe Ihnen ein paar Schnitten zubereitet.«

»Hm, mit Aprikosenmarmelade, lecker«, schwärmte ich. »Das ist wirklich lieb von Ihnen.«

»Gsälz«, verbesserte mich Gudrun leicht pikiert.

Müde lächelnd schenkte ich mir einen Kaffee ein. »Leider habe ich heute Morgen keinen Appetit.«

Gudrun schaute mich irritiert an. »Sie müssen aber doch etwas zu sich nehmen, bevor Sie zur Arbeit gehen.«

Demonstrativ hob ich die Tasse und lächelte entschuldigend. »Das reicht mir fürs Erste.«

Gudrun räusperte sich. »Sagen Sie … Es geht mich ja eigentlich nichts an, aber … Waren Sie das heute Nacht auf dem Dachboden?«

Kaum merklich fuhr ich zusammen, verschluckte mich und hustete. Nur ganz knapp hatte ich verhindern können, den überschwappenden Kaffee auf meine beigefarbene Hose zu schütten. Verflixt, sie hatte mein nächtliches Abenteuer mitbekommen. Überrumpelt setzte ich eine Unschuldsmiene auf.

»Auf dem Dachboden?« Ich zog die Mundwinkel nach unten, schüttelte den Kopf. »Nein, wieso? Was soll denn da gewesen sein?«

»Es hat ständig gerumpelt, als ob sich jemand an Kisten oder Möbeln zu schaffen gemacht hätte.«

Mir wurde warm. Ich fühlte mich ertappt, und es ärgerte mich. *Kann ich denn in meinem eigenen Haus nicht mehr tun und lassen, was mir beliebt?*, dachte ich gereizt. »Ach, das«, rief ich lauter als beabsichtigt. »Das muss wohl der Marder gewesen sein, der sich mal wieder bemerkbar gemacht hat. Gut, dass sie mir das mitgeteilt haben. Sobald die Vernissage hinter mir ist, werde ich mich darum kümmern.« Ich versuchte, so gelassen wie möglich zu wirken. Jetzt, da ich das Lügennetz geflochten hatte, konnte ich schlecht einen Rückzieher machen. Und wer wusste schon, wozu es gut war. Nach wie vor war mir unwohl bei dem Gedanken, Gudrun könnte sich auf eigene Faust in Adas Reich begeben und alles antatschen oder umkrempeln wollen. Nein, so war es besser. Im Geiste versicherte ich mich noch einmal, dass ich den Schlüssel wieder versteckt und die Tagebücher gut in meinem Schrank fortgeschlossen hatte.

Wir sprachen noch über das stürmische Wetter, darüber, dass es vielleicht regnen würde, und ich verabschiedete mich von Gudrun. Allmählich sehnte ich mir den Tag herbei, an dem sie endlich gehen würde, so leid sie mir auch tat.

Auf dem Weg ins Atelier dachte ich über sie nach, fand, dass ich vielleicht etwas zu ruppig reagiert hatte. *Halte durch*, redete ich mir gut zu. *Bald wird der Spuk ein Ende nehmen.* Aber irgendetwas missfiel mir an Gudruns Verhalten. Ich hätte nicht sagen können, was es war. Dabei gab sie sich solche Mühe, das erkannte ich wohl. Oder war ich bloß sauer, weil Chris ihretwegen abgereist war?

Ich erinnerte mich daran, was sie durchgemacht hatte und dass ich eigentlich froh sein sollte, sie etwas fröhlicher und unternehmungslustiger zu erleben. Zwar konnte ich auch ihre Aversion gegen Behörden nachvollziehen, aber ich spürte die Ungeduld, die mich immer wieder erfasste, und ich nahm mir vor, mit ihr darüber zu sprechen, sobald ich mich wieder ausgeschlafener fühlte und etwas Zeit fand.

Nachdem ich einen Abstecher in die Klinik »Asklepios« in Aeschach, kurz vor Hochbuch und Hoyren, gemacht hatte, um dort eine Blutabnahme für den Schwangerschaftstest durchführen zu lassen, fuhr ich mit dem beschwingten Gefühl, etwas sehr Wichtiges erledigt zu haben, zum Studio. *Egal, wie der Test ausfallen wird*, versicherte ich mir, *werde ich das schon irgendwie deichseln.* Erstaunlicherweise fühlte ich mich fitter, als ich es am Morgen noch für möglich gehalten hätte.

Als ich in der Burggasse ankam, war Verena bereits zugegen, und nachdem ich mit ihr einen weiteren Wachmacher getrunken und ihr beteuert hatte, dass ich im Klinikum gewesen sei und das Nötige veranlasst hätte, machte ich mich mit neuem Tatendrang daran, endlich die noch ausstehenden Punkte für den guten Verlauf unserer Vernissage zu klären.

Mein Smartphone zeigte mir eine neue Mail an, die erste seit einer gefühlten Ewigkeit, als hätte sich plötzlich etwas deblockiert. Sofort rief ich die App auf, und mein Atem stockte. Chris! Endlich. Fast wollte ich vor Glück weinen. Also hatte er mich nicht vergessen. *Natürlich nicht, du Einfaltspinsel,* tadelte ich mich.

Mit bebenden Fingern öffnete ich die Nachricht und las: *Isabella, ich verstehe Dich nicht, bin über Deine Entscheidung sehr überrascht und, um ganz ehrlich zu sein, auch gekränkt. Niemals hätte ich gedacht, dass zwischen uns eine solche Kluft entstehen könnte. Mir fehlen die Worte. Mach's gut, Chris.*

Wie versteinert stand ich da, glotzte auf die Botschaft, die so unglaublich erschien, dass ich sie im ersten Moment nicht ernst nahm. Was war denn in ihn gefahren? Meine Hände wurden feucht, und ich las das Ungeheuerliche noch einmal, in der Hoffnung, es vielleicht falsch ausgelegt zu haben. Aber auch beim zweiten Durchgang blieb die Botschaft unmissverständlich. Es klang wie ein Schlussstrich.

Was sollte das? Nicht ich allein hatte diesen Entschluss getroffen, sondern es war unsere gemeinsame Entscheidung gewesen, dass Chris zu seiner Schwester ging, um in Ruhe zu schreiben. Oder hatte er meinen Vorschlag in den falschen Hals bekommen? Hatte er das Angebot nur aus Stolz angenommen, nur so getan, als ob es ihm sogar sehr recht wäre? Meldete er sich deshalb seit Tagen nicht mehr? Schmerzgepeinigt schloss ich die Augen. Mir wurde flau im Magen, aber ich riss mich zusammen. Augenblicklich kämpfte ich die aufsteigenden Tränen nieder.

Wut kroch in mir empor. Sein Buch, seine Ruhe, seine Empfindlichkeit … Verdammt! Alles drehte sich nur um ihn. Es klang ja fast so, als hätte ich mich seiner entledigt, dabei hatte er das wankende Boot verlassen. Es klang, als wäre ich diejenige, die ihn im Stich gelassen hätte, dabei hatte ich nur an ihn und keinesfalls an mich selbst gedacht … ganz im Gegenteil. Wie konnte er es wagen, auch nur etwas anderes zu vermuten? Es kam gar nicht infrage, dass ich wegen dieses Undankbaren jetzt auch noch meine Vernissage in den Sand setzte.

»Alles in Ordnung?«, fragte Verena.

»Perfekt«, log ich, straffte die Schultern und reckte das Kinn. »Ich lege gleich los.«

Als Erstes rief ich den Caterer an.

»Wolfs Caterer Party Service, Guada Morga, womit kann ich Ihnen behilflich sein?«, trällerte eine Frauenstimme aus dem Apparat, was meine Schädeldecke zum Schwingen brachte.

Ich verzog das Gesicht. »Guten Morgen, hier ist Isabella Lampert. Könnten Sie mich bitte mit der zuständigen Person verbinden, die sich um meine Vernissage nächste Woche kümmert?«

»Warten Sie mal bitte, ich schaue nach«, antwortete die Dame. Das darauffolgende raschelnde Geräusch ließ mich darauf schließen, dass sie die Hand vor den Hörer hielt. »Wer kümmert sich denn um die Vernissage?«, drang ihre Stimme gedämpft zu mir durch.

»Welche Vernissage?«, fragte eine Männerstimme. Es klang verwirrt.

»Lampert!«

»Du meinst die, die in zehn Tagen im Kunstatelier Bella in der Burggasse stattfinden sollte?«

Ich glaubte, mich verhört zu haben. Wieso *sollte*?

»Die in der Burggasse?«, fragte mich die Dame.

»Ja«, erwiderte ich mit Herzklopfen. Was ging da vor sich?

»Die wurde doch storniert«, antwortete der Mann im Hintergrund, als wäre es das Selbstverständlichste.

Empört riss ich die Augen auf, stellte den Lautsprecher ein, damit Verena mithören konnte.

Es raschelte erneut. »Hören Sie, Frau Lampert. Hier habe ich es: Mitte Mai haben wir Ihnen wie vereinbart per

Mail einen Kostenvoranschlag zukommen lassen, der Ihrerseits ignoriert wurde.«

Ich stöhnte leise. Bemüht, die Nerven zu behalten, räusperte ich mich. »Da muss ein Missverständnis vorliegen«, stammelte ich. »Ich habe diese Mail nie erhalten.«

»Einen Augenblick … Hier … Wir haben eine ganz klare Empfangsbestätigung vorliegen. Vielleicht ist die Nachricht in Ihrem Spam-Ordner gelandet?«

»Nein, das prüfe ich auch regelmäßig«, antwortete ich verstört. *Besonders seit mein Freund sich nicht mehr bei mir meldet*, hätte ich am liebsten hinzugefügt. »Das ist jetzt zwar ärgerlich, aber könnten Sie mir den Kostenvoranschlag bitte noch einmal zusenden?«

»Das geht leider nicht, Frau Lampert.«

Ich fasste mir an die Stirn, schaute entgeistert zu Verena. »Wieso … Wieso soll das nicht gehen?«, stotterte ich.

»Weil wir immer zwei Wochen im Voraus planen. Und da wir ohne Antwort von Ihnen geblieben sind, konnten wir den Termin leider nicht länger freihalten und haben ihn somit anderweitig vergeben.«

»Aber … Rufen Sie Ihre Kunden denn nicht erst einmal an, bevor Sie sie einfach aus Ihrer Planung werfen?«, fragte ich verärgert.

»Meine gute Frau, das sagen Sie, weil Sie nicht wissen können, wie viele Kostenvoranschläge wir in der Woche herausschicken. Wenn wir ständig allen Anfragen hinterhertelefonieren müssten, bräuchten wir allein für diese Aufgabe eine Angestellte, die sich nur noch damit befasst. Es gibt leider sehr viele Interessenten, die nur mal so aus Neugier nachfragen oder das Projekt sausen lassen oder anderweitig ihr Glück finden. Deshalb ist es uns leider nicht möglich, allen hinterherzutelefonieren. Und bislang hat es

mit dieser Vorgehensweise auch noch nie Probleme gegeben. Es tut mir wirklich sehr leid.«

»Also gut, was schlagen Sie mir denn vor?«

Verena schaute mich verwundert an.

»Wie gesagt, wir haben nichts mehr frei … Außer …«

»Außer?«, hakte ich ungeduldig nach.

»Außer Sie würden sich mit einfachen Pizza-Happen
begnügen wollen. Mit etwas Champagner kommt das auch
ganz gut an. Dazu braucht es auch kein Personal. Es könnte
wie ein kaltes Buffet präsentiert werden, oder sie reichen
die Platten dann selbst herum.«

»Mit Pizzen?«

»Ja, genau, mit Pizza und Quiche-Lorraine.«

Ein leichtes Stechen meldete sich in meinem Schädel.
Sollte ich es lieber bei einem anderen Caterer versuchen?
Wahrscheinlich würde ich so knapp vor dem Termin überall auf das gleiche organisatorische Problem stoßen. Fragend schaute ich zu meiner Geschäftspartnerin hinüber,
die begonnen hatte, auf ihren Fingernägeln herumzukauen.
Sie nickte widerwillig.

»Einverstanden«, antwortete ich hektisch, als befürchtete ich, die Angestellte könnte es sich doch noch anders
überlegen.

»Also gut«, sagte diese. »Mit Champagner?«

»Ja, Champagner, Wasser, Teller und Gläser.«

»Auch da können wir nur noch mit Plastiktellern und
Sektflöten dienen.«

Erneut schluckte ich. »In Ordnung.« Säuerlich kroch
die Enttäuschung in mir hoch.

»Überprüfen Sie bitte Ihren Posteingangsordner, ich
schicke Ihnen jetzt gleich den neuen Kostenvoranschlag
per Mail –«

»Nein«, rief ich fast ein wenig unwirsch. »Verzeihung. Da es mit meiner Mailadresse wohl ein Problem zu geben scheint und ich kein Risiko mehr eingehen möchte, ziehe ich es vor, heute Nachmittag persönlich bei Ihnen vorbeizuschauen, um ihn zu unterschreiben. Geht das in Ordnung?«

»Ja, wunderbar. Das scheint mir in Anbetracht der Umstände tatsächlich das Beste zu sein.«

Mit einem Gruß legte ich auf. Bedröppelt schaute ich zu Verena hinüber, die nicht minder enttäuscht wirkte.

»Pizza?«, fragte sie abfällig.

»Hm.«

»Für eine Vernissage?«

Resigniert zuckte ich die Achseln. »Hm.«

»Statt Kaviar und Lachsschnitten?«

»Yep.« Ich fühlte mich elend. »Es tut mir leid, Verena.« Auf einmal kam ich mir wie eine Hochstaplerin vor, als hätte ich Verena mit zauberhaften Versprechungen in mein Atelier gelockt, um ihr letztendlich nur Mittelmaß zu bieten. Immerhin war ich hier die Verantwortliche, diejenige, die dafür zu sorgen hatte, dass meine Partnerin unter den besten Bedingungen ausstellen konnte. Plötzlich kam mir ein ungeheuerlicher Gedanke. »Sollen wir das Ganze vielleicht lieber verschieben?«

»Verschieben? Wir haben doch schon die Einladungen verschickt.«

Ich fühlte mich immer miserabler. »Die sind noch nicht einmal bei mir eingetroffen«, gestand ich ihr.

»Wie bitte?« Verena wurde blass um die Nase. Ich spürte, dass sie allmählich sauer wurde, und konnte es durchaus nachvollziehen. »Ich dachte, das wäre schon längst erledigt?«

»Vor einer Woche, als ich in der Druckerei angerufen habe, wurde mir versichert, dass sie unterwegs seien. Und dann ist mir das Ganze irgendwie entfallen. Als ich letzten Freitag noch einmal angerufen habe, wurde mir versichert, dass sie nun ganz sicher geliefert würden …«

Verena schien die Sache in die Hand nehmen zu wollen. »Wie heißt die Firma?«

»Druckerei Dietrich«, antwortete ich.

Sie googelte kurz, suchte die Nummer raus und schaltete ebenfalls den Lautsprecher ein.

»Hallo, hier ist das Kunstatelier Bella, Frau Seibert. Ich wollte mal wissen, was aus unseren Einladungen geworden ist.«

»Grüß Goddl, Frau Seibert, wissen Sie, ob die schon gedruckt wurden?«

»Bei unserem letzten Anruf sollen die Karten laut Ihrer Auskunft bereits gedruckt, verpackt und lieferbereit gewesen sein, ja.«

»Ach so, einen Augenblick bitte. Kunstgalerie … Bella … Kunstgalerie … hier, Isabella Lampert, richtig?«

»Ja, genau.«

»Hier steht, dass die Lieferung am Samstagvormittag abgewiesen wurde.«

Ungläubig starrte ich auf Verenas Smartphone.

»Sie meinen wohl eher, dass Sie niemanden angetroffen haben, oder?«, hakte Verena nach.

Entschieden schüttelte ich den Kopf und sagt leise: »Das ist nicht möglich, es war doch immer jemand da.«

»Nein, nein, hier steht ausdrücklich, dass der Empfänger die Karten nicht haben wollte«, kam es aus dem Handy.

Um Beherrschung ringend beugte ich mich über das Gerät. »Sicher verwechseln Sie uns mit einem anderen Kunden, oder der Fahrer hat sich geirrt«, sagte ich gepresst. *Oder der Fahrer hat es sehr eilig gehabt und hat einfach eine blöde Ausrede erfunden, um Zeit einzusparen,* dachte ich wütend. So etwas kam ja durchaus vor. Ich spürte, dass nicht viel fehlte, bis mir der Kragen platzte.

»Nein, hierbei handelt es sich auf keinen Fall um einen Irrtum. Hier steht's wortwörtlich und schwarz auf weiß: *Die Hausangestellte, die sich bei meiner Ankunft bereits im Garten befand, hat mir mitgeteilt, dass alles abgesagt wurde*«, zitierte die Frau die Lieferantennotiz. »Außerdem haben wir unseren eigenen Hauslieferanten, den Ulrich. Auf den ist Verlass.«

Bestürzt fuhr ich mir durchs Haar. *Gudrun? Unsinn,* schoss es mir durch den Kopf. Die traute sich ja nicht einmal, die Eingangstür einen Schlitz weit aufzuziehen, geschweige denn einen Schritt vors Haus zu wagen. Wie Schuppen fiel es mir von den Augen: Es konnte sich eigentlich nur um Alrun handeln! Ich schluckte verwirrt. Wie weit würde die alte Dame denn noch gehen? War sie einfach nur verrückt, oder steckte da noch viel mehr als vermutet dahinter? Hatten die Kunzes mir etwas Wichtiges verschwiegen?

Im Hintergrund lauerte noch immer die Aura von Chris' Nachricht, ein Flüstern, wie eine Erinnerung an etwas Unfassbares und doch so Reales, an etwas, das mein Herz nicht wahrhaben wollte, mein Geist aber bereits als unerbittliche Tatsache verwertet hatte. Ich bangte dem Ergebnis des Bluttests entgegen.

Alles, was schiefgehen kann, wird auch schiefgehen, hallte mir Murphys Gesetz durch den Sinn …

Kapitel 24 – Zwischenspiel – Die Rückkehr

Wenn doch nur …

Mit zusammengekniffenen Augen schaute sie zu dem Gemälde empor und seufzte laut vor sich hin. Alles lag still da. Sollte es das wirklich gewesen sein? Alle Hoffnung war gewichen, die Liebe versiegt, der Glanz verloren? War das Glitzernde abgestumpft, das Vibrieren erloschen, die Hitze erkaltet?

Nein, kam prompt die Antwort der kleinen Stimme in ihrem Ohr. *Nein, das darf nicht sein!*

Dabei hatte es so verheißungsvoll begonnen. Ganz eindeutig waren sie füreinander geschaffen gewesen, und nichts würde sie über diesen Verlust hinwegtrösten können. Es war allein die Schuld dieser hochnäsigen Berühmtheit, dass es zwischen ihnen auseinandergegangen war. Dieser Ada! Wie besessen war er von ihr gewesen. Wie ausgewechselt, sobald er auch nur in ihre Nähe gekommen war. Ada hier, Ada da …

Wie eine Schwester, pah, dass ich nicht lache. Wer soll das glauben? Bis über beide Ohren verknallt war er in sie gewesen, obwohl sie ihn hatte sitzen lassen, obwohl sie einen anderen geheiratet und obwohl sie später ihren Mann sogar mit einer liederlichen Hure betrogen hatte. Aber Ada hatte sich alles erlauben können. Ada war die Königin, die Diva, die über alles Erhabene gewesen. Genau: gewesen! Denn sie war nicht mehr.

Als dieses Weibsbild das Hippie-Gesocks mit offenen Armen empfangen hatte, war es ihr nur recht gewesen. Sie hatte geglaubt, dass Georg endlich die Augen über das wahre Wesen seiner Angebeteten geöffnet würden. Sie hatte gehofft, dass Ada ihn endgültig abschrecken könnte. Aber nein. Als er erfahren hatte, dass sie schwanger war, hatte er sich aufgeführt, als wäre er selbst der Vater des Kindes, so sehr, dass es in ihr den Samen des Verdachts gepflanzt hatte. So sehr, dass sie zu der Überzeugung gelangt war, dass es so sein musste. Anders hätte sie sich das ganze Aufhebens um diese Zicke nicht erklären können.

Aber zum Glück hatte sie Runi. Ab sofort würde sie ihr die Zügel überlassen, denn eines musste man Runi lassen: Sie hatte die besten Einfälle. Sie wusste, wie solche Situationen zu meistern waren. Sie kannte alle Kniffe, ließ sich niemals ins Bockshorn jagen. Ihr hatte sie die Flucht zu verdanken, ohne Runi wäre sie niemals so weit gekommen.

Lange hatte sie gezögert, nach ihr zu rufen. Lange hatte sie es auf die sanfte Tour versucht, hatte innig gehofft, dass sich doch noch alles zum Guten wenden würde. Hatte auf ein Zeichen, einen Wandel, eine Geste gehofft. Doch die Ärzte waren taub geblieben, hatten nichts davon wissen wollen. Ihr Zustand sei trotz der Behandlung zu instabil, um sie sich selbst zu überlassen. Einer von ihnen hatte sogar behauptet, sie sei eine Gefahr für sich und die Umwelt! Pah! Gefahr, Gefahr …

Was hieß hier Gefahr? War es nicht ihr Recht, nach all den Jahren endlich die Quittung zu präsentieren? Hatte sie nicht alles aufgegeben, um dem Ruf der Liebe zu folgen? *Hör auf dein Herz*, hatte Runi gesagt, *denn ein Herz kann nicht lügen.* Genau. Ein Herz sieht. Sieht in die Seele der Menschen, heißt es. Sieht Dinge, die der Verstand nicht wahrnimmt. Ein Herz spürt. Spürt die Aufrichtigkeit des anderen. Ein Herz weiß von Zeichen, die der Geist zu unterbinden wünscht.

Eine Träne rann ihr übers Gesicht, so überraschend, dass sie fast darüber lächeln musste. Es war lange her, dass sie das letzte Mal das salzige Nass auf ihren Lippen gespürt hatte, denn ihre Augen waren vertrocknet, die Quelle versiegt gewesen. Waren es die bevorstehenden Veränderungen, die die Schleusen zu ihren Empfindungen wieder geöffnet hatten? Traten die Erinnerungen deshalb plötzlich mit voller Wucht in den Vordergrund?

Damals war er ihr mit Haut und Haar verfallen gewesen. Das hatte sie zumindest gedacht. War es da nicht natürlich, dass sie an seine Versprechungen und an diese gewisse Harmonie hatte glauben wollen? An diese Harmonie, von der ein jeder träumte? Hatte sie zu viel erwartet? Sich zu viel vom Leben erhofft? Und die ganze Zeit über hatte Runi in ihr geschwiegen.

Ermattet riss sie sich vom schier unerträglichen Anblick der Liebenden auf dem Gemälde los und trat durch den Raum ans Fenster, von dem aus sie das Schauspiel des einziehenden Frühlings beobachten konnte. Die warmen Sonnenstrahlen entlockten Mutter Natur die heiß ersehnten Sprossen und Blüten, vertrieben das Mutlose des dauernden Winters, in dem sie lange Monate wie eine Märchenprinzessin hinter hohen Schlossmauern und Eis eingeschlossen gewesen war. Im aalglatten See spiegelte sich der Frühlingszauber, als wollte die Schöpfung auch den skeptischsten Betrachter von der Rückkehr des Schönen überzeugen, die Menschheit doppelt betören. Ja, von der Rückkehr …

Meiner Rückkehr!

Aber dank Runi wusste sie, wie trügerisch das alles war. Sie wusste, dass es nur Hässliches gab. Sie hatte erkannt, dass das beißende Verlangen nach Genugtuung, das sich wie Gift durch ihre Adern in ihr Herz fraß, nur durch das eine gestillt werden konnte: Rache!

Wann immer sie an die ersten gemeinsamen Monate mit ihrem Angebeteten zurückdachte, durchfuhr sie der stechende Schmerz des tief sitzenden Stachels. Er durchbohrte ihr Herz gleich einem Spieß den saftigen Braten. Oh ja, sie hatte an die Ewigkeit geglaubt und hatte sie bekommen, wie eine besondere Gabe.

Aber diese Ewigkeit hatte keinen Namen. Sie packte einen wie eine Zange, schloss sich ums blutende Herz und ließ nicht mehr los. Man saß da, war hellwach, aber wie gelähmt. Man saß da und hörte dem Tröpfeln des Wasserhahns zu. Plick, plock. Plick, plock …

Wie verrinnende Zeit, die keine war. Verrinnende Zeit, die niemand kannte, weil es sie eigentlich nicht gab. Denn Zeit wollte genutzt werden. Zeit brauchte Platz. Zeit wollte mit Erinnerungen gefüllt werden. Zeit war narzisstisch. Denn wenn man ihr nicht gab, wonach ihr so sehr verlangte, wenn man sie einfach so verstreichen ließ, dann rächte sie sich mit unvorstellbaren Qualen der Langeweile. Mit unerträglicher Einsamkeit. Mit ziehender, zwickender, brutaler Einsamkeit. Mit dem Abgrund. Mit dem Leeren. Dem Vakuum, das nichts mehr zuließ.

Aber die Zeit lief weiter. Plick, plock, gemein, höhnisch, egoistisch. Sie wartete nicht. Nicht auf den Gemarterten, nicht auf den ungerecht Verurteilten, nicht auf die verlorene Liebe. Sie verstrich und stahl. Stahl die Jahre, die Jugend, die Weichheit der Haut. Aber sie beschenkte einen auch. Ha, das ja! Sie grub tiefe Falten ins Gesicht, Furchen, die zu Narben wurden. Narben des Gelebten und des Nicht-Gelebten. Narben aus Kummer, deren Krater mit Tränen angefüllt waren.

Jahrelang hatte sie festgesessen, in einem kleinen, düsteren Raum, in dem sie viel Zeit zum Nachdenken gehabt hatte. Allein? Nein, nicht wirklich. Sie hatte ja Runi gehabt. Sie hatten Kerben in den Stein geritzt, Zahlen und Gebilde. Hatten eine eigene Sprache entwickelt, eine Geheimsprache, die nur sie beide verstanden. Es war ein Plan gewesen. Ein Plan der Vergeltung. Ein Plan, der bis ins kleinste Detail durchdacht gewesen war. Ein Plan, der fast gescheitert wäre … Ihre Rückkehr!

Dann plötzlich hatten sie ihr gegenübergestanden, ihr, der Erbin. Und ob man es glaubte oder nicht: Sie war ihr verdammt ähnlich. Nicht von den Gesichtszügen her, aber in ihrer gesamten Art, und auch in der Weise, wie sie die Haare trug, wie sie sich bewegte, in ihrem Blick. War es tatsächlich möglich, dass sie nicht vom gleichen Blut waren? Konnte es so viel Zufall geben?

Runi hatte gehässig gekichert, als sie Isabella das erste Mal erblickt hatte.

»Denkst du das Gleiche wie ich, liebe Runi?«, hatte sie ihre Vertraute leise gefragt.

Ja, hatte Runi geantwortet. *Ja, es liegt auf der Hand.*

Das Leben hatte gewollt, dass diese junge Frau das Haus der Despotin erbte, die mit ihrer bloßen Gegenwart über das Leben anderer bestimmt hatte …

Manchmal tat ihr diese Bella fast leid. Wie sie so unglücklich wirkte, so verlassen, so jammervoll … Wie sie zu den Schwestern gelaufen war, um Auskunft zu erlangen … so unnütz. Wie sie versuchte, ihrem Schicksal zu entrinnen … so aussichtslos. Aussichtslos, weil Runi bereits darüber entschieden hatte. Und wenn Runi einen Entschluss fasste, gab es keine Gnade, kein Entkommen. Armes Ding …

Ja, fast hätte sie Mitleid mit ihr haben können, aber Runi sah das anders. Runi meinte, dass die gute Bella für Ada hinhalten müsse, da sie die von der Diva Auserkorene war. *Jemand muss ja die gesalzene Rechnung bezahlen, nicht wahr? Jemand muss unseren Durst der Rache stillen. Man behauptet, Rache sei süß … Die unsere würde eher bitter ausfallen … oder vielmehr qualvoll feurig, heiß wie brodelnde Glut, rot wie zornige Lava, die sich unaufhaltsam voranwälzte.*

Und wäre da nicht dieses eine Bedürfnis, das heißer brannte als jegliche Verzweiflung, wäre da nicht diese Stimme gewesen, die ihr immer Mut zugesprochen hatte, wäre da nicht die Zweisamkeit mit Runi gewesen, hätte sie schon längst aufgegeben. Dieses innere Glühen hielt sie aufrecht, weil es in diesem ganzen Desaster endlich ein Ziel gab. Ein Ziel, das der Zeit trotzte. Ein Ziel, das wie ein Gegengift wirkte. Ein Ziel, das einen vor dem Schlimmsten bewahrte.

Wenn doch nur endlich …

Was hatten sie noch zu verlieren? Die Jugend war dahin, die Liebe zertrampelt, das Herz zerstückelt. Nur der Hass loderte noch so frisch, als wäre er erst gestern entzündet worden. Seine Flammen züngelten ins Unermessliche. Sie spürte ihn, beständig, lebendig, heiß. Er war das Elixier, das die Maschine in Gang hielt. Er rann durch ihre Venen wie eine letzte Chance. Also warteten sie. Warteten gemeinsam. Warteten darauf, dass das gewünschte Ereignis endlich eintrat. Warteten darauf, sie endlich wie einen Wurm vor sich am Boden liegen zu sehen, gepeinigt, sich in Krämpfen windend, im letzten Kampf. Sie lächelte.

Da! Im Vorgarten regte sich etwas. Jetzt war es endlich so weit.

Einmal hatten sie sie verpasst. Diesmal nicht. Diesmal würde sie nicht mehr entkommen, dafür würde Runi schon sorgen. Schritte knirschten auf dem Kies.

»Bist du da?«, versicherte sie sich.

»*Ja*«, erwiderte Runi.

»Es ist also so weit.«

»*So ist es. Halte dich bereit.*«

»Bist du dir sicher?«, kamen ihr Zweifel.

»*Mehr als das.*«

Die Befürchtung zu versagen, kroch in ihr hoch. »Sie wird versuchen, sich herauszureden.«

»*Ich werde eisern an unserem Abkommen festhalten*«, antwortete Runi.

»Sie wird versuchen, uns zu erweichen.«

»*Diesmal musst du auf mich hören, verstanden? Nicht wie alle anderen Male, als du gekniffen hast. Es ist unsere letzte Chance.*«

»Nein, Runi, diesmal kneife ich nicht. Ich habe es jetzt verstanden.«

»*Dann sag es.*«

»Mitgefühl führt zu nichts.«

»*Und?*«

»Schwäche ist der Untergang der Menschheit.«

»*Das kann man wohl sagen. Hast ja gesehen, wo es dich hingebracht hat.*«

»Ja.«

»*Dann komm, wir verstecken uns.*«

»Warum?«

»*Um sie zu überraschen …*«

Gemeinsam schlichen sie sich ins Zimmer und verharrten

hinter der leicht offen stehenden Tür, lunzten erwartungsvoll durch den Schlitz.

»Verdammt, warum betritt sie nicht das Haus?«, fluchte sie.

»*Sie scheint durch den Hintereingang zu kommen*«, antwortete Runi. »*Nur ruhig. Das ändert rein gar nichts.*«

»Ich vertraue dir.« Ihr Herz klopfte wild. Wenn Runi
sich des Vorhabens sicher war, wollte sie ihr bedingungs-
los folgen. Zu oft hatte sie ihre Freundin außen vor gelassen, nicht auf sie gehört, um die Dinge auf die artige Weise
durchzuziehen. Aber Runi hatte recht. Hätte sie von Anfang
an hart durchgegriffen, wäre es niemals so weit gekommen.
Dann hätte sie nicht all die Jahre in der Verbannung und mit
der Schande der Geächteten leben müssen. Aber sie war zu
verweichlicht, zu nachgiebig und zu rücksichtsvoll gewesen. Nicht nur die Frucht hätte vernichtet werden sollen,
sondern der ganze Baum, samt Wurzel. Das war ihr Ver-
säumnis gewesen. Diesmal wollte sie alles richtig machen,
Runis Anweisungen haargenau befolgen. Kein Umkehren,
kein Zögern, kein Innehalten. *Das Ziel ist mein, das Ziel ist
unser, das Ziel sind wir.*

Die Jahre der Verdammnis brachen sich plötzlich Bahn,
platzten brutal durch die hauchdünne Schicht, die sie bis
eben noch zusammengehalten hatte. Mit fliegenden Fet-
zen traten sie so heftig aus ihr hervor, wie ein eiterndes
Geschwür aus einem kranken Leib quoll. Traten hervor
wie glibberiger Eiter, stinkend, faulig, ekelerregend.

Sie schnappte nach Luft. »Ich vertraue dir blind«, wiederholte sie mit bebender Stimme.

»*Das sollst du auch. Denn ab sofort übernehme ich das
Ruder.*«

Erwartungsvoll lauschten sie den Schritten, die über die
hintere Terrasse herannahten und abrupt innehielten.

Steif harrte sie mit Runi in der Ecke aus, trat verunsichert von einem Bein aufs andere, rieb sich nervös die Schulter. Schweiß brach ihr aus, stieg beißend in ihre Nase. Sie kannte den Geruch nur zu gut. Es war das Gemisch aus Angst, Beklemmung, mangelnder Kraft. »Was hat sie?«, stieß sie aus. »Warum kommt sie nicht?«

»*Sei still*«, zischte Runi. »*Es geht los …*«

Kapitel 25 – Das Geheimnis

Schwer türmten sich die regenschwangeren Wolken am Himmelszelt, ließen nicht den geringsten Zweifel daran, dass sie sich von einer Minute auf die andere sintflutartig über der Welt entleeren würden. Besorgt schaute ich zur Düsternis empor, die nichts Gutes verhieß. Obwohl ich mich nur noch nach meinem Bett sehnte, zwang ich mich, einen Umweg ums Haus zu machen und mich noch einmal zu vergewissern, dass keine losen Gegenstände herumlagen, denn es sah ganz nach einem aufziehenden Sturm aus. Wie um meine Befürchtung zu bestätigen, rollte das erste drohende Rumpeln über mich hinweg.

Als ich um die Ecke bog, schaute ich flüchtig zum fast schwarz anmutenden See hinüber. Hinter dem starken Dunst wirkte das majestätische Bollwerk aus Fels und Eis wie bedrohliche Schatten. Über den Gipfeln dieser Giganten lieferten sich grelle Blitze bereits beeindruckende Duelle, als hätte Zeus das heutige Datum zum Festtag erklärt.

Immer wieder war der Anblick der Mächte atemberaubend schön, beängstigend und mystisch zugleich und gab einem das Gefühl, klein und unbedeutend zu sein und letztendlich nicht so viel zu wissen, wie man glaubte. Mit unserer Wissenschaft konnten wir zwar erklären, wie Regen, Blitz und Donner entstanden, konnten Regelmäßigkeiten und Stärke messen, aber im Grunde waren wir am Fuße

dieser Naturgewalten und im Angesicht des noch Uner-
forschten hilflose Laien.

Vor Kurzem hatte ich erst gelesen, dass Pflanzen eine
eigene Sprache innehatten und untereinander kommuni-
zierten. Wer konnte schon sagen, ob das nicht bei Wolken
und Blitzen auch der Fall war? Was wussten wir schon
von anderen Ebenen, die unser beschränkter Geist nicht
zu erfassen vermochte?

Nur ungern riss ich mich von dem fesselnden Schauspiel
des nahenden Unheils los und suchte die Wiese nach her-
umliegenden Gegenständen ab. Mein Blick fiel auf etwas
Flauschiges.

»Na, du Schlawiner?«, fragte ich das Fellknäuel, das es
sich im hohen Gras gemütlich gemacht hatte, als wollte er
sich dort verstecken. »Was muss das für ein schönes Leben
sein, tagein, tagaus im Garten zu faulenzen?« Ausgestreckt
schlief Max den Schlaf der Gerechten, ließ sich nicht beirren. Ich fasste es als Vertrauensbeweis auf und stieg vorsichtig über den Kater hinweg. Flugs räumte ich hier eine
liegen gebliebene Gärtnerschaufel und dort einen Hand-
schuh fort, rollte den Gartenschlauch ein und zurrte ihn
in seiner Halterung fest.

Zufrieden warf ich einen letzten Blick über den Rasen
zu den zauberhaften Seerosen hinüber, die wie immer in
den herrlichsten Farben im kleinen Teich vor sich hindüm-
pelten. Selbst das Dunkelgrau des Himmels konnte ihrer
Schönheit nichts anhaben. Wie üblich schaute ich auch
noch einmal zum Gewässer hinunter, dessen Oberfläche
sich bereits nervös und düster kräuselte.

Eigentlich liebte ich dieses Ambiente, besonders im Win-
ter, wenn Chris und ich bei einer Tasse Tee eng umschlungen am knisternden Kaminfeuer saßen. Aber Chris war

nicht da, und diese wundervollen Zeiten schienen weit hinter uns zu liegen. Chris' Mail hatte mich in eine große Verwirrung gestürzt und ein unvorstellbares Chaos in mir ausgelöst. Zu erledigt, um mich weiter auf nostalgische Gedanken einzulassen, fegte ich sie aus meinem Sinn, räumte sie fort wie kurz zuvor die Gerätschaften. Leise seufzend wandte ich mich dem Haus zu.

Egal, was Gudrun wieder Schönes zu essen vorbereitet haben mochte, ich war mir sicher, nichts hinunterzukriegen. Mein Magen war wie zugeschnürt, was nicht zuletzt auch daran lag, dass ich in meiner Tasche das Ergebnis meiner Blutabnahme mit mir führte, das ich auf dem Heimweg noch schnell abgeholt hatte. Noch hatte ich den Umschlag nicht geöffnet, hatte es nicht gewagt, der Wahrheit, wie auch immer sie ausfallen sollte, ins Gesicht zu sehen. Auf ein paar Stunden mehr oder weniger kam es jetzt wohl auch nicht mehr an.

An diesem Tag hatten Verena und ich so viel gemeistert, dass ich meinte, mir eine emotionale Pause verdient zu haben. Wider Erwarten hatten wir doch noch einen neuen Caterer gefunden, hatten die Einladungen bei der Druckerei abgeholt und die 300 Karten im Eilverfahren beschriftet, sodass mein Handgelenk, mein Nacken und mein ganzes Ich schmerzten.

Deshalb hatte ich beschlossen, das Ergebnis noch eine Nacht warten zu lassen und mich direkt nach Bettenhausen in die Federallee zu begeben. Der Spruch erinnerte mich wieder einmal wehmütig an meinen Paps, und augenblicklich stellte sich erneut das schlechte Gewissen bei mir ein, weil ich noch immer keine Zeit gefunden hatte, meine Eltern anzurufen. Auf der anderen Seite riefen sie mich in letzter Zeit ja ebenfalls nicht an, was darauf hindeutete, dass sie sicher auch sehr beschäftigt waren. Ich zuckte die Achseln, riss meinen Blick vom unruhig wogenden Ufer ab und wandte mich um.

Auf dem Weg zum Haus kam ich wieder an meinem kleinen tierischen Freund vorbei, der noch immer regungslos dalag. Die Grashalme bogen sich über ihm, schienen ihn zum Spielen aufzufordern. Stirnrunzelnd beugte ich mich zu ihm hinunter. »Nanu, solltest du dich als Kater, der etwas auf sich hält, nicht lieber vor den nahenden Wassermassen in Schutz bringen?«, neckte ich ihn und streichelte sein Fell. Er rührte sich nicht.

Schlagartig wurde mir bewusst, dass er nicht mehr atmete. »Och, du armer Kerl«, flüsterte ich betroffen. Tränen schossen mir in die Augen. »Was ist denn mit dir passiert?« Erst jetzt bemerkte ich, dass seine Augen weit aufstanden. Schaum hatte sich vor seinem Mund gebildet. Blitzartig kam mir ein ungeheuerlicher Gedanke: Hatte Gudrun etwa Rattengift ausgelegt? Oder schlimmer … Hatte Alrun vielleicht ihre Finger mit im Spiel? Ein Schaudern und grenzenlose Empörung erfassten mich. Erst die abgelehnte Lieferung der Karten, dann das arme Tier … Das musste ein Ende nehmen.

Ermattet richtete ich mich auf, schaute mich nach allen Seiten um. Keine Menschenseele war weit und breit zu sehen. Zermürbt entschied ich, schleunigst eine Decke zu holen, um den leblosen Körper des Katers erst einmal in den Geräteschuppen zu bringen, zum Schutz vor dem Gewitter.

Hastig riss ich die Eingangstür auf, stürzte ins Haus. »Gudrun?«, rief ich. »Haben Sie gesehen, was mit der Katze geschehen ist?« Keine Antwort. »Gudrun?«, wiederholte ich leicht ärgerlich, als ich in Richtung Küche lief. »Haben Sie Rattengift ausgestreut?«

Keine Antwort. Ich lief in die Küche. Auch hier war sie nicht. Das Fenster stand weit offen und die Läden klapperten im aufziehenden Wind. Eilig befestigte ich diese und schloss das Fenster. Mein Blick fiel auf die mittlerweile vergammelten Brotschnitten mit dem eingetrockneten Aprikosenaufstrich, die Gudrun mir zum Frühstück bereitet hatte. Kopfschüttelnd fragte ich mich, warum sie diese nicht entsorgt oder wenigstens eingewickelt und in den Kühlschrank geräumt hatte. Ich verließ die Küche. Aus dem Augenwinkel nahm ich eine Bewegung im grünen Zimmer wahr und fuhr herum. Erschrocken wich ich zurück. Mein Puls raste.

»Alrun, was … was«, stotterte ich. »Was machen Sie denn hier?« Also doch. So weit war meine Vermutung also nicht hergeholt gewesen. Hatte sie den Kater auf dem Gewissen? Wo steckte bloß Gudrun? Mir wurde mulmig. Ich würde sehr vorsichtig sein müssen. Ob Alrun auch ihr etwas angetan haben könnte? *Die Rache ist mein; ich will vergelten, spricht der Herr,* schoss mir ihr Satz durch den Kopf. Ob sie Gudrun bestrafen wollte, weil sie Adas Freundin gewesen war? Ich musste an das Herumdrucksen der Schwestern denken, als ich mich über den Zusammenhang mit Ada erkundigt hatte. Vielleicht war Gudrun ja der Schlüssel, das fehlende Verbindungsteil in dieser Angelegenheit? *Unsinn,* rief ich mich zur Vernunft. *Du dramatisierst alles.*

Verstört schaute die kranke Frau mich an. »Wer sind Sie?«, fragte sie mich seelenruhig und musterte mich, als würde sie mir zum ersten Mal begegnen. Sie schien aufrichtig erstaunt, mich hier anzutreffen.

Gut, dachte ich pragmatisch. *Umso besser, wenn sie mich nicht erkennt. Dann kann sie auch nicht wieder wütend auf mich werden.* »Ich bin Isabella Lampert«, antwortete ich so gelassen wie möglich, und hielt es für besser, Ada nicht zu erwähnen. »Ich lebe hier.« Unauffällig schielte ich zum Festnetztelefon hinüber, fragte mich, ob ich nicht lieber sofort die Polizei anrufen sollte. Und dann? Bis die hier wären, könnte sich wer weiß was ereignet haben. Zwar flößte mir die 70-Jährige nicht wirklich Angst ein, aber ich wusste, dass der Wahn bei manchen Menschen unvermutete Kräfte freisetzen konnte. Auf jeden Fall empfand ich es als vorteilhafter, Alrun keinen Grund zur Eskalation zu liefern. Gleichzeitig griff ich in meine Jackentasche, fühlte das Handy darin und behielt Daumen und Zeigefinger vorsichtshalber auf den seitlichen Tasten der Notruf-Funktion, wartete ab. Vielleicht würde Alrun sich diesmal ganz manierlich verhalten, auch wenn das Eindringen in ein fremdes Anwesen absolut nichts Normales an sich hatte.

»Sie leben hier?«, wiederholte sie apathisch.

»Genau«, erwiderte ich und schaute mich wie beiläufig um. »Wo steckt Gudrun eigentlich?« Hielt sie sich vielleicht im Keller auf und hatte den Eindringling nicht bemerkt? Oder versteckte sie sich gar vor ihr?

»Gudrun?«, fragte Alrun. »Wer ist das?«

Mir wurde warm. »Eine Freundin der ehemaligen Besitzerin«, antwortete ich in der Hoffnung, dass sie sich vielleicht erinnerte.

»Aha«, war alles, was Alrun dazu einfiel. »Der Name sagt mir nichts«, behauptete sie und zuckte die Achseln.

Gudruns Abwesenheit wurde mir immer unheimlicher. Was, wenn Alrun ihr in einer Krise der Demenz etwas angetan hatte? Womöglich log sie sogar?

»Möchten Sie mir nicht erst einmal erklären, was Sie hierhergeführt hat?«, fragte ich so sachlich und bedacht wie möglich.

Auf dem Gesicht der Kranken regte sich etwas. »Ich weiß es nicht mehr.«

Auch das noch. »Was wollten Sie denn in dem Zimmer?«

Alrun schaute hinter sich in den Raum zurück, schien nachzudenken. »Ich wollte nachschauen.«

»Wonach?« Ich zwang mich, meine Atmung zu verlangsamen, um meinen rasenden Puls unter Kontrolle zu bringen.

»Ich … ich wollte begreifen.«

Verständnislos legte ich die Stirn in Falten, übte mich in Geduld. Das Adrenalin hatte die Müdigkeit fortgefegt. »Was wollten Sie begreifen?«

Alrun hob leicht die Arme und schien mit den Händen etwas in die Luft zu zeichnen. Es ähnelte den Gesten eines Kunstflugpiloten, der sich vor dem Start noch einmal die gyroskopischen Figuren in Erinnerung rief. Mal zeigte sie ins grüne Zimmer, mal zur Eingangstür hinüber und wieder zurück. Machte sie sich etwa über mich lustig? War es bloß ein Ablenkungsmanöver? Oder war sie vielleicht nicht so krank, wie sie alle glauben ließ?

Allmählich fragte ich mich sogar, ob sie nicht eher einer Irrenanstalt entflohen war. Prompt kam mir die Radiomeldung wieder in den Sinn, und ich erschrak. Was, wenn … Ich schluckte. Erneut begann mein Herz in der Brust zu galoppieren. *Wo steckt Gudrun, um alles in der Welt?*

»Es war da, dann war es fort. Aber warum?«

»Alrun, kommen Sie, ich werde Sie zu Käthe und Johanna zurückbegleiten«, sagte ich vorsichtig, in der Hoffnung, dass sie einwilligte. Diesmal wirkte sie weit weniger aggressiv auf mich, aber ich wollte es nicht darauf ankommen lassen, dass sich dies änderte. Immerhin war sie unbefugt ins Haus eingedrungen.

»Es ging alles zu schnell«, überging Alrun meinen Vorschlag. Sie schien mehr zu sich selbst zu sprechen. Auf einmal schaute sie mich an. Von einer Sekunde auf die nächste wechselte ihr Gesichtsausdruck. Ein gleißender Blitz am Firmament erhellte ihre Züge, die im grellen Schein gespenstisch weiß und ausgemergelt, fast wie ein Totenkopf wirkten. Aus Verlorenheit schien Erkenntnis zu werden. Ihre Augen glitzerten. Gleich darauf krachte ein Donner über uns, ließ mich zusammenzucken. Schweiß rann mir den Rücken hinunter.

»Lügen Sie mich nicht an«, zischte Alrun plötzlich und schien wie verwandelt. Mit dem zittrigen Zeigefinger deutete sie auf das Gemälde der jungen Liebenden. »Sie sind ihr wie aus dem Gesicht geschnitten. Es ist unerträglich.«

»Ja«, gab ich zu. »Der einen, aber nicht der anderen.«

Alrun stutzte, runzelte die Stirn, schaute genauer hin, nickte schließlich. Ihre hochgezogenen Schultern schienen sich wieder zu entspannen. »Es ging alles so schnell«, wiederholte sie. Es hörte sich fast verzweifelt an. »Ich habe es gesehen.«

»Was haben Sie gesehen?«, hakte ich nach, versuchte, einen Anhaltspunkt zu erhaschen, um den Dialog aufrechtzuerhalten, bis Gudrun endlich erscheinen würde. Aber das Haus lag weiterhin still da. Nur das unheimliche Krachen der Mächte war um uns herum zu hören.

»Ich habe es gesehen. Es hat gelebt.«

»Wovon sprechen Sie?«, fragte ich verwirrt, obwohl mich allmählich eine vage Ahnung beschlich. Aber Alrun schien wieder abgedriftet zu sein, vollführte erneut diesen sonderbaren Tanz der Zeichen, sodass ich ihr Gebrabbel nicht wirklich ernst nahm. »Ich weiß, was er Ihnen angetan hat«, ging ich aufs Ganze.

Es schien zu greifen. Ihr Kopf fuhr zu mir herum. »Ach ja? Was meinen Sie denn genau zu wissen?« Es klang abfällig.

Ich räusperte mich, fragte mich, ob es wirklich sinnvoll war, alte Wunden aufzureißen. »Ich … Ich weiß zum Beispiel, dass Sie unschuldig im Gefängnis gesessen haben.«

Plötzlich meinte ich, in Alruns Augen eine Pforte zu ihrer Seele zu erkennen, eine Pforte, die sich einen Spalt weit aufgetan hatte. Ich schaute in das tiefe Blau ihrer Iris, suchte Antworten in deren Sprenkeln.

»Ja, das stimmt. Das ist jetzt aber schon lange her«, antwortete sie traurig. »Meine Unschuld habe ich nie beweisen können.«

Mit Verwunderung meinte ich zu erkennen, dass ihre Anwesenheit in unserem Haus nicht mit dieser Tatsache zusammenhing. In mir erwachte die Ermittlerin, und ich wagte mich weiter vor. »Wie ist es denn überhaupt so weit gekommen?«, fragte ich. »Ich meine, hätten Sie nicht beweisen können, dass er hinter dem Betrug gesteckt hat?«

Alrun stieß ein unfrohes Lachen aus. »Das hatte Georg alles sehr gut eingefädelt, was glauben Sie denn? Ich hatte alle Vollmachten in der Praxis, wickelte alles an seiner statt ab, auch die falschen Kassenabrechnungen. Und ich habe es nicht kommen sehen.«

Verblüfft schaute ich sie an. Falsche Kassenabrechnungen? Ich meinte, mal etwas darüber in der Presse gelesen zu haben. In dem Artikel wurde behauptet, dass es eine Menge Ärzte gebe, die so vorgingen, und der Betrug nur sehr selten aufgedeckt werde. Wie Georg es aber hinbekommen haben sollte, Alrun alles in die Schuhe zu schieben, blieb mir schleierhaft. So einfach konnte man doch nicht an ein fremdes Konto herankommen.

»Sie meinen, er hat das von Anfang an so arrangiert?«, fragte ich noch immer schockiert.

Alrun nickte, schien plötzlich völlig klar. »Ja. Er hat

mich alle Kassenabrechnungen abwickeln lassen und alles mündlich mit mir besprochen. Vor Gericht hat er beteuert, dass er nichts davon gewusst habe.«

»Aber konnte Ihr Anwalt denn nicht beweisen, dass Ihr Lebenswandel dem einer einfachen Assistentin entsprach?«

Betrübt schüttelte sie den Kopf. »Sie haben Bargeld bei mir gefunden und konnten nachverfolgen, dass es nicht von meinem Konto stammte.«

»Wie war das möglich? Das hinterzogene Geld musste doch auf seinen Konten gelandet sein, oder?«

»Er hat mich wöchentlich zur Bank geschickt, um horrende Bargeldsummen für ihn abzuheben«, gab sie zu.

Ich grübelte. »Dann müsste doch seine Unterschrift auf den Schecks nachweisbar gewesen sein«, merkte ich an.

Alrun schüttelte abermals bedauernd den Kopf. »Dazu war er zu gescheit. Er hat mir jedes Mal Zeitmangel vorgegaukelt und mich darum gebeten, der Einfachheit halber seine Unterschrift auf den Schecks zu imitieren. *Ahme einfach meine Unterschrift auf dem Scheck nach, Alrun*, hat er zu mir gesagt.«

»Das ist Unterschriftenfälschung!«, stieß ich entsetzt aus. »Warum haben Sie das nur akzeptiert?«

Eine kurze Pause entstand. Alrun seufzte. »Ich war naiv. Ich liebte ihn, habe ihm blind vertraut und mir eine gemeinsame Zukunft mit ihm erhofft. Niemals hätte ich auch nur geahnt, dass er was im Schilde führen könnte.« Sie wankte leicht. Die Erinnerungen schienen ihr zuzusetzen. »Und zum Dank hat er mir jedes Mal ein wenig Geld zugesteckt«

»So hat er obendrein dafür gesorgt, dass man Bargeld bei Ihnen gefunden hat«, schlussfolgerte ich und schüttelte den Kopf. *So ein Schlamassel*, dachte ich bei mir.

»Ja, aber trotz allem konnte ich mir keinen guten Anwalt leisten. Der hat nur das Nötigste getan, um mir eine noch längere Haft zu ersparen.«

»Wie lautete denn die Anklage?«

Alrun seufzte. »Hinterziehung, Diebstahl, Kassenbetrug, Urkundenfälschung ... Keiner hat mir geglaubt.«

»Ich glaube Ihnen«, sagte ich sanft.

Erstaunt schaute sie mich an. »Aber Sie kennen mich doch gar nicht.«

»Ich kannte Georg«, presste ich missmutig hervor, als würde das schon alles sagen. »Er war unberechenbar, selbstsüchtig, und Sie sind nicht sein einziges Opfer. Ich kann mir gut vorstellen, dass er mit dieser Geschichte gleich zwei Fliegen mit einer Klappe geschlagen hat.«

»Wie meinen Sie das?«

»So hatte er eine willige Geliebte und, für den Fall, dass seine Täuschungen aufgedeckt würden, auch gleich die perfekte Schuldige zur Hand«, fasste ich zusammen.

»Ja, so muss es gewesen sein«, wisperte sie betroffen. »Solange es ihm möglich war, hat er es einfach weiterlaufen lassen und sich die Taschen vollgestopft.«

»Aber ... was hat ihn denn eigentlich dazu bewogen, das Ganze abzubrechen?«, fragte ich vorsichtig. Solange Alrun noch klar war, wollte ich alles wissen. »Es hätte noch Jahre so weitergehen können, oder?«

»Ja, das hätte es«, antwortete sie melancholisch. »Wenn ...«

»Wenn?« Unbewusst hielt ich den Atem an, eine Gänsehaut beschlich mich, wie eine Vorahnung, dass es noch ärger kommen könnte.

Alrun wand sich. »Ich wusste zu viel, aber das habe ich erst viel später begriffen ...«

Mir wurde der Hals eng. Was hätte Georg noch Schlimmeres auf dem Gewissen gehabt haben können, als die liederliche Erpressung Adas sowie meiner Großmutter und die Tatsache, eine Unschuldige ins Gefängnis gebracht zu haben? Ich spürte, dass Alrun noch nicht bereit war, es laut auszusprechen, als würde sie erwarten, Georg könnte sich jeden Augenblick einen Weg aus der Hölle bahnen und auf sie herniederfahren. Furchtsam schaute sie sich um. Auf einmal schien sie nicht mehr aggressiv, sondern vielmehr verletzlich und erschöpft. Oder führte sie mich nur an der Nase herum? Ich blieb wachsam.

»Möchten Sie es nicht endlich loswerden, Alrun?«, fragte ich sanft. »Es aussprechen …«

Alrun seufzte. Sie schien in sich zusammenzusacken, wirkte keinen Deut mehr gefährlich auf mich. »Niemand hat mir damals geglaubt. Warum sollte das heute anders sein?«

»Sie sehen doch, dass ich Ihnen glaube.«

»Ja …«

»Also, was ist damals geschehen? Hat er Sie …« Erneut räusperte ich mich. »Hat er sich an Ihnen vergriffen?«

Sie glotzte mich an, als hätte ich nicht mehr alle Tassen im Schrank. Ihre Wankelmütigkeit machte mir zu schaffen. Ich versuchte, mich zur Obacht zu zwingen, um die Situation nicht ausufern zu lassen.

»An *mir*?«, flüsterte sie. »Nein, das brauchte er doch nicht.«

Ein Schaudern durchlief mich. Hatte er sich etwa …? »An Ada?«, piepste ich.

Kopfschütteln. »Ich hätte es nicht sehen dürfen.«

»Was?«, fragte ich.

»Es hat gelebt«, wiederholte sie.

Stirnrunzelnd schaute ich vor mich hin, versuchte zu verstehen. Die Erkenntnis traf mich wie ein Schlag. »Sie meinen … das Baby?«, hauchte ich.

Alrun nickte, zeigte auf das grüne Zimmer. »Wir haben Ada in diesem Zimmer entbunden«, berichtete sie.

»Warum nicht in ihrem eigenen?« In meiner Vorstellung hatte sich alles in Adas Zimmer abgespielt.

»Georg hat behauptet, dass er ihr eventuelle schmerzhafte Erinnerungen, die sie später mit dem eigenen Schlafgemach in Verbindung hätte bringen können, ersparen wollte. Heute weiß ich aber, dass er für die Wahl dieses Zimmers einen ganz anderen Grund gehabt hat: Es liegt näher am Eingang.«

Das stimmte. Wieder vollführte sie den Tanz der Zeichen, die plötzlich einen Sinn ergaben. Es war, als nähme sie im Geiste ein Neugeborenes in die Arme und trüge es aus dem Raum bis zum Eingang. »So hat es sich zugetragen«, sagte sie und nickte entschieden.

»Was … Was meinen Sie damit?«

»Er hat Ada gesagt, dass es tot geboren wurde, aber das stimmt nicht. Er hat behauptet, er hätte es ins Auto gelegt, um ihr das Elend zu ersparen. Aber das glaube ich nicht.«

»Er … Er hat es nicht ins Auto gelegt?«, fragte ich verwirrt.

»Doch. Aber nicht, um ihr den Kummer zu ersparen. Denn ich habe es gesehen, als es aus ihrem Bauch kam. Es hat zwar nicht geschrien, aber es hat mit den Augen geblinzelt, es hat gelebt.«

Mir stockte der Atem. Konsterniert starrte ich sie an. »Sind Sie sich da ganz sicher, Alrun?«

»Sehen Sie? Auch Sie glauben mir nicht.«

Ich fiel aus allen Wolken. »Dann lebt Adas Kind noch?«

Alrun schüttelte den Kopf. »Nein«, hauchte sie mit schuldbewusstem Gesichtsausdruck.

»Es ist also gleich nach der Geburt gestorben?«

Alrun senkte den Blick, zuckte die Achseln. Es schien, als würde eine tonnenschwere Last auf ihre Schultern drücken. »So würde ich es nicht ausdrücken …«

Das Blut rauschte in meinen Ohren. »Sie meinen … er hat es …«

Alrun brach in Tränen aus. Mir wurde klar, dass sie ihr ganzes Leben lang die Bürde dieser scheußlichen Erinnerung mit sich herumgeschleppt haben musste. Gerade wollte ich einen Schritt auf sie zu tun, um sie zu trösten, da sauste etwas durch die Luft, traf die alte Frau am Hinterkopf. Mit vor Entsetzen weit aufgerissenen Augen starrte sie mich an, fasste sich an den Schädel und sackte vor mir in die Knie. Erschüttert schaute ich auf das scharlachrote Nass, das von ihrer Hand tröpfelte.

Blitzschnell ging ich in die Knie, um die Verletzte vor dem unabwendbaren Sturz zu bewahren und legte sie behutsam auf dem Boden ab. Ungläubig blinzelte ich zu der Gestalt hoch, die sich vor mir aufgebaut hatte.

»Gudrun? Sind Sie denn des Wahnsinns?«, keuchte ich außer mir. »Was … Was haben Sie nur getan?«

»Sie waren in Gefahr«, antwortete diese gewichtig.

»Wir müssen umgehend einen Krankenwagen rufen«, überging ich ihr sonderbares Gefasel. Hastig sprang ich auf, fuhr herum, und meine Hände griffen zum Festnetzapparat, der gleich neben mir stand. Ungeduldig wartete ich auf das Freizeichen, doch die Leitung war tot. »Verdammt«, schimpfte ich und drückte mehrmals auf die Gabel. »Auch das noch.«

Alrun stöhnte.

Unvermittelt besann ich mich auf das Handy in meiner Jackentasche, langte danach, als ich plötzlich einen Schnalzlaut hinter mir vernahm. »Des isch fei net schee«, sagte Gudrun und schüttelte den Kopf.

Erschrocken fuhr ich zu ihr herum. Meine Gedanken liefen auf Hochtouren, flogen wie tausend Splitter einer gebrochenen Scheibe durch meinen Geist, ließen den Film auf einmal rückwärts abspielen, als hätte jemand auf die Taste »Rewind« gedrückt, und fügten die winzigen Teilchen ohne viel Aufhebens wieder nahtlos aneinander. Es war zu unglaublich, als dass ich es wahrhaben wollte. Erst jetzt nahm ich den Knüppel in Gudruns Hand wahr, bei dem es sich in Wirklichkeit um einen mittelalterlichen Prügel aus Adas Reliktensammlung vom Dachboden handelte. Mir stockte der Atem.

»Gudrun!« stieß ich entsetzt aus. »Was hat das alles zu bedeuten?«

Erst als ich den Knüppel auf mich zusausen sah, begriff ich, dass sie völlig den Verstand verloren hatte. Da war es aber bereits zu spät. Mein Schädel nahm den Schlag mit einem dumpfen Geräusch entgegen. Ich spürte den Aufprall, die Schwingungen, dann verschwamm die Welt um mich herum, und alles wurde schwarz …

Kapitel 26 – Kinderreigen

Lindau, Bodensee – Seerosen-Villa – Ende Mai 2018

Allmählich kam ich wieder zu mir. Ich spürte, wie mir jemand die Hände auf dem Rücken zusammenband, und wollte protestieren, mich wehren, doch mir fehlte die Kraft. Ich fühlte mich wie in einem Albtraum gefangen, in dem man schrie, aber keinen Laut aus der Kehle herausbrachte, in dem man floh, aber keinen Schritt vorankam, in dem man fiel, aber nie aufschlug. Im Rhythmus meines rasenden Pulses dröhnte und hämmerte es schmerzhaft in meinem Schädel. Meine Schläfen pochten, als wollten sie zerspringen. Ich schmeckte Blut auf der Unterlippe, als hätte ich sie mir beim Fall aufgebissen. Nach und nach kehrten meine Sinne zurück. Vorsichtig öffnete ich die Augen. Mir wurde bewusst, dass Gudrun mir nicht nur die Hände, sondern auch die Füße zusammengebunden hatte. Verdammt, was sollte das?

Um mich herum war alles verschwommen, meine Augen brauchten eine Weile, um in der Düsternis etwas zu erkennen. Ein Donner rumpelte und ließ das Haus erzittern. Unaufhörlich prasselte der Regen gegen die Scheiben, ging in ein gleichmäßiges Rauschen über, das nur durch ein leises Summen unterbrochen wurde. Es hörte sich an wie eine Kinderstimme, die aus der Ferne zu mir herüberdrang. Angestrengt lauschte ich. Schließlich erkannte ich die Melodie, die Gudrun vor Kurzem erst gesungen hatte, als ich von der Arbeit zurückgekehrt war. Sie hatte vor der Kommode in Adas Zimmer mit dem Rücken zu mir gestanden und Kleidungsstücke eingeräumt. Blitzartig kam die Erkenntnis zurück. Der Schlag, Alrun, das Schnalzen …

Herrje, ja, das Schnalzen. Alte Dämonen schossen in mir empor, drängelten sich mit wütenden Fratzen vor, wollten sich endlich offen zeigen. Mit einem Mal schien alles glasklar. Jetzt wusste ich, wo ich dieses ständige Schnalzen in Verbindung mit dem Spruch schon gehört hatte: bei Georg! Es gab keinen Zweifel. Gudrun musste Georg nahegestanden haben … Gudrun musste … Es kostete mich Kraft, es mir einzugestehen: Gudrun konnte eigentlich nur Heidi sein! Heidi, Georgs Frau.

Aber all das ergab noch immer keinen Sinn. Heidi hatte ein wundervolles Haus geerbt, erfreute sich offensichtlich guter Gesundheit. Was hatte sie dazu bewegt, uns eine solche Lügengeschichte aufzutischen? Warum hatte sie sich bei uns eingenistet, obwohl ihre eigene Villa doch viel größer und vornehmer war?

Ich zwang mich, die Augen offen zu halten, versuchte zu begreifen, was um mich herum vorging. Meine Hand- und Fußgelenke taten weh. Hatte sie das alles geplant? Mein Blick wanderte zum Sofa hinüber, auf dem Gudrun – beziehungsweise Heidi – seelenruhig Stoffservietten faltete, als wäre alles ganz normal.

»Er kommt gleich heim, und dann müssen sie ordentlich zusammengelegt sein, dürfen keinen Millimeter überlappen, sonst wird er ärgerlich«, sagte Heidi.

»Lass das«, schimpfte sie sich selbst aus. »Er kommt nicht mehr heim.«

Verstört blinzelte sie mehrmals hintereinander, wiegte sich immer wieder vor und zurück, fing an, leise zu singen. Wortfetzen des Textes drangen zu mir hinüber, klangen wie ein Kinderreigen:

»Den Schwaben, den Schwaben,
den möcht ich gerne haben,
Kommen Sie, Fräulein,
Kommen Sie, Fräulein,
Wir wollen zusammen lustig sein,
den Schwaben, den Schwaben,
den möcht ich gerne haben …«

Wenn ich bis dahin noch einen Zweifel gehabt hatte, so war dieser nun endgültig aufgelöst. Natürlich, das Kinderlied, die eingerahmten Stickereien in Georgs Wohnzimmer! Es war so unglaublich und doch wahr … Erschüttert starrte ich auf Georgs Witwe, die sich vor meinen Augen von der unschuldig Geschundenen, die sie vorgegeben hatte zu sein, zur Schinderin verwandelte. Ich holte tief Luft, stieß sie langsam wieder aus. Doch mein Brustkorb hob und senkte sich mit hektischen Bewegungen. Deutlich spürte ich das Kribbeln, das sich in meinen Lippen und Fingerspitzen ankündigte. Eine Welle des Schauderns packte mich. *Panik wird mir jetzt nicht weiterhelfen*, mahnte ich mich und versuchte, meine Atmung zu kontrollieren.

Erneut schaute ich mich unauffällig um. Alrun lag noch immer reglos am Boden, die Blutung aus ihrer Kopfwunde schien versiegt zu sein. Zwar war das ein Lichtblick, aber mit Beklemmung stellte ich fest, dass kein Laut mehr von ihr kam und das Schlimmste zu befürchten war.

»Damit hat die feine Dame von Welt wohl nicht gerechnet, wie?«, unterbrach Heidi ihren Singsang. »Wie fühlt man sich denn so?«

Ich sammelte mich, war mir nicht sicher, ob ich sie bei ihrem richtigen Namen nennen sollte, sah aber erst einmal davon ab und gab mich unwissend. »Gudrun«, sagte ich, um eine feste Stimme bemüht. »Was tun Sie da? Machen Sie mich bitte wieder los, und ich verspreche Ihnen, den Vorfall zu vergessen.«

Ein albernes Kichern erklang. »Sei still«, sagte Heidi wie zu sich selbst. »Kannst du denn nichts ernst nehmen?«

Verwirrt schaute ich sie an. Sprach sie zu mir? »Natürlich nehme ich Sie ernst«, antwortete ich, nicht sicher, was ich davon halten sollte.

»Halten Sie den Mund, ich muss nachdenken«, fauchte Heidi und wiegte sich heftiger vor und zurück. In ihren Augen bemerkte ich ein ungewöhnliches Zucken, das fast manisch wirkte und von ihrer inneren Unruhe zu zeugen schien, als ob ihre Gedanken in wilden Kreisen umherirrten. Die Offensichtlichkeit der Situation sickerte nur langsam in mein Bewusstsein. »Ich hatte fast angefangen, Sie zu mögen. Das ist wirklich schade«, sagte sie.

»Was werfen Sie mir denn vor?«, versuchte ich weiter, eine Unterhaltung in Gang zu bringen, um Zeit zu gewinnen.

»Das alles hier muss weg«, sagte sie emotionslos. »Zu viele unschöne Ereignisse und Erinnerungen. Zu viel von ihr … Sie hätten es renovieren lassen sollen, vielleicht hätte das etwas geändert.«

Eine Hitzewelle überkam mich. *Bleib ruhig*, mahnte ich mich erneut, stieß leise die Luft aus, um meinen rasenden Puls unter Kontrolle zu bekommen. »Hören Sie, Gudrun. Ich weiß zwar nicht, was Sie mir genau vorwerfen, aber was immer Ihnen auch widerfahren ist, ich kann nichts dafür.«

»Sie hat recht«, flüsterte Heidi. Prompt straffte sie die Schultern und stieß unwillig die Luft aus. »Hab ich dir nicht gesagt, den Rand zu halten?«, zischte sie, mit sich selbst im Zwiegespräch. »Fang nicht wieder damit an, du hast schon genug angerichtet.«

Schlagartig begriff ich. Heidi hatte eine gespaltene Persönlichkeit. Du liebe Zeit! Sofort kam mir Georgs Satz ins Gedächtnis: *Meine Frau litt unter starken psychischen Störungen und musste eingewiesen werden …* Damals hatte ich mich gefragt, inwiefern er daran Schuld hatte. Wie sollte ich jetzt damit umgehen? Wie konnte ich das Menschliche in ihr erreichen?

Intuitiv spürte ich, dass ich auf einem Pulverfass saß. Ein falsches Wort, die kleinste Übertretung ihrer Schranken oder die mindeste Fehleinschätzung könnten mir zum Verhängnis werden. Oder war es nur ein Bluff? Wollte sie mir mal gehörig Angst einjagen?

»Gudrun«, sagte ich vorsichtig. »Alrun braucht Hilfe. Sie verliert Blut.«

»Och, die Arme.« Ihre Worte trieften vor Zynismus. »Das hat man davon, wenn man dem falschen Mann nachstellt.«

Ich wappnete mich. »Meinen Sie nicht, dass sie mit der Gefängnisstrafe schon genug durchgemacht hat? Obendrein leidet sie an Demenz. Reicht Ihnen das noch nicht?« Ein gleißender Blitz erhellte den Raum.

»Ach ja?«, fuhr Heidi mich plötzlich an. »Umso besser. So wird es eine Erlösung für sie sein.«

»Es?« Ich schluckte. »Wovon sprechen Sie?« Erneut krachte ein Donner über unseren Köpfen.

»Eigentlich war es für Ada bestimmt«, überging Heidi meine Frage. »Immerhin hat vor allem sie mein Leben versaut.«

»Warum Ada?«, wagte ich mich zögerlich vor. »Was hatte sie damit zu tun?«

Aus der alten Frau schien im Nu ein feuerspeiendes Ungeheuer zu werden, ihr Gesicht verzerrte sich gemein, als wollte sie jeden Augenblick jemandem an die Gurgel springen. Das Wippen wurde intensiver.

»Ada, Ada, Ada«, wiederholte sie verbittert. »Alle haben immer nur ihren Namen auf den Lippen. Und wer schert sich um mich? Ada hier, Ada da. Ada die Schöne, Ada die Talentierte, Ada die Arme. Pah! Musste sie obendrein unbedingt *sein* Kind in die Welt setzen?«

Ich riss die Augen auf. »Sie irren sich, das Kind war nicht von Georg …«

»Halten Sie den Mund. Sie waren damals noch nicht mal geboren«, keifte sie mich an. »Und ich weiß, was ich weiß.«

»Das stimmt allerdings«, antwortete ich nüchtern. »Aber ich habe es aus erster Quelle: aus Adas Tagebuch!«

Fast schien es, als geriete sie ins Wanken. Sie schien hin und her zu überlegen. Ich ahnte, was in ihr vorging: *Kann das sein? Hatte Georg die Wahrheit gesagt? Hatte er Ada vielleicht doch nicht …*

Irr stierte Heidi mich an, als zwei neuerliche, gleich aufeinanderfolgende Blitze ihr Antlitz erhellten, sie wie ein plastisches Bildwerk erscheinen ließen. Wutschnaubend erhob sie sich und kam auf mich zu, beugte sich zu mir hinunter, sodass ich diesmal deutlich den Wahn in ihren Augen erkannte. »Natürlich war es von ihm. Wer etwas anderes behauptet, der lügt. Und was ich mit Lügnerinnen mache, können Sie ja selbst sehen.« Sie zeigte auf Alrun. Wieder rumpelte es mehrmals gefährlich über uns hinweg.

Mit engem Hals schluckte ich. »Womit soll Alrun gelogen haben?«, fragte ich, weiterhin um Sachlichkeit bemüht.

»Sie behauptet, dass sie ihn geliebt hat.« Abfällig prustete sie. »So ein Schmarrn. Sein Geld und sein Ansehen hat sie gewollt. Aber Georg und ich waren ein Team. Er wusste, wie man mit solchen Absahnerinnen umzugehen hatte.«

»Wenn Sie ein Team gewesen wären, hätte er sie eingeweiht.«

»Das hat er«, keifte sie mich an.

»Sie haben es gewusst?«

»Natürlich habe ich es gewusst«, schnauzte sie. »Er war mein Mann, und ich kannte ihn in- und auswendig. Wir liebten uns.«

»War er es, der sie hat einweisen lassen?«, fragte ich vorsichtig.

Wie ein wütender Hund fletschte sie die Zähne. »Das war Adas Schuld. Sie hat ihn verhext und gegen mich aufgewiegelt. Sie wollte ihn. Sie wollte alles. Sie wollte alle«, redete sie sich in Rage.

Gut, dachte ich, und als sie mir wieder den Rücken zuwandte, verlagerte ich behutsam mein Gewicht, um mit der Hüfte zu erspüren, ob mein Smartphone noch in meiner Jackentasche steckte. Zu meiner Erleichterung tat es das. Vorsichtig ruckelte ich ein paarmal an den Fesseln, um sie zu testen. Sie saßen zwar fest, aber ließen ein bisschen Spiel zu. Also setzte ich meine Bemühungen fort, solange Heidi mich nicht im Blick hatte.

»Ach so«, sagte ich, um weiter Zeit zu schinden. »Wollen Sie mir nicht erklären, wie Sie das alles so geschickt initiiert haben?« In einem Artikel hatte ich mal gelesen, dass gespaltene Persönlichkeiten oft auch einen riesigen Geltungsdrang besaßen.

»Sehr schlau, nicht wahr?«, antwortete sie auch prompt. Ihre düstere Stimmung schien sich plötzlich wie eine Nebelwand zu heben. »Diesen fabulösen Plan habe ich vor vielen Jahren ausgeheckt. Genug Zeit hatte ich ja«, begann sie.

Ihre Augen glitzerten vor Stolz. »Es hat mich viel Mühe gekostet, mich trotz meines abgrundtiefen Hasses wegen der Dinge, die man mir angetan hat, freundlich, zuvorkommend und dem Klinikpersonal gegenüber hörig zu geben. Aber es hat funktioniert.« Sie legte eine theatralische Pause ein.

Meine Gedanken wirbelten umher. Die Radioansage über die aus der Klinik entflohenen Insassen kam mir wieder in den Sinn, meine Blindheit, meine Fixierung auf Alrun ...

»Warum haben Sie so viele Jahre damit gewartet?«, fragte ich vorsichtig, um das Gespräch nicht einschlafen zu lassen.

Heidis Antlitz verfinsterte sich auf einmal, und es schien, als würde sie jeden Augenblick auf mich losgehen wollen. Wie ein Mahnmal stand der Knüppel noch immer neben ihr. Sofort bereute ich, die Frage überhaupt gestellt zu haben. War es wirklich wichtig? Eine Hitzewallung überkam mich. Ich würde bedachter vorgehen müssen.

Aber Heidi fing sich gleich wieder, reckte das Kinn. »Das war Heidis Schuld«, spie ihr zweites ich aus. »Diese Duckmäuserin hat nach all den Jahren noch immer Angst vor Georg gehabt, wollte warten, warten, warten ... *Worauf warten?*, habe ich sie immer gefragt. Darauf, dass er endlich abkratzen würde? Doch er lebte noch lange ... zu lange ...«

Innerlich schüttelte ich mich und mutmaßte im Geheimen, dass Georgs Tod der Auslöser für die Flucht gewesen sein musste.

»Mit der Zeit haben sie mich wegen guter Führung in der Anstalts-Bibliothek aushelfen lassen, und später wurde ich dort sogar zur Leiterin«, lenkte Heidi nun wieder sachlicher ein, ganz so, als wäre nichts gewesen. Unaufhörlich klatschte der Regen gegen die Scheiben. Das Rauschen wurde nur hin und wieder durch den dröhnenden Schall des Gewitters übertönt. »Daher rühren übrigens auch meine Computer-Kenntnisse. Täglich musste ich Buch führen und hatte online regen Kontakt zur Außenwelt, um neue Titel zu ergattern. Deshalb war es mir übrigens ein Leichtes, Ihre Mails abzufangen und zu löschen.«

Ich wurde hellhörig. »Der Caterer!«, stieß ich aus.

»Nicht nur.« Sie lächelte vielsagend.

Nicht nur? Eine Hoffnung wollte in mir aufflackern. *Chris?* Innerlich stöhnte ich, wollte ihr aber den Triumph nicht gönnen und riss mich zusammen. Verständnislos runzelte ich die Stirn. »Was für ein Ziel haben Sie damit verfolgt?«

»Ganz einfach: Ich wollte Sie leiden sehen«, antwortete sie mit entwaffnender Selbstverständlichkeit.

Ich ächzte leise. »Mich? Aber warum denn *mich*? Was habe *ich* damit zu tun?«, empörte ich mich.

»Jemand muss doch herhalten«, brummte sie unwillig. »Als ich mich auf und davon gemacht habe, war ich davon überzeugt, dass Ada noch lebt.«

Ich schluckte. »Ist es nicht Vergeltung genug, dass das nicht mehr der Fall ist?«, fragte ich trocken. Sofort merkte ich, dass ich mich im Tonfall vergriffen hatte.

»Nein, ist es nicht«, blaffte Heidi gehässig zurück und trat wieder auf mich zu. »Sie hat mich dadurch nur um meine Rache gebracht. Um die Genugtuung, ihr in die Augen zu schauen, während sie ihr letztes Flämmchen aushaucht.« Sie stierte mich so hasserfüllt an, als hielte sie mich für Ada, als müsste ich auf der Stelle für die verlorene Gelegenheit sühnen. Was hatte sie vor? In ihren Augen erkannte ich das unausweichliche Herannahen der Katastrophe.

Ich unterdrückte ein leises Japsen. »Und was habe ich damit zu tun?«, hakte ich nach.

»Als ich Sie an der Tür stehen sah, hat mich fast der Schlag getroffen, so ähnlich sehen Sie ihr.«

»Das ist ein Irrtum. Ich sehe meiner Großmutter ähnlich«, berichtigte ich sie wie Alrun kurz zuvor.

»Der großen Maria«, spuckte Heidi aus. »Auch die hat zu unserem Unglück beigetragen. Außerdem weiß ich, was ich weiß …«

»Unsinn«, stieß ich im Brustton der Überzeugung aus. »Maria konnte absolut nichts dafür.«

»Ach ja? War nicht sie der Grund, warum Ada an den Bodensee zurückgekehrt ist, um ungestört ihren Hang zur Perversität auszuleben?«, fragte Heidi fast triumphierend. »Wäre Ada bei ihrem Mann in Frankreich geblieben, wäre das alles nicht geschehen«, fügte sie gefährlich leise hinzu. »Dann hätte es das Kind nie gegeben, und wir hätten Alrun so lange behalten können, bis der ganze Hokuspokus irgendwann von selbst aufgeflogen wäre. Und Georg hätte mich nicht …« Sie stockte.

Erschüttert starrte ich sie an. »Aber Ada hat Georg nie gewollt«, sagte ich platt. »Wussten Sie das denn nicht?«

»Was tut das zur Sache? *Er* war besessen von ihr. Und solange sie in seiner Nachbarschaft gelebt hat, konnte er dem Sog nicht widerstehen.«

»Aber das war doch nicht ihre Schuld.«

»Seien Sie still, Sie Abscheuliche. Sie sind nicht besser als dieser Vamp. Lassen Ihren Mann einfach allein ziehen, um Ihren Geschäften nachzugehen. Dass er nichts mehr von Ihnen wissen will, haben Sie allein sich selbst zuzuschreiben. Wären Sie ihm gefolgt, dann hätten wir hier ungestört mit Ada abrechnen können.«

»Wir?«, fragte ich, obwohl ich die Antwort bereits ahnte.

Belämmert schaute sie mich an. »Heidi und ich, wer denn sonst? Wir hätten uns in Ruhe um die Angelegenheit kümmern können. Dann wäre es nie so weit gekommen. Sie mussten aber unbedingt im Haus bleiben. Pech gehabt. Jetzt ist er fort und liebt Sie nicht mehr.«

Es versetzte mir einen so heftigen Stich, dass ich nach Luft schnappen musste. *Sie faselt dummes Zeug*, beruhigte ich mich. »Das ist Unsinn«, widersprach ich ihr schwach.

»So schnell wird er jedenfalls nicht mehr hierher zurückkehren, dafür habe ich gesorgt. Und das gibt mir die nötige Zeit, das zu tun, was rechtens ist …« Es hörte sich sonderbar überzeugt an, als würde sie über ein Wissen verfügen, das ich nicht hatte.

»Sie irren sich«, ging ich aufs Ganze, wollte die Wahrheit aus ihr herausholen. »Ihre Behauptungen basieren auf nichts und wieder nichts.«

»Ach ja?« Sie warf mir einen biestigen Blick zu, als hätte ich in ihrer Ehre herumgestochert. »*Isabella, ich verstehe Dich nicht, bin über Deine Entscheidung sehr überrascht und auch gekränkt. Niemals hätte ich gedacht, dass zwischen uns eine solche Kluft entstehen könnte. Mir fehlen die Worte. Mach's gut, Chris*«, zitierte Heidi boshaft. »So lautete seine Mail.«

Perplex blinzelte ich. *Also doch …* Es traf mich wie ein Messerstich ins Herz. Gudrun hatte die ganze Zeit über Zugang zu meinen Mails gehabt. Ob es nur beim Lesen geblieben war? »Warum tun Sie das?«

»Jemand muss für Ada herhalten«, wiederholte sie seelenruhig, als hätte sie meine Gedanken gelesen. Erneut blickte ich sie an, bemüht, ihre Logik nachzuvollziehen. »Obendrein sind Sie ihre Erbin. Was würde da näherliegen … Es ist wie mit allen Erbschaften: Wenn man den Nachlass annimmt, dann muss man auch die damit einhergehenden Schulden akzeptieren«, sinnierte sie. »In diesem Fall haben Sie eben Pech gehabt, dass er so viele Schattenseiten mit sich bringt.« Demonstrativ zuckte sie die Achseln, als würde sie wirklich mit mir mitfühlen.

Noch immer begriff ich nicht alles. Noch immer schien mir ein entscheidender Bestandteil zu fehlen.

»Aber«, sagte ich bedacht. »Sie haben doch jetzt ein wunderschönes Erbe von Georg. Wollen Sie das wirklich alles aufs Spiel setzen?«

Heidi schüttelte den Kopf, als wäre ich hier die Verrückte. »Armes Mädchen. Ich wurde von ihm entmündigt und kann deshalb nicht frei über mein Hab und Gut verfügen.«

Schockiert schaute ich sie an. Zeit. Ich brauchte Zeit. »Wie das?«

»Auch ich bin bei Georg in Ungnade gefallen.«

Innerlich erzitterte ich, spürte, dass wir uns dem Kern der Sache näherten. Jetzt nur nicht lockerlassen, alles aus ihr herausholen. »Warum?«

Heidi schaute in die Ferne. »Das Baby«, sagte sie, und ich meinte, in ihrer Stimme ein leichtes Vibrieren zu vernehmen. »Es war das Baby, das alles geändert hat …«

Kapitel 27 – Der Beweis

Lindau, Bodensee – Mai 1969

»Du irrst dich, meine Gute«, antwortete Georg beherrscht.
»Wie oft soll ich dir noch einhämmern, dass zwischen Ada
und mir nichts ist? Sie ist wie eine Schwester für mich.«
Gemächlich löffelte er in der Kräuterflädlesuppe.

»Eine Schwester, ha! Dass ich nicht lache«, zeterte Heidi
außer sich. »Ihr seid doch nicht einmal vom selben Blut.«

»Wir sind zusammen aufgewachsen.«

»Und du hast sie geliebt.«

Ungehalten schüttelte Georg den Kopf. »Als junger
Mann habe ich mich zu ihr hingezogen gefühlt, das stimmt,
ja«, gab er zum hundertsten Mal zu. »Aber wie ich dir
bereits zigmal erklärt habe, sollte sie damals meine Frau
werden. So hatte es ihr Vater entschieden. Und da ich ihm
alles zu verdanken hatte – meine Lebensweise, meine gute
Erziehung, mein Studium, mein Auskommen, ja einfach
alles – hätte ich niemals gewagt, ihm zu widersprechen.«

»Wie praktisch. Du kannst viel erzählen. Wer weiß, ob
das wirklich stimmt. Tote können nicht mehr das Gegenteil behaupten.«

»Heidrun!«, rief er empört. »Bei meiner Seele schwöre
ich, dass dies der Wahrheit entspricht. Adas Vater hat mich
nach dem Börsenkrach und dem Bankrott meines eigenen
Vaters bei sich aufgenommen. Er war es auch, der mir das

Medizinstudium bezahlt und darauf bestanden hat, dass ich seine Tochter eheliche. Wirst du mir das ewig vorhalten? Hätte ich ablehnen sollen? Hätte ich ihm sagen sollen, dass ich gerne sein Geld, aber nicht seine Tochter will?«

»Und dann hat sie dein liebendes Herz verletzt, als sie einen anderen wählte und mit ihm nach Frankreich zog, um dort eine große Diva beim Film zu werden«, überging sie seine Erklärungen.

»Natürlich war ich enttäuscht«, gestand Georg erneut. Rote Flecken bildeten sich auf seinen Wangen. »Aber ich hatte fast zehn Jahre lang Zeit, um mich zu entwöhnen.«

»Aber du hast sie noch immer geliebt, als sie zurückkehrte.«

»Nicht, wie du es darstellst, nein«, antwortete er genervt. »Meine Gefühle hatten sich gewandelt.«

»Jeder andere Mann hätte sie nach diesem Affront links liegen lassen. Jeder andere Mann wäre zu stolz gewesen, um wieder zu Kreuze zu kriechen. Nicht so mein Ehemann.«

»Heidasabl«, donnerte Georg und schlug so heftig mit der Faust auf den Tisch, dass die ordentlich nebeneinanderstehenden Salz- und Pfefferstreuer hüpften. »Kann unsereins denn nicht einmal mehr in Ruhe zu Mittag essen, ohne ständig mit diesen dämlichen Unterstellungen belästigt zu werden?«

Heidi zuckte zusammen. »So machst du es immer«, murmelte sie weinerlich. »Zuerst tust du so, als würdest du mich verstehen, und dann brüllst du mich an.«

Und wieder bist du die Dumme in der Geschichte, flüsterte Runi ihr zu. *Die, die das Nachsehen hat. Und wieder lässt du es dir gefallen. Verliererin!*

»Es ist aber doch auch zum Verrücktwerden, dass du es nach all der Zeit nicht begreifen willst.«

»Ich begreife es schon«, patzte sie. »Aber dein Verhalten spricht eine andere Sprache.«

Er überging ihren Einwand. »Mit Alrun machst du doch auch nicht so ein Gedöns. Hübsch, wie sie ist, könntest du mir mit ihr ebenfalls Untreue unterstellen. Ich sehe sie täglich, und sie ist wesentlich frischer als Ada. Keine Ahnung, warum du dich so auf sie verbeißt.«

»Das ist etwas anderes. Alrun erfüllt ihren Zweck.«

Erstaunt schaute Georg sie an. »Was … Was meinst du damit?«

»Du hast mich schon ganz richtig verstanden. Ich bin nicht so blöd, wie du immer denkst.«

»Du spionierst mir nach?«

Gut, jetzt hast du ihn dort, wo du ihn haben willst!, feuerte Runi sie an. *Weiter so!*

»Sich um die Konten seines Gatten zu sorgen, ist wohl kein Fall von Spionage, sondern gesunder Menschenverstand.«

Sein Kopf lief gefährlich rot an. »Was erdreistest du dich, Weib? Seit wann kümmern sich Frauen um Geldangelegenheiten?«, zischte er mit zusammengepressten Zähnen. »Bleib am Herd, kümmere dich darum, endlich Mutter zu werden.«

Das saß! *Los, lass es ihm nicht durchgehen!*

»Das sagst ausgerechnet du?«, keifte Heidi ihn plötzlich an. Sie bebte am ganzen Leib. »Es ist deine und Adas Schuld, dass ich unser Kind verloren habe.«

»So ein Unsinn«, fuhr er sie an.

»An dem Tag, als du Ada ihre Schwangerschaft angekündigt hast, habe ich euch belauscht.«

»Heilandzack Hurahagl nomol«, brauste Georg erneut auf und ließ den Löffel scheppernd auf den Tellerrand fallen. »Und was ist mit der ärztlichen Schweigepflicht? Du kannst mich doch während einer Untersuchung nicht einfach belauschen.«

»Lenk nicht vom Thema ab«, spie sie aus. »Ich habe es ganz deutlich gehört, als du ihr beteuert hast, dich um das Kind zu kümmern.« Bei der Erinnerung an diesen scheußlichen Moment bebte sie am ganzen Körper. Es war, als würde sie wieder das fürchterliche Ziehen in ihrem Leib und das verhängnisvolle Rinnsal an ihrem Bein entlanglaufen spüren. »*Mach dir keine Gedanken, Ada, für das Kind werde ich sorgen, das verspreche ich dir*«, äffte sie seine damaligen Worte nach.

»Das ist doch … Was ist nur in dich gefahren? Ich erkenne dich gar nicht wieder, Frau. Das grenzt an Manie …«

»Ach ja, dann erkläre mir doch bitte, was du damit gemeint hast, he?«, zischte sie. »Willst du ihr etwa Geld geben?«

»Nein, wo denkst du hin. Diesbezüglich ist Ada abgesichert.«

Wie beruhigend, meldete sich Runi sarkastisch zu Wort.

»Wie willst du ihr dann helfen, du großmütiger Mensch?«

»Ich habe mit ihr eine Vereinbarung getroffen«, antwortete er müde. »Nach der Geburt wird das Kind zur Adoption freigegeben.«

Siehst du nicht, dass er dir einen Bären aufbindet?, flüsterte Runi ihr zu. *Er will es in Obhut geben, bis er dich loswird. Dann zieht er das Balg mit ihr gemeinsam groß.*

»Du lügst«, zischte Heidi.

»Wie bitte?«

»Ihr wollt eure Brut hinter meinem Rücken heimlich großziehen.«

»Bist du jetzt völlig übergeschnappt?«

»Warum solltest du dich sonst so um sie und diesen Bastard bemühen?«

»Weil es meine Pflicht ist, ihr zu helfen. Sollte es bekannt werden, dass Ada ein uneheliches Kind zur Welt bringt, werden auch wir in Verruf geraten. Schließlich gehört sie in den Augen der Gemeinde zu unserer Familie. Ist es vielleicht das, was du willst?«

»Nein«, antwortete sie verunsichert. Und wenn es stimmte, wenn er aufrichtig war?

»Gut. Dann können wir das Thema jetzt hoffentlich abschließen. Ich werde Ada helfen, wie man einer Schwester hilft, das ist alles.«

Schwester, Schwester, lästerte Runi. *Das ist ein willkommenes Alibi. Lass ihn nicht so einfach davonkommen.*

Heidi fasste sich wieder. »Schaut man so eine Schwester an?«, zeterte sie weiter. »Für mich gibt es keinen Zweifel: Das Kind ist von dir!«

Fassungslos starrte Georg sie an. »Du bist völlig übergeschnappt, meine Arme.«

Jetzt hast du ihn in die Enge getrieben. Weiter so …

»Ach ja? Was für einen anderen Grund könntest du denn sonst haben, dich um den Bastard dieser Hure kümmern zu wollen? Das Ansehen der Familie scheint mir da doch ein sehr schwacher Grund zu sein, denn jeder weiß, dass ihr keine leiblichen Geschwister seid. Ist es nicht eher, weil du Angst hast, man könnte später die Ähnlichkeit zwischen dir und dem Widerling erkennen?«

Die Ohrfeige schallte durch den Raum. Heidi hielt sich die Wange. »Du hast mich geschlagen!«, japste sie.

»Damit du zur Vernunft kommst«, brachte Georg gepresst hervor. »Nein, ich werde nicht zusehen, wie sie meine Familie in den Dreck zieht. Ich heiße Adas Lebens-

wandel nicht gut, das weißt du. Aber sie bleibt meine Familie, ob dir das nun passt oder nicht.«

Er hat dich geschlagen, weil du ihn in Bedrängnis
gebracht hast, stichelte Runi weiter. *Das ist der Beweis, dass*
seine Weste nicht so rein ist, wie er behauptet. Bleib dran!

Wütend stemmte Heidi die Fäuste auf den Tisch. »Schöne
Sprüche kann jeder klopfen, Doktor«, keifte sie ihn an.
Noch immer brannte die malträtierte Wange. »Beweise
mir, dass es nicht deins ist.«

»Beweisen? Wie denn? Soll ich es abmurksen und dir
ein Fingerchen bringen?«

Mit funkelnden Augen schaute sie ihn herausfordernd
an.

Wie ein kleiner Hebel hüpfte Georgs Adamsapfel mehrmals auf und ab. Er schien nervös zu werden.

Lass nicht locker!

»Heidi, ich bitte dich«, sagte Georg gefasster. »Sind wir
nicht glücklich miteinander? Hast du nicht alles, was du
dir wünschst? Einen angesehenen Mann, ein Haus, einen
Garten, schöne Kleider, ein Auto und sogar eine dieser
modernen Kisten, mit denen man in die Ferne sehen kann.«

Lass dich nicht breitschlagen, Heidi, los, bleib stark.

»Das Entscheidende fehlt«, giftete sie zurück.

»Ein Kind?«

Sie schüttelte vehement den Kopf. »Deine unabdingliche Loyalität.«

»So ein Schmarrn.« Er seufzte. »Natürlich hast du die.«

»Beweise es mir«, flüsterte sie. »Töte es.«

Mit einem Mal wurde er blass um die Nase. »Das werde
ich nicht tun.«

Du hast ihn fast so weit, versetze ihm den Gnadenstoß.

»Du hast gar keine andere Wahl«, flüsterte sie.

»Was … Was willst du damit sagen?«, fragte er benommen.

»Wenn du es nicht tust, werde ich alle Welt wissen lassen, dass Ada ein Kind von dir bekommen hat.«

»Das ist nicht dein Ernst …«

»Oh doch, nichts im Leben ist mir je so ernst gewesen.«

»Und wie stellst du dir das bitte vor?«

»Noch ehe es den ersten Schrei tut, wirst du es in ein Tuch wickeln und dich darum kümmern …«

»Doch nicht vor Mitwissern.«

»Was für Mitwisser?«

»Alrun und Ada.«

»Dann schaff es raus ins Auto.«

»Und wie soll ich das vor den beiden begründen? Dein Plan hinkt.«

»Tut er nicht. Du sagst einfach, dass es bereits tot geboren wurde und du Ada den traurigen Anblick ersparen wolltest und es deshalb gleich rausgeschafft hast. Passen würde es ja zu dir.«

»Ich erkenne dich nicht wieder.«

»Das ist nur der Anfang«, zischte sie. »Jetzt werden wir andere Saiten aufziehen.«

»Heiligsblechle, du bist völlig durchgedreht.« Er schüttelte den Kopf.

»Es ist die Brut des Bösen, der Schande und des Untergangs«, redete sie sich in Fahrt. »Wie viele Kinder sterben bei Geburten? He? Sag schon.«

»Einige, aber –«

»Na also. Kommt es da auf einen Wurm mehr oder weniger an? Was würde es für ein Leben haben? Als Bastard! Dein Ruf wäre auf immer geschädigt. Du wärst der Doktor, der sein Gemächt nicht unter Kontrolle hat und sogar vor Inzest nicht zurückschreckt.«

Schockiert starrte Georg sie an. »Schweig, Frau«, rief er erbost und hob die Hand wie zur Abwehr ihres bösen Blicks. »Es ist abscheulich, was du da von dir gibst.«

»Ja, es wird noch viel abscheulicher werden, wenn die Leute zu tratschen beginnen. Wer weiß, ob Ada nicht doch das eine oder andere Mal ihren dicken Bauch zur Schau getragen hat.«

»Unsinn, wir haben ein ausführliches Gespräch darüber geführt, dass sie nicht gesehen werden darf.«

»Tja, da hast du nicht mit der List deiner eigenen Frau gerechnet, die sie regelmäßig zu Spaziergängen abgeholt hat.«

Erschüttert schaute er sie an. »Das hast du nicht gewagt!«

»Und ob«, brüstete sie sich. »Es gab eine ganze Menge Nachbarn, die uns im Lindenhofpark und am Ufer begegnet sind«, übertrieb sie. »Sie werden mir aufs Wort glauben, wenn ich ihnen die Wahrheit erzähle.«

»Du … Du …« Georgs Kopf wurde immer roter.

»Solltest du also nicht tun, was ich von dir erwarte, wäre das für mich der eindeutige Beweis, dass es deins ist. Und das würde ich dir niemals verzeihen.«

Schweißperlen bildeten sich auf Georgs Stirn. »Also gut«, sagte er plötzlich abgeklärt. »Du hast gewonnen. Im Grunde hast du recht.«

Misstrauisch beobachtete Heidi ihren Ehemann. Wollte er sie nur glauben lassen, dass er es endlich einsah? Oder war es ihm ernst? »Versuche bloß nicht, mich hinters Licht zu führen«, zischelte sie.

»Nein, ich habe begriffen, wie ernst es dir damit ist. Also werde ich dir den unmissverständlichen Beweis dafür liefern, dass das Kind nicht von mir stammt.« Mechanisch tupfte Georg sich die Lippen mit der Stoffserviette ab, faltete sie auf die übliche pedantische Weise, rollte sie und schob sie in den Serviettenhalter zurück. Wie in Trance rückte er den Stuhl behutsam vom Tisch ab, erhob sich und knöpfte seelenruhig sein Jackett zu. Gemächlich strich er sich einmal mit der Hand über den Bauch, um den Stoff zu glätten, und verließ das Speisezimmer. »Des isch fei net schee«, hörte Heidi ihn leise vor sich hinsagen und gleich darauf mit der Zunge schnalzen ...

Kapitel 28 – Zwischenspiel – Chris

Augsburg – Ende Mai 2018 – Zwei Stunden zuvor

Theatralisch ließ Chris seinen Zeigefinger auf die E-Taste niedersausen, um den letzten Buchstaben des Wortes »Ende« zu schreiben. Mit dem Gefühl der Erfüllung und dem Bewusstsein, einen entscheidenden Vorstoß in seinem Leben errungen zu haben, lehnte er sich im Bürostuhl weit zurück, kreuzte die ausgestreckten Beine unterm Tisch und faltete die Hände am Hinterkopf. Er konnte es selbst kaum fassen, dass das Buch endlich fertig war. Letztendlich war es wesentlich besser gelaufen als erwartet.

Rex, der eingerollt unter dem Schreibtisch lag, schien den Stimmungswandel wahrgenommen zu haben, denn er erhob sich, schüttelte sich einmal ausgiebig und legte seinen schwarzen Struwwelkopf auf Chris' Oberschenkel. Treuherzig wedelnd schaute er zu ihm auf. Beseelt lächelnd wuschelte Chris dem Vierbeiner durchs Fell. »Da staunst du, wie?«, fragte er seinen treuen Freund. »Ich habe es tatsächlich geschafft.«

Trotzdem wollte sich die Freude nicht so recht bei ihm einstellen. Über den Laptop hinweg blickte er durchs Fenster in den blühenden Garten, in dem Angi gerade dabei war, neue Gemüsebeete anzulegen, immer getreu dem Motto: Pflanze im Mai, dann kommt's glei. Es hatte etwas berührend Heimeliges, ihr dabei zuzuschauen, ließ fröhliche Erinnerungen an seine Kindheit aufleben. Es war ein wunderschöner Frühlingsnachmittag, die Spatzen zwitscherten, und überall kreuchte und fleuchte es. Und als wäre Angi ein unabdinglicher Bestandteil dieser Vollkommenheit, als würde sie darin einfließen wie der letzte Tupfer auf einem Gemälde, tanzten zwei Schmetterlinge fröhlich um sie herum.

Wie um einen Schlussstrich unter das Projekt zu ziehen, schlug Chris sich auf die Oberschenkel, erhob sich und streckte den steifen Rücken. Laut ließ er seine Knochen knacken, indem er sich einmal nach links und einmal nach rechts drehte. *Das Werk ist vollbracht, mein Verleger wird zufrieden sein, und ich kann endlich wieder nach Hause fahren ...* Chris hielt inne. Nach Hause? Hatte er denn noch eines?

Betrübt kratzte er sich am piekenden Dreitagebart, wandte sich ab und schlurfte mit hängendem Kopf in die Küche, um sich einen Tee zuzubereiten. Lustlos setzte er Wasser auf, holte eine Tasse aus dem Schrank und ließ gedankenversunken ein Pyramidenbeutelchen hineingleiten.

Seit er Isabellas Mail erhalten hatte, fühlte er sich verloren. Er kannte den Laut ihrer ernüchternden Zeilen in- und auswendig, so oft hatte er diese bereits gelesen: *Chris, seit Du abgereist bist, ist mir einiges klar geworden. Bislang hatte ich es nicht wirklich wahrhaben wollen. Ich brauche eine Pause. Belassen wir es vorläufig bitte dabei. Bitte nimm keinen Kontakt mit mir auf. Gegebenenfalls melde ich mich bei Dir. Nichts für ungut. Isabella.*

»Nichts für ungut«, schnaufte er vor sich hin. »Gegebenenfalls melde ich mich bei dir.« Nach allem, was sie gemeinsam erlebt hatten, bei allem, was sie füreinander empfanden, fertigte sie ihn einfach so mit drei Sätzen ab. Sie hatte nicht einmal mit »Bella« unterschrieben, geschweige denn es für nötig erachtet, irgendein freundliches Wort hinzuzufügen. *Gegebenenfalls melde ich mich bei Dir,* hallte es erneut in ihm wider. Was war nur in sie gefahren? War ihr der Stress der Ausstellung zu Kopf gestiegen? Oder hatte er etwas falsch gemacht?

Immer wieder peinigten ihn die gleichen Fragen. Vielleicht hätte er ihr Angebot, das Buch bei seiner Schwester fertigzuschreiben, nicht so ohne Weiteres annehmen sollen? Er hatte sich ja geradezu auf die Gelegenheit gestürzt, verdammt. Wie bescheuert hatte das in ihren Augen wirken müssen? *Du Dibbl*, beschimpfte er sich. *Vielleicht wollte sie dich nur testen? Wollte sichergehen, dass du nicht bei der kleinsten Schwierigkeit schlappmachst und sie sitzen lässt …*

Verzweifelt hatte er am Sonntag versucht, sie mit dem nachbarlichen Festnetztelefon zu erreichen. Doch ihr Anschluss schien gestört. Oder hatte sie vielleicht den Stecker herausgezogen? Sogar ihr Handy reagierte nicht mehr, als hätte sie Kevins und seine Nummer blockiert. Irgendwann hatte er es aufgegeben, ihr im genauso knappen Tonfall auf die ungeheuerliche Mail geantwortet.

Waren sie vielleicht doch zu verschieden? Sie, die Powerfrau, ständig aktiv, ständig am Werkeln, und er, der zwangsläufige Stubenhocker, der in Traumwelten herumirrte, morgens nicht aus den Federn kam und auch sonst eher ein ruhigerer Typ war? *So ein Quatsch*, besann er sich wieder. Es war absolut nicht Bellas Art, einfach so hinterrücks auszusteigen. Sie war ehrlich und direkt. Niemals hätte sie ihm eine Falle gestellt.

Wie er es auch drehte und wendete, es ergab keinen Sinn. Noch am Vortag hatte sie in seinen Armen gelegen und von einer gemeinsamen Zukunft geträumt, und gleich einen Tag darauf sollte sie sich eines Besseren besonnen haben? Und er Vollidiot hatte in Zukunftsträumereien geschwelgt, hatte sich schon einen tollen Plan für den kommenden Urlaub ausgedacht.

Was ihn aber am meisten fertigmachte, war, dass er sich sogar dabei ertappt hatte, sich vorzustellen, wie es wohl wäre, Kinder mit ihr zu haben. Das Erschreckende war nicht der Gedanke an sich gewesen, sondern die Tatsache, dass ihm die Vorstellung mehr als gefallen hatte. Jetzt schämte er sich fast dafür, so voreilige Fantastereien zugelassen zu haben.

Plötzlich durchfuhr ihn ein Schreck. *Hat sie ihren Ex-Freund nicht auch Hals über Kopf sitzen lassen, als sie mich kennengelernt hat?* Wie ein Dolchstich traf ihn diese Erkenntnis ins Herz. *Das ist doch etwas ganz anderes gewesen*, versicherte er sich. Bella und Bernd hatten schon seit Jahren nebeneinanderher gelebt, hatten kaum noch Gemeinsamkeiten gehabt, nur noch wenig miteinander gesprochen. Nein. Es war nicht mit dem zu vergleichen, was Bella und er seit ein paar Monaten erlebten.

Wehmütig dachte er an Bellas ausgelassenes Lachen, meinte, ihren tiefgründigen Blick, ihre atemberaubende natürliche Schönheit vor sich zu sehen. Er entsann sich der Art, wie sie immer seinen Geschichten lauschte, gefangen, überwältigt, begeistert. Vor seinem inneren Auge erlebte er Szenen, wie sie sich leidenschaftlich geliebt hatten ... Nein, es war nicht zu vergleichen ...

Schonungslos brachen die Erinnerungen über ihn herein, ließen ihn in sich zusammensacken wie ein wackeliges Kartenhaus, das sich bis dahin nur durch ein Wunder aufrechterhalten hatte. Und schon sehnte er sich zu seinen

Tasten und in sein Buch zurück, um diese tausend Fragen zu verdrängen, die sich vor ihm auftürmten.

Mit einem lauten Poltern erschien Angi in der Küche. In ihrer Hand hielt sie einen riesigen Strauß Wildblumen. »Schau mal, sind die nicht purer Wahnsinn?«, fragte sie strahlend.

»Sehr hübsch«, bestätigte Chris mürrisch. »Auch einen Tee?«

»Gerne«, antwortete sie, holte eine Vase vom Küchenschrank herunter und füllte sie mit Wasser. Nachdem sie die Blumen darin arrangiert hatte, nahm sie die hingehaltene Tasse entgegen und setzte sich zu Chris an den langen Tisch.

»Mit dem großen Ding in der Mitte sieht man sich ja kaum noch«, brummelte Chris und schob den Strauß zur Seite.

»Nanu? Welche Laus ist dir denn über die Leber gelaufen?«, fragte Angi und musterte ihn prüfend. »Hängst du fest?«

»Nein, nein«, wiegelte er ab. »Es ist fertig.«

»Was?«, rief Angi überschwänglich und schaute ihn fragend an, als befürchtete sie, sich verhört zu haben. »Im Ernst?«

Er nickte. »Yep.«

»Gratuliere, Bruderherz, das ist doch der absolute Megahammer, oder?« Sie ließ ihre Teetasse gegen die seine klirren und lachte ihn beeindruckt an. Halbherzig lächelte er zurück. »Na, was schaust du denn so traurig drein?«

Er zuckte mit den Achseln. »Nichts weiter …«

»Ach, noch immer diese Geschichte mit Bella?«

»Ja, noch immer diese Geschichte«, wiederholte er unglücklich.

»Jetzt könntest du doch ins Auto springen und endlich zu ihr fahren«, sagte sie, als wäre es das Selbstverständlichste der Welt. »Worauf wartest du noch?«

»Das kommt gar nicht infrage«, sagte er und verschränkte die Arme vor der Brust. »Sie hat ausdrücklich geschrieben, dass sie sich bei mir meldet. Wenn es überhaupt eine Chance gibt, dass sie sich besinnt, dann sicher nicht, wenn ich mich ihr aufdränge.«

»Aber du lebst doch mit ihr in diesem Haus, oder sehe ich das falsch?

»Nö, das stimmt schon.«

»All dein Hab und Gut befindet sich noch vor Ort.«

»Schon, aber wenn ich zu früh antanze, gehe ich das Risiko ein, dass sie mich auffordert, meine Siebensachen zu packen und das Weite zu suchen.«

»Wenn sie dazu wirklich in der Lage wäre, dann ist sie es nicht wert, dass du dir ihretwegen einen Kopf machst, echt, du.«

Chris nickte. »Stimmt. Und so ist sie nicht. Deswegen ergibt das alles keinen Sinn. Was zwischen uns ist, ist so gewaltig, dass es das nicht gewesen sein kann. Unmöglich.«

»Vielleicht macht es ihr Angst.«

Er grübelte, nickte zögerlich. »Da könnte was dran sein. Vielleicht verhält es sich wie mit der Geschichte vom Mann mit dem Hammer.«

Angi grinste. »Du meinst den, der nach stundenlangem Abwägen, wie sein Nachbar wohl auf die Bitte um einen Hammer reagieren könnte, entschied, das Bild nicht mehr aufzuhängen und den armen Nachbarn anzublöken?«

Chris nickte missmutig, verzog den Mund zu einem lustlosen Grinsen. »Sie sagte immer, was zwischen uns ist, sei zu schön, um wahr zu sein, und sie fürchte, eines schönen Morgens zu erwachen und feststellen zu müssen, dass es nur ein Traum gewesen ist.«

»Na also, dann fahr hin und stell sie zur Rede. Du hast ein Anrecht auf eine Antwort und vor allem darauf, dort zu leben.«

»Es ist *ihr* Haus, nicht meines.«

»Das ist nie gut.«

»Wie meinst du das?«

»Na ja, wenn die gemeinsame Bude mehr dem einen als dem anderen gehört, dann fühlt sich immer einer der beiden weniger zu Hause.«

Chris nickte. »Aber Bella hängt sehr an dem Haus. Ich übrigens auch. Außerdem hat sie mir noch nie das Gefühl gegeben, dass es nicht mein Zuhause ist. Wir entscheiden alles gemeinsam.«

»Aber es wird niemals deins sein.«

»Ist das so wichtig?«

»Schau, du bist doch selbst der beste Beweis dafür: Wäre es auch deins, würdest du keine Sekunde zögern und heimfahren.«

»Stimmt«, gab Chris zerknirscht zu. »Trotzdem möchte ich noch warten. Mir wäre es einfach lieber, sie würde mich dazu auffordern.«

Angi seufzte und schlürfte an ihrem Tee. »Hier«, sagte sie und schob ihm die Tageszeitung zu. »Dann hör auf, dir weiter den Kopf zu zermartern, und bring dich auf andere Gedanken. Zwar geht es darin auch um Lindau, aber den Artikel kannst du ja überspringen.«

»Ach ja?«, fragte Chris. »Geht es vielleicht um das neue Künstleratelier, das in Kürze auf der Insel eröffnen wird?«, fragte er sarkastisch.

Tadelnd schaute seine Schwester ihn an. »Kannst es nicht lassen, wie?«

»Es war zu verlockend«, konterte er.

Sie grinsten sich schräg an.

Tatsächlich. Auf der ersten Seite prangte die Schlagzeile in großen Lettern: *Lindau: Verschwundene Insassin des Friedrichshafener Klinikums sorgt für Rätsel.* Und die Subline lautete: *Die Polizei warnt: Sollten Sie Hinweise auf den Verbleib der Flüchtigen haben, melden Sie sich bitte direkt im Kommissariat.*

»Was es nicht alles gibt«, sagte Chris kopfschüttelnd und wollte weiterblättern, als ein Name, der ihm aus dem Artikel geradezu entgegensprang, seine Aufmerksamkeit erregte: *Dr. Georg Wächter!* Stirnrunzelnd begann er, die Kolumne noch einmal von Anfang an zu lesen.

Wo ist der Frühling schöner als im herrlichen Lindau am Bodensee? Diese Frage muss sich das kleine Grüppchen Insassen des Friedrichshafener Klinikums auch gestellt haben, kurz bevor es sich auf und davon gemacht hat. Noch immer vermisst wird die 70-jährige Frau Heidrun Wächter. Anders als ihre Mitinsassen, die schnell wieder aufgespürt und zurückgebracht werden konnten, scheint die Flüchtige in der Gegend von Lindau untergetaucht zu sein.

Verdutzt hielt Chris inne. Seine Gedanken schienen verrücktzuspielen, spulten vorwärts und zurück wie das Band in einem alten Kassettenrekorder, das sich schließlich verhedderte. Er erinnerte sich mit einem Schlag daran, wie Georg Bella und ihm erzählt hatte, dass seine Frau an starken psychischen Störungen litt. Ein unerklärliches Unwohlsein kroch in Chris empor. Innerlich aufgewühlt las er weiter: *Die Suche nach der Vermissten wird fortgesetzt. Laut Polizeiangaben trug die kurzhaarige Frau*

zuletzt ein grünes Galakleid und erstand am Bahnhof
Friedrichshafen noch am Abend der Flucht eine Fahrkarte
nach Lindau, wurde jedoch seitdem nicht mehr gesehen.
Das Haus ihres verstorbenen Mannes, bei dem es sich um
den früheren Lindauer Arzt Dr. Georg Wächter handelt,
wird derzeit von der Polizei bewacht. Es ist anzunehmen,
dass sie sich in der Nähe aufhält. Außerdem wird darauf
hingewiesen, dass sie laut den zuständigen Ärzten unter
Schizophrenie leidet und bei zu befürchtenden Schüben
eine Gefahr für sich selbst sowie ihre Umwelt darstellen
könnte. Die Polizei bittet die Bevölkerung um Mithilfe
bei der Suche nach der Abtrünnigen. Die Vermisstenmel-
dung hat in der Region große Besorgnis ausgelöst. Sollten
Sie über Informationen zum aktuellen Aufenthaltsort von
Frau Wächter verfügen …

Urplötzlich sprang Chris auf, sodass sein Stuhl hinten-
überkippte und krachend zu Boden fiel.

Angi zuckte zusammen. »Gottverdammich Heidabimbam Saggzemend abbre au, was ist denn mit dir los?«, schimpfte sie und hielt sich die Hand aufs Herz.

»Ich muss sofort heim!«, rief Chris aufgebracht. Panik schwang in seiner Stimme mit.

»Sag ich's doch. Das ist aber doch kein Grund –«

»Bella befindet sich vielleicht in Gefahr.«

»Was?«

»Erinnerst du dich an die Frau, von der ich dir erzählt habe?« Aufgeregt fuhr er sich durchs wirre Haar.

»Diese Gudrun?«

»Genau«, stieß Chris aus und tippte mit dem Zeigefinger aufs Tageblatt. »Bei dieser Ausreißerin, von der in dem Artikel die Rede ist, handelt es sich um sie, darauf verwette ich mein letztes Hemd.«

Verstört richtete Angi sich auf. »Soll ich die Polizei verständigen?«

Chris zögerte. Plötzlich dachte er an diese sonderbare Alrun, deren Aussehen er zwar nicht kannte, auf die diese Beschreibung aber ebenfalls passen könnte.

»Nein. Vielleicht irre ich mich, und dann?« Um nicht noch mehr kostbare Zeit zu verlieren, rannte er in sein Zimmer, packte in Windeseile seine Sachen zusammen, hastete in die Küche zurück und drückte der verdatterten Angi einen Kuss auf die Wange. »Mach's gut, Schwesterherz.«

Sie nickte. »Melde dich, sobald du kannst, in Ordnung?«

Er bejahte, und schon war er fort. Fröhlich kläffend folgte Rex ihm ins Auto. Auch er schien es eilig zu haben, wieder nach Hause zu kommen. *Hm, nach Hause*, grummelte Chris in Gedanken und spürte wieder das unangenehme Zwicken im Bauch. Aber er würde seine eigenen Gefühle hintenanstellen müssen, denn wenn er mit seiner Annahme recht hatte, dann konnte er nicht Däumchen drehend herumsitzen und warten, dass Bella ihn anrief.

Und so weit hergeholt schien seine Theorie nicht. Das Alter, die Beschreibung und der mutmaßliche Aufenthaltsort passten. Instinktiv wusste er, dass er mit seiner Vermutung richtiglag. Es würde so vieles erklären. Und je mehr er darüber nachdachte, umso klarer wurde es. Diese Gudrun hatte so unschuldig gewirkt, so sanftmütig, hatte sie beide mit dieser hanebüchenen Geschichte der misshandelten Frau gehörig an der Nase herumgeführt. Er fragte sich, ob sie nach Plan vorgegangen oder eher improvisiert hatte. Und warum? Wo lag ihr Motiv? Suchte sie nach etwas? Oder lebte sie einfach in den Tag hinein und wollte nur untertauchen?

Das musste auch der Grund dafür sein, warum Bella außer der einen Mail kein Lebenszeichen mehr von sich gegeben hatte. Er zweifelte plötzlich daran, ob es wirklich sie gewesen war, die diese scheußliche Nachricht verfasst hatte. Und je mehr er darüber nachgrübelte, umso mehr leuchtete ihm dieser Gedanke ein. Das würde einiges ins richtige Licht rücken, denn weder hatte sie auf seine Anrufe geantwortet noch auf die SMS. Eigentlich hätte ihn das doch stutzig machen müssen. Wütend vor sich hin fluchend schlug er aufs Lenkrad. Die Kilometer schienen endlos dahinzukriechen. Chris drückte aufs Gas.

Missmutig schüttelte er über sich selbst den Kopf und schnaubte. Wie hatte er nur einen Augenblick glauben können, dass Bella ihn nicht mehr hatte sehen wollen? Er schämte sich. Schämte sich für seine Zweifel. Schämte sich in Grund und Boden. Vertraute er ihr denn so wenig? *Verdammt, nein!* Es lag an ihm. An dem ewigen Syndrom des Adoptivkindes: Die Angst vor dem Verlassensein, vor dem Abgeschobenwerden. Es war in ihm verankert wie schlechte Gene, die tief und fest in seine Zellen eingebrannt waren. Ein ewig wiederkehrendes Schema, das immer nach den gleichen Regeln funktionierte. *Diesmal kriegst du mich nicht*, entschied er. *Ich werde ein für alle Mal diese Endlosschleife unterbrechen.*

Seine Gedanken rasten. Wie hatte die Frau das angestellt? *Der Computer*, schoss es ihm in den Sinn, *aber natürlich!* Er schlug sich an die Stirn. Gudrun hatte Zugang zu Bellas Mails gehabt … Und er hatte ihr auch noch dabei geholfen. Und das Telefon? *Einfach den Stecker aus der Wand gezogen*, kam ihm prompt die Antwort. Bella hatte wahrscheinlich verzweifelt auf seine Anrufe gewartet, und er, saudommr Aff, hatte nichts begriffen. Aber was war mit dem Handy? Wie hätte diese Habergoiß, diese fiese Spinne, die vielen SMS unterbinden können? Angestrengt auf die

Straße stierend kaute er auf seiner Unterlippe herum. *Ganz einfach: Sie hat meine Nummer blockiert.* Wie oft hatte er Bella schon gemahnt, endlich einen besseren Sperrcode als »1234« einzugeben.

Selbstvorwürfe quälten ihn, ließen seinen Magen wie einen Feuerball brennen. Wie hatte er das übersehen können? Dabei hatte es offen zutage gelegen. Prompt musste er an seinen eigenen Satz zurückdenken, als er Bella von Alruns Harmlosigkeit hatte überzeugen wollen: *Aber ich denke, dass Menschen, die ihren Missmut offen zur Schau tragen, nicht wirklich gefährlich sind. Ich fürchte mich eher vor denjenigen, die ihn im Verborgenen halten und warten, bis sie zum Zuge kommen ...*

Aufgebracht stieß er die Luft aus. Plötzlich spürte er in seinem Magen ein so gewaltiges Stechen, als hätte ihm jemand ein Messer in den Leib gerammt. Leise stöhnte er auf. Es fühlte sich an wie eine Mahnung aus höheren Gefilden, wie ein Zeichen, dass er sich beeilen sollte. Es pochte so intensiv in ihm, als ob Bella ihm telepathische Morsezeichen sandte. Sollte er nicht doch lieber die Polizei informieren? Und wenn er sich das alles nur zusammengereimt hatte? Verunsichert haderte er mit sich selbst. Wenn ihr etwas zustieße, würde er sich das niemals verzeihen. Niemals!

Bedrohlich hallten die Worte des Artikels in ihm wider und wider: *Außerdem wird darauf hingewiesen, dass sie laut den zuständigen Ärzten unter Schizophrenie leidet und bei zu befürchtenden Schüben eine Gefahr für sich selbst sowie ihre Umwelt darstellen könnte.*

Wenn es nur nicht schon zu spät war ...

Kapitel 29 – Höllenglut

Heidi schaute noch immer aus dem Fenster. »Ja, das Baby ist mir zum Verhängnis geworden.«

Noch von den neuerlichen Eröffnungen durchgebeutelt, versuchte ich, meine Gedanken zu sortieren. »Und er hat es also getan?«

»Natürlich hat er es getan«, ereiferte sie sich.

»Warum sind Sie sich dessen so sicher?«, insistierte ich. Zwar wusste ich, was für ein Scheusal ihr Mann in mancher Hinsicht gewesen war, wusste auch, dass er auf mehr oder weniger indirekte Weise Ada und auch meine Großmutter auf dem Gewissen hatte und obendrein auch seine Finger im Unfall von Adas Eltern im Spiel gehabt haben sollte, aber wäre er wirklich in der Lage gewesen, einen Kindsmord zu begehen?

»Er hat mir den Totenschein gezeigt.«

»Den hätte er auch fälschen können«, stichelte ich weiter.

Heidi lächelte so gelassen, als würden wir einen gemütlichen Kaffeeplausch halten. »Hinterher hat er mir auch das Grab auf dem Pfarrfriedhof hier in der Nähe gezeigt.« Es klang stolz, als würde sie mit einer Trophäe vor meiner Nase herumwedeln. Ich erschauderte. Also gab es keinen Zweifel mehr. »Leider war die gute Alrun Zeugin seiner Tat geworden. Sie hinterfragte misstrauisch, warum er das

Neugeborene nicht einfach im Salon gelassen habe, anstatt
es gleich hinauszutragen. Damit hatte er nicht gerechnet.«

»Und?«

»Er hat ihr versichert, dass er Ada nur die Qual des
Anblicks ersparen wollte, aber Alrun blieb argwöhnisch.
Also musste sie gehen. Sie wusste zu viel.«

Die Teilchen fügten sich zusammen.

»Er hat sie auf seine Weise zum Schweigen gebracht«,
flüsterte ich. »Und dann?«, bohrte ich weiter, während
ich stetig unauffällig an den Fesseln arbeitete. Mit jeder
Minute, die Heidi redete, stiegen meine Chancen, mich
zu befreien, bevor … Ja, bevor was? Was hatte sie mit mir
vor? Ich keuchte leise.

»Dann? Das liegt doch auf der Hand: Er hat wieder mal
zwei Fliegen mit einer Klappe geschlagen, wie sie es vorhin mit dieser Knastmutter so schön ausgedrückt haben.
Zuerst hat er Alrun gefeuert und dafür gesorgt, dass ihr
keiner mehr Glauben schenkte … Und dann hat er mir so
lange eine heile Welt vorgegaukelt, bis er hinter meinem
Rücken alles eingefädelt hatte, um mich in eine Anstalt
einweisen zu lassen.«

Es wunderte mich nicht im Geringsten, und es war das
erste Mal, dass ich ihm zu meiner eigenen Bestürzung sogar
recht geben musste. Allerdings hätte er sich selbst gleich
mit einweisen lassen sollen. »Gleich darauf?«, fragte ich
und zerrte weiter an den Stricken. »Warum hat er sich dann
erst die Mühe gegeben, das … das Kind zu beseitigen und
Ihnen das Grab zu zeigen, wenn er sowieso vorhatte, Sie
internieren zu lassen?« Es ergab keinen Sinn.

»Ja, sind Sie denn völlig begriffsstutzig?«, rief Heidi und
klatschte so heftig in die Hände, dass ich zusammenzuckte.
»Er hatte Angst, der gute Georg. Eine Höllenangst, dass

ich reden könnte. Hätte er das Kind nicht getötet, hätte ich meine Drohung wahr gemacht und allen von seinem Inzest erzählt, von dem Bastard, den sie gemeinsam gezeugt hatten. Das wusste er. Also hat er mich zuerst beruhigen wollen, damit ich ihm arglos in die Falle gehe.«

Das leuchtete ein. »Und er konnte Sie so ohne Weiteres einweisen?«

»Er war Arzt!« Es schien alles zu sagen. »Obendrein hat er mich auch gleich noch entmündigen lassen. Georg mochte keine halben Sachen.«

»Geht das denn so einfach?«

»Lindau ist eine kleine Stadt.«

»So klein auch wieder nicht«, konterte ich. Zeit, ich brauchte Zeit.

»Damals schon. Jeder kannte jeden. Und Georg war ein angesehener Mediziner. Für ihn war es kein Problem, von einem Kollegen ein Gegengutachten zu bekommen oder die richterliche Verfügung zu erwirken, denn selbst der Richter war einer seiner Stammpatienten. In ganz Lindau und Umgebung gab es kaum jemanden, der ihm nicht den einen oder anderen Gefallen schuldete.«

Auf der anderen Seite, dachte ich, *dürfte es wohl auch nicht schwierig gewesen sein, Heidi für verrückt erklären zu lassen.*

Entsetzt stellte ich fest, dass sich Heidis Geschichte dem Ende zuneigte. Ich musste sie am Reden halten. »Hören Sie, Heidi, ich kann Ihre Verzweiflung sehr gut nachvollziehen«, versuchte ich, das Gespräch wieder auf eine rationale Ebene zurückzubringen. »Aber mit Sicherheit gibt es Verfahren, die das Urteil rückgängig machen können. So einfach kann man heutzutage niemanden mehr entmündigen oder enterben.«

Heidi seufzte gelangweilt. »Mit diesem Gesülze hätten Sie Heidi sicher erweichen können«, antwortete sie. »Aber die habe ich zum Stillschweigen verdonnert. Und bei mir ziehen solche Maschen nicht.«

»Ich bin mir sicher, dass sie uns zuhört«, konterte ich in der Hoffnung, zu ihrem anderen Ich durchzudringen. Was hatte ich zu verlieren? »Bedenken Sie doch: Auch wenn Chris mich nicht mehr –« Ich stockte. Es fiel mir unendlich schwer, diesen Satz auszusprechen. »Auch wenn er nichts mehr von mir wissen will, so wird er sich doch zusammenreimen können, wer hinter meinem Unglück steckt. Und dann würden Sie endgültig alles verlieren.«

Heidi lächelte siegessicher. »Keine Sorge, ich werde keine Spuren hinterlassen.«

Eiskalt lief es mir den Rücken hinunter. *Die Schnüre, die Schnüre*, schoss es mir wie besessen durch den Kopf, bemüht, meine Hände durch die schmale Öffnung zu zwängen.

»Wie das?«, tat ich interessiert, um Zeit zu gewinnen, und zog und zerrte weiter an den Fesseln. Bildete ich mir das nur ein, oder hatten sie sich ein wenig gelockert?

Unerwartet flog Heidis Kopf zu mir herum, als hätte sie Lunte gerochen. Mir stockte der Atem. »Warum ächzen Sie so?«, überging sie meine Frage.

»Ich … Es …«, druckste ich herum. »Das ist doch ganz normal in dieser Situation.«

Misstrauisch musterte sie mich. »Keine krummen Dinger, klar?«

»Wollen Sie mir nicht sagen, was Sie vorhaben?«, überging ich ihre Drohung.

»Das werden Sie schon noch früh genug begreifen«, fauchte sie. »Hier stelle *ich* die Bedingungen.«

»Ich möchte Ihnen doch nur helfen.«

»Sie? Mir helfen?« Heidi lachte hysterisch auf. »Ausgerechnet Sie, die Sie mit gefesselten Händen und Füßen am Boden liegen?« Urplötzlich wandte sie sich auf den Fersen um und begab sich in die Küche.

Angestrengt keuchend rupfte ich weiter an den Stricken, wollte keine Sekunde vergeuden. Verdammt, ich musste unbedingt an mein Handy gelangen. Ich riss und zog, meine Hände waren klitschnass, schmerzten. *Keine Panik*, rief ich mich erneut zur Ruhe.

Es dauerte nicht lange, bis Heidi wieder ins Wohnzimmer zurückkam. Sofort hielt ich inne, tat unschuldig. Doch sie achtete gar nicht weiter auf mich, und als ich näher hinschaute, begriff ich auch, warum. Mein Herz setzte einen Schlag aus. Fassungslos starrte ich auf ihre Hände. In ihrer rechten hielt sie den Spiritus, den wir zum Entzünden unseres Fondue-Brenners nutzten, und in der anderen ... Streichhölzer!

Mir wurde übel. Schweiß brach mir aus. Ich meinte, bereits die Hitze der Flammen zu spüren.

»Gudrun, bitte«, flehte ich. »Nun kommen Sie doch wieder zur Besinnung und machen Sie sich nicht unglücklich.«

»Unglücklich?«, spie Heidi höhnisch aus. »Ach, meinen Sie etwa, es könnte für mich noch schlimmer kommen?«

»Es kann immer schlimmer kommen.«

»Pah, das sagen Sie, weil Sie sich glücklich wähnen«, patzte Heidi. »Aber glauben Sie mir: Im Grunde werde ich Ihnen damit viel Leid ersparen.«

Ich konnte kaum fassen, was ich da hörte. Es kam mir so vor, als würde Heidi allmählich immer weiter abdriften und wäre immer weniger zugänglich. »Lassen Sie uns in Ruhe darüber reden, ja? Es gibt sicher Lösungen.«

»Es wird ganz sauber vonstattengehen«, erklärte sie mir sachlich, ohne meinem Flehen weiter Beachtung zu schenken.

»Man wird wissen, dass Sie es waren.«

Heidi zuckte mit den Schultern. »Und wenn schon? Bis die Untersuchung aufdecken wird, um wen es sich bei den zwei verkohlten Leichen handelt, bin ich schon längst über alle Berge.«

Meine Knie wurden weich, ich hatte das Gefühl, meine Glieder bestünden nur noch aus Glibber, jegliche Kraft schien aus ihnen gewichen zu sein. Der metallene Geschmack in meinem Mund deutete auf eine aufsteigende Panikattacke hin. *Jetzt geht es ums Ganze!*, hämmerte ich mir ein. *Jetzt darfst du nicht schlappmachen.*

»Gudrun, bitte. Das ist doch nicht Ihr Ernst? Nehmen Sie doch bitte Vernunft an.« Unauffällig ruckelte ich weiter, wagte es, mich vorsichtig aufzusetzen. In ihrem Wahn schien sie es nicht einmal zu bemerken.

»Es hätte anders verlaufen sollen«, sinnierte sie seelenruhig. »Hätten Sie heute Morgen die Schnitten gegessen …«

Ich runzelte die Stirn. »Die Schnitten?«

»Ja, ich wollte nicht den gleichen Fehler wie damals mit Ada begehen.«

Ich horchte auf. »Mit Ada?« Ein sonderbares Gefühl stieg in mir auf, fast, als hätte ich etwas erkennen müssen, etwas Eindeutiges, auf das ich durch die Panik partout nicht kam.

»Georg hatte mir mal einen langen Vortrag über Blausäure gehalten und darüber, wie vieler Apfelkerne es bedurfte, um einen Menschen um die Ecke zu bringen. Als Ada mir von ihrer Vorliebe für Äpfel erzählte, war es fast wie ein Zeichen des Himmels, wie eine Aufforderung, eine Erlaubnis. Also habe ich ihr einen Ofenschlupfer gebacken. Alles habe ich aufs Genaueste befolgt. Nur hatte mein dämlicher Gatte vergessen, mir mitzuteilen, dass sich die Wirkung je nach Apfelsorte vermindern konnte, dass es je nach Sorte mehr Kerne brauchte. Nicht mal das Balg habe ich damit fortbekommen.«

Ich rang nach Luft. »Sie haben also heute Morgen die Frühstücksschnitten vergiftet?« Ich konnte es nicht fassen. Heiße und kalte Schauer überliefen mich, wechselten sich ab.

»Genau. Ich hatte mir diesmal solche Mühe gegeben, habe genau die richtige Menge eingehalten, was bei Aprikosenkernen natürlich viel einfacher ist, wie ich jetzt weiß. Ich habe sie extra feinsäuberlich zermahlen, damit die Krümel nicht zwischen den Zähnen knirschen …«

Die Erkenntnis traf mich mit voller Wucht. »Sie … Ich … Aber ich hatte doch schon etwas davon probiert«, stieß ich entsetzt aus.

»Das stimmt. Da war das Gsälz aber noch warm. Und Blausäure verliert seine Toxizität bei 26 Grad Celsius. Deshalb konnte ich die Kerne erst mit dem erkalteten Aufstrich vermengen«, verkündete Heidi stolz. »Dummerweise habe ich zu spät bemerkt, dass sich das verblödete Viech von einer Katze daran gütlich getan hat.«

»Max!«, wisperte ich. Ich hatte ihn völlig vergessen. Also war das alles hier kein Bluff. Sie zog das nicht nur ab, um mir Angst einzujagen, sondern sie wollte mir tatsächlich ans Leben.

»Ich wollte Ihnen die Qual der Flammen ersparen«, fügte Heidi nüchtern hinzu.

Mein ganzer Körper erzitterte. Vergeblich versuchte ich, meine Emotionen in den Griff zu bekommen, schien keine

Kontrolle mehr über meine Gliedmaßen zu haben. Mein Puls raste wie wild, und ich stand kurz davor, die Nerven zu verlieren. Die Angst schien bis in meine letzte Pore zu kriechen.

Zeig ihr nicht, wie fertig du bist, mahnte ich mich. »Hören Sie, Gudrun, bitte«, flehte ich. »Ich bin Isabella Lampert und stamme aus Frankfurt. Damals war ich noch nicht einmal geboren, wie Sie es so richtig angemerkt haben. Und als ich dieses Haus geerbt habe, wusste ich nicht einmal, warum. Sie vergreifen sich an einer Unschuldigen. Und ausgerechnet *Sie* müssten doch eigentlich wissen, wie grausam das ist …«

In Heidi schien sich etwas zu regen. Ich meinte, ein Flimmern in ihren Augen zu erkennen, etwas, das einem sich einschleichenden Zweifeln ähnelte. In diesem Augenblick donnerte es erneut, und ein Ruck durchzuckte sie, als würde sie den aufglimmenden Zwiespalt wieder abschütteln. Ihr hässliches Ich schien stärker.

»Lassen Sie Heidi zufrieden«, fauchte sie mich an. »Sonst versetze ich Ihnen noch einen Schlag, um Sie zum Schweigen zu bringen.«

»In Ordnung«, antwortete ich kleinlaut, sah meine letzte Hoffnung schwinden.

»Wie gesagt, ich weiß, was ich weiß …«

Verwirrt schaute ich sie an, fragte mich, ob ich sie überhaupt noch ernst nehmen konnte. Aber alles, was das Gespräch aufrechterhalten konnte, war mir recht. »Wie meinen Sie das?«, fragte ich deshalb vorsichtig. »Was *wissen* Sie?«

»Na, dass Sie Georgs und Adas Enkelin sind.«

Mir fiel die Kinnlade runter. »Wie bitte?«, rief ich entsetzt. »Was reden Sie da? Entschuldigen Sie, aber das ist völlig unmöglich.«

»Ach ja? Warum, glauben Sie, hat er mich so schnell nach dem Verlust des Kindes abgeschoben?«

Weil Sie völlig übergeschnappt sind, hätte ich am liebsten geantwortet, hielt mich aber zurück. »Sicher nicht wegen Ada«, presste ich hervor.

»Das sagen Sie, weil Sie Ihre Großmutter verteidigen wollen«, schnauzte Heidi, und Speichelfetzen flogen durch die Luft. »Aber es ist doch offensichtlich, dass Georg mich loshaben wollte, um es noch einmal zu versuchen. Ich habe es sofort gewusst, als ich Sie das erste Mal gesehen habe.«

»Wäre das wirklich der Fall gewesen, warum hat er das Kind dann nicht einfach behalten, anstatt es zu …« Ich wollte es nicht mehr aussprechen.

Feindselig starrte sie mich an. »Weil er nicht genug Zeit hatte, um für mich alles in die Wege zu leiten, das habe ich Ihnen doch schon gesagt«, giftete sie mich an.

»Es ist trotzdem nicht logisch«, versuchte ich zu argumentieren. »Ausgerechnet Georg, der so um das Ansehen der Familie bangte, hätte mit Ada dann noch einen Bastard zeugen sollen?«

Gehässig lachte Heidi auf. »Das hätte Ada gar nicht gefallen, dass Sie sie als Großmutter so ablehnen. Hatten Sie mir nicht erzählt, wie sehr Sie sie bewunderten?«

»Sie haben doch vorhin selbst behauptet, ich sei Marias Enkelin«, versuchte ich das Aussichtslose.

»Falsch, das haben *Sie* behauptet.«

Mir fehlten die Worte, um gegen Heidi anzugehen. Verzweifelt suchte ich nach Argumenten, versuchte meinen schnellergehenden Atem zu zügeln. »Ich kann Ihnen beweisen, dass ich Marias Enkelin bin«, machte ich einen vergeblichen Anlauf, mich aus dem Schlamassel zu winden.

Aber sie schwieg, was ein schlechtes Zeichen war. Ein neues Thema musste her, schnell! Heftiges Zittern erfasste mich. »Sie haben uns ganz schön an der Nase herumgeführt mit Ihrer Geschichte«, brachte ich so nonchalant wie möglich hervor, bemüht, das Beben meiner Stimme zu verbergen.

Heidi grunzte zufrieden. »Nicht wahr? Es war so einfach. Und Sie sind so herrlich gutgläubig gewesen, haben alles geschluckt. Um ganz ehrlich zu sein, habe ich mich der Geschichte einer Mitinsassin bedient. Die Arme.« Sie schüttelte bedauernd den Kopf. »Wegen häuslicher Gewalt hatte sie einen Nervenzusammenbruch erlitten. Stundenlang mussten wir uns ihre Geschichte in der Therapiegruppe anhören. So war das wenigstens zu etwas gut. Ich fand mich sehr überzeugend«, sagte sie glucksend. »*Aber es reichte meist nur ein unbedachtes Wort, zusammenpappende Nudeln oder die Fernbedienung, die nicht so wollte wie er, und ...*«, äffte sie sich nach und zog eine leidende Miene.

»Ich nehme an, dass die Geschichte mit der Dornenkönigin auch nur erfunden war?«

»Nicht ganz«, antwortete Heidi und hob wie zur Belehrung den Zeigefinger. »Es war wirklich Ada, die mir die Geschichte am Mäuerchen erzählt hat. Allerdings kannte ich diese bereits.« Sie setzte ein machiavellistisches Grinsen auf.

»Dann haben Sie Ada nur dorthin gelockt, um ihr zu schaden?«

»Zum einem, um sie in der Öffentlichkeit zu zeigen und damit ein Druckmittel gegen meinen Mann in der Hand zu haben, und zum anderen, um ihr zu helfen, den in ihrem Leib heranwachsenden Tumor loszuwerden«, frohlockte sie. »Immerhin hatte sie ja auch mein Kind auf dem Gewissen.«

Dornenkönigin, so verschwiegen, mit dem Fluch sie richtet, wollte siegen, doch es hat sie vernichtet, ging mir schlagartig Adas Gedicht durch den Sinn.

Erschüttert erkannte ich die Aussichtslosigkeit des Unterfangens, Heidi zum Umdenken zu bewegen. Zu sehr war ihre Sicht durch den Wahn verzerrt, zu sehr war sie darin gefangen. Warum wollten sich meine Fesseln nur nicht schneller lösen? Ich hatte das Gefühl, am äußersten Limit des Machbaren angelangt zu sein. Weder meine Hände noch das Gespräch schienen voranzukommen.

Gemächlich schraubte Heidi die Flasche auf, roch vorsichtig daran, als wollte sie sich des richtigen Inhalts vergewissern, und schreckte naserümpfend zurück. »Des isch fei net schee«, sagte sie schnalzend, als würde sie damit ihrem Mann eine geheime Nachricht ins Jenseits schicken wollen.

Gerade, als ich mit mir haderte, wie mir dieser Tick die ganze Zeit nur hatte entgehen können, hob Heidi das Behältnis weit von sich, drehte es waagrecht um und schüttete den Inhalt zu meiner Bestürzung über Teppiche, Möbel und Bücher. Beißend schlug mir der Gestank des Brennstoffs entgegen. Ich schnappte nach Luft. Angsterfüllt ging ich aufs Ganze, versuchte, meinen linken Daumen auszukugeln, um ihn durch die enge Schlinge zu bekommen. Heidi grinste wahnwitzig, begann wieder mit ihrer Melodie.

»Was ist das für ein Lied?«, fragte ich heiser, um die Verbindung zwischen uns nicht abreißen zu lassen, denn ich spürte, dass sie, sollte sie noch weiter ihrem Wahn verfallen, nicht mehr zu erreichen sein würde.

»Ein Kinderreigen. Gefällt er Ihnen? Oder wollen Sie nur Zeit schinden?«

Würde Leugnen helfen? »In der Tat versuche ich, Sie auf den Boden der Realität zurückzuholen. Sie können doch nicht einfach unschuldige Menschen dem qualvollen Feuertod überlassen?« Meine Kehle wurde eng. Es auszusprechen, grenzte an Grausamkeit. Noch nie hatte ich mich dem Ende so nahe gefühlt wie in diesem Augenblick. Noch nie hatte ich die Todesangst auf meiner Zunge geschmeckt. Und doch konnte ich es nicht glauben, wollte es nicht wahrhaben, bis Heidi ein Streichholz aus der Schachtel zog ... Ein letzter Blick, dann das Erkennen der bitteren unabwendbaren Wahrheit in ihren Augen.

»Halt«, brüllte Chris, der mit einem Schlag aus dem Nichts zu kommen schien, bereit, sich auf sie zu stürzen. Mein Herz tat einen Satz.

»Keine Bewegung«, rief Heidi mit wirrem Blick. Die Haare standen ihr wild vom Kopf ab, ließen keinen Zweifel an ihrem Gemütszustand. »Bleiben Sie, wo Sie sind, oder ...« Triumphierend schaute sie zu ihm hinüber. »Sie kommen gerade rechtzeitig, um sich von Ihrer Liebsten zu verabschieden, wie rührend ...«

Verzweifelt versuchte ich, mich meiner Fesseln zu entledigen, während Chris beschwichtigend die Hände hob. Er schien begriffen zu haben.

»Machen Sie die Dinge nicht noch schlimmer, als sie es ohnehin schon sind«, sagte er sichtlich um Beherrschung bemüht und trat auf Heidi zu.

»Keinen Schritt weiter«, kreischte die mit hochrotem Kopf und hielt das Schwefelhölzchen an die Reibstelle des Kästchens. »Halten Sie mich etwa für blöd?« In diesem Moment erleuchtete ein Blitz die Fensterfront, ließ ihr Gesicht ein weiteres Mal wie ein unheimliches Antlitz aus einem Geisterlabyrinth wirken.

»Nein, natürlich nicht«, sagte Chris wieder gefasster. »Könnten Sie mir vielleicht verraten, was hier los ist?« Bewusst nahm seine Stimme einen autoritären Ton an. Tatsächlich schien es eine Wirkung auf Heidi zu haben. Für den Bruchteil einer Sekunde wirkte sie verunsichert. »Halten Sie sich da heraus«, blaffte sie ihn an.

»Gudrun hat das Ganze sehr geschickt eingefädelt«, fiel ich ein. »Sie ist sehr gescheit.«

Chris begriff sofort. »Gudrun? Gescheit?«, provozierte er.

Es wirkte, denn sie straffte kaum merklich die Schultern, stierte ihn zähnefletschend an. »Jawohl, gescheit. Ich habe alles herbeigeführt. Habe Ihre Nummer und die dieses Kevins auf ihrem tragbaren Telefon gesperrt, das Festnetz außer Gefecht gesetzt.« Dezent wagte Chris sich einen Schritt vor.

Ich hielt die Luft an.

Doch Heidi war nicht zu beirren. »Bleiben Sie stehen«, kreischte sie so laut, dass es mir durch Mark und Bein ging und mich die Schrille von Kopf bis Fuß erschütterte. Chris hielt inne. »Ja, gescheit. Ich war es, die die Rache-Nachricht verfasst hat.«

Chris runzelte die Stirn. »Welche Nachricht?«, fragte er genervt.

Mir fiel es jedoch wie Schuppen von den Augen. »Aber, wie …«

»Wie ich von Alruns Drohung wissen konnte?« Sie gackelte gehässig. »Sie waren nicht sehr diskret am Telefon.«

Die Erinnerung kam wieder. Richtig. Chris hatte den Satz laut wiederholt, als ich ihn vom Atelier aus angerufen hatte. Chris und ich wechselten einen flüchtigen Blick. Bei dem Gedanken, dass ich die Gefahr die ganze Zeit über von Alrun ausgehend vermutet hatte, wurde mir flau im Magen. »Das war in der Tat sehr klug von Ihnen«, sagte ich jedoch.

»Selbst die ständigen Störungen, das laute Herumwühlen im Keller ist beabsichtigt gewesen, um Sie zum Wahnsinn zu treiben und von hier fortzubekommen. Und es hat ja geklappt.«

»Was haben Sie im Keller gesucht?«, insistierte ich, um sie weiter ins Gespräch zu verwickeln.

»Das fragen Sie noch?«, fragte sie abfällig. »Die Geburtsurkunden natürlich.«

»Geburtsurkunden?«, fragte Chris, der meine Taktik zu begreifen schien.

»Ja, von dem Kind und von ihr …« Mit dem Kinn machte sie ein Zeichen in meine Richtung.

»Von Bella?«

»Die Brut der Brut. Die Brut des Bösen, der Schlampe, der Hexe …« Gudruns Kopf wirkte wie ein knallroter Ballon. Hass und Ekel sprühte aus ihren Augen.

Chris runzelte die Stirn. »Bella?«

Ich schnaufte. »Sie hält mich für Adas Enkelin.«

»Deshalb das alles hier?«, fragte Chris entgeistert.

»In Wirklichkeit heißt sie Heidi und ist Georgs Frau«, erklärte ich hastig.

»Das weiß ich bereits«, entgegnete er betont gleichgültig. »Eine Verrückte, die aus der Irrenanstalt ausgebrochen ist und überall gesucht wird.«

»Sie haben mich zu Unrecht eingesperrt«, spie Heidi aus.

»Ach ja?«, konterte Chris. »Wieso das?«

Heidis Augen fixierten Chris und sprühten wilde Funken, während ich ohne Unterlass versuchte, meine Hände aus dem Joch zu befreien.

»Er gehörte mir, mir allein«, zischte sie, schien immer hektischer zu werden. »Wir waren glücklich. Alles lief nach Plan. Und als ich erfuhr, dass Ada ein Kind von ihm erwartet, war das ein Schock, und ich verlor das meine …« Verbittert presste sie die Lippen aufeinander. »Es war Adas Schuld …«

»Vielleicht«, sagte Chris bedacht. »Aber Bella ist nicht Ada …«

Heidi schüttelte energisch den Kopf. »Der faulige Wuchs muss von der Wurzel bis zu den Früchten ausgemerzt werden. Mein Entschluss steht fest«, sagte sie. »Ihr sollt in der Höllenglut versengen wie ich all die Jahre.« Ihre Finger legten das Hölzchen an und ratschten es gegen die raue Fläche.

Mein Herz blieb fast stehen, und mein Körper verkrampfte sich. *Alles ist aus*, schoss es mir durch den Sinn.

Doch es zündete nicht. Ungläubig starrte ich auf Heidis Hände. Es hatte auf mich die Wirkung eines Signals, kam mir wie eine allerletzte Chance vor. Während Heidi es aufs Neue versuchte, nutzte ich die Gelegenheit und rutschte auf Knien näher an sie heran. Plötzlich schlüpfte meine glitschige Hand durch das enge Loch, und ich stürzte mich auf die überrumpelte Heidi, schlug ihr das leise zischende Zündholz aus der Hand, strauchelte und fiel seitlich zu Boden. Entsetzt folgte mein Blick dem leuchtenden Stäbchen, das im hohen Bogen durch die Luft flog. Wie in Zeitlupe nahm ich den Fall wahr, erschauderte, unfähig zu reagieren.

Kurz bevor es auf dem Teppich landete, erlosch es. Fassungslos starrten wir auf das kleine Teilchen, als könne es jeden Augenblick doch noch einmal aufflammen. Die Zeit schien stillzustehen. Wie angewurzelt warteten wir ab. Selbst Heidi schien eine Weile zu brauchen, um wieder zu sich zu kommen. Wie besessen ließ sie ihre Finger erneut in die Schachtel gleiten. Sie bekam ein neues Streichholz zu fassen.

Dann ging alles sehr schnell. Mit einem Satz war Chris bei uns, riss ihr das Päckchen aus der Hand. Auch ich erwachte aus meiner Starre, löste in Windeseile meine Fußfesseln, und kam Chris zu Hilfe, um die Tobende zu überwältigen, die bösartige Beschimpfungen ausrief. Es kostete uns viel Anstrengung, ihr die Fesseln anzulegen.

Als sie schließlich außer Gefecht gesetzt war, rückte ich so hektisch von ihr ab, als ob sie von einer ansteckenden Krankheit befallen wäre, und verkroch mich in einer Ecke, von wo aus ich sie nicht mehr sehen konnte. Schnaufend blieb ich sitzen, nahm die heftigen Dämpfe wahr, hustete und röchelte.

Chris stürzte zu mir. »Bella, Liebling, ist alles in Ordnung?«

Ich nickte apathisch, begann am ganzen Leib heftig zu zittern. »Alrun braucht sofort einen Krankenwagen«, presste ich hervor.

Ohne Verzögerung nahm Chris alles in die Hand, riss Fenster und Türen auf, telefonierte mit der Polizei, erklärte in wenigen Worten die Situation und forderte einen Notarztwagen an. Vom Schock benebelt, hörte ich kaum, was er sagte, hatte aber das Gefühl, dass er fast genauso gut informiert war wie ich, wenn nicht sogar besser. Er sprach über einen Zeitungsartikel und nannte die Brandstifterin bei ihrem vollen Namen, sprach von der Entlaufenen, die seit Tagen polizeilich gesucht wurde. Ermattet hörte ich weg, konnte noch immer nicht glauben, was eben geschehen war. Je mehr mein Adrenalinspiegel sank, umso tiefer sackte ich in mich zusammen.

Nur am Rande bekam ich den Klang der heulenden Sirene, die das noch immer laute Prasseln des Regens übertönte, und das rotierende Blaulicht der Ambulanz mit. Heidi wurde in Gewahrsam genommen und abgeführt, Alrun umgehend ärztlich versorgt und ins Krankenhaus gebracht. Auch mich wollten sie zur Beobachtung mitnehmen, aber ich lehnte ab. Und als alles vorbei war, als es nach all dem Getöse plötzlich fast unheimlich still um uns herum wurde, holte Chris Rex ins Haus.

Wedelnd kam der schottische Hirtenhund auf mich zu, schüttelte das feuchte Fell, nieste ein paarmal wegen des starken Geruchs, der trotz des Lüftens noch immer im Raum schwebte, und leckte mir ausgiebig die Wange. Es war wie Balsam für meine gemarterte Seele, holte mich in die Wirklichkeit zurück und löste meine innere Blockade. Niedergeschmettert vergrub ich mein Gesicht in seinem Fell und brach in Tränen aus. Im Nu war auch Chris wieder bei uns, nahm mich in die Arme, wiegte mich.

»Oh Chris, es war alles so fürchterlich«, wimmerte ich und schmiegte mich an ihn. »Ich habe wirklich geglaubt, dass sie …«

»Scht, scht«, sagte er sanft. »Mein Liebling, wie habe ich dich nur mit diesem Monstrum allein lassen können?« Auch seine Wangen schimmerten feucht.

Wie sehr ich seine Umarmung, seine Nähe, seinen Geruch vermisst hatte. »Dafür kannst du doch nichts.«

»Es tut mir so entsetzlich leid«, stammelte er und küsste mir die Tränen fort. Sein Dreitagebart piekte, ich wollte mehr davon, war es doch der eindeutige Beweis dafür, dass er bei mir und ich am Leben war.

»Du trägst keine Schuld daran«, insistierte ich.

»Doch, das tue ich. Wie habe ich nur an die Mail glauben können? Nach allem, was uns verbindet. Wie habe ich an dir zweifeln können?«

»Welche Mail?«

Chris berichtete mir in wenigen Worten, was Heidi ihm in meinem Namen geschrieben hatte.

»Jetzt macht auch deine Antwort Sinn«, hauchte ich benommen.

»Hast du etwa auch gezweifelt?«, fragte Chris.

Ich nickte beschämt. »Ich habe die Welt nicht mehr verstanden. Keine Nachricht, kein Anruf … und dann diese Mail.« Noch immer war mir der Gedanke daran ein Gräuel. »Auch ich hätte begreifen müssen, dass da etwas verdammt faul ist.«

Wir hielten uns aneinander fest wie Schiffbrüchige, die noch nicht wirklich begriffen hatten, dass sie gestrandet waren.

»Was hältst du davon, wenn wir uns für heute Nacht erst einmal ein Hotelzimmer nehmen?«, schlug Chris vor. »Solange das Haus nicht gereinigt wurde, ist die Brandgefahr zu groß, von den schädlichen Dämpfen mal ganz abgesehen.«

»Eine gute Idee«, antwortete ich ermattet. Allmählich spürte ich die Müdigkeit in den Knochen. »Ich brauche dringend Schlaf«, gestand ich. »Seit über 36 Stunden bin ich auf den Beinen.«

»Ha no, warum denn das?«

»Das ist eine lange Geschichte, Chris.«

Mit seiner Hand streichelte er meine Wange. »Du weißt doch, wie sehr ich lange Geschichten liebe«, flüsterte er zärtlich. »Besonders deine.«

Wir lächelten uns zaghaft an. Abgekämpft legte ich meine Stirn an die seine. »Dann wirst du demnächst sicher auf deine Kosten kommen.«

Ruckartig riss ich die Augen weit auf.

»Was ist denn?«, flüsterte Chris erschrocken, musterte mich. »Hast du Schmerzen? Soll ich dich doch lieber ins Krankenhaus bringen?«

Kopfschüttelnd schaute ich an mir herunter. An der Schenkelinnenseite meiner beigefarbenen Hose bildete sich ein roter Fleck, der immer größer wurde …

»Och das?«, wiegelte er erleichtert ab. »Das ist doch halb so wild, oder?«

Wie sollte er es auch verstehen?

»Ja«, bestätigte ich zu erschöpft, um etwas zu empfinden, wusste nicht so recht, ob ich erleichtert oder enttäuscht sein sollte. »Ja, mein Schatz, das ist nur halb so wild …«

Epilog

Auf dem Bodensee – Sommer 2018

Gemächlich glitten wir dem westlichen Horizont entgegen, wie zwei einsame Schwäne im Wind, gerade rechtzeitig, um die rotgoldene Scheibe untergehen zu sehen. Großzügig badete der Feuerball den Himmel in ein atemberaubendes Farbenspiel, das ich so schnell nicht wieder vergessen würde: Orange, Rosa, Rot, Violett. Es glich einem Gemälde, das uns die Schöpfung immer wieder aufs Neue offenbarte, wie ein ewiges sich wiederholendes Geschenk, das man niemals leid wurde.

An diesem Abend war es aber nicht der Sonnenuntergang, der mich so berauschte, denn er war genauso verzaubernd wie die meisten anderen, jedes Mal einmalig, jedes Mal ein Erlebnis, jedes Mal, als wäre es der erste oder der letzte. Es war eher unsere Zweisamkeit und das Drumherum, das so verzückend war, so perfekt, dass es mir schier den Atem raubte.

Chris hatte alles bis ins kleinste Detail geplant, oder sollte ich lieber sagen: bis zuletzt hinter meinem Rücken vorbereitet? Als er mir angekündigt hatte, ich solle meine Reisetasche bereithalten, weil wir für eine Woche verreisen würden, hatte ich sofort an den so lange geplanten Fahrrad-Roadtrip um den Bodensee gedacht. Vielleicht nach Konstanz oder in die Schweiz. Es gab so viel zu sehen, so viel zu besichtigen.

Und nach einem ausgiebigen Restaurantbesuch hatte er mich zu meiner Überraschung an den Hafen gebracht. Gemeinsam waren wir unter dem unendlichen Blau des Himmels den Kai entlanggeschlendert und vor dieser knallroten Jacht stehen geblieben.

»Gefällt sie dir?«, hatte er gefragt.

»Ja, die sieht toll aus.«

»Muss mega sein, darauf ein paar Tage zu verbringen, was meinst du?« Sein Augenlid hatte verräterisch gezuckt, wie immer, wenn er mich auf den Arm nahm. Nur hatte ich in diesem Moment nicht so recht verstanden, womit er mich an der Nase herumführte. Misstrauisch hatte ich genickt, was Chris ein amüsiertes Lächeln abrang. »Ja, vielleicht können wir es uns irgendwann mal leisten«, hatte er wie nebenbei gesagt, und abermals hatte seine Braue gezittert.

Meine Augen waren zu Schlitzen geworden. »Was führst du im Schilde, Chris?«

Ohne ein weiteres Wort hatte er mich bei der Hand genommen und war zum Steg gegangen. »Komm, mein Zuckerl, herzlich willkommen auf unserem Traumschiff.«

Ich musste ihn perplex angeglotzt haben, denn er hatte lauthals gelacht und mich vergnügt auf den Mund geküsst. Wie besessen hatte ich weiter seine Augenbraue fixiert, doch nichts hatte sich mehr gerührt.

»Ehrlich?«

»Ja«, hatte er geantwortet und gezwinkert. »Sie gehört einem guten Freund von mir. Er hat sie uns für eine Woche mit Skipper und Bordpersonal zu einem sehr günstigen Preis zur Verfügung gestellt.«

Ich war von Überraschung zu Überraschung getaumelt, hatte mich vor Staunen gar nicht mehr eingekriegt. Das

prunkvolle Boot besaß zwei riesige Kabinen mit Doppel-
betten und Badezimmer, einen großen Wohnraum mit Sky-
top-Panoramafenster, einen überdachten Außenbereich mit
gemütlicher Lounge.

Jetzt stand ich hier am Bug dieses Luxusschiffs, mein
Haar flatterte im Fahrtwind, spielte mit meinen Lippen,
meinen Wangen, meinen Wimpern, kitzelte mich, als wollte
er mir mit jeder Berührung vergegenwärtigen, dass das, was
ich hier erlebte, keine Einbildung, keine Träumerei oder
gar eine Schimäre war, sondern so real wie die Jacht selbst.
Nur das sanfte rhythmische Rauschen des Boots, das durch
die Wellen zischte, und das Plätschern der Gischt, die vom
Bug erzeugt wurde, und hier und da das Gelächter einer
Möwe waren zu hören.

Chris lehnte neben mir an der Reling, seine Hand
umklammerte die meine, und wir schauten fast symbolisch in die gleiche Richtung: vorwärts! Auch seine Locken
wurden vom Fahrtwind durcheinandergebracht, wippten
hin und her. Meine Stille unterhielt sich mit der seinen.
Ich hatte mir diese Momente so innig herbeigesehnt, wie
andere nach einem Gewitter auf den Regenbogen hofften.

Auf den Dächern der Häuser, an denen wir vorbeiglit-
ten, glänzten die Schindeln in der Sonne, wirkten wie Tau-
sende kleine Spiegel, wie um unser Glück millionenfach
zu reflektieren. Soweit das Auge reichte, erstreckten sich
nimmer enden wollende Weinberge, Wiesen und verspätete
Süßkirschbaumplantagen sowie die in voller Pracht stehenden Aprikosen-, Chriesi-Birnen- und Apfelbluescht – wie
man das Blütenschauspiel hier nannte.

Die Weite und Unermesslichkeit dieser Fülle ließen mein
Herz höherschlagen. Unendliche Dankbarkeit erfasste
mich. Die Dankbarkeit, hier auf diesem Boot neben dem

Mann meines Lebens zu stehen, die Dankbarkeit, meine Lungen mit der herrlichen Seeluft vollpumpen zu dürfen, und die Dankbarkeit, dass alles letztendlich ins Lot gekommen war.

Ich hatte das Gefühl, in einer teuflischen Sanduhr gefangen gewesen zu sein, ein kleines Körnchen zwischen vielen, das nicht einmal gemerkt hatte, dass es bereits in die untere Hälfte des Glases geglitten und im Fallen war. Erst zu spät hatte ich das schnelle Rieseln erkannt, den steilen Sturz wahrgenommen.

Auch wenn ich mir versprochen hatte, nicht mehr länger in die Vergangenheit zu schauen, ließ ich in diesem Augenblick der tiefen Erkenntlichkeit noch einmal die letzten Tage Revue passieren …

Nachdem wir ein paar Nächte im Hotel verbracht hatten, waren wir wieder ins Haus zurückgezogen. Zwar war es seltsam gewesen, an den Ort der schrecklichen Ereignisse zurückzukehren, aber Chris hatte alles so rührend in die Hand genommen und ohne viel Aufhebens eine Firma mit dem gründlichen Reinemachen des Wohnzimmers beauftragt, ein nagelneues Sofa und einen wundervollen Teppich angeschafft und alles so gestaltet, dass die Stigmata dieses grauenvollen Erlebnisses in weite Ferne rücken konnten. Aber es war geschehen und gehörte zu uns, genau wie das Haus selbst, wie Ada und ihre Geschichte. Und auch wenn sie mehr zu mir gehörte als zu ihm, so schien auch Chris mittlerweile so tief darin verankert, dass er nicht mehr daraus fortzudenken war.

Auch Adas Dachboden-Reich war arg in Mitleidenschaft gezogen worden, was mir noch immer sehr naheging. Heidi hatte Gemälde zertrümmert, die Schubladen aus der Kommode und dem Schrank gezerrt und leider auch einige der kostbaren Roben in Stücke gerissen. Zum Glück hatte sie nicht die Bodenmulde unter der Kommode entdeckt.

Nachdem ich alles wieder so gut es ging aufgeräumt hatte, war mir beim Verstauen der Tagebücher unter der Holzdiele eine weitere Vertiefung mit anderen Büchern aufgefallen. Ich hatte es aber dabei belassen.

Es gab keinen Grund mehr, noch weiter in Adas Geheimnisse vorzudringen, so aufregend ich vergangene Epochen auch finden mochte. Wer weiß, vielleicht würde Chris ihre unglaubliche Geschichte irgendwann einmal in einem Roman verewigen? Jetzt aber sollte sie erst einmal ruhen. Dabei hatte ich noch einen letzten Blick auf das Gedicht geworfen. Die ersten drei Verse handelten ohne jeden Zweifel von Adas Begegnung mit Klaus und seiner darauffolgenden Abreise, der vierte von Adas unglücklich verlaufener Entbindung, und der letzte hatte sich mir nun auch endlich erschlossen: *Dornenkönigin, so verschwiegen, mit dem Fluch sie richtet, wollte siegen, doch es hat sie vernichtet.* Am Anfang hatten mich Gudruns alias Heidis Worte irregeleitet, und ich war davon überzeugt gewesen, bei der Dornenkönigin ginge es um meine Gönnerin. Jetzt wusste ich es besser. In Wirklichkeit hatte Ada damit Georgs Witwe gemeint.

Heidi befand sich in einem strengeren Umfeld in Gewahrsam, und auch Alrun hatte Dank der Fürsorglichkeit der Kunzes einen Platz in einem spezialisierten Altenheim gefunden. Auch konnten sie endlich Alruns Tochter erreichen. Gerne hätte ich Georgs ehemalige Assistentin noch gefragt, ob Adas Säugling ein Mädchen oder ein Junge gewesen war, wollte aber nicht in der offenen Wunde herumstochern. Alrun hatte genug gelitten, und im Grunde machte es keinen Unterschied.

Ende gut, alles gut.

Selbst die Vernissage – die anfänglich unter einem so schlechten Stern gestanden hatte – war ein großer Erfolg gewesen und ein wunderbarer Einstieg für Verena und mich. Es fühlte sich wie eine Revanche gegenüber all dem Grauen an. Das Atelier konnte sich seitdem vor Besuchern kaum noch retten, und wir erhielten täglich neue Aufträge, die ich direkt nach unserem Kurzurlaub angehen würde. Ich war maßlos erleichtert, Verena nicht enttäuscht zu haben, und hatte ihr angesehen, dass es ihr ähnlich erging.

Besonders Adas Werke und die Ausstellung ihres Werdegangs hatten unter den zahlreichen Besuchern eine Menge neuer Bewunderer gefunden. Viele hatten sich erkundigt, ob es noch mehr Schöpfungen dieser Künstlerin gebe, und ich hatte ihnen versichert, dass ich noch etliche andere Werke von ihr für spätere Ausstellungen parat hielte. Überdies hatten einige Gäste angemerkt, dass Adas Gemälde in den 70er-Jahren auf eigentümliche Weise um einiges bunter und lebhafter ausgefallen waren, was ich jedes Mal nur mit einem geheimnisvollen Lächeln quittiert hatte.

Es erfüllte mich mit immenser Genugtuung, dass Ada trotz der vielen Schicksalsschläge immer wieder aufgestanden war und sich hier und da das eine oder andere Quäntchen Glück hatte stibitzen können. Und ich war stolz, ihr zur Ehre zu gereichen, sie über ihr Leben hinaus weiterblühen zu lassen, ebenso wie meine Großmutter, die sich auf die eine oder andere Weise in Adas Werken wiederfand. Beide hätten gewollt, dass ihre Liebe immer währte.

Und um diesem Wunsch gerecht zu werden, hatte Ada den Grundstein gelegt, wobei ich die Trägerin dieser hoffnungsvollen Botschaft sein wollte – wie die Fackelträgerin der Olympischen Spiele. Wollte sie in die Welt hinaustragen, wollte, dass die Liebe über die Zeiten hinaus dauerte, damit sie schlussendlich das letzte Wort haben und vielleicht einmal zu einer Legende heranwachsen würde. Eine Legende, die man sich am abendlichen Kaminfeuer von Generation zu Generation weitererzählte.

Und da war noch etwas anderes, das ich unbedingt ins Reine hatte bringen wollen, um das Kapitel vollkommen abzuschließen. Dafür hatten Chris und ich uns zum Pfarrfriedhof in der Nähe der Wasserburg aufgemacht, um dort ein gewisses Grab aufzusuchen. Es war mir ein brennendes Bedürfnis gewesen, mich zu vergewissern, dass Heidi die Wahrheit gesagt hatte.

Nach einigen Erkundigungen beim Pfarrer der St.-Georgs-Kirche wies er uns den Weg und versicherte, dass es sich um eine liebevoll gestaltete Ruhestätte handelte, die über viele Jahre von einer alten Dame gepflegt worden war.

Nach längerer Suche hatten wir leicht überrumpelt, mit zugeschnürtem Hals und Tränen in den Augen vor dem winzigen »stillen« Grab gestanden, dessen Stein nur mit einem Datum beschriftet war: 15. Mai 1969. Tatsächlich wirkte es recht beschaulich und ließ annehmen, dass Ada sich bis zu ihrem Tod darum gekümmert haben musste. So unsinnig es auch scheinen mochte, hatte ich mich fast ein wenig schuldig gefühlt, Adas Villa an des Kindes Stelle geerbt und es an Georgs Sterbebett nicht gerächt zu haben. Ich hatte es in der Hand gehabt und mich nicht dazu herablassen wollen, wie er zu werden. Mir wollte nicht in den Sinn, wie ein einzelner Mann, dessen Seele mit all dem Schutt belastet gewesen war, so alt hatte werden können.

Liebevoll hatte ich das Grab von den kleinen Erdbrocken, dem getrockneten Gras und dem Staub befreit und meine Hand daraufgelegt. Chris hatte es mir gleichgetan. Es war ein unglaublich intensiver Augenblick gewesen. Es war, als hätte sich der Kreis endgültig geschlossen. *Ada wird in uns weiterleben, in ihren Gemälden, in ihren Bewunderern, und du auch*, sagte ich in Gedanken zu dem namenlosen Kind, von dem wir nicht einmal wussten, ob es ein Junge oder ein Mädchen gewesen war.

Manchmal fragte ich mich, was wohl aus seinem Vater geworden war. Hatte Klaus noch ab und zu an Ada gedacht? War er jemals an den Bodensee zurückgekehrt? Hatte er sich damals vielleicht sogar radikalisiert oder sich wie die meisten 68er letztendlich artig in die Reihen des geordneten gesellschaftlichen Lebens gefügt? War er vielleicht mit Kind und Kegel auf einen alternativen Bauernhof gezogen oder zu einem spießigen Versicherungsexperten geworden?

»Wo bist du?«, riss Chris mich aus meinen nostalgischen Grübeleien heraus. Er hatte mir sein Gesicht zugewandt und lächelte mich schelmisch an.

»Hier, bei dir«, antwortete ich und erwiderte sein Lächeln.

Auf einmal drehte er sich mir vollständig zu, kehrte der himmlischen Farbenpracht den Rücken. Seine Augen funkelten. »Gefällt es dir, Fipsimäusle?«

Ich schmunzelte. Er wollte den Wettkampf also wieder aufnehmen. »Die Fahrt? Das Boot? Der Sonnenuntergang?«, frotzelte ich. »Nicht im Geringsten.«

Wir grinsten uns an.

Chris nickte, nahm mit beiden Händen die meinen auf und spielte nervös damit. »Hach, dann hätte ich doch lieber Fahrräder mieten sollen, wie?«

»Was für eine Frage«, antwortete ich. »Es ist das reinste Paradies. Und alles, was ich brauche, steht hier vor mir.«

Erneut lächelte er, und ich beobachtete das übliche Spiel

seiner Grübchen. In meinem Bauch flatterte es wie am ersten Tag. Sanft strich er mir eine Strähne aus dem Gesicht, streifte sie mir hinters Ohr. »Das Licht der untergehenden Sonne passt wundervoll zu deinen Haaren; sie leuchten wie tausend Goldfädchen.«

Ich grinste. »Wir sollten uns öfter zu einem solchen Ausflug durchringen, es treibt dich zu poetischen Höchstleistungen an, mein Guggusbärle«, witzelte ich verlegen und nahm die Herausforderung zum neuerlichen Kosenamen-Duell an.

Er schürzte die Lippen und schaute mich herausfordernd an. »Ganz genau, mein Schnurzel, wir sollten uns mehr Zeit füreinander nehmen und häufiger auf Entdeckungsreise gehen. Aber davon mal abgesehen, ist es nicht die Fahrt mit dieser Luxusjacht, die mich inspiriert.« Ein gedämpftes Lachen begleitete seine Worte.

»Ach nein? Was ist es dann?« Auch ich lachte leise, war berührt.

Seine Grübchen vertieften sich noch ein bisschen mehr, was ich nicht für möglich gehalten hatte. »Es ist zum Beispiel der Klang genau dieses Lachens, der mich jedes Mal fast umbringt«, gestand er geradeheraus und schaute mir noch eindringlicher in die Augen. »Seit ich dich kennengelernt habe, hat mein Leben nicht nur Worte, sondern glänzt in tausend Farbtönen, selbst in solchen, die ich bislang noch nicht kannte.« Erneut musste ich lachen, diesmal mit enger Kehle. »Flimmweiß wie dein Lächeln, blubbergrün wie dein verführerischer Blick, rieselockrig wie deine sanfte Haut …«

Meine Augen wurden feucht. »Das ist so süß«, antwortete ich heiser, konnte mir ein rührseliges Schmunzeln nicht verkneifen. Nur ein Autor konnte auf solch verrückte Wortschöpfungen kommen.

Als seine Lippen näher kamen, spürte ich seinen Atem

auf den meinen und erzitterte. Verspielt leckte seine Zunge kurz darüber, zog sich wieder zurück. Mir wurde warm. Mit tausendfachen Flügelschlägen schwirrten kleine Tierchen durch meinen Bauch. Es fühlte sich wie Achterbahnfahren an. Irgendetwas hing in der Luft.

»Chris! Willst du mir irgendetwas mitteilen?«, wisperte ich benommen.

Er nickte sachte, wirkte wie benommen, wie im Bann. »Du machst mich verrückt, hast mein Herz umgeschüttet, alles ist am Überlaufen. Ohne dich verstehe ich nichts mehr, bin ich nichts mehr, will ich nichts mehr, verstehst du?«, redete er sich in Fahrt. »Ohne dich streikt mein Magen. Es ist fast lebensgefährlich.« Ernst schaute er mich an.

Erneut musste ich schmunzeln. »Ach ja?«, fragte ich herausfordernd, wollte mehr hören. »Mein Liebster, mir geht es genauso«, erwiderte ich lächelnd, bemüht, die Tränen, die gerade über den Rand meiner Lider hinwegkullern wollten, zurückzuhalten. Auch mein Herz quoll über. Es war die schönste Liebeserklärung, die ich jemals gehört hatte. »Ich möchte nie wieder ohne dich sein.«

»Niemals werde ich dich noch einmal so allein lassen, mein Herz, ich schwöre es. Niemals werde ich auch nur das geringste Risiko eingehen, dich zu verlieren.« Seine Hand glitt an meinen Nacken, sein Mund legte sich weich auf den meinen und küsste mich so hingebungsvoll, dass das Flimmern in meinem Bauch zu unermesslicher Fülle heranwuchs. Es fühlte sich an wie bitzelnde Brause, deren kleine Bläschen in meinem Herzen zerplatzten, um aufs Neue wieder und wieder euphorisches Prickeln zu erzeugen.

»Ich muss dir etwas gestehen«, sagte er plötzlich so hastig, als müsste er es endlich loswerden, als würde es ihn sonst versengen. Ich spürte, dass wir zum Kern gelangten.

»Was denn?«, japste ich, küsste ihn auf die Wangen, den Hals, die Schulter.

Leise zog er die Luft ein. »Bella, als ich die paar Tage bei meiner Schwester verbracht habe«, legte er los, »da sind mir tausend Ideen durch den Kopf gegangen. Und ich habe mich ganz ehrlich gefragt, was ich aus meinem weiteren Leben machen möchte. Ich habe mich gefragt, wie und wo ich mich in fünf Jahren sehe.«

Ich erbebte. »Und?« Es hörte sich so gewichtig an, so entschieden, so endgültig, dass mir trotz der wundervollen Worte fast ein bisschen bange wurde.

»Du wirst mich wahrscheinlich für völlig übergeschnappt halten«, sagte er leise und spielte gedankenversunken mit dem obersten Knopf meiner Bluse, so unschuldig wirkend wie ein cleverer Wolf, der sich jeden Augenblick über seine Beute hermachen wollte. »Und das sollst du auch. Auf keinen Fall darfst du mit deiner ehrlichen Meinung hinterm Berg halten.«

»Himmel«, stieß ich ungeduldig aus und schaute ihn fast vorwurfsvoll an.

»Mir ist der überaus sonderbare Gedanke durch den Kopf gegangen …«, er holte tief Luft, »… dass es schön wäre, Vater zu werden.« Wir starrten uns an. Ich blinzelte. Mein Inneres wurde zu Pudding. Oder Butter. Irgendetwas zwischen Pudding und Butter. Vielleicht etwas, für das das passende Wort erst noch erfunden werden musste. Etwas Weiches, das wabbelte und zerfloss. »Bella? Es ist nicht zwingend, weißt du, wir können auch –«

Ich keuchte. »Ist das dein Ernst?«

Er nickte, zog fragend die Augenbrauen zusammen. »Ja, warum?«

Ich holte tief Luft. »Ich muss dir auch etwas gestehen«,

platzte ich heraus und tippte leicht mit dem Zeigefinger gegen seine Brust, seine breite schöne Brust, die in einem weißen, halb aufgeknöpften Hemd steckte, in dem er so unglaublich sexy aussah. »Als du bei deiner Schwester warst, haben meine Tage ausgesetzt«, gestand ich ihm zum ersten Mal und spielte mit seinen niedlich gekräuselten Brusthärchen. »Und zwar so lange, dass ich einen Test gemacht habe.«

Er riss die Brauen in die Höhe. »Und?«

»Wie du weißt, haben meine Blutungen wieder eingesetzt«, sagte ich und lächelte bedauernd.

»Ich meine das Ergebnis!« Er wirkte hibbelig.

Entschuldigend zuckte ich mit den Achseln. »Ich habe es nie gelesen«, gab ich verschämt zu.

Er schüttelte den Kopf und schaute mich gleichzeitig verständnisvoll an, als wäre eben erst der Groschen gefallen. »Jetzt begreife ich endlich deine sonderbare Reaktion, als du das Blut auf deiner Hose bemerkt hast. Ich hatte sie auf den Schock zurückgeführt.«

Betroffen presste ich die Lippen aufeinander. »Ich war zerrissen. Traurig, weil ich letztendlich nicht schwanger war, und erleichtert, weil ich deine Reaktion gefürchtet hatte …«

»Warum denn das?« Ungläubig schaute er auf mich herunter.

»Na ja, wir kennen uns noch nicht so lange und hatten das Thema zuvor noch nie angesprochen. Außerdem … bist du ein Künstler … ein Lebemann. Ein Kind ändert viel im Alltag und auch in einer Beziehung. Ich dachte mir …«

Er zog mich enger an sich. »Darling«, raunte er. »Mein Engel. Du willst meine Reaktion? Sie ist ein eindeutiges Ja.« Erneut küsste er mich, diesmal leidenschaftlich. »Und wenn du mich weiter mit diesen Augen anschaust, dann werde ich das wundervolle Dinner einfach in den Wind schießen und mich gleich ans Werk machen.«

Ich lachte lauthals. »Mit welchen Augen soll ich dich denn sonst anschauen?« Ich fühlte mich wie beschwipst. Beschwipst von der Liebe, beschwipst vom Glück und von diesem Gefühl der Vergänglichkeit, die das alles hier so kostbar machte. Beschwipst von dem Wissen, dass man es, wenn man es erst einmal streifte, nicht einfangen, sondern nur genießen konnte. So hart erkämpft es auch war, so verdient es auch sein mochte, so flüchtig konnte es sein, wie der vorbeiziehende Staub einer Pusteblume im Abendwind.

»Das ist dein Problem, nicht meins«, konterte er. »Vielleicht sollten wir uns schleunigst in die Lounge begeben und mit dem Essen beginnen, bevor es zu spät ist.«

»Bevor der Werwolf in dir erwacht?«

»Hm, genau.« Er grinste diabolisch, tat, als wollte er mir in den Hals beißen. Vergnügt quiekte ich, als er mich aufs Schlüsselbein küsste.

Ich liebte dieses Geplänkel und wollte niemals damit aufhören. Liebestrunken wankten wir hinüber zu dem überdachten Decksalon, wo ein romantisch hergerichteter Tisch auf uns wartete, und setzten uns.

»Es ist praktisch, einen Freund zu haben, der Boote vermietet«, neckte ich ihn, während er den Champagner entkorkte.

»Es ist nur dann praktisch, wenn man diesen Umstand auch in angemessener Begleitung genießen kann«, flachste er und schenkte uns so elegant vom schaumigen Bitzeln ein, als hätte er sein Leben lang nichts anderes getan.

Wir grinsten, hoben die Champagnergläser und ließen sie voller Inbrunst klirren, als ob der Klang allein schon ein Sieg über Vergangenes und die Ankündigung von Neuem wäre. Angenehm kühl und prickelnd rann der gute Tropfen meine Speiseröhre hinunter, verbreitete eine wohlige Wärme in meinem Bauch. Versonnen schaute ich mich um. Die einfallende Dämmerung warf lange Schatten auf die Berge, die sich majestätisch über dem mittlerweile fast schwarz schimmernden Bodensee auftürmten. Auf der aalglatten Wasseroberfläche spiegelten sich die Lichter der Städte, der Schlösser und des graublauen, mittlerweile mit Sternen gesprenkelten Abendhimmels. Wie als Reaktion auf meine Gedanken wurden auch auf der Jacht die Lichter angeschaltet.

»Übrigens«, unterbrach Chris mein Sinnen und wurde plötzlich ernst. »Vielleicht solltest du die nächste Zeit den Lindenhofpark besser meiden.«

Verwundert schaute ich ihn an. Ein Scherz? Nichts rührte sich in seiner Miene. »Ich dachte, du seist nicht abergläubisch.«

Geniert verzog er den Mund. »Bin ich auch nicht«, gab er zurück und küsste mich flink auf die Nase. »Aber im Zweifelsfall würde ich es lieber nicht darauf ankommen lassen …«

Wir schmunzelten uns wissend an. Ich nickte, willigte in diesen neuen Pakt ein, denn auch ich wollte kein Risiko eingehen. Man wusste ja nie …

Seelig lächelte ich vor mich hin und blickte erneut aufs abendliche Schauspiel. Wieder einmal hatte die Liebe den Sieg davongetragen. Wieder einmal hatte sie den Stürmen getrotzt. Wieder einmal hatte der Geist des Sees seine gewaltigen Wogen über uns ausgeschüttet, uns Prüfungen gesandt wie jedem seiner Anwohner. Genau wie in den Legenden, die mehr Wahrheit enthielten, als manch einer es glauben wollte. Alles Schöne, das das Gewässer zu bieten hatte, hatte seinen Preis.

Wer sich an seinen Wonnen ergötzen wollte, musste sich auch mit seinen Launen abgeben. Wer am Nektar seiner Blüten kosten wollte, konnte die heimischen Bienen nicht meiden. Wer sich an seinen Trauben laben wollte, durfte die winzigen Kerne nicht fürchten, und wer von seinen Wassern trinken wollte, durfte das Unwetter nicht scheuen. Und je stärker der Sturm, je größer die Aufgabe, je höher die Hürde, umso größer der Verdienst.

Und unser Verdienst war Vertrauen, Zusammenhalt und Zuversicht. Das Erlebte hatte uns gestärkt, uns zusammengeschweißt. Die hinterlassenen Wunden würden nach und nach heilen, bis nur noch kleine Male zurückblieben. Male des Lebens, des Seins, der Weisheit. Male, die irgendwann eins mit uns würden, eins mit unserem Wesen, und die mit uns verschwämmen, bis nur noch hier und da winzige Kratzer übrig blieben, vage Erinnerungen, die auf Dauer an Bedeutung verlören. Erinnerungen, die mit der Zeit verblichen wie Spuren am See …

Danksagung

Liebe Leserin, lieber Leser,

auch diesmal hat es wieder viel Spaß gemacht, diesen zweiten Band der Bodensee-Saga zu schreiben. Genau wie in seinem Vorgänger habe ich mich bemüht, dem See mit seiner Schönheit, seiner Geschichte, seinen Monumenten und Mysterien gerecht zu werden, und hoffe, dass es mir gelungen ist, Sie mit meiner Bewunderung anzustecken.

Auch habe ich mir alle erdenkliche Mühe gegeben, die Schauplätze so genau wie möglich wiederzugeben und mich sogar ab und zu erneut ans Schwäbische herangewagt …

Natürlich musste ich mir auch in diesem Teil ein paar künstlerische Freiheiten herausnehmen. Zum Beispiel gibt es am Ufer des Oeschländerwegs keine Strandpromenade, und ich bitte Sie dafür um Ihr Verständnis.

Allerdings handelt es sich bei der Degelsteiner-Legende diesmal um eine wirklich existierende, die ich leicht ausgebaut habe, ohne die Struktur und das Wesen der Sage zu verändern.

An dieser Stelle möchte ich mich ganz herzlich bei Tanja, meiner Mutter, und meiner lieben Arlette, die mich bei der Entstehung dieses Romans mit vielen hilfreichen Tipps unterstützt haben, bedanken.

Ein ganz besonderer Dank geht aber an Sie, liebe Leserin, lieber Leser. Weil Sie sich die Zeit genommen haben, vielleicht zum ersten Mal eines meiner Bücher zu lesen. Oder weil Sie bereits zu meiner treuen Stammleserschaft gehören und mir oft so herzensliebe Rezensionen hinterlassen, dass es mir ein manches Mal Tränen in die Augen treibt. Damit geben Sie mir täglich neuen Mut, an mich zu glauben und weiterzuschreiben. Und eines steht fest: Mit Bella und Chris wird es noch weitergehen.

Herzlichst
Ihre Sibylle Baillon

Die Bodensee-Saga
von Sibylle Baillon:

**Wie Spuren am See –
Die Erbin**
ISBN 978-3-8392-0518-1

**Wie Spuren am See –
Die Rückkehr**
ISBN 978-3-8392-1909-6

SPANNUNG

GMEINER

WWW.GMEINER-VERLAG.DE
Wir machen's spannend